내 인생에
용기가 되어준
한마디

내 인생에 용기가 되어준 한마디

지은이 정호승 **1판 1쇄 발행** 2013년 1월 16일 **1판 17쇄 발행** 2013년 4월 11일
발행처 도서출판 비채 **발행인** 박은주 **주소** 서울특별시 종로구 북촌로 63-3
등록 2005년 12월 15일(제300-2005-212호) **주문 및 문의 전화** 031)955-3220 **팩스** 031)955-3111
편집부 전화 02)3668-3292 **팩스** 02)745-4827 **전자우편** viche@viche.co.kr

ISBN 978-89-94343-92-1 03810 책값은 뒤표지에 있습니다.

내 인생에
용기가 되어준
한마디

정호승 산문집

비채

《내 인생에 힘이 되어준 한마디》를 낸 지 7년 만에 《내 인생에 용기가 되어준 한마디》를 펴냅니다. 이 책을 쓰기 위해 오랫동안 애써 시간의 힘을 얻고 마음의 용기를 내었습니다. 내 가슴속에 간직하고 있는 '한마디'는 나만을 위한 것이지만, 그것을 원고화하면 다른 사람의 것이 된다는 생각을 내내 잊지 않았습니다. 그동안 《내 인생에 힘이 되어준 한마디》가 저뿐 아니라 이 시대를 사는 많은 이들의 인생에 힘이 되어주고 있다는 사실에 대한 믿음과 확신이 없었다면 어쩌면 이 책은 태어나지 못했을지도 모릅니다.

물론 이 책에도 제가 한 말, 어머니가 하신 말씀, 존경하는 스님이나 신부님께서 하신 말씀, 또 작가나 선현들의 말씀이나 속담 등이 담겨 있습니다. 그 말씀들은 모두 제 인생에 용기를 준 영혼의 양식들입니다. 저는 지금 그 말씀의 양식을 오병이어(五餠二魚)처럼 나눠 먹고 싶습니다. 바구니에 담긴 보리떡 다섯 개와 물고기 두 마리를 예수에게 건네준 소년의 마음이 되고 싶습니다.

이 책에 있는 '한마디'는 우리보다 앞서 살아간 이들의 인생의 과정이자 결과의 소산입니다. 누구의 인생에나 해당되는 말씀의 보석이며, 인생이라는 사막의 우물입니다. 이 고단한 인생의 사막에서 그래도 살아갈 수 있는 힘과 용기를 얻을 수 있는 것은 이런 말씀의 우물이 있기 때문입니다. 저는 이 우물에서 인생의 두려움과 외로움을 견딜 수 있는 지혜와 깨달음을 얻으려고 노력해왔습니다. 물론 이 한마디 말씀 자체가 중요한 게 아니라, 이 말씀을 통해 내 인생을 어떻게 형성하느냐 하는 실천이 더 중요합니다.

용기는 거창하게 시작되지 않습니다. 사랑을 실천하는 일이 소박한 데에 있듯이 용기를 실천하는 일도 소박한 데에 있습니다. 바닥에 쓰러졌지만 바닥을 딛고 일어나 빙긋 웃는 작은 미소 속에, 살며시 움켜쥔 작지만 단단한 결단의 주먹 속에, 오늘을 위해 한 걸음 내디딘 힘찬 발걸음 속에 들어 있습니다.

오늘은 《내 인생에 용기가 되어준 한마디》라는 사과를 상큼 베어 물어 사과의 진정한 맛을 느껴보시길 바랍니다. 사실 제가 쓴 이 글은 그 사과를 싼 종이에 불과합니다. 침묵을 배경으로 하지 않으면 시가 이루어지지 않듯이 이 글 또한 침묵의 종이로 싸서 드리려고 노력했습니다. 오늘 《내 인생에 용기가 되어준 한마디》라는 사과의 침묵의 맛과 향기를 가슴 깊이 스며들게 할 수 있는 이는 바로 당신입니다.

2013년, 봄을 기다리며

정호승

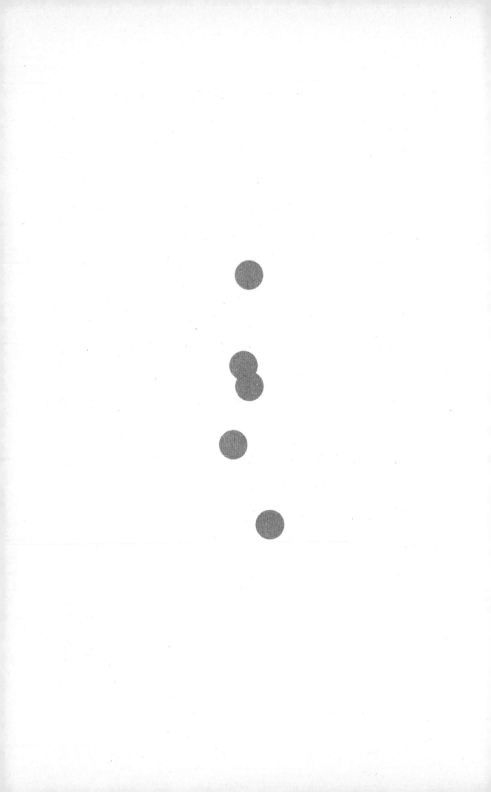

가끔 우주의 크기를 생각해보세요

상처 많은 나무가 아름다운 무늬를 남긴다

길이 끝나는 곳에 길은 있다

가끔

우주의 크기를

생각해보세요

나는 이제 벽을 무너뜨리지 않는다
벽을 타고 오르는 꽃이 될 뿐이다

가끔 우주의 크기를 생각해보세요

제 책상 앞에 붙어 있는, 토성에서 찍은 지구 사진을 늘 바라봅니다. 그 사진은 신문 1면에 머리기사로 난 토성 사진으로, 말하자면 '토성에서 본 지구' 사진이라고 할 수 있습니다. 실은 지구를 찍은 사진이 아니라 토성을 찍은 사진인데 일곱 개 토성의 고리 너머 머나먼 곳에 지구가 조그마하게 찍혀 있습니다. 그런데 그 지구가 얼마나 작은지 마치 볼펜똥을 콕 찍어놓은 것 같습니다. 지구가 잘 보이지 않을까봐 편집자가 일부러 지구 주변에 네모 표시를 해놓고 그 안에 점으로 보이는 게 지구라는 설명까지 덧붙여 놓았습니다.

저는 그 사진을 처음 본 순간 가슴이 쿵 내려앉았습니다. 아, 지구가 저렇게 작다면 우주는 얼마나 큰 것인가. 상상도 할 수 없을 정도로 넓은 우주의 그 수많은 별 중에서 지구라는 작은 별, 그 지구에서도 아시아, 아시아에서도 대한민국, 그 속에서도 서울이라는 곳의 한 작은 아파트에 사는 나는 얼마나 작은 존재인가. 그런데 무엇을 더 얻고 소유하기 위해 욕심 가득 찬 마음으로 매일 전쟁을 치르듯 아웅다웅 살고 있는가. 저는 그런 생각에 사로잡혀 한동안 가슴이 멍한 느낌이었습니다.

언젠가 우주비행사가 달에서 지구를 찍은 사진을 본 적이 있는데, 그 사진 속의 푸른 지구는 너무나 아름다웠습니다. 지구의 지평선 너머로 달이 보이는 게 아니라 달의 월평선 너머로 지구가 보여, 지구가 마치 지평선에 뜬 달처럼 아름다웠습니다. 그래서 저는 지구를 마냥 아름다운 존재로만 생각했습니다. 그러나 그 사진은 지구의 찬란한 아름다움을 보여준 것이지 좁쌀만 한 지구의 크기를 보여준 건 아니었습니다. 지구의 아름다움을 느낀다는 것과 지구의 크기를 깨닫는다는 것은 확연히 다른 문제였습니다.

저는 토성 사진을 신문에 난 무수한 사진 중의 하나로 치부해버릴 수가 없었습니다. 정성껏 코팅해 눈에 가장 잘 띄는 곳에 붙여놓았습니다. 지금도 책상 앞에 앉아 고개만 들면 그 사진이 보입니다. 저는 그 사진을 볼 때마다 마음의 위안을 얻습니다. 우주의 크기를 생각하면 지구는 얼마나 작고, 지구 속에 사는 나는 또 얼마나 작은가, 그러니 욕심내지 말고 주어진 여건 속에서 모든 걸 받아들이며 열심히 살자, 그런 생각을 하게 됩니다.

고통스러워 견디기 힘든 일이 있을 때는 그 사진을 더 오랫동안 들여다봅니다. 그러면 마음이 편안해집니다. 광활한 몽골의 초원도, 그랜드 캐니언의 웅장한 협곡의 위용도 볼펜똥만 한 지구 속에 존재해 있는 것이란 생각을 하면 입가에 작은 미소가 번집니다. 무엇보다도 그 사진은 고통의 근원인 내 욕망의 고리를 잘라버립니다. 욕심이 적으면 적을수록 고통도 적어진다는 평범한 사실을 문득 깨닫게 해줍니다.

우주인들은 우주에서 귀환한 후 환경주의자나 생태주의자가 되는 경우가 많다고 합니다. 그것은 우주의 크기를 직접 체험하면서 지구가 얼마나 작고 위태로운 존재인지 깨달았기 때문입니다. 아마

제 인생도 마찬가지일 것입니다. 제 인생을 지구라고 생각하고 우주의 크기에 빗대어 생각해보면 지금 제 삶에서 일어나는 고통스러운 일들, 결코 원하지 않은 슬픔이나 비극들은 아주 사소한 먼지와 같은 의미를 지닐 것입니다.

저는 요즘 살아가면서 일어나는 눈앞의 사소한 일들 때문에 낙담하고 좌절하는 가까운 벗들에게 우주의 크기를 한번 생각해보라고 이야기하곤 합니다. 넓은 우주 속에 떠도는 모래알보다 작은 지구, 거기서 또 티끌보다 작은 나라에 살면서 마음 상한다고 마음 상하고, 절망에 빠진다고 절망에 빠지는 내가 그 얼마나 작은 존재인지 깊게 생각해보는 시간을 가져보라고 말하곤 합니다. 우주는 지구가 얼마나 작고, 그 지구 속에 사는 인간이 얼마나 작고, 그 인간이 이루는 삶 또한 얼마나 사소한가를 증명하는 존재라고 생각됩니다.

"사실 살아가는 사소한 일에 별로 관심이 안 가요. 우주가 이렇게 넓은데 왜 이 좁은 데서 서로 으르렁대는지 모르겠어요. 그래서 그런지 저는 국가 간 스포츠 경기를 보면서 열 내는 사람은 이해가 잘 안 돼요."

이 말은 국제적 명성을 떨친 우리나라의 젊은 천문학자 이영욱 박사의 말입니다. 저는 이 말에 크게 공감합니다. 개인적인 삶의 크고 작은 이해관계뿐만 아니라 분단된 우리의 정치·사회 곳곳에도 해당되는 말이기 때문입니다.

'우주의 크기를 생각하면 지구는 얼마나 작고, 지구에 사는 나는 또 얼마나 작은가.'

오늘도 이런 생각을 하면 마음이 평화로워집니다.

인간의 마음속에 우주가 있다고 하지만 마음이 평화로워야 마음속에 우주를 담을 수 있습니다. 우리의 몸은 우주의 크기에 비해 먼지보다 작지만 우리의 마음만은 광활한 우주를 담을 수 있을 정도로 큽니다. 인간은 보잘것없는 물리적 크기와는 달리 마음만은 우주를 품을 수 있는 광활한 존재입니다.

언젠가 먼 우주로부터 내 방 문틈으로까지 흘러 들어온 햇살 속의 먼지를 보고 저 자신이 얼마나 감사한 존재인지 알 수 있었습니다. 그동안 제가 무슨 대단한 존재인 줄 알았으나 햇살에 떠도는 먼지에 불과한 존재라는 것을 깨닫게 해주셔서 감사하고, 또 그런 먼지에 불과한 나를 햇살이 찬란하게 비춰주시니 감사하지 않을 수 없었습니다.

그래서 '햇살에게'라는 시를 쓴 적이 있습니다.

이른 아침에
먼지를 볼 수 있게 해주셔서 감사합니다
이제는 내가
먼지에 불과하다는 것을 알게 해주셔서 감사합니다
그래도 먼지가 된 나를

하루 종일

찬란하게 비춰주셔서 감사합니다

모든 벽은 문이다

영화 '해리포터'를 떠올리면 결코 잊지 못할 장면이 하나 있습니다. 열한 살 고아 소년 해리가 '호그와트 마법학교'에 입학하기 위해 런던 킹스크로스역 벽을 뚫고 들어가던 장면입니다. 아무도 들어갈 수 없는 차단된 벽 속으로 해리가 성큼 발을 내디뎌 들어서자 벽 속에는 마법학교로 가는 특급열차를 기다리는 아이들이 승강장에서 왁자지껄 떠드는 장면이 펼쳐졌습니다. 저로서는 전혀 상상하지 못한 충격적인 장면이었습니다.

그것은 벽이 문이 되는 장면이었습니다. 저는 그 장면을 보고 모든 벽 속에는 문이 존재해 있다는 사실을 분명 알게 되었습니다. 벽은 항상 굳게 막혀 이곳과 저곳을 차단함으로써 그 존재가치를 지니는 것인데, 그 안에 또 다른 세상으로 나갈 수 있는 출구가 존재한다는 사실은 내 인생의 벽에 대해서도 깊게 생각하게 해주었습니다. 해리포터의 작가 조앤 K 롤링에게도 '해리포터 시리즈'는 인생의 벽 앞에서 작가 자신이 연 용기의 문이었습니다. 이혼 후 어린 딸을 데리고 생활고에 시달리며 자살까지 생각할 정도로 벽 앞에 서 있었지만 그녀는 해리포터를 씀으로써 벽을 문으로 만들었습니다.

돌이켜보면 저는 제 인생의 벽 앞에서 돌아서는 일이 많았지만 그래도 벽을 문으로 만들려고 노력한 적은 있었습니다. 내 인생의 꿈은 내가 원하는 삶을 사는 것이어서, 내 인생이라는 시간을 내가 주인이 되어 오로지 시를 쓰는 일에 사용하게 되는 것이어서, 잘 다니던 직장을 두 번이나 스스로 그만둔 적이 있었습니다.

처음 사회에 나와 국어교사 생활을 3년 넘게 하다가 정해진 시간에 어김없이 남을 가르쳐야 한다는 사실이 갈수록 큰 고통으로 다가와 아무런 대책 없이 그만둬버린 일이 그 하나입니다. 또 하나는 오랫동안 잡지사 기자 생활로 생계를 이어가다가 그만둔 일입니다. 당시 제 꿈은 하고 싶은 일을 하면서도 가장으로의 역할을 할 수 있게 되는 일이었습니다.

그러나 쉬운 일은 아니었습니다. 늘 생계라는 벽에 가로막혀 번번이 되돌아서곤 했습니다. 좀처럼 그 벽을 뚫고 나갈 용기가 없었습니다. 그렇지만 마흔한 살 되던 해에 사라져가는 그 꿈을 찾고 싶어 친지들 모두가 한사코 말리는데도 직장을 그만두었습니다. 지금 생각해보면 그래도 그나마 벽을 뚫고 스스로 문을 열고 나왔기 때문에 보다 자유로운 삶을 살게 된 게 아닌가 싶습니다.

조류 중에서는 하늘의 제왕인 독수리가 삶의 벽 앞에서 문을 여는 존재입니다. 독수리의 평균 수명이 인간과 비슷한 까닭은 늙음과 죽음의 벽 앞에서 독수리가 스스로 새 삶의 문을 열기 때문입니다. 독수리는 30년 좀 넘게 살게 되면 무뎌진 부리가 자라 목을 찌르고 날개의 깃털이 무거워져 날지 못합니다. 날카롭게 자란 발톱마저 살 속을 파고들어 죽을 수밖에 없는 위기에 직면하게 됩니다.

이때 독수리는 본능적으로 이대로 죽을 것인가, 아니면 뼈를 깎는 고통의 과정을 밟아 새롭게 태어날 것인가 선택하게 됩니다. 만일 새 삶을 선택하면 6개월 정도 먹는 것도 포기하고 그 과정을 견려내야 합니다. 높은 산정에 둥지를 틀고 암벽에 수도 없이 부리를 쳐 깨뜨리는 아픔의 시간을 보내고, 다시 새 부리가 날 때까지 기다리는 인내의 시간을 보내야 합니다. 그리고 새로운 부리가 나면 발톱을 모두 뽑아내고 새 발톱이 자랄 때까지 또 기다려야 합니다. 그러고는 그 새 부리로 낡은 날개의 깃털도 뽑아내고 새 깃털이 자라 날갯짓을 할 수 있을 때까지 기다려야 합니다. 참으로 견디기 힘든 고통의 과정이 아닐 수 없습니다. 그 과정이 얼마나 고통스러운지 이때 독수리의 몸은 피범벅이 됩니다. 그런데도 독수리는 그 고통의 벽 앞에서 자신을 전부 새롭게 갈고 새 삶의 문을 엽니다. 만일 독수리가 벽 속에 있는 문을 보지 못한다면 결코 인간과 같은 수명을 누리는 새 삶을 살지 못할 것입니다.

우리는 오늘이라는 벽 앞에서 내일이라는 새로운 삶을 위해 독수리처럼 선택과 결단의 문을 열어야 할 때가 있습니다. 그럴 때는 반드시 독수리와 같은 고통과 인내의 과정이 필요합니다. 2007년에 말기암으로 6개월 시한부 삶을 살면서도 '마지막 강연'이라는 동영상을 통해 전 세계인들에게 희망과 사랑의 메시지를 던진 미국의 랜디 포시 교수는 인생의 벽에 대해 이렇게 말합니다.

"벽이 있다는 것은 다 이유가 있다. 벽은 우리가 무언가를 얼마나 진정으로 원하는지 가르쳐준다. 무언가를 간절히 바라지 않는 사람은 그 앞에 멈춰 서라는 뜻으로 벽은 있는 것이다."

이 말은 결국 인생의 벽을 절망의 벽으로만 생각하면 그 벽 속에 있는 희망의 문을 발견할 수 없다는 말입니다.

벽을 벽으로만 보면 문은 보이지 않습니다. 가능한 일을 불가능하다고 생각하면 결국 벽이 보이고, 불가능한 일을 가능하다고 보면 결국 문이 보입니다. 벽 속에 있는 문을 보는 눈만 있으면 누구의 벽이든 문이 될 수 있습니다. 그 문이 굳이 클 필요는 없습니다. 좁은 문이라도 열고 나가기만 하면 넓은 희망의 세상이 기다리고 있습니다. 그러나 마음속에 작은 문 하나 지니고 있어도 그 문을 굳게 닫고 벽으로 사용하면 이미 문이 아닙니다.

문 없는 벽은 없습니다. 모든 벽은 문입니다. 벽은 문을 만들기 위해 존재합니다. 벽 없이 문은 존재할 수 없습니다. 오늘은 제가 쓴 시 '벽'을 함께 읽으면서 내 마음의 벽에 있는 문을 한번 생각해 보시길 바랍니다.

나는 이제 벽을 부수지 않는다

따스하게 어루만질 뿐이다

벽이 물렁물렁해질 때까지 어루만지다가

마냥 조용히 웃을 뿐이다

웃다가 벽 속으로 걸어갈 뿐이다

벽 속으로 천천히 걸어 들어가면

봄눈 내리는 보리밭길을 걸을 수 있고

섬과 섬 사이로 작은 배들이 고요히 떠가는

봄바다를 한없이 바라볼 수 있다

나는 한때 벽 속에는 벽만 있는 줄 알았다
나는 한때 벽 속의 벽까지 부수려고 망치를 들었다
망치로 벽을 내리칠 때마다 오히려 내가
벽이 되었다
나와 함께 망치로 벽을 내리치던 벗들도
결국 벽이 되었다
부술수록 더욱 부서지지 않는
무너뜨릴수록 더욱 무너지지 않는
벽은 결국 벽으로 만들어지는 벽이었다

나는 이제 벽을 무너뜨리지 않는다
벽을 타고 오르는 꽃이 될 뿐이다
내리칠수록 벽이 되던 주먹을 펴
따스하게 벽을 쓰다듬을 뿐이다
벽이 빵이 될 때까지 쓰다듬다가
물 한잔에 빵 한 조각을 먹을 뿐이다
그 빵을 들고 거리에 나가
배고픈 이들에게 하나씩 나눠줄 뿐이다

실패를 기념하라

새해 달력을 넘기면 일요일 외에도 붉은 숫자로 인쇄된 국경일들이 눈에 띕니다. 국경일이 아니더라도 날짜 밑에 각종 기념일 명칭을 인쇄해놓았습니다. 우리 사회가 기념하지 않으면 안 되는 날들을 미리 고지해놓은 것입니다.

이런 기념일은 국가나 사회의 삶에만 있는 게 아닙니다. 개인의 삶에도 존재합니다. 가장 대표적인 게 생일과 기일입니다. 생일 아침에 어머니가 끓여주시는 미역국 한 그릇에는 이 세상에 한 사람 인간으로 태어났다는 사실이 우주만큼 소중하다는 뜻이 담겨 있습니다. 마찬가지로 기일에 제사상에 올리는 쌀밥 한 그릇에는 하나의 우주가 사라졌다는 의미가 담겨 있습니다.

바쁜 일상 속에서 생일을 깜빡 잊어버려도 사랑하는 가족들이 잊지 않고 기념해줍니다. 생일케이크에 촛불을 켜고 환한 미소로 축가도 불러주고 뜻 깊은 생일선물을 하기도 합니다. 돌잔치, 회갑잔치, 희수잔치 등도 명칭만 다를 뿐 다 인생의 어느 시점의 생일을 기념하는 것입니다. 만일 기념해주지 않는다면 그만큼 무관심하거나 사랑하지 않는다고 여깁니다. 그래서 요즘 젊은 연인들은 처음 만난 날뿐 아니라 만난 지 100일째 되는 날도 기념합니다. 세상을 떠난 가족의 기제사나 명절에 조상님께 드리는 제사도 결국 그들의 사랑을 잊지 않고 기념하는 것입니다.

가톨릭 신자들에겐 성인의 이름을 딴 영세명이 있습니다. 그 성인의 영명축일(靈名祝日)이 되면 신자들은 서로 축하하는 마음을 나

늡니다. 성인의 삶을 기리고 닮고자 하는 열망이 그런 마음 속에 담겨 있습니다. 제 영세명은 상인이 되기보다 시인이 되기를 원했던 13세기 이탈리아 아시시의 성인 '프란치스코'입니다. 그분의 영명 축일은 10월 4일인데 그날만 되면 가까운 이들이 제게 축하전화를 하거나 축하문자를 보내줍니다. 그래서 저는 그날 하루만이라도 프란치스코 성인의 거룩한 삶을 생각하고 그분의 시 '평화의 기도'를 묵상하면서 저 자신을 성찰하게 됩니다.

이렇게 인생의 기념일은 인생을 기쁘게 해주고 성찰하게 해줍니다. 그런데 인생의 기념일에 중요한 게 하나 빠져 있습니다. 그것은 바로 실패에 대한 기념일입니다. 우리 인생에 성공을 기념하는 날은 있어도 실패를 기념하는 날은 없습니다. 저는 언제부턴가 실패를 기념하는 날이 있어야 한다고 생각하고 매년 12월 31일을 제 나름대로 '실패 기념일'로 정하고 있습니다. 다들 한 해를 보내는 아쉬움과 다가올 새해에 대한 기대에 부풀어 있을 때 저는 저의 실패를 기념합니다. 지나온 한 해를 돌아보면서 그 해의 실패를 생각하기도 하지만 제 인생 전체의 크고 작은 실패를 생각합니다. 12월이라는 인생의 길 위에서 한 사내가 추위에 떨며 엎드려 기도하고 있는 모습, 그게 바로 실패 기념일의 제 모습입니다.

이럴 때마다 놀라운 것은 그동안의 실패가 실패가 아닌 것으로 느껴진다는 것입니다. 지금까지 실패했다고 생각했던 것들이 성공으로 가는 한 과정으로 이미 변화돼 있다는 사실입니다. 그래서 저는 새해가 되면 실패를 딛고 다시 일어섭니다. 실패를 기념하는 12월이 있기 때문에 다시 시작할 수 있는 1월의 문이 열린 것입니다. 실패를 기념하는 일이 곧 성공을 기념하는 일이 된 것입니다.

성공은 굳이 자기 지신이 간직할 필요가 없습니다. 그렇지만 실패는 철저하게 자기 자신이 기억하고 간직해야 합니다. 그러기 위해서는 실패를 기념하는 날이 있어야 합니다. '경영의 신'으로 칭송받는 일본의 미쓰시타 고노스케는 "한 번 넘어졌을 때 원인을 깨닫지 못하면 일곱 번 넘어져도 마찬가지다. 가능하면 한 번만으로 원인을 깨달을 수 있는 사람이 되어야 한다"고 말한 적이 있습니다.

실패에는 반드시 그 원인이 있습니다. 실패를 거듭한다면 그 원인을 제대로 깨닫지 못했기 때문입니다. 그것을 제대로 깨닫기 위해서는 실패를 기념할 줄 알아야 합니다. 실패를 긍정적으로 받아들이고 견디는 것만으로는 부족합니다. 실패를 기념한다는 것은 실패의 원인을 깨닫는 시간을 갖는다는 뜻이며, 그런 시간을 통해서만 다음 단계로 나아갈 수 있다는 뜻입니다.

언젠가 산악인 엄홍길 씨와 백두산을 함께 오른 적이 있습니다. 그는 동행한 장애 아이들에게 히말라야 고봉을 오를 때 찍은 영상을 보여주었는데, 저도 그 영상을 통해 산악인으로서의 그의 삶에도 목숨을 건 도전과 실패가 있었다는 사실을 알게 되었습니다.

그는 1985년 첫 히말라야 원정에서부터 하산하다가 추락했습니다. 다행히 줄에 걸려 기적적으로 목숨을 구해 이듬해 다시 에베레

스트에 도전했습니다. 그러나 7500미터 지점에서 셰르파가 크레바스 틈으로 추락하는 바람에 시신도 찾지 못하고 산을 내려왔습니다.

그때 그는 셰르파가 결혼한 지 10개월밖에 안 되었으며, 그의 아버지 역시 크레바스에서 추락사했다는 사실을 알게 돼 "죽은 셰르파의 홀어머니와 젊은 아내 앞에서 고개를 들 수가 없어" 산을 떠나려고 결심했습니다. 그러나 "눈 덮인 에베레스트가 끊임없이 떠올라 이대로 포기할 수 없다"는 생각에 다시 도전에 나서 마침내 정상에 올랐습니다.

만일 그때 산을 떠났다면 그는 히말라야 8000미터급 14봉을 완등하는 업적을 이루지 못했을 것입니다. 실패를 받아들일 수 없다는 그의 생각이 히말라야 고봉보다 더 높았던 것입니다. 그래서인지 산을 오르는 장면 하나하나를 보여주며 당시를 설명하는 그의 눈빛은 빛나고 목소리는 뜨거웠습니다.

저는 그때 그가 그 영상을 통해 끊임없이 자신의 실패를 기념하는 것이라고 생각했습니다. 성공과 승리로부터는 배울 게 없고 실패와 좌절에 의해서만 배우게 된다는 것을 증명하고 있다고 생각했습니다. 엄홍길 씨야말로 늘 실패를 기념하는 사람이라고 생각했습니다.

기념하지 않은 실패는 실패가 아닙니다. 실패는 기념함으로써 비로소 성공의 싹을 틔웁니다. 인생이라는 학교에서는 성공보다 실패가 교사입니다. 저는 인생이라는 학교에서 실패라는 교사의 가르침을 잘 따르는 그런 학생이 되고 싶습니다.

삼등은 괜찮지만 삼류는 안 된다

금융인 정현수 선생이 한 이 말을 뒤집어보면 일등은 되지 않아도 괜찮다는 말입니다. 누구나 다 일등이 될 수는 없으므로 삼등이나 그 이하가 되어도 좋다는 말입니다. 그러나 삼류가 되어서는 안 된다고 합니다. 왜 그럴까요. 도대체 일등과 일류, 삼등과 삼류의 차이는 어떤 것일까요. 또 '등(等)'과 '류(流)'는 어떤 의미 차이가 있는 것일까요.

'등'은 순위나 등급 또는 경쟁을 나타내고, '류'는 위치나 부류의 질적 가치를 나타냅니다. '등'에서 외양적 의미가 파악된다면, '류'에서는 내면적 의미가 파악됩니다. 그리고 '등'보다 '류'에 최선의 노력을 다했다는 긍정성이 있을 것 같습니다. 모든 사람이 다 일등은 될 수 없지만, 모든 사람이 다 일류는 될 수 있기 때문입니다.

그러나 실제로 모든 사람이 다 일류가 되지는 않습니다. '삼류는 안 된다'고 한 것은 꼭 일류가 되라는 뜻은 아닙니다. 일류가 되지 않아도 괜찮지만 삼류가 되는 것은 경계해야 한다는 의미입니다. 일류가 되어 질 높은 가치를 지니는 것은 바람직하지만, 삼류가 되어 질 낮은 가치를 지니는 것은 바람직하지 않다는 것입니다. 결국 삼류란 질의 문제로 '질이 형편없다, 그럴 가치가 없다'는 말로 표현할 수 있습니다. 그것이 공산품일 경우 품질의 문제이고, 인간일 경우 인격과 인품의 문제이고, 국가일 경우 국격의 문제입니다.

인생에도 등수가 있을 수 있습니다. 어떤 일이나 경기에서 잘하는 사람이 있고 못하는 사람이 있기 때문입니다. 개인이든 기업이

든 국가든 모두 다 일등이 될 수는 없기 때문에 등수가 매겨지는 것은 당연합니다. 그렇지만 일등은 일등대로의 가치, 꼴찌는 꼴찌대로의 가치를 지닙니다. 꼴찌라고 해서 무조건 무가치한 존재는 아닙니다.

박완서 선생의 산문집 《꼴찌에게 보내는 갈채》에 보면, 우연히 거리에서 마라톤 경기를 보고 비록 꼴찌이지만 열심히 최선을 다해 달리는 선수에게 진심 어린 갈채를 보낸 이야기가 나옵니다. 선생께서는 그 글에서 꼴찌의 가치와 중요성에 대해 이야기합니다. 꼴찌가 있기 때문에 일등이 있다는 것입니다.

그러나 등수가 인생의 가치마저 매길 수는 없습니다. 그것은 단순한 순위일 뿐 가치가 아닙니다. 인위적 순위가 본질적 가치를 결정지을 수는 없습니다. 그러나 일류와 삼류는 다릅니다. 그것은 바로 인간 삶의 질과 가치의 문제입니다. 어떤 경쟁 그룹에서 일등을 하지 못하는 것과 어떤 위치나 부류에서 삼류가 된다는 것은 전혀 다른 문제입니다. 순위에 있어서는 삼등을 해도 괜찮지만, 질과 가치에 있어서는 삼류, 즉 삼류인생, 삼류사회, 삼류국가가 되지 말라는 것입니다.

한번은 밤늦게 KTX를 타고 상경할 때였습니다. 열차가 동대구역에 도착하자 중년 남자 대여섯 명이 왁자지껄 떠들면서 올라와 의자를 돌려놓고 마주 앉더니 안주와 소주를 꺼내 술판을 벌였습니다. 주위 승객들은 아랑곳하지 않고 열차가 서울역에 도착할 때까지 떠들썩하게 벌이는 술판을 보며 저는 그들을 삼류라고 생각했습니다.

일류와 삼류의 차이는 그리 큰 게 아닙니다. 인간으로서의 기본 윤리, 사회 구성원으로서의 규범과 도덕, 국민으로서의 헌법질서 등을 제대로 지킨다면 일류가 되는 게 아닐까요. 의사들의 집단이 기주의에 의해 수술이 거부되는 것이나, 정쟁에 의해 국회를 폭력의 장으로 만드는 것이나 다 삼류의 한 형태입니다.

일류가 되기 위해서는 결국 무엇을 중요하게 생각하고 어떻게 행동하며 살았는가 하는 문제가 가장 중요합니다. 인생에 남는 것은 결국 가치 있는 삶을 살았느냐 하는 문제이기 때문입니다. 아무리 돈이 많고 지위가 높고 권력이 많았다 하더라도, 자신만 아는 이기적 삶을 살았거나 사회와 국가의 기저를 훼손하는 삶을 살았다면 결국 삼류 인생이 될 수밖에 없습니다.

삼류는 자기주장이 강하고 이기적이며 천박합니다. 남을 이해할 줄 모르고 양보와 배려의 정신이 부족합니다. 인간으로서의 품위를 지키지 못하고 본능적 동물성이 더 드러나기 십상입니다. 따라서 삼류로 지칭되는 삶은 무가치하고 무의미한 삶이 될 가능성이 큽니다.

저는 아버지로서 아이들에게 강조해온 말이 있습니다.

"현생에 개나 돼지 같은 짐승으로 태어나지 않고 인간으로 태어났다는 것은 참으로 소중한 가치다. 성공한 삶을 살기보다 가치 있는 삶을 살아라."

이뿐입니다. '공부 열심히 해라, 책 많이 읽어라, 성실을 다해라' 이런 말은 하지 않으려고 노력했습니다. 왜냐하면 가치 있는 삶을 살기 위해서는 그렇게 하지 않으면 안 되기 때문입니다.

가치는 자신이 만듭니다. 인생이 자작이듯이 인간의 가치 또한 자작입니다. '성공한 사람이 되려고 하지 말고 가치 있는 사람이 되려고 하라'고 한 것은 가치 있는 삶을 살아야 성공한 인생이 되기 때문입니다.

인생의 가치는 어디에든 있습니다. 크고 작거나, 많고 적거나, 초라하고 화려한 데에 있는 것은 아닙니다. 내가 살고 있는 이 시대, 이 사회, 이 가정에서 나를 필요로 하고 요청해오는 데 있습니다. 어떤 일을 하며 어디에서 살든 그게 무엇인지 스스로 찾고 찾은 대로 실천하며 살아간다면 그게 바로 가치 있는 일류의 삶입니다.

인도 캘커타에서 '가난한 자의 어머니'로 살았던 테레사 수녀나, 아프리카 남수단 톤즈 마을에서 7년 동안이나 가난한 아이들과 여성들을 위해 살았던 이태석 신부의 삶만이 일류의 삶이 아닙니다. 우리 사회의 밑바닥 삶을 산 이들 중에서도 일류의 삶을 산 이들이 있습니다.

2011년 9월, 54세의 나이로 교통사고로 사망한 김우수 씨는 철가방을 들고 오토바이를 타고 짜장면과 짬뽕을 배달하는 중국음식점 배달원이었습니다. 그가 잠자는 곳은 1.5평짜리 고시원 쪽방이었으며, 받는 월급은 70만 원이었습니다. 그런데도 그는 6년 동안 많게는 여섯 명, 적게는 한 명에 이르기까지 매달 10만 원씩 부모 없는 아이들에게 보냈습니다. 우리 사회에서 중국음식점 배달원의 삶을 누가 일류의 삶이라고 말합니까. 그러나 '철가방 기부천사' 김우수 씨의 나눔의 삶은 바로 일류의 삶입니다.

"오늘 하루 종일 후원 아동들에게서 온 편지를 읽었지. 읽고 또 읽었어. 그 편지를 읽는 시간이 너무 행복한 거야."

평소 이런 말을 한 김우수 씨는 아마 삶의 보람이라는 선물을 받았을 것입니다. 삶의 보람이란 자기를 필요로 하는 이들에게 자기를 던질 때 주어지는 신의 선물입니다.

무엇을 시작하기에

충분할 만큼

완벽한 때는 없다

영화 '아비정전'으로 유명한 홍콩의 영화감독 왕저웨이(王家衛)에게 한 기자가 '왜 좀 더 완벽하게 준비해놓고 시작하지 않느냐'고 물었습니다. 그러자 매번 완성된 시나리오도 없이 촬영을 시작하는 왕감독은 '무언가를 시작하기에 충분할 만큼 완벽한 때라는 것은 없다'고 대답했습니다. 평소 무슨 일을 시작할 때 그 일에 대한 준비가 철저해야 한다고 믿어온 저로서는 엉뚱한 말이 아닐 수 없었습니다. 그래서 왕감독의 말을 은근히 무시하고 '그래도 준비가 철저한 게 더 나아' 하고 생각해왔습니다.

그런데 언젠가부터 왕감독의 말에 공감하고 있는 저 자신을 발견하게 되었습니다. 무언가를 시작하기 위해 준비하는 그 자체가 이미 그 일을 시작한 것이라는 생각이 든 것입니다. '아직 그 일을 시작한 게 아니야. 준비하고 있을 뿐이야'라고 하더라도 그 일은 이미 시작된 것이었습니다. 그래서 요즘은 어떤 일을 준비하거나 시작할 때 왕감독의 말이 제게 큰 용기를 주고 있습니다.

'그래, 준비가 시작이야. 일단 저질러놓고 보는 거야. 때론 그런 용기가 필요한 거야!'

이런 생각을 하면, 하고 있는 일에 자신감이 붙고 기대감이 더 커집니다.

시인들이 흔히 '시가 내게로 찾아왔다'고 말하는 경우가 있습니다. 그러나 저는 시가 내게로 찾아오는 경우는 거의 없습니다. 내가 시에게로 찾아갈 뿐입니다. 시가 완성될 만큼 완벽한 때란 제가 기다린다고 해서 찾아오지 않습니다. 만일 그러한 때를 기다리고 있었다면 시를 쓰지 못했을 것입니다. 처음부터 시가 써질 수 있는 완벽한 때를 기다려서 써진 시는 한 편도 없습니다. 수없이 많은 시작 메모가 정리돼 있더라도 일단 내가 시를 찾아가야만 시는 써졌습니다.

저의 시 '허허바다'를 노래로 만든 우리 시대의 노래꾼 장사익 씨가 노래를 만들 때도 그렇습니다. 그는 오선지 위에 직접 음표를 그려가며 작곡할 줄 모릅니다. 어떤 시를 읽다가 감흥이 와 노래로 만들고 싶으면 그냥 입으로 곡조를 읊조리고 기억하는 과정을 되풀이해서 노래를 만든다고 합니다. 아마 그는 그 곡조를 수백 번 아니, 수천 번은 더 되풀이하다가 다른 사람을 통해 악보에 채록할 것이라고 생각됩니다.

그러므로 장사익 씨의 좋은 노래도 처음부터 작곡할 준비가 다 된 상태에서 만들어진 게 아닙니다. 좋은 노래가 될지 안 될지 모르는 상태에서 만들어진 것입니다. 만일 그걸 모른다고 해서 마냥 기다리고만 있었다면 '찔레꽃' 같은 노래는 탄생되지 않았을 것입니다. 저의 시 '허허바다'도 장사익 씨가 노래로 만들었는데 8행밖에 되지 않는 짧은 시를 어떻게 그렇게 길고 장엄한 노래로 만들 수 있었는지 그저 놀랍기만 합니다.

결국 왕저웨이의 말은 먼저 행동하는 게 중요하다는 것입니다. 다 준비해놓고 시작해도 좋겠지만 시작하면서 준비해도 괜찮다는 것입니다. 꽃이 보고 싶은 순간에 꽃씨를 뿌리면 이미 늦었다고 아예 뿌리지 않는다면 보고 싶은 꽃은 영영 볼 수 없습니다. 지금은 꽃을 볼 수 없지만 일단 꽃씨를 먼저 뿌리는 게 중요합니다. 그래서 다 준비해놓고 시작하면 어떤 경우엔 이미 늦을 수도 있습니다. 산에 가서 메아리를 듣고 싶다면 먼저 산에 가서 목소리를 내어야 합니다. 산에 갈까 말까, 간다면 언제 가는 게 좋을까 하고 준비하는 데에 시간을 다 보낸다면 메아리를 듣기 어렵습니다.

우리는 무엇을 행동하기 위해 너무 생각하고 준비하다가 정작 행동해야 할 순간에 행동하지 못하는 경우가 많습니다. 두레박이 물을 긷기 위해서 우물 속으로 서슴없이 들어가듯 먼저 행동해야 하는 결단을 필요로 할 때가 있습니다.

꿀 한 숟가락은 벌이 4200번 가량 꽃을 왕복해야 얻을 수 있는 것입니다. 만일 벌이 꽃을 찾아 날아가는 행동을 먼저 하지 않고 '어떻게 하면 꿀을 딸 수 있을까' 하고 생각하는 시간이 더 길다면 꿀을 모으기 힘들 것입니다. 벌도 먼저 행동하기 때문에 꿀을 따는 것입니다.

광야의 양들이 해 뜨기 전에 일어나 부지런히 움직이는 것도 새벽이슬을 먹기 위해서입니다. 해가 떠 이슬이 사라져버리면 몸에 꼭 필요한 수분을 얻을 수 없습니다. 그런데 어떤 양이 '해가 뜨기 전에 일어날까 말까' 망설이기만 한다면 이슬을 먹지 못해 늘 목마름에 시달리게 될지도 모릅니다.

때로는 길 없는 숲 속으로도 망설임 없이 들어가보십시오. 어쩌면 그 숲 속에 새로운 길을 내게 될지도 모릅니다. 숲의 고요한 아름다움이 뜻밖에 내 고단한 영혼을 위로해줄지도 모릅니다.

"시도하기 전엔 내가 무엇을 이룰 수 있을지 모른다."

팔다리 없이 태어난 호주판 '오체불만족'의 주인공 닉 부이치치는 '사랑나눔재단' 초청으로 한국에 와서 한 강연회에서 그런 말을 남겼습니다.

"해보지 않으면 무슨 일이 일어날지 모른다"

2002년 노벨물리학상을 받은 일본의 천체물리학자 고시바 마사토시 교수도 이렇게 말했습니다. "할 수 있는 일이 무엇인지를 찾아서 두려워하지 말고 해보라"라는 것입니다.

현대그룹 창업주 정주영 회장의 '해봤어 정신'은 사원들이 어떤 어려움을 이야기할 때 "해보긴 해봤어?" 하는 데서 비롯되었습니다. 해보지 않고 어렵다고 말하지 말라는 것입니다. 결국 먼저 도전이라는 행동을 해보는 것이 중요하다는 것입니다. 무엇이든 해보지 않고 인생을 끝내지 말라는 것입니다.

인생에는 한 일에 대한 후회보다도 하지 않은 일에 대한 후회가 훨씬 더 클 때가 많습니다. 그러나 일단 먼저 행동하고 최선을 다하면 됩니다. 먼저 행동한다는 것은 노력한다는 것이며, 노력한다는 것은 최선을 다한다는 것입니다.

물이 먹고 싶어 물그릇을 찾을 때, 내가 찾는 물잔을 찾을 수 없다고 물을 마시지 않는 것보다는 소주잔이든 밥그릇이든 일단 그릇에 물을 따라 마시는 게 더 낫습니다. 내가 원하는 그릇이 아니더라도 일단 그릇에 물을 담아 마심으로써 갈증을 해소하는 게 바로 최선을 다하는 것입니다.

처음부터 완벽하게 이루어지는 인생은 없습니다. 인생에 완성이 있다면 하루하루 열심히 살아가는 것 자체가 완성입니다. 인생은 완성하는 데에 있지 않고 성장하는 데에 있습니다. 지금 무엇을 시작하고 싶으면 충분한 때를 기다리지 않는 게 좋습니다. '무엇을 시작하기에 충분할 만큼 완벽한 때는 없다'는 왕저웨이 감독의 말을 늘 기억하는 게 좋습니다.

견딤이 쓰임을 결정한다

일본 호류(法隆)사는 가람 배치 양식이 백제 양식입니다. 이 절에 가면 지금은 화재로 소실돼 모사화만 남아 있지만 고구려 담징이 그린 금당벽화 '사불정토도'도 볼 수 있고, 감동적인 '백제관음입상'도 만나볼 수 있습니다.

이 절 앞에는 긴 소나무 숲길이 눈부십니다. 대부분 오랜 시간의 나이테를 지닌 건강하고 잘생긴 소나무로 이루어진 숲길로 보는 것만으로 청정한 느낌이 듭니다. 호류사 안마당에도 윗부분이 뚝 잘린, 수령 몇백 년은 된 소나무 두 그루가 서 있는데 그 기품이 여간 예사롭지 않습니다.

제가 한참 동안 그 소나무를 쳐다보고 있자 일행 한 분이 호류사는 천 년 된 소나무로 지었다고 일러주었습니다. 그리고 이 절을 1400여 년 동안 대대로 지켜온 '궁목수' 가문이 있다고도 했습니다. 일본에서는 천 년 이상 갈 수 있는 절이나 궁궐을 짓는 목수를 궁목수라고 하는데, 니시오카 가문이 바로 그런 가문이라고 합니다. 이 가문에서는 "천 년 이상 갈 수 있는 건물을 지으려면 천 년 된 노송을 써야 한다. 그리고 그런 나무로 건물을 짓는다면 모름지기 천 년은 갈 수 있는 건물을 지어야 궁목수로서 그 나무에게 면목이 서는 일이다"라고 후손들에게 가르쳤다고 합니다.

이는 나무의 두 가지 생명, 즉 자연적 생명으로서의 수령과 목재로 사용된 뒤부터의 생명 연수가 같다는 뜻입니다. 나무의 나이를 통해 그 나무가 얼마나 오랜 세월을 견뎌낼 수 있을까를 파악한 것입니다. 그러니까 견딤의 기간이 쓰임의 기간을 결정한다는 것입니다. 천 년을 견딘 나무니까 천 년의 쓰임을 받는다는 것입니다.

저는 이 가문의 가르침이 시라는 집을 짓는 언어의 목수인 제게도 해당된다고 생각됩니다. 좋은 시의 집을 짓기 위해서는 무엇보다도 먼저 인간과 사물의 삶에 대한 깊은 이해와 체험이라는 나무가 있어야 합니다. 그것도 오랜 세월 동안 온갖 고통과 시련을 견뎌온 나무라야 합니다. 만일 그런 나무가 없다면 단 한 줄의 시도 쓸수 없게 됩니다.

제 인생에 처음으로 견딤이 가장 필요했던 시기는 20대 초 군 복무할 때입니다. 1970년 2월, 신병훈련을 마치고 배치받은 공병부대로 가자 일주일 뒤 제대한다는 한 병장이 저를 불러 세웠습니다.

"어이, 정 이병, 넌 언제 제대하나?"

"네! 1973년초입니다!"

저는 병장의 질문에 큰 소리로 대답했습니다. 그러자 그가 "하하, 1973년? 그때까지 언제 기다려, 잘해봐, 응?" 하면서 제 어깨를 툭쳤습니다. 주위에 있던 다른 병장들도 한꺼번에 웃음을 터뜨렸습니다. 저는 그때 얼마나 아프고 견뎌야 할 세월이 아득했는지 모릅니다.

지금은 군 복무기간이 약 22개월이지만 그때만 해도 36개월이었습니다. 제대하려면 꼬박 3년을 참고 견뎌야 했습니다. 그래서 군

모에 '세월아, 구보로!' 라고 쓴 병사가 있는가 하면, '백인(百忍)'이라고 쓴 이도 있었습니다. 저는 모자 안쪽 잘 안 보이는 곳에 '참을 인(忍)' 자 세 개를 썼습니다. 한 해가 지나면 한 자를, 또 한 해가 지나면 또 한 자를 지웠습니다. 그러나 글자 한 자를 지우는 게 그리 쉬운 일은 아니었습니다. 그렇지만 마음속으로는 늘 천 년의 소나무처럼 견딤이 쓰임을 결정한다고 생각했습니다.

누구나 견딘다는 것은 힘든 일입니다. 견디고 견디다가 구부러지고 뒤틀어진 나무처럼 되기 십상입니다. 그런데 궁목수 가문에서는 그런 나무도 적재적소에 사용했다고 합니다. 심하게 뒤틀린 나무라도 바로잡으려고 하지 않고 그 나무의 성질을 잘 이용해 알맞은 용처에 썼다고 합니다. 심지어 남쪽 벽에 쓸 나무는 산의 남쪽에서 자란 나무를 쓰고, 서쪽 벽에 쓸 나무는 산의 서쪽에서 자란 나무를 썼다고 합니다. 서양의 현대 목조건물이 백 년도 채 가지 못하는 것에 비해 고대 일본의 궁목수가 지은 집이 천 년 이상 갈 수 있는 것은 이런 나무의 성질을 잘 이해하고 사용했기 때문입니다.

그렇습니다. 내가 만일 똑바로 자라지 못하고 뒤틀린 나무 같은 존재가 되었다 하더라도 나름대로 쓰일 데가 있습니다. "나 같은 놈이 어디 쓰일 데가 있겠어!" 하는 생각이 든다면 이 궁목수 가문의 이야기에 귀 기울일 필요가 있습니다. 요즘 우리 사회의 자살 현상에 만연돼 자포자기하는 청년이 있다면 더욱 그렇습니다. 아무리 젊은 청춘이라 할지라도 견딜 줄 모르면 쓰일 데가 없어져버립니다. 견딤은 쓰임을 낳습니다. 청년기 때는 견딤의 힘이 가장 필요합니다.

견딤은 인생이라는 나무의 강도를 나타내는 인내의 나이테입니다. 인생이라는 나무를 더욱 단단하고 아름답게 하기 위한 필요조건입니다. 현실적 고통을 받아들일 수 있는 견딤의 힘을 통해 미래를 환히 밝힐 수 있습니다.

20대 때 3년이라는 긴 군 복무기간을 견뎌낼 수 없었다면 오늘의 저는 있을 수 없습니다. 제가 인간을 이해하고 인간이 이루는 사회의 본질을 이해하게 된 것은 바로 견딤의 군대생활을 통해서였습니다. 지금 제게 어떠한 어려움이라도 참고 견딜 수 있는 힘이 있다면 그것은 청년기에 군대생활을 통해 이루어진 것입니다. 그 힘은 시를 쓰는 어려움마저 참고 견디게 해줌으로써 오늘 저를 시인이라는 존재로 쓰이게 해주고 있습니다.

니시오카 궁목수 가문에서는 천 년 노송으로 집을 짓고 나면 언젠가는 후대에서 사용할 거라고 생각하고 반드시 다시 소나무를 심었다고 합니다. 천 년을 내다보며 집을 짓고 천 년을 내다보며 나무를 심은 것입니다. 지금도 호류사를 지은 목재의 일부를 대패질하면 천 년 된 노송의 향긋한 솔내가 난다고 합니다. 견딤이 낳은 쓰임의 향기가 아닐 수 없습니다.

이 시대를 사는 청년들한테도 그런 향기가 나면 좋겠습니다. 자살이 국가적 질병이 된 이 시대에 청년들마저 견딜 수 없다고 자살해버린다면 언제 어디에 누가 쓰일 수 있겠습니까. 견딤은 미래의 나를 준비하는 과정입니다. 견딤이 쓰임을 결정합니다. 내게 견딤이 있어야 귀하게 쓰이는 결과를 가져옵니다.

한 일(一) 자를 10년 쓰면

붓끝에서 강물이 흐른다

요즘은 서예가가 아니면 붓글씨 쓰는 사람이 드물어 붓을 찾아보기 어렵습니다. 서울에서는 인사동 지필묵 가게에나 가야 겨우 찾아볼 수 있을 뿐입니다.

　예전엔 그렇지 않았습니다. 글을 쓸 수 있는 유일한 도구가 붓이었습니다. 조선시대 선비들을 문사 또는 문방(文房)이라고 일컬었는데 그들에게 붓은 필수적인 것이었습니다. 붓은 문방사우 즉 종이, 붓, 먹, 벼루 중 하나였으며, 그중 어느 것 하나만 없어도 글쓰기가 힘들었습니다.

　저는 중학교 때까지 붓을 사용했습니다. 일주일에 한 시간씩 습자시간이 있어 먹을 갈고 습자지에 붓글씨 쓰는 연습을 했습니다. 책상에 엎드려 자는 친구 얼굴에 먹이 잔뜩 묻은 붓으로 수염을 그리며 장난치던 장면이 지금도 눈에 선합니다.

　물론 그때 이후 더 이상 붓글씨를 쓰는 일은 없었습니다. 붓 또한 제 삶에서 사라졌습니다. 저만 해도 이러니 요즘 세대들은 붓을 손에 쥐어본 경험조차 드물 것입니다. 지금은 붓 대신 볼펜이나 만년필을 씁니다. 이젠 만년필을 쓰는 경우도 드물어 거의 컴퓨터 자판에 의존해 워드프로세서로 글을 씁니다. 어떤 이는 제가 시인이기 때문에 연필이나 만년필로 시를 쓸 것이라고 생각하는데 그렇지 않습니다. 저 또한 노트북으로 시를 써야 시가 더 잘 써집니다.

　그런데 언젠가 어느 책에서 '한 일(一) 자를 10년 쓰면 붓끝에서 강물이 흐른다'는 말을 읽고 가슴이 뭉클했습니다. 문득 조선시대의 대표적 명필 추사 김정희 선생이 친구 권돈인에게 보낸 편지의 한 구절이 떠올랐습니다. 추사는 그 편지에서 '나는 70 평생에 벼루 열 개를 밑창 냈고 붓 일천 자루를 몽당붓으로 만들었다'고 했습니다. 이 말 뜻이 무엇이겠습니까. 글씨를 잘 쓰기 위해 그만큼 열심히 공부했다, 최선을 다해 노력했다는 말입니다. 그 정도 노력해야 명필이 될 수 있다는 뜻입니다. 바꾸어 말하면 '노력 없이는 아무것도 이룰 수 없다, 한 번에 한 가지 일에만 관심을 쏟으라' 는 뜻입니다. 서성(書聖)으로 불리는 중국의 왕희지도 서예를 연마하기 위해 연못 물이 까매지도록 먹을 갈았다고 합니다. 이를 두고 묵지(墨池)라고 하는데, 이 이야기에도 얼마만큼 노력했느냐가 중요하다는 뜻이 숨어 있습니다.

"하루를 연습하지 않으면 내가 알고, 이틀을 연습하지 않으면 아내가 알고, 사흘을 연습하지 않으면 청중이 안다."

20세기 후반 클래식 음악계를 이끈 마에스트로 레너드 번스타인도 이런 말을 한 적이 있습니다. 이 또한 얼마만큼 연습이라는 노력을 했느냐가 중요하다는 뜻입니다. 그는 스물다섯 살 젊은 나이로 뉴욕 필하모닉의 상임지휘자가 된 뒤 끊임없는 연습으로 손대는 작품마다 '번스타인의 음악'으로 만드는 강한 개성을 보여주었습니다.

저는 중학교 2학년 때 김진태 국어선생님한테 제가 처음 써본 시 '자갈밭에서'를 칭찬받은 적이 있습니다. 선생님께서는 국어시간에 김영랑의 시 '돌담에 속삭이는 햇발'을 가르치면서 집에 가서 시를 한 편씩 써오라고 숙제를 내셨습니다. 그런데 숙제 검사를 하시다가 저를 지적해서 써온 시를 일어나 읽어보라고 하셨습니다. 벌떡 자리에서 일어나 '자갈밭에서'를 다 읽자 선생님께서 제 까까머리를 쓰다듬어주시면서 칭찬의 말씀을 해주셨습니다.

"호승이 너는 열심히 노력하면 좋은 시인이 될 수 있겠다."

저는 선생님의 이 말씀을 잊은 적이 없습니다. 선생님의 이 말씀 한마디 때문에 시를 쓰는 삶을 살게 되었습니다.

선생님께서는 그냥 막연히 '좋은 시인이 될 수 있겠다'고 하신 게 아니라 '열심히 노력하면'이라는 전제조건을 다셨습니다. 이 말씀은 노력하지 않으면 좋은 시인이 될 수 없다는 뜻입니다. 그러니까 무슨 일이든 열심히 노력하라는 말씀입니다.

시인이 죽으면 대표작 한두 편이 남습니다. 그래서 '대표작으로 남을 시만 일찍 써버리면 더 이상 시를 쓰지 않아도 될 텐데' 하는 생각을 한 적이 있습니다. 그러나 그렇지 않았습니다. 시인이 한 편의 시를 남기기 위해서는 평생이라는 시간이 필요합니다. 추사 선생처럼 붓 일천 자루를 몽당붓으로 만들 정도의 평생이라는 시간을 바쳐야 그나마 대표작 한두 편이 남습니다.

오래전, 몽골의 수도 울란바타르 '간단사원'에서 본 광경이 잊히지 않습니다. 이 사원은 18세기 초만 해도 아홉 개의 사원을 거느린 몽골 최대 규모의 사원이었으나, 1930년대 공산정권에 의해 파괴되어 지금은 관음대불전 등 부속 건물 몇 채만 남은 티베트 불교 사원입니다.

저는 그날 원통형 통에다 불교 경전을 넣어 손으로 돌릴 수 있도록 만든 마니차를 돌리고 나서 입구 오른쪽 담 안으로 들어가보았습니다. 그 안에서 들려오는 맑고 슬픈 피리소리 때문이었습니다.

'누가 피리를 부는데 저렇게 애절하게 들릴까. 어느 스님이 부는 것일까.'

그런 생각을 하며 천천히 소리가 들리는 쪽으로 발걸음을 옮기자 그것은 바로 한 맹인이 부는 피리소리였습니다. 저는 나이 많은 어느 라마승이 부는 거라고 생각했으나 허리가 구부러진 한 남루한 맹인이 안구가 푹 꺼진 눈을 감추지 않은 채 불당 마루 주춧돌에 앉아 피리를 불고 있었습니다.

가만히 걸음을 멈추고 사람들 틈에 끼여 오랫동안 피리소리에 귀를 기울였습니다. 피리소리는 들으면 들을수록 애간장을 녹였습니다. 불당 앞마당에 떼 지어 앉아 있는 회색 비둘기들도 피리소리에 마음을 빼앗긴 듯 조용했습니다.

그 맹인은 하루도 빠짐없이 간단사원을 찾아와 그렇게 피리를 분다고 했습니다. 잃은 시력을 되찾을 수 없어 마지막으로 부처님께 기원하고 공덕을 쌓기 위해 매일 피리를 분다고 하는데 그게 벌써 3년째라고 했습니다.

그 이야기를 듣고 나니 맹인의 피리소리가 더 아프고 애절하게 들렸습니다. 하루도 빠짐없이 부처님께 매일 아름다운 피리소리를 들려드린다는 게 결코 쉬운 일이 아닐 것입니다. 그러나 그는 정성을 다해 부처님께 피리를 불어드리고 있었습니다. 벌써 10여 년 지난 일이므로 지금쯤은 그의 노력이 부처님 마음을 움직여 시력이 회복되었을 것이라고 생각해봅니다. '한 일(一) 자를 10년 쓰면 붓 끝에서 강물이 흐른다'는 말처럼 무슨 일이든 열심히 노력하면 못 이루어질 게 없기 때문입니다.

모차르트가 되기보다

살리에리가 되라

죽음이 무엇이냐는 질문에 아인슈타인은 "모차르트 음악을 들을 수 없게 되는 것"이라고 했습니다. 차이코프스키는 "내가 평생을 음악에 바치게 된 것은 모차르트 덕분"이라고 했습니다. 베토벤은 "모차르트를 가장 존경하는 사람 중의 한 사람으로 인정하고 있으며, 내 생애 마지막까지 그러할 것"이라고 했습니다. 괴테는 "모차르트는 하느님이 내려준 기적의 표식"이라고 단언하기도 했습니다. 모차르트에 대해 많은 글을 쓴 신학자 칼 바르트는 "세상을 떠나 천국에 가면 모차르트를 가장 먼저 만나보겠다"고까지 했습니다.

모차르트의 위대성과 신비에 대한 이러한 찬사를 일일이 다 열거할 수가 없습니다. 저는 이런 찬사를 통해 모차르트가 얼마나 음악적으로 위대한 인물이었는지 짐작할 뿐입니다. 가끔 모차르트의 음악을 들으면 '천재는 인간에게 준 신의 선물이구나' 하는 생각이 듭니다. 모차르트는 떠오른 악상을 그대로 악보에 옮기면 더 이상 손댈 데 없이 훌륭한 곡이 만들어졌다고 합니다. 모차르트의 이러한 천재성은 자신만의 것이 아니라 인간의 공동선 혹은 인류 전체의 기쁨을 위한 것입니다.

모차르트의 삶을 소재로 한 영화 '아마데우스'를 저도 보았습니다. 밀로스 포먼 감독의 말처럼 이 영화는 모차르트의 일생을 나타낸 전기 영화가 아닙니다. 모차르트라는 한 천재에 의해 상대적으로 평범한 존재가 되어버린 살리에리라는 한 범인의 고통을 신과 인간의 관계에 대한 성찰로까지 승화시킨 영화입니다.

모차르트는 일곱 살 때 건반악기와 바이올린을 능숙하게 다루는 신동으로 세계를 놀라게 했습니다. 바티칸의 교황 앞에서 자신이 작곡한 곡을 연주할 정도였습니다. 천으로 건반을 가리거나 눈을 가린 채 피아노를 연주하는 모습도 보여주었습니다. 모차르트는 이런 천재적 재능으로 만인의 주목을 받았지만 일상생활에서는 가난과 빚에 시달렸습니다. 그는 서른다섯 젊은 나이로 안타까운 생을 마감했는네 독살설이 있을 정도로 그의 죽음에는 모호한 부분이 있습니다.

1791년 여름, 모차르트가 류머티즘이 심해 자리에 누워 있을 때였습니다. 발제크 백작이 아내의 죽음을 애도하기 위해 장송곡 '레퀴엠'을 모차르트에게 의뢰했는데 모차르트는 그 곡을 작곡하다가 그해 겨울 세상을 떠났습니다. 병마에 시달려 죽어가면서까지 죽은 자를 위한 레퀴엠을 작곡한 이 부분이 모차르트의 삶을 더욱 신비스럽게 하는 부분입니다.

영화 아마데우스는 모차르트의 이런 죽음에 독살이라는 허구를 덧씌워 극적 효과를 극대화하기 위해 모차르트와 살리에리의 관계를 대립시킵니다. 레퀴엠 작곡을 의뢰한 이를 발제크 백작 대신 살리에리로 대치하여 그가 작곡을 도와주는 척하면서 모차르트를 과로사로 몰아가는 과정을 그리고 있습니다. 그래서 영화는 흰 눈 휘날리는 오스트리아 빈의 밤거리에서 노인이 된 살리에리가 절규하는 장면에서부터 시작됩니다.

"내가 모차르트를 죽였어! 모차르트, 나를 용서해주오!"

살리에리는 이런 절규 끝에 자살을 시도하다가 정신병원으로 이송됩니다.

모차르트의 천재성 앞에 절망하고, 그 절망이 질투로 변하고, 그 질투로 모차르트를 죽음에까지 이르게 한 살리에리. 모차르트를 죽음으로 몰고 갔다는 죄책감 때문에 32년 동안이나 괴로워한 나머지 젊은 신부에게 자신의 고통을 토로하는 살리에리를 보며 저는 마음이 무척 아팠습니다. 오직 자신의 노력만으로 오스트리아 황제 요제프 2세의 궁정음악가 자리에 오른 살리에리에게 천재 모차르트의 출현은 그를 절망시켰습니다.

궁정에 초대받은 모차르트를 위해 살리에리는 '환영 행진곡'을 만들었습니다. 황제가 그 곡을 피아노로 연주하자 모차르트는 황제 앞에서 그 곡을 혹평하고 즉흥적으로 고쳐 연주했습니다. 그러고는 "어떻습니까? 아까보다 훨씬 낫지 않습니까?" 하고 반문합니다. 황제 앞에서 젊은 모차르트한테 이런 수모를 겪은 살리에리의 마음은 어떠했을까요.

"신이여, 당신은 제가 그토록 갈망했던 능력을 저런 방탕한 녀석에게 주시고 왜 저에게는 그 아름다움의 화신을 알아볼 수 있는 능력밖에 주시지 않으셨습니까?"

살리에리의 이 절규의 목소리를 들으면서 저는 모차르트와 같은 천재는 한 사람이면 족하다는 생각이 들었습니다.

누구나 모차르트와 같아질 수는 없습니다. 만일 우리 모두 모차르트가 된다면 모차르트라는 존재성은 사라지고 살리에리라는 존재성만 남게 됩니다. 모차르트와 같아질 수 없는데도 같아지기를 원한다면 자신의 존재가치를 폄하하게 되고 그럼으로써 고통이 따르게 됩니다. 살리에리의 고통과 비극은 자신의 능력을 스스로 인정하지 않고 모차르트의 천재성을 탐내고 부러워한 데에 있습니다. 오히려 내 안에 있는 나만의 천재성, 아무하고도 비교하지 않아도 되는 나만의 능력을 발견하는 게 더 중요합니다. 내 안에 있는, 남과 비교되는 천재성은 그리 중요하지 않습니다. 그런 천재성은 나 자신뿐 아니라 우리 모두를 힘들게 할 뿐입니다.

우리는 천재를 찬미하지만 진정 신뢰하는 사람은 보통 사람입니다. 모차르트라는 한 사람의 천재 때문에 살리에리라는 수많은 사람이 좌절하고 고통스러워할 필요는 없습니다. 오히려 살리에리가 있기 때문에 모차르트라는 천재가 존재하는 것입니다.

누구나 다 일등을 할 수는 없습니다. 꼴찌가 없으면 일등은 존재하지 않습니다. 물론 일등을 위해 꼴찌가 존재하는 게 아니라 그냥 꼴찌로서 존재하는 것입니다. 살리에리도 살리에리로서 존재하는 것이지 모차르트에게 비교되기 위해 존재하는 것은 아닙니다.

지휘자이자 피아니스트인 정명훈 씨는 자신을 가리켜 "일등보다 이등을 많이 해본 사람"이라고 합니다. "연주자는 작곡가에 이어

늘 이등이며, 이등이 일등보다 좋을 때가 많다"고 합니다. "일등은 화려한 조명을 받지만 동시에 평생 그 자리를 지켜야 한다는 부담에 시달려야 한다. 정상에 올라가는 기분은 짜릿하겠지만 내려갈 때의 압박감도 그에 못지않다. 반면 이등에게는 노력만 한다면 언제나 희망과 가능성이 열려 있다. 당장 일등이 아니라는 데 낙담하지 않고 언젠가 일등으로 올라갈 수 있다는 데서 희망을 찾을 수 있다"고 말합니다.

실제로 그는 1974년 모스크바에서 열린 차이코프스키 국제 콩쿠르에서 피아노 부문 이등을 수상했는데, 어떤 심사위원이 나중에 그에게 일등을 줘야 했다고 말했다고 합니다. 그는 "그때 내가 일등을 했다면 거꾸로 내 인생의 비극이 됐을 수도 있었다"고 말합니다.

시를 쓰는 일에도 일등은 없습니다. 어떤 이는 문학의 장르 중에서 시는 노력보다 재능에 의해 써진다고 합니다만 시를 쓰는 일도 노력하는 일입니다. 저는 한 작품 당 평균 서른 번은 넘게 고쳐 씁니다. 그래도 '모차르트'가 조금도 부럽지 않습니다. 저 자신이 '살리에리'인 것이 오히려 축복이라고 생각됩니다. 제가 모차르트처럼 천재적이지 않다고 해서 제 삶을 모차르트의 삶과 바꾸고 싶은 생각은 추호도 없습니다. 저는 저로서 족할 뿐입니다. 그래서 항상 저 자신에게 '모차르트가 되기보다 살리에리가 되라'고 말합니다. 문학적 잠재력과 그 가능성에 대해 저 스스로 기대감을 지닐 수 있는 것만으로도 감사할 따름입니다.

사진을 찍으려면 천 번을 찍어라

성철스님이 지내시던 해인사 백련암 손님방에서 하룻밤 잔 일을 잊을 수 없습니다. 스님이 입적하시기 10여 년 전, 당시 잡지사 기자로 일하던 저는 스님께 인터뷰를 요청했으나 허락하시지 않았습니다. 그 대신 서면 질문을 하면 서면으로 답변해주겠다고 하셨습니다. 그래서 그날 밤 저는 무슨 질문을 할까 곰곰 생각하면서 가야산 백련암에서 하룻밤 묵게 되었습니다.

하안거 해제 전날인 백련암의 여름밤은 깊고 고요했습니다. 밤하늘엔 보름달이 두둥실 떠올라 있었고 어둠속에서 들리는 풀벌레 울음도 깊고 청명했습니다. 큰스님 가까이 계시는 데서 밤을 맞았다는 사실만으로도 제 가슴은 보름달처럼 차올랐습니다. 물론 잠은 오지 않았습니다.

어느새 시간이 지나 해인사의 새벽 종소리가 은은히 들려왔습니다. 벌떡 일어나 스님 주무시는 방을 바라보았습니다. 스님 방엔 맑은 불이 켜져 있었고, 달빛 아래 마당을 거니시는 스님의 모습이 보였습니다. 저는 스님의 뒷모습을 오랫동안 지켜보면서 '오늘 새벽 스님께서는 무엇을 위해 기도하셨을까' 하고 생각해보았으나 짐작하기 어려웠습니다.

천천히 아침공양을 하고 나자 스님은 언제 해인사로 내려가셨는지 보이지 않았습니다. 저는 서둘러 해인사로 내려갔습니다. 이미 대웅전엔 많은 스님들과 불자들이 빽빽이 들어차 있었습니다. 저는 그 사이를 비집고 들어가 앉아 대웅전 높은 단상에 올라 주장자를 손에 쥐고 하안거 해제 설법을 하시는 스님을 바라보았습니다. 스님은 마치 엷은 미소를 띤 호랑이처럼 보였습니다.

그날 설법을 마치고 스님이 백련암으로 걸어 올라가실 때 함께 가도 된다는 허락을 받았습니다. 그때 자연스럽게 동행하면서 여쭙고 싶은 걸 여쭙고 찍고 싶은 사진도 찍으라는 게 당시 제자승인 원택스님의 배려 깊은 말씀이었습니다.

스님은 설법을 마치자마자 지체 없이 바로 백련암으로 향했습니다. 저는 사진기자와 함께 부지런히 스님 뒤를 따라갔습니다. 스님은 청년처럼 휘이휘이 빠른 걸음으로 산을 올라가셨습니다. 감히 말씀을 붙이기 어려웠습니다. 그래도 뒤처지지 않고 스님 뒤를 따라가 세상 사람들을 위해 한 말씀 해주시기를 청했습니다. 스님께서는 "내가 무슨 할 말이 있겠나. 다 자기 자신을 들여다보면 알 건데" 하시고는 빙그레 웃기만 하셨습니다. 그러고는 호랑이 한 마리가 그려진, 백련암 방향을 가리키는 나무표지판이 나오자 그 앞 바위 위에 앉아 사진을 찍을 수 있도록 자연스럽게 포즈를 취해주셨습니다.

사진기자가 이때다 싶어 연방 셔터를 눌렀습니다. 그때였습니다. 스님께서 "왜 그렇게 사진을 많이 찍노. 필름이 안 아깝나" 하고 물으셨습니다. 사진기자가 사진 찍는 데 여념이 없어 스님 질문에 얼른 대답을 하지 않았습니다. 그래서 제가 나서서 "좋은 사진을 찍으려면 많이 찍어야 합니다. 벌써 필름을 다섯 통도 더 썼습니다" 하고 말씀드렸습니다. 그러자 스님께서는 "그래, 그러면 천 번을 찍어라" 하고 말씀하셨습니다.

'아이구, 천 번이나!'

저는 그때 '어떻게 천 번을 찍으라고 하시나, 스님께서 농담도 잘하신다'고 생각했습니다.

사진기자는 열심히 사진을 찍었습니다. 처음엔 사진 찍는 걸 그리 달가워하지 않으신 스님이 그 말씀을 하시고 나서는 카메라를 피하지 않으셨습니다. "그만 좀 찍어라" 하는 말씀도 하지 않으셔서 그날 스님 사진을 참 많이 찍었습니다. 스님이 벗어놓은 검정고무신과 누더기 승복, 스님이 잡수시는 소박한 무염식 밥상을 찍기도 했습니다.

그 뒤 '사진을 찍으려면 천 번을 찍어라'고 하신 스님의 말씀이 제 인생의 화두가 되었습니다. 그 말씀이 무슨 뜻일까. 생각할수록 어려웠습니다. 그래도 그 말씀을 늘 잊지 않으려고 애를 쓰다가 어느 날 문득 '무슨 일을 하든 최선을 다해 노력하라. 산다는 것은 노력한다는 것이다'라는 뜻이라고 쉽게 생각했습니다.

당시 스님께서는 어린아이들은 조건 없이 만나주셨지만 일반인이나 신도들은 부처님께 먼저 삼천배를 하지 않으면 만나주지 않으셨습니다. 그래서 저는 '삼천배를 어떻게 하나. 요구가 너무 지나치고 까다로우시다. 그냥 만나주시지' 하는 생각을 했습니다. 말이 삼천배지 삼천배를 하려면 며칠이나 걸리고 아파 드러누울 수도 있는 일이었습니다.

이제 와 생각해보면 삼천배를 하면서 그만큼 '먼저 부처님을 만나고 자기 자신을 만나라'는 뜻이었다고 생각됩니다. 그래서 한 말씀 해달라고 했을 때 "자신을 들여다보면 다 안다"고 말씀하신 것이었습니다. 스님께서 늘 '자기 자신을 바로 보라'고 하신 까닭도 거기에 있었습니다.

저는 그동안 남을 들여다보는 일은 수없이 많았어도 나 자신을 들여다본 일은 거의 없었습니다. 들여다볼 기회가 있어도 일부러 외면해왔습니다. 저 자신을 들여다보는 일만큼 두려운 일은 없었기 때문입니다.

이제 비로소 저를 들여다봅니다. 눈을 똑바로 뜨고 들여다보면 볼수록 고개를 들 수가 없습니다.

"사진을 찍으려면 천 번을 찍어라."

스님의 이 말씀만 들려옵니다.

"시를 쓰려면 천 번을 써라."

아무리 생각해봐도 바로 이 말씀입니다. 무슨 일을 하든 천 번을 할 정도로 열심히 노력하면 결국엔 이루어진다는 말씀이 아닐 수 없습니다.

저는 이제부터라도 시를 한 편 쓰더라도 천 번을 써야 합니다. 삶에서 중요한 것은 성공이 아니라 노력입니다.

인생에는 성공보다 살아가는 과정이 더 중요합니다. 노력하는 과정 자체가 우리의 삶이며 노력 없이 이루어지는 것은 아무것도 없습니다.

깊은 데에 그물을 던져라

갈릴래아 호수에 가보았습니다. 우리나라 산정호수 정도 되겠거니 하고 생각했는데 멀리 수평선이 보일 정도로 망망한 바다 같았습니다. 예수 시대의 작은 고깃배라도 오갈 줄 알았으나 모터보트를 타고 호수 한가운데로 질주하거나 파도를 가르며 윈드서핑을 즐기는 휴양객들이 있는 현대화된 호수였습니다.

저는 2000여 년 전 예수의 제자인 베드로가 예수한테 수위권(首位權)을 받았다는 '베드로 수위권 성당' 아래 호숫가를 천천히 거닐었습니다. 갈대가 우거진 호수는 뜨거운 햇살 아래 은빛 물결을 빛내며 고요했습니다. 바위에 앉아 양말을 벗고 발을 담그자 물은 따스했습니다. 피라미 같은 물고기들이 내 발밑에서 부산히 움직였습니다. 문득 이런 갈릴래아 호숫가에서 예수를 만났을 가난한 어부 베드로의 모습이 떠올랐습니다.

밤새 물고기 한 마리 잡지 못한 베드로가 깊은 데로 가서 그물을 던져보라고 한 예수의 말을 따르자 '그물이 찢어지고 배가 가라앉을 정도로' 물고기가 많이 잡혔다는 성서의 이야기도 떠올랐습니다. 만일 베드로가 예수의 말을 무시하고 깊은 데에 그물을 던지지 않았다면 어떻게 되었을까요. '호수 구석구석을 다 아는 갈릴래아 최고의 어부인 내가 밤새도록 그물을 던져도 못 잡았는데 깊은 데로 그물을 던지라니!' 하고 못마땅하게 여겼다면 어떻게 되었을까요.

가족의 생계를 책임진 어부로서 그는 그날 참으로 애가 탔을 것입니다. 힘이 빠지고 마음이 상해 다시 그물을 던져보라는 예수의 말에 화를 낼 수도 있었을 것입니다. 만일 그랬다면 그는 물고기를 한 마리도 잡지 못했을 것이고, 예수의 제자도 되지 않았을 것입니다. 그러나 그는 그렇게 하지 않았습니다. 그때까지만 해도 누구인지 잘 알지 못하는 예수의 말을 그대로 따랐습니다.

저는 갈릴래아 푸른 물결을 오랫동안 바라보며 베드로의 이 점이 아주 중요하다고 생각했습니다. 우리는 나와 상관없는 사람이 내 일에 간섭하거나 관여하는 걸 별로 좋아하지 않습니다. 더구나 내가 잘 아는 분야에 다른 사람이 참견할 경우 화를 낼 수노 있습니다. 그러나 베드로는 누구보다도 고기를 잘 잡는 어부임에도 불구하고 자신의 부족함을 인정하고 남의 충고를 받아들이는 겸손한 자세를 보여주었습니다. 이는 자기주장만 하고 다른 사람의 말에는 아예 귀를 닫아버리는 우리에게 진정 필요한 자세라고 생각됩니다.

또 물고기를 잡지 못해 가족을 굶길 처지에 놓인, 요즘 식으로 이야기한다면 하루 벌어 하루 먹고사는 베드로에게 관심을 가진 예수의 태도 또한 중요하다고 생각됩니다. 우리는 개인주의가 팽배해 남이야 어떻게 되든 남의 일에 관여하지 않습니다. 누가 길바닥에 쓰러져 있어도 무관심합니다. 그러나 예수는 베드로의 일을 자기 일처럼 여기고 참견합니다. 예수의 이러한 태도는 오늘을 사는 우리에게 꼭 필요한 공동체적 삶의 자세입니다.

저는 지금까지 예수가 베드로에게 한 이 말을 늘 제게 한 말이라고 생각하며 살아왔습니다. 그것은 그 '깊은 데'의 의미를 제 인생에 이익이 되도록 이해하고 살아왔기 때문입니다. 시가 잘 써지지 않거나 창조성이 요구되는 어떤 일이 지지부진할 때 '깊은 데에 그물을 던져라. 그래야 큰 고기를 잡지' 하고 늘 '큰 것'이라는 제 외형적 이익을 생각해왔습니다. 인생을 시작하는 젊은이들에게도 늘 그런 말을 잊지 않았습니다.

"젊을 때는 인생의 꿈과 목표를 크게 잡아라. 처음부터 깊은 데에 그물을 던져라. 고래가 바닷가에 살지 않듯이 큰 물고기는 얕은 데에 살지 않는다."

저는 이렇게 인생의 목표는 '큰 것'이어야 하고 그것을 잡기 위해서는 처음부터 '깊은 데'에 그물을 던져야 한다고 주장해왔습니다. 그러나 그것은 보다 많이 생산하고 소유하는 인생의 외형적 크기와 물질적 성공에 중점을 둔 것이라고 할 수 있습니다. 예수가 말한 그 '깊은 데'란 인생의 외형적 목표와 규모에 대한 것이 아닐 것입니다. 인생의 내면적 깊이, 깊은 사랑과 정의가 있는 영혼의 깊이를 의미할 것입니다.

인생은 상대적 넓이도 중요하지만 절대적 깊이도 중요합니다. 인생은 바다이면서도 우물입니다. 우물이 넓기만 하다면 바다이지 우물이 아닙니다. 우물은 넓이도 중요하지만 결국 깊어야 우물로서의 존재가치가 형성됩니다. 인생은 넓은 바다가 되기만을 바랄 게 아니라 깊은 영혼의 우물을 지닐 수 있는 존재가 되어야 합니다. 특히 젊음의 인생은 바다만 되기를 바랄 게 아니라 우물이 되기도 바라야 합니다. 가장 소중한 것은 가장 깊은 데에 있습니다. 청년들의 인생이 깊어지려면 꿈과 목표가 있어야 하고, 그 꿈과 목표라는 그물을 반드시 깊은 데에 던져야 합니다.

"사는 게 뭐 별거라고, 그냥 되는 대로 살지 뭐."

누가 이런 말을 하면, 특히 청년들이 이런 말을 하면 안타깝습니다. "그래, 인생을 많이 살아봤어? 겨우 2~30년 살아놓고 그런 말을 해?" 하고 그 청년을 향해 속으로 소리칩니다.

인생은 별게 아니라 별것입니다. 이 세상 그 어느 가치보다 소중한 가치를 지닙니다. 불교의 윤회사상에 의하면 누구나 개나 소 등의 동물로 태어날 수 있습니다. 그러나 우리는 지금 인간으로 태어나 살고 있습니다. 이는 참으로 소중한 현재적 가치입니다. 이런 가치를 지니고 있으면서도 인생의 그물을 얕은 물에 던지거나 아예 던지지도 않는다면 그 인생이 어떻게 되겠습니까.

얕은 곳에 그물을 던지면 큰 물고기를 잡지 못합니다. 좀 위험하고 시간이 걸리더라도 깊은 데에 그물을 던져야 큰 물고기를 잡을 수 있습니다. 갯바위에 앉아 바다낚시를 해서 고래를 잡을 수는 없습니다. 아무리 위험해도 포경선을 타고 망망대해로 나가야 고래를 잡을 수 있습니다.

반기문 유엔 사무총장도 외교관이라는 깊은 곳에 그물을 던졌기 때문에 연간 51억 달러의 예산을 집행하는 '세계의 대통령'이 되었습니다. 열아홉 살 때 백악관에서 만난 케네디 대통령이 반 총장에게 "장래 희망이 무엇이냐"고 물었을 때 그는 망설임 없이 외교관이라고 대답했습니다. 그것은 그가 어릴 때부터 깊은 곳에 그물을 던졌다는 것을 의미합니다.

인생은 각자 다 다르고, 다른 만큼 소중합니다. 나의 것이라고 함부로 대할 수 있는 존재가 아닙니다. 인생은 어떤 의미에서 나의 인생이지만 나의 것이 아닙니다. 스스로 소중히 여겨야 할 객체이며, 그 객체는 진정한 예의와 책임을 요구합니다. 그러기 위해서는 꿈을 크게 가져야 하고 깊은 곳에 그물을 던질 수 있어야 합니다.

예수가 "무엇을 먹을까 무엇을 입을까 걱정하지 말라"고 말씀한 것도 먹고 입는 것에 인생의 시간을 빼앗기지 말고 남을 위해 보다 큰 꿈을 꾸며 살라는 의미일 것입니다. 성철스님이 "밥은 죽지 않을 정도만 먹고, 옷은 살이 보이지 않을 정도면 됐고, 공부는 밤을 새워서 하라"고 말씀한 것도 인생의 깊은 곳에 그물을 던지라는 말씀일 것입니다.

예수는 베드로를 제자로 삼음으로써 물고기를 낚는 물질의 어부에서 사람을 낚는 영혼의 어부로 전환시켰습니다. 물고기가 많이 잡히기만을 바라는 평범한 어부로 하여금 깊은 데에 그물을 던지게 함으로써 인간을 낚을 수 있는 진리의 어부가 되게 했습니다. 이것은 베드로의 삶의 내면이 깊어짐으로써 그 인생의 깊이 또한 더욱 깊어진 것을 의미합니다.

새들은 바람이 가장

강하게 부는 날

집을 짓는다

우연히 텔레비전에서 까치 부부가 집을 짓기 위해 부단히 노력하는 장면을 보게 되었습니다. 까치 부부는 도심의 가로수 윗동에다 집을 짓기 위해 끊임없이 나뭇가지를 부리로 물어다 날랐습니다. 겨울에 사람들이 나무의 윗동을 마치 새총처럼 잘라버려 까치 부부가 물어온 나뭇가지는 얼키설키 엮이지 못하고 계속 떨어지기만 했습니다. 받침대 역할을 하는 가지 하나 남아 있지 않아 집의 기초공사를 할 수 없는데도 거의 한 달 동안이나 거리에 떨어진 나뭇가지를 물어다 날랐습니다. 까치들은 집의 위치를 기억하고 있어 사람들이 집을 없애버려도 원래 있었던 그곳에다 다시 지으려고 노력한다고 합니다. 그 노력이 얼마나 눈물겨운지 그것을 지켜보는 제 마음은 참으로 미안하고 아팠습니다.

그때 문득 봄이 오면 왜 꽃샘바람이 꼭 불어오는지, 나뭇가지가 왜 바람에 잔잔하게 부러져 거리에 나뒹구는지 그 까닭을 알 수 있었습니다. 그것은 까치와 같은 작은 새들로 하여금 집을 지을 때 그런 나뭇가지로 지으라고 그런 것입니다. 만일 꽃샘바람이 불어오지 않고 나뭇가지 하나 부러지지 않는다면 새들이 무엇으로 집을 지을 수 있겠습니까. 또 떨어진 나뭇가지가 마냥 크고 굵기만 하다면 새들이 그 연약한 부리로 어떻게 나뭇가지를 옮길 수 있겠습니까.

새들은 바람이 가장 강하게 부는 날 집을 짓습니다. 강한 바람에도 견딜 수 있는 튼튼한 집을 짓기 위해서입니다. 태풍이 불어와도 나뭇가지가 꺾였으면 꺾였지 새들의 집이 부서지지 않는 것은 바로 그런 까닭입니다.

　그런데 바람이 강하게 부는 날 집을 지으려면 새들이 얼마나 힘들겠습니까. 바람이 고요히 그치기를 기다려 집을 지으면 집짓기가 훨씬 더 수월할 것입니다. 나뭇가지를 물어오는 일도 부리로 흙을 이기는 일도 훨씬 쉬울 것입니다. 그러나 그 결과는 좋지 않을 것입니다. 바람이 강하게 부는 날 지은 집은 강한 바람에도 무너지지 않겠지만, 바람이 불지 않은 날 지은 집은 약한 바람에도 허물어져버릴 것입니다. 만약 그런 집에 새들이 알을 낳는다면 알이 땅으로 떨어질 수도 있고, 새끼가 태어난다면 새끼 또한 떨어져 다치거나 죽고 말 것입니다.

　새들이 나무에 집을 짓는 것을 보면 참으로 놀랍습니다. 누가 가르쳐준 것도 아닌데 어떻게 그렇게 맞춤한 집을 지을 수 있을까요. 높은 나뭇가지 위에 지어놓은 까치집을 보면, 그것도 층층이 '다세대 주택'을 지어놓은 것을 보면 참 아름답기 그지없습니다. 그래서 그 나무 또한 아름답습니다. 새들은 자신들의 보금자리를 나무에 지을 수 있어서 좋고, 나무는 새들의 집들 때문에 자신들이 아름다워져서 좋습니다. 이 얼마나 사랑과 배려가 있는 조화로운 이타적 삶입니까. 또 새들은 집을 지을 때 지붕을 짓지 않습니다. 그건 새들이 밤하늘의 별을 바라보다가 잠들고 싶어서 그런 게 아닐까요. 지붕이 없으면 눈비가 올 때 참 추울 텐데 새들은 비바람과 눈보라쯤은 별을 바라보기 위해 얼마든지 참고 견딜 수 있다고 여기나 봅니다.

　인간들은 그런 까치집을 송두리째 파괴해버립니다. 언젠가 화가 이종상 선생께서 까치집이 있는 나무가 뿌리째 뽑혀 이삿짐 트럭에 실려가는 풍경을 그린 '이사'라는 제목의 그림을 본 적이 있습니다. 나무는 뿌리 부분을 차 위쪽으로 하고 길게 뉘어져 있었는데, 아래쪽 나뭇가지엔 까치집이 그대로 남아 있었습니다. 트럭은 숨차게 달려가고 있었고, 그 뒤를 까치 두 마리가 힘겹게 따라가고 있었습니다.

　저는 그 그림을 보는 순간, 트럭에 실려가는 까치집 뒤를 따라가는 까치의 안타까운 마음이 그대로 전해졌습니다. 까치는 이사를 가고 싶어서 가는 게 아니라, 집을 지어놓은 나무가 인간에 의해 이사를 가기 때문에 가는 것이었습니다. 실은 이사라기보다 인간에 의해 단란하게 살던 집을 송두리째 빼앗긴 것이었습니다. 그래서 '이사'라는 시를 쓸 수밖에 없었습니다.

　　낡은 재건축 아파트 철거작업이 끝나자

　　마지막으로 나무들이 철거되기 시작한다

　　아직 봄은 오지 않았는데

　　뿌리를 꼭 껴안고 있던 흙을 새끼줄로 동여매고

　　하늘을 우러러보던 나뭇가지를 땅바닥에 질질 끌고

　　이삿짐 트럭에 실려 가는 힘없는 나무 뒤를

까치들이 따라간다
울지도 않고
아슬아슬 아직 까치집이 그대로 남아 있는 나무 뒤를
울지도 않고

　새들이 바람이 가장 강하게 부는 날 집을 짓는 것은 인간이 집을
지을 때 땅을 깊게 파는 것과 같습니다. 건물의 높이에 따라 땅파기
의 깊이는 달라집니다. 땅파기가 힘들다고 해서 얕게 파면 높은 건
물을 지을 수 없습니다. 현재의 조건이 힘들다고 주저앉으면 미래
의 조건이 좋아질 리 없습니다.
　저는 무슨 일을 하다가 조금 힘들면 ‘좀 있다가 나중에 하지’ 하
고 뒤로 미루곤 했습니다. 꼭 해야 할 일이 있어도 ‘오늘은 비가 오
니까, 몸이 안 좋고 기분도 안 좋으니까’ 하고 핑계를 대며 곧잘 내
일로 미루었습니다. 상황이라는 날씨가 좋을 때를 기다리자는 뜻도
있었지만, 힘든 상황에서 일하는 것보다 쉬운 상황이 올 때까지 기
다렸다가 좀 쉽게 일하자는 생각이 있었습니다. 그러나 날씨를 내
힘으로 바꿀 수 없듯이 좋은 상황을 내 힘으로 만들기는 어려웠습
니다. 아무리 날씨가 나빠도 그 날씨에 나를 적응시켜 일을 해야 했
습니다.
　농부는 비가 오지 않아도 모내기철이 되면 모내기를 해야 합니
다. 비가 오기만을 마냥 기다리고 있을 게 아니라 양수기로 지하수

를 끌어올려서라도 논에 물을 대야 합니다. 그래야 가을에 벼를 수확할 수 있습니다.

우리 삶도 마찬가지입니다. 부모가 세상을 떠났다고 해서 학생이 학교를 그만두거나, 아내가 세상을 떠났다고 해서 남편이 직장을 그만두면 어떻게 되겠습니까. 고통이 있을 때 그 고통 가운데에서도 정작 해야 할 일은 해야 합니다. 악조건이 완화되기를 기다리기보다 그 악조건을 향해 당당하게 나아갈 수 있어야 합니다. 그래야 오늘의 악조건이 내일의 호조건을 만듭니다.

히말라야 고산족들은 양을 사고팔 때 양의 키나 몸무게의 상태에 따라 값을 정하지 않고 양의 성질에 따라 값을 매깁니다. 양을 팔 사람과 살 사람이 서로 지켜보는 가운데 가파른 산비탈 중간지대까지 양을 몰고 올라가 풀어놓습니다. 그러고는 양이 풀을 뜯어먹는 모습을 지켜본 뒤 값을 흥정합니다. 양이 산비탈 위쪽으로 올라가면서 풀을 뜯어먹으면 키가 작고 깡말랐더라도 값이 비싸지고, 산비탈 아래쪽으로 내려가면서 풀을 뜯어먹으면 양이 아무리 몸집이 크고 살이 쪘더라도 값이 떨어집니다.

이는 산비탈 위로 올라가는 양은 지금 당장은 힘들고 어렵더라도 풀을 뜯어먹을 수 있는 넓은 산허리라는 미래가 보장돼 있다고 판단하기 때문입니다. 반면에 산비탈 아래로 내려가는 양은 현재는 힘이 안 들고 수월하지만 결국 산 아래 협곡에 이르러서는 굶어 죽을 수밖에 없는 미래가 기다리고 있다고 생각하기 때문입니다. 이렇게 양이 산비탈 위로 올라간다는 것은 삶의 악조건을 받아들임으로써 밝은 미래를 연다는 뜻이며, 산비탈 아래로 내려간다는 것은 삶의 호조건만을 찾다가 오히려 종말을 자초한다는 뜻입니다.

누구나 인생이라는 집을 짓습니다. 이 시대도 민주와 자유의 집을 짓습니다. 그러나 그 집을 언제 어떻게 지어야 하느냐는 게 늘 문제입니다. 그 집은 어느 한때 한순간에 완성되는 것은 아닙니다. 인생의 집이 인생 전체를 필요로 하는 것처럼 시대의 집도 시대 전체를 필요로 합니다. 따라서 인생의 집도 시대의 집도 평생 동안 지어야 하며 새의 집처럼 기초가 튼튼해야 합니다. 새들이 바람이 가장 강하게 부는 날 집을 짓듯이 우리도 고통이 가장 혹독할 때 집을 지어야 합니다. 그래야 어떠한 고통의 비바람이 몰아치더라도 인생의 집도 시대의 집도 무너지지 않습니다. 저의 시 '부러짐에 대하여'도 그러한 집에 대한 제 성찰의 표현입니다.

나뭇가지가 바람에 뚝뚝 부러지는 것은
나뭇가지를 물고 가 집을 짓는 새들을 위해서다
만일 나뭇가지가 부러지지 않고 그대로 나뭇가지로 살아남는다면
새들이 무엇으로 집을 지을 수 있겠는가
만일 내가 부러지지 않고 계속 살아남기만을 원한다면
누가 나를 사랑할 수 있겠는가

오늘도 거리에 유난히 작고 가는 나뭇가지들이 부러져 나뒹구는 것은
새들로 하여금 그 나뭇가지를 물고 가 집을 짓게 하기 위해서다
만일 나뭇가지가 작고 가늘게 부러지지 않고
마냥 크고 굵게만 부러진다면
어찌 어린 새들이 부리로 그 나뭇가지를 물고 가
하늘 높이 집을 지을 수 있겠는가
만일 내가 부러지지 않고 계속 살아남기를 원한다면
누가 나를 인간의 집을 짓는 데 쓸 수 있겠는가

눈을 짊어지고

우물을 메우는 것처럼

공부하라

아버지가 아들을 데리고 동네 우물을 찾아갔습니다. 우물가엔 간밤에 내린 눈이 무릎이 빠질 정도로 수북이 쌓여 있었습니다. 아버지가 그 눈을 가리키며 아들에게 말했습니다.

"간밤에 눈이 많이 왔구나. 아들아, 저 눈을 져다 우물을 메우도록 해라."

아버지는 등에 지고 있던 지게를 벗어 아들에게 건네주었습니다.

아들은 아버지가 왜 그런 말씀을 하시는지 몹시 못마땅했지만 거역할 수는 없었습니다.

아들은 한 짐 두 짐 눈을 지고 와 우물에 계속 부었습니다.

그러나 아무리 눈을 부어도 우물은 메워지지 않았습니다. 우물 속으로 들어간 눈은 자꾸 녹아버리기만 했습니다.

"아버지, 우물을 메우려면 흙을 져다 부어야 합니다. 눈을 져다 부으면 우물은 메워지지 않습니다."

아버지는 아들의 말을 들은 척도 하지 않고 계속 눈을 져다 부으라고 말했습니다.

아들은 하는 수 없이 이튿날도 그 이튿날도 우물에 눈을 계속 져다 부었습니다.

그렇게 며칠이 흘렀습니다.

'이건 정말 무모한 일이야. 아무리 아버지 말씀이라도 우물에 눈을 더 져다 부을 수는 없어.'

아들은 너무 힘이 들어 아버지 말씀을 거역하고 지게를 팽개친 채

집으로 돌아가버렸습니다.

그러자 아버지가 아들에게 다가와 조용히 말했습니다.

"아들아, 젊을 때 하는 공부도 이와 같다. 눈을 짊어지고 우물을 메우는 것처럼 열심히 공부해라. 아무리 힘들어도 노력엔 끝이 없는 법이다. 우물에 흙을 져다 부으면 우물이 없어지지만, 우물에 눈을 져다 부으면 우물은 그대로 있다."

이 이야기는 제가 '담설전정(擔雪塡井)'이라는 말을 우화 형식으로 한번 써본 것입니다. 청주 법인정사 설우스님의 법문을 읽다가 '공부는 어떻게 해야 하는가? 담설전정처럼 해야 한다'는 부분을 읽게 되었습니다.

순간, 눈이 번쩍 떠졌습니다. '담설전정'은 어깨에 짊어질 담(擔), 눈 설(雪), 메울 전(塡), 우물 정(井) 자로 이루어져 있습니다. '무엇을 하더라도 눈을 짊어지고 우물을 메우는 것처럼 하라'는 뜻입니다.

이 말씀은 중국 고봉스님의 설법집 《선요(禪要)》(출가자라면 누구나 읽고 그 의미를 깨우쳐야 하는 필독서입니다)에 나오는 것으로, 저는 이 말씀을 통해 공부를 하기 위해서는 어떻게, 어느 정도 노력해야 하는지 깨닫게 되었습니다.

사람은 학교 다닐 때만 공부하는 게 아니라 죽을 때까지 공부해야 하는 존재입니다. 저만 해도 공부가 특별히 따로 있는 게 아닙니다. 아침에 일어나 신문을 읽는 것도 공부요, 구입해야 할 도서목록

쪽지를 들고 서점에 가서 책을 사와 읽는 것도 공부요, 어머님 말씀과 아들의 말을 귀담아 듣는 것도 공부입니다. 지금 제 삶 구석구석은 공부해야 할 목록들로 가득 차 있습니다. 공부한다는 것이 숨 쉬고 밥을 먹는 것과 똑같습니다.

문제는 공부하는 방법입니다. 저는 그동안 어떻게 공부해야 올바로 공부하는 것인지 제대로 알지 못했습니다. 공부한다는 것이 늘 종이를 구기거나 흙을 퍼서 꾸역꾸역 입안에 집어넣는 것 같은 느낌이었습니다. 그러다가 이 말씀을 통해 비로소 공부하는 방법을 알게 되었습니다.

만일 제가 '나'라는 우물에 눈을 붓지 않고 흙을 부었다면 어떻게 되겠습니까. 결국 그 우물은 메워지고 아무 쓸모없는 존재가 되었을 것입니다. 그러나 '나'라는 우물을 눈으로 메우면 그렇지 않습니다. 아무리 눈을 쳐다 부어도 우물은 우물로서 그대로 존재합니다. 그런데 흙을 쳐다 계속 부으면 그 우물은 메워져 존재 자체가 없어집니다. 나 자신이라는 존재의 우물을 메우는 방법은 비슷하지만 그 결과는 전혀 다릅니다.

이는 공부에서 노력은 끝이 없다는 것을 일깨우는 의미도 있지만, 공부한 것을 너무 드러내면 결국 '나'라는 존재성을 잃게 된다는 것을 의미합니다. 공부를 해도 공부한 바 없는 듯이, 우물 속에 내린 눈이 스스로 녹아 없어지듯이 겸손하게 해야 한다는 것입니다. 공부는 밖으로 드러내기 위해 하는 게 아니라 자신의 존재성을 유지하기 위하여, 그럼으로써 인간이라는 나 자신을 더욱 아름답게 하기 위하여 한다는 것입니다.

제가 어릴 땐 집집마다 우물이 있었습니다. 지금은 아파트마다 수도를 틀기만 하면 물이 나오지만 예전엔 우물물을 길어 밥하고 빨래하고 몸을 씻었습니다. 저는 어린 시절을 대구 신천동에서 보냈는데 그때 살던 일자형 기와집 앞마당에도 깊은 우물이 있었습니다. 두레박으로 우물물을 길어 어머니가 일하시는 부엌 독 안에 가득 부어드리는 게 제 책임이기도 했습니다.

여름이면 학교에 갔다 온 저를 어머니가 우물가에 엎드리게 하고 차가운 우물물로 목물을 해주셨습니다. 그때 어머니가 내 등에 퍼붓는 우물물이 그 얼마나 시원했는지요. 어떤 때는 수박을 우물에 오래 담가두었다가 식구들과 함께 먹기라도 하면 그 차고 시원하기가 지금의 냉장고에 비할 바가 아니었습니다.

대구는 겨울에 눈이 많이 내리는 도시로 눈이 한번 내리면 땅에도 내리고 우물에도 내렸습니다. 그러나 아무리 우물에 눈이 많이 내려도 눈은 녹아 우물은 그대로였습니다. 만일 하늘에서 흙이 눈처럼 내렸다면 우리 집 우물은 어떻게 되었을까요. 결국 흙으로 메워져 우물로서 더 이상 아무 소용이 없었을 것입니다.

제가 공부하는 것도 흙으로 우물을 메우는 꼴이라면 결국 나 자신이라는 우물을 메워버리는 결과를 가져옵니다. 공부를 하더라도 함박눈이 내린 우물처럼 늘 제 존재성을 그대로 유지할 수 있는 공부를 해야 합니다.

'물속에 떠 있는 달을 보면서 그것을 건지려는 것처럼 공부하라.'

옛사람들은 공부하는 자세에 대해 이런 말씀도 남겼습니다. 물속에 뜬 달은 아무리 건져도 그 존재 자체가 물속에 그대로 있습니다. 공부가 자신의 본질을 훼손시키는, 인간으로서의 아름다움을 잃어버리는 공부가 되어서는 안 된다는 말씀입니다.

펜을 바꾼다고

글씨체가 달라지는 것은

아니다

악필 정도는 아니지만 제 글씨체는 그리 좋은 편이 못됩니다. 어떤 이는 제 글씨체를 보고 시인으로서의 개성이 살아 있어서 좋다고 하지만 제가 생각하기엔 부족함이 많습니다. 지금이라도 글씨를 잘 써서 달필이라는 말을 들을 수 있으면 좋겠지만 그게 그리 쉬운 일이 아닙니다.

저는 직접 손으로 글씨를 써야 할 때가 많습니다. 시집에 사인해야 할 때도 그렇고, 편지를 써야 할 때도 그렇습니다. 자주 쓰는 일은 없지만 편지만은 꼭 육필로 씁니다. 노트북으로 쓴 편지를 인쇄해서 보내고 나면 무성의함을 그대로 드러낸 것 같아 마음이 불편합니다.

제게 육필을 요구하는 이들도 많습니다. 우표수집 등 컬렉션으로도 유명한 시사만화가 '고바우' 김성환 선생이 광화문에서 저를 만나자 대뜸 주소를 알려주시면서 육필시 몇 편을 보내달라고 한 적도 있습니다. 어떤 때는 문학전시관 등에서 육필시를 보내달라고 하기도 합니다. 최근에는 강진군청에서 제가 쓴 육필시 '다산주막'을 정약용 선생이 유배지 강진에서 처음 제자들을 가르치신 사의제(四宜齊) 다산주막 앞에 설치해놓기도 했습니다.

그러나 예전에 비해 육필을 쓰는 경우는 많이 줄어들었습니다. 예전엔 원고지 뒷면에 볼펜으로 시를 썼지만 지금은 노트북 자판을 두드리며 시를 씁니다. 워드프로세서의 어떤 활자체를 어느 정도 크기로 선택할까 하는 생각만 잠깐 할 뿐 육필의 좋고 나쁨에 대한 고민은 없습니다.

이처럼 지금은 육필의 시대가 아닙니다. 획일화된 활자체의 시대입니다. 그러나 각종 광고 등에서 캘리그래피가 확산되는 것을 보면 육필의 중요성이 다시 대두되는 시대이기도 합니다. 대입 논술을 치를 때는 육필로 써야 하기 때문에 글씨를 잘 쓰기 위해 평소 만년필을 사용하는 학생들도 느는 추세입니다. 논술뿐 아니라 각종 일반 시험에서도 선다형보다 서술형 시험이 강조됨으로써 육필의 중요성이 더 커졌습니다. 요즘은 입사시험을 치를 때 면접관이 그 자리에서 육필로 에세이를 쓰게 하기도 합니다.

그것은 글씨가 사람의 됨됨이를 알아볼 수 있는 기초 중의 하나이기 때문입니다. 글씨는 일단 사람의 인격적 내면의 모습을 나타냅니다. 교양과 지적 수준까지 가늠할 수 있는 잣대도 됩니다. 글씨에는 글씨를 쓴 사람의 혼이 들어가 있기 때문에 육필은 그 사람의 내면의 얼굴이며 영혼의 문양입니다. 그래서 아무리 글의 내용이 좋아도 글씨가 엉망이면 일단 선입감이 나빠집니다.

언젠가 육필시 10여 편을 출판사에 보내야 할 일이 있었습니다. 열심히 써보았지만 생각보다 글씨가 잘 써지지 않았습니다. 파지만 자꾸 나고 육필에서 느껴지는 인간적인 따뜻함이나 아름다움이 잘 표현되지 않았습니다. 내 영혼의 문양이 이 정도밖에 되지 않나 싶어 참담하기까지 했습니다.

그래서 이것저것 펜을 바꾸어보았습니다. 혹시 펜을 바꾸면 글씨가 더 좋아질까 싶어 만년필이란 만년필은 다 꺼내 번갈아가며 써 보았습니다. 그런데 펜을 바꾸었다고 해서 글씨체가 달라지는 것은 아니었습니다. 문제는 펜이라는 도구를 바꾸어야 하는 게 아니라 제 글씨체를 바꾸어야 하는 것이었습니다.

한번은 원고가 잘 써지지 않아 노트북을 바꾼 적도 있습니다. 노트북이 너무 구형이라 인터넷 속도가 느린데다 무엇보다도 자판을 쳤을 때 손가락 끝에 전달되는 느낌이 갈수록 거칠고 답답하게 느껴졌습니다. 그래서 그 노트북으로 글을 쓰다간 쓸 수 있는 글도 제대로 못 쓰겠다 싶어 새것으로 바꾸었습니다. 그러나 노트북을 바꾸었다고 해서 원고가 잘 써지는 것은 아니었습니다. 서투른 목수가 연장 나무라는 것과 같을 뿐이었습니다.

결국 문제는 본질에 있었습니다. 제 글씨체가 문제이지 펜이 문제가 아니었습니다. 속이 변해야 겉이 변할 수 있고, 본질이 변해야 현상이 변할 수 있는 것이었습니다. 그런데도 저는 본질의 변화에는 무관심한 채 외양의 변화만을 요구했습니다. 이는 자신은 변하지 않고 남이 변하기만을 바라는, 자신은 탓하지 않고 남만 탓하기를 즐기는 삶의 부정적 태도입니다.

문제는 바로 나 자신입니다. 내가 변해야 남이 변합니다. 내가 변하지 않고 남이 변하기를 바라는 것은 글씨체가 나쁘다고 펜을 바꾸는 것과 같습니다.

필요한 것은 하고

원하는 것은 하지 마라

베스트셀러 《누가 내 치즈를 옮겼을까》로 유명한 미국 작가 스펜서 존슨의 책 《행복》에 보면 '필요한 것은 하고 원하는 것은 하지 마라'는 말이 나옵니다. 저는 이 말을 처음 읽었을 때 '내가 필요하니까 원하는 게 아닌가' '내가 원하니까 필요한 게 아닌가' 하는 생각이 들었습니다. 그러다가 어느 날 '필요로 하는 것'과 '원하는 것'이 분명 다르다는 사실을 알게 되었습니다. 내가 원한다고 해서 다 필요한 것이 아니었으며, 필요하다고 해서 다 원할 수 있는 것은 아니었습니다.

저는 그동안 원하는 삶을 살지 못했다 싶어 후회되고 안타까웠던 적이 한두 번이 아닙니다. 원하는 것을 다 해야만 내 인생이 제대로 이루어진다고 여긴 탓입니다. 인생은 원한다고 해서 다 이루어지는 게 아닙니다. 아이가 원한다고 해서 부모가 다 들어주지 않는 것처럼 내 인생도 내가 원한다고 해서 다 들어주지 않습니다. 아이가 아무리 원한다 해도 분명 해줄 수 있는 것과 없는 것이 있다는 것을 가르치는 것이 부모의 중요한 역할이듯 인생도 마찬가지입니다.

제 아는 이 중엔 무엇을 한번 사고 싶다고 생각하면 그것을 손에 넣기 전까지 잠을 이루지 못하는 이가 있습니다. 꼭 필요한 것이든 아니든 한번 그렇게 원했다 하면 그것을 기어이 자기 것으로 만들어야만 잠을 잡니다. 그래서 아침 일찍부터 백화점으로 달려가는 경우도 있습니다. 이것은 원하는 것을 소유한다는 사실 그 자체에 매달리는 삶일 뿐입니다.

내가 원하는 것 중에는 꼭 필요한 것도 있지만 불필요한 것도 있습니다. 해로운 것도 있고 탐욕스러운 것도 있고 비도덕적인 것도 있습니다. 불필요한 것을 사면 필요한 것을 팔아야 할 때가 있고, 원하는 것이 다 이루어지길 원하면 진정 원하는 것을 얻지 못할 때가 있습니다.

제 조부께서는 제가 초등학교 5학년 때 돌아가셨습니다. 이런저런 사업을 하셨기 때문에 평생 궁핍한 삶을 사신 분은 아니었습니다. 그런데도 후손들에게 단 한 푼의 재산도 남기시지 않았습니다. 돌아가실 무렵 도움을 받았던 이웃들에게 남은 재산을 고루 나누어 주신 탓입니다. 저는 그런 할아버지가 자손의 미래를 조금도 고려하지 않으셨다는 생각이 들어 못내 섭섭했습니다. 그래서 '내 할아버지 같은 선조가 되지 말자. 후손들의 미래를 미리 염려하고 준비하는 선조가 되자. 그러기 위해서는 가능한 한 많은 재산을 모아서 물려주자' 하고 원하게 되었습니다. 그러나 지금 제겐 후손들에게 물려줄 재산이 없습니다. 그것은 제가 한때 원한 일이지만 꼭 필요한 일은 아니었습니다.

오래전에 어느 출판사를 위탁받아 경영할 때였습니다. 하루는 자본주인 회장께서 제게 골프를 배우라고 말했습니다. 회사 임원들이 주말이면 골프 모임을 갖는데 골프를 배워 그 모임에 참석하라는 것이었습니다. 저는 그 말을 한쪽 귀로 듣고 한쪽 귀로 흘려버렸습니다. 좋은 책을 만들기 위해 출판사를 맡은 것이지 골프를 배우기 위해 맡은 건 아니기 때문이었습니다.

한때 저는 《월든》을 쓴 소로처럼 산 속에 작은 집을 짓고 살기를 원한 적이 있습니다. 소로와 같은 삶의 형식을 따를 수 없다 할지라도 그런 흉내라도 내보고 싶었습니다. 1980년대 중반에 철학자 고형곤 박사께서 내장산에 작은 집을 짓고 혼자 살고 계실 때 한번 찾아뵌 적이 있었는데 그런 삶을 사는 고박사님이 참 부러웠습니다. 계곡 사이로 흐르는 물소리와 바람소리와 새소리를 들으며 집필을 하는 고박사님의 소박한 내면적 삶을 들여다보며 '나도 나이 들면 그렇게 살아야지' 하고 원해보았습니다.

그래서 한때는 가톨릭교회에서 운영하는 '피정의 집'을 열심히 찾아다녀본 적도 있습니다. 수도자들의 삶을 닮길 원하면서 절대자와의 만남이 끊임없이 이루어지는 삶의 공간 속에 제 삶을 눕혀보고 싶었습니다. 푸른 숲 사이로 난 오솔길을 걸으며 맑은 바람 따라 기도하고 작은 산새의 소리에 눈을 뜨는 삶이 제 삶 속에서도 이루어지기를 간절히 소원해보기도 했습니다. 그렇지만 내가 간절히 원한다고 해도 이루어지지 않는 것이 있다는 것을 아는 데에는 그리 많은 시간이 걸리지 않았습니다. 아무리 원한다고 해도 원하는 대로 살 수 없는 게 제 삶의 현실이었습니다.

작가들에게 무료로 집필실을 제공해주는 '만해마을'이나 '토지문화관'에 가서 몇 달이고 서울 나들이를 하지 않고 책 읽고 글쓰기만을 원하지만 저는 지금까지 단 한 번도 그렇게 해본 적이 없습니다. 몇 년 전엔 '섬 속의 섬'인 제주도 우도가 너무 아름다워 우도 바닷가 민박집에서 몇 달이고 혼자 좀 살았으면 좋겠다고 원해보았으나 제가 사는 서울의 집, 그 좁은 아파트를 떠나본 적이 없습니다. 어떤 때는 감동적인 우리 삶의 이야기를 서정적 영상으로 표현해보고 싶어 "내가 영화감독이라면 참 좋을 텐데" 하고 원하기도 하고, 또 어떤 때는 노숙인을 위한 시설을 직접 만들거나 후원 사업을 할 생각도 해보았지만, 이 또한 제가 원한다고 해서 할 수 있는 일은 아니었습니다.

삶에는 제 몫과 제 몫이 아닌 것이 있습니다. 제가 할 수 있는 일과 할 수 없는 일이 있습니다. 다른 사람이 하는 일이나 소유하고 있는 것이 아무리 제가 원하거나 가지고 싶은 것이라도 그것은 제 몫이 아닙니다. 지금 제가 하고 있는 일만이 제 일이며, 지금 제가 지니고 있는 것만이 제 것일 뿐입니다. 제 몫이 아닌 것을 탐내지 않고 제 몫만을 있는 그대로 제 것으로 받아들일 때 비로소 제 삶은 아름답고 평화스러워집니다. 그렇지 않고 원하는 것을 계속 원하기만 한다면 제 삶은 분명 불행해지고 말 것입니다.

예수회 사제인 손우배 신부께서는 "내 몫인 것을 그저 있는 그대로 내 것으로 받아들이면서 마음의 평화를 찾기 시작했다. 나 자신이 그리 특별한 존재가 아니라는 것을 아는 데에 수십 년이란 시간이 걸렸다"고 하면서 다음과 같이 말합니다.

"우리는 모두 자신을 특별한 존재라고 생각하고 있다. 세상의 중심에 항상 자신이 있어야 한다고 생각한다. 하지만 이러한 것을 마음으로부터 놓을 때, 우리에게 진정 평화가 찾아오고 인생에서 자신의 몫을 찾을 수 있게 된다."

달팽이도 마음만 먹으면

바다를 건널 수 있다

팔다리가 없는 40대 중년 남성이 영국과 프랑스 사이의 도버 해협을 헤엄쳐 건넜다면 당신은 믿으시겠어요? 저는 신문에 난 기사를 보고도 믿기 어려웠습니다. 그래서 일부러 인터넷을 검색해 제 눈으로 직접 동영상을 찾아보기까지 했습니다. 배영과 접영을 자유자재로 하면서 잘린 팔과 다리로 바다를 헤엄쳐나가는 모습은 정말 감동적이었습니다.

그의 이름은 필립 크루아종. 프랑스 중서부 도시 생레미쉬르크뢰즈에 사는 사람입니다. 1994년 텔레비전 안테나를 고치기 위해 지붕 위에 올라갔다가 그만 2만 볼트 전기에 감전돼 팔다리가 모두 절단되었습니다. 그러나 그는 사고를 당한 지 16년째 되던 2010년 9월 18일, 도버 해협을 헤엄쳐 건너는 데 성공했습니다. 오전 8시에 영국 남부 포크스틴 해안에서 출발해 약 13시간을 헤엄치는 악전고투 끝에 밤 9시쯤 프랑스 북부 칼레 해변에 도착했습니다.

그는 도착하자마자 잘린 두 팔을 번쩍 치켜들면서 이렇게 말했습니다.

"나는 나 자신뿐만 아니라 불행한 사고로 삶의 의욕을 잃은 사람들을 위해 도전했습니다. 춥고, 어깨와 배가 아팠지만 계속 앞으로 나아갔습니다."

그는 오리발 모양의 의족을 다리에 달고 헤엄쳤지만 팔에는 의수가 없었습니다. 어깨에서 팔꿈치 부분까지 남은 팔로 헤엄쳤습니다. 그런데도 예상보다 10시간이나 더 빨리 해협을 헤엄쳐 건넜습니다. 팔다리가 없는 장애인이 34킬로미터나 되는 이 구간을 헤엄쳐 건넌 것은 그가 최초입니다. 도버 해협은 물이 차고 물살이 거세 수영 실력이 뛰어난 사람도 맨몸으로 횡단하기 어려운 곳이라고 하니 놀랍기만 합니다.

그는 병원에 입원해 있을 때 도버 해협을 헤엄쳐 건너는 사람들에 관한 다큐멘터리를 보고 자신도 그렇게 해보겠다는 결심을 하고 1주일에 30시간씩 2년간 훈련해왔다고 합니다. 하루 종일 전동 휠체어에 앉아 있어야 할 사람이 그런 준비를 하자 무모한 도전이라고 한 사람이 많았다고 합니다.

그것은 분명 '무모한 도전'이었습니다. 인간은 바다에서 수영할 때 느끼는 두려움이 아주 큽니다. 불빛 한 점 없는 캄캄한 밤바다에서 수영할 때는 더 큰 두려움을 느낍니다. 그런데도 그는 밤바다를 거뜬히 헤엄쳐나갔습니다. 더구나 그가 도버 해협을 헤엄칠 때 수온은 15도 안팎 정도로 낮았습니다. 이는 너무 차서 발을 담그지 못할 정도의 한여름 계곡물과 같은 수온으로, 이렇게 수온이 낮으면 저체온증에 빠지고 호흡불능에 근육마비가 와 혼수상태가 됩니다. 그런데도 그는 시속 5킬로미터로 헤엄치는 일반 수영선수들보다는 못하지만 시속 3킬로미터라는 빠른 속도로 헤엄쳤습니다. 더구나 헤엄을 치는 동안 음식물을 통해 계속 칼로리를 보충해주어야 했는데 두 손 없는 그가 먹는 일만 해도 그 얼마나 힘들었겠습니까. 그래도 그는 모든 악조건을 견뎌내고 도버 해협을 헤엄쳐 건넜습니다. 이 얼마나 놀랍고 위대한 일입니까.

수영 전문가의 말에 의하면 그가 잘린 팔과 다리로 추진력을 낸다는 것은 거의 불가능한 일이었다고 합니다. 근육 사용량이 보통 사람에 비해 3분의 1 정도, 즉 등과 배 근육만을 사용해서 추진력을 얻기 때문에 바다를 수영하기란 아예 불가능했다고 합니다. 그런데도 그가 바다를 헤엄칠 수 있었던 것은 그에게 절대적 의지가 있었고 바다가 그를 허락했기 때문이라는 것입니다.

그는 사고가 나기 전에는 수영을 전혀 못하는 사람이었습니다. 그러나 끊임없는 훈련을 통해 두 무릎에 매단 오리발을 움직여 앞으로 나아가고, 윗부분만 남은 두 팔로 몸의 균형을 잡으며 물살을 갈라 수영을 할 수 있었습니다. 수영 전문가도 불가능하다고 생각한 일을 포기하지 않고 열심히 노력함으로써 가능한 일로 전환시켰습니다.

무슨 일을 하려 할 때 불가능하다고 여겨지면 흔히 그 일을 '바다를 건너는 달팽이'에 비유합니다. 도버 해협을 헤엄쳐 건넌 필립 크로아종의 이야기를 처음 들었을 때 저도 그 말을 떠올렸습니다. 그러나 곧 그 말을 수정했습니다. 그는 바다를 건너지 못한 달팽이가 아니라 바다를 건너간 달팽이입니다. '달팽이도 마음만 먹으면 바다를 건널 수 있다'는 것을 분명히 입증해보였습니다.

달팽이는 평생 한 자리에만 붙박이로 머무는 조개와 달리 느리지만 기어다니는 존재입니다. 편평한 배 전체가 발바닥 역할을 하기 때문에 배 근육을 이용해서 몸을 움직입니다. 이때 몸에서 분비돼 나오는 점액 덕분에 상처 입지 않고 미끄러지듯이 자연스럽게 이동합니다. 만일 달팽이가 어느 한곳에 평생 머물러 있는 붙박이와 같은 존재라면 이미 달팽이가 아닙니다. 달팽이는 비록 느리지만 끊임없이 움직이는 노력을 하기 때문에 달팽이입니다. 달팽이는 움직이는 한 분명 목적지까지 도달할 수 있습니다. 그래서 '달팽이는 인내로써 노아의 방주에 이르렀다'고 합니다.

'노아의 방주(方舟)'는 구약성서 창세기에 나오는 이야기입니다. 하느님이 죄악에 빠진 인간세상을 홍수를 통해 심판하고 완전히 바꾸어버리는 이야기입니다. 인간으로서는 노아의 식구들만 남게 하고, 날아다니는 새들과 기어 다니는 모든 동물들은 각기 암수 한 쌍씩 방주에 머무르게 하고, 세상의 나머지 존재들은 모두 대홍수를 통해 멸망시켜 버립니다. 40일 동안 밤낮으로 비가 내려 산꼭대기에 있는 방주를 제외하고는 세상 전체가 150일 동안이나 물에 잠깁니다.

그런데 그 느린 달팽이가 산꼭대기까지 기어가 방주에 도착함으로써 생명을 잃지 않았습니다. 다른 동물들, 개나 말이나 노새들은 성큼성큼 발걸음도 크게 방주로 찾아 들어갔겠지만 달팽이는 걸음이 느린데 어떻게 그 높고 먼 방주까지 갈 수 있었을까요. 그것은 바로 인내를 통해 이르렀다는 것입니다. 높은 산꼭대기에 위치한 방주까지 가는 길이 아무리 멀고 험해도 참고 견딤으로써 달팽이가 살 수 있었던 것입니다.

운명은 인내하고 노력하는 인간을 결코 배반하지 않습니다. 저는 제 삶의 속도가 달팽이처럼 느린 것은 두렵지 않으나 조개처럼 그 자리에 멈춰서는 것은 두렵습니다. 오늘도 이 자리에 주저앉아버리고 싶지만 달팽이처럼 조금씩이라도 내일을 향해 움직이려고 노력합니다.

해가 질 때까지 분을 품지 말라

성서에 있는 이 말씀을 저는 늘 가슴에 품고 삽니다. 단 하루를 살아도 화를 내게 되는 크고 작은 일들이 끊임없이 일어나기 때문입니다.

한번은 구순이 넘은 아버지가 급성 폐렴으로 병원에 입원했습니다. 그날 밤 아버지를 간병하다가 잠시 자리에 누우려고 하자 베개가 필요했습니다. 담당 간호사에게 베개를 하나 달라고 하자 "보호자에게는 베개를 지급할 수 없다. 필요하면 집에서 갖다 써라. 그게 병원 규칙이라 나도 어쩔 수 없다"고 했습니다. 보관실에 베개를 30여 개나 쌓아놓고 있으면서 말입니다.

저는 화가 났습니다. "보호자도 제2의 환자다. 환자가 있기 때문에 간호사가 있는 것이지, 간호사가 있기 때문에 환자가 있는 게 아니다" 하고 목소리를 높였습니다. 간호사는 환자와 그 가족에게 어떠한 도움을 줄 수 있을 것인가 하는 가장 기본적인 자세가 결여돼 있었습니다. "내일 아침에 다시 반납하라"는 말을 들으며 얻어온 베개를 베고 비좁은 의자에 몸을 눕히자 화가 나서 잠이 잘 오지 않았습니다.

또 이런 일도 있습니다. 전동차가 지하철 승강장에 막 도착할 때였습니다. 내리려고 출입문 앞으로 다가서자 한 중년여자가 무거워 보이는 배낭을 메고 문 앞을 가로막고 있었습니다. 그때 문이 열렸습니다. 그 여자가 얼른 비켜주지 않았습니다. 내리면서 나도 모르게 그 여자의 배낭을 살짝 건드렸습니다. 그러자 그 여자가 대뜸 입에 담지도 못할 욕을 퍼부었습니다. 제가 내리다가 놀라 "지금 저한 테 욕을 하는 겁니까?" 하고 묻자 그 여자가 저를 향해 더 심한 욕을 퍼부었습니다. 주변 사람들은 그 여자한테 무슨 몹쓸 짓을 해서 욕을 얻어먹는다고 생각하는지 자꾸 저를 쳐다보았습니다. 그래서 저도 "뭐 저런 여자가 다 있어" 하고 막 한마디하려고 하는데 그만 전동차의 문이 닫혀버리고 말았습니다. 순간 화가 치밀어 올라 전 동차 창을 통해 그 여자를 노려보았습니다. 여자는 낼름 혀를 내밀 며 저를 향해 삿대질을 해댔습니다. 그러는 가운데 그만 전동차는 떠나가고 말았습니다.

이런 일은 일상에서 일어나는 사소한 일에 불과합니다. 우리는 이 런 일상의 사소한 일에서 무수히 화를 경험하면서 살게 됩니다. 그 뿐 아니라 인간의 가장 기본적인 윤리적 질서마저도 파괴되는, 인간 으로서 도저히 감당할 수 없는 분노도 경험하면서 살게 됩니다.

지금까지 살아온 날들을 돌이켜보면 저 또한 인간성이 파괴돼버 리는, 감당할 수 없는 분노의 순간들이 참 많습니다. 아직도 일일이 다 이야기할 수 없는, 결코 잊을 수 없는 그 순간들이 떠올라 저를 분노케 합니다. 어떤 분노는 한번 떠오르면 쉽게 가라앉지도 않습 니다. 가슴속 저 깊은 곳 어디에 그런 분노가 웅크리고 있었는지 저 자신조차 알 수가 없습니다. 그래서 제 가슴은 때때로 분노로 만들 어진 가슴입니다.

문제는 그럴 때마다 분노할 수 없다는 것입니다. 분노는 벌레처럼 저를 갉아먹습니다. 어떠한 분노든 제 인생을 쓰러뜨립니다. 분노에서는 제 인생의 현재와 미래에 대한 긍정성을 찾을 수가 없습니다. 그래도 어떻게 하든 단 하루라도 분노하지 않고 살아가려고 노력합니다. 그렇지만 그게 마음먹은 대로 잘되지 않습니다. 어쩔 수 없이 분노의 가슴을 지닌 채 하루하루 살아가게 됩니다. 그런데도 오늘의 제 삶이 그나마 건강하게 유지되고 있는 까닭은 바로 '해가 질 때까지 분을 품지 말라'는 이 말씀 덕분입니다.

이 말씀은 제 분노의 가슴을 부드러운 손길로 씻어주고 재워줍니다. 더러워진 제 몸을 씻어주는 맑고 따뜻한 물과 같습니다. 하루를 다 마무리하고 잠자리에 들었을 때 저는 이 말씀을 보석처럼 꺼내 생각합니다. 해가 질 때까지 오늘의 분을 다 풀었는지, 아니면 그대로 품고 잠자리에 들었는지 생각합니다. 만일 오늘 하루의 분을 다 풀지 않고 잠자리에 들었다면 지금이라도 분을 풀어버려야 한다는 생각을 하다가 잠이 듭니다. 그렇게 하면 그날 하루의 분이 다소 풀립니다. 하루가 모여 1년이 되고, 1년이 모여 인생이 되기 때문에 그때그때 분을 푼다면 제 인생 전체에 쌓일 분노의 양은 그리 많지 않을 것입니다.

스웨덴의 언어학자 헬레나 노르베리 호지가 쓴 《오래된 미래》에 등장하는 라다크 사람들은 '숀 찬' 즉 '화를 잘 내는 사람'이라는 말이 가장 심한 욕이라고 합니다. 네덜란드 예수회 사제인 헨리 나우웬은 인간관계를 깨뜨리는 가장 무서운 적을 분노로 규정한 바

있습니다. 그는 '잘못된 기대'를 분노의 원인으로 지적하면서 "다른 사람의 과거로부터 죽어야 하며, 다른 사람을 향한 분노로부터 죽어야 한다"고 했습니다.

분노 그 자체는 제 인생에 아무런 도움이 되지 않습니다. 그렇지만 요즘 분노가 제 인생에 도움이 될 수 있도록 제 분노의 실체와 원인을 이해하고 관리하려고 노력합니다. 그러나 '참을 인(忍) 자세 개가 살인을 막는다'는 속담도 있고, '참는 자에게 복이 있다'는 성서 말씀도 있지만 단순히 인내만으로 분노를 관리하기는 어렵습니다. 그래서 인생과 인간에 대한 비현실적인 기대를 버리려고 노력하기도 하고, 화를 나게 하는 상대에 대해 긍정적인 면을 찾아보려고 노력하기도 합니다.

"증오보다 더 심한 고통이 없듯이 인내만큼 굳건한 정신도 없다. 집안에서 뜻밖의 보물을 발견한 것처럼 분노를 인내와 관용을 수행하는 기회로 삼고 그런 값진 기회를 준 이에게 감사하라."

달라이 라마의 이 말씀도 깊게 생각하면서 항상 증오심을 품지 않으려고 노력합니다.

그러나 그게 노력해도 잘 안 됩니다. 달라이 라마는 분노를 수행의 기회로 전환시킬 수 있을지 몰라도 저 같은 평범한 인간에겐 참으로 어려운 일입니다. 그 순간 화를 참음으로써 화가 그쳤다 하더라도 시간이 지날수록 더 화가 나게 됩니다.

틱낫한스님도 "화가 풀리면 인생도 풀린다"면서 "화가 난 상태에서는 아무 말이나 행동을 하지 않으려고 애써야 한다"고 했습니다.

그러나 저는 화가 나면 하지 않아야 할 말을 더 하게 됩니다. 부부싸움을 하다가 제 아내가 "지금까지 당신하고 살면서 단 한 번도 행복한 적이 없었어!"라고 말한 것은 그녀 또한 화가 났을 때 아무 말이나 했기 때문입니다. 물론 저도 "그래, 나도 단 한 번도 없었어!" 하고 말했지만, 이 말 때문에 제가 상처 입은 것처럼 제 아내 또한 상처를 입었을 것입니다. 틱낫한스님은 "화는 일차적으로 나 자신에게 책임이 있는 것이므로 앙갚음을 해서는 안 된다"고 하셨지만, 그렇게 앙갚음을 하게 됩니다. 그래서 저는 이런 영적 지도자들의 말씀을 매 순간 귀담아 들으려고 노력합니다.

'수도원의 아버지'로 불리는 베네딕도 성인이 1500여 년 전 이탈리라 몬테카시노에 세운 '성 베네딕도 수도원'에는 보다 나은 공동체 생활을 위해 일곱 가지 수도규칙이 있습니다. 그중에 '분노를 행동으로 옮기지 말라' '다툼이 있었으면 해가 지기 전에 바로 화해하라'는 규칙이 있습니다. 제가 수도자는 아니지만 제 인생이라는 테두리 안에서 제 나름대로 수도적 삶을 살고 있다고 가정해본다면, '해가 질 때까지 분을 품지 말라'는 이 말씀은 매일 꼭 실천해야 할 제 삶의 큰 규칙이 아닐 수 없습니다.

스스로 자기 자신의 스승이 되라

40여 년간 시를 쓰면서 한 가지 깨달은 게 있다면 시는 본질적으로 누가 누구를 가르치고 배우는 것이 아니라는 것입니다. 함께 시를 읽고 공부할 수는 있지만 결국 스스로 공부하고 깨닫는 것이지 누가 깨닫게 해주는 게 아니라는 것입니다. 김치를 한 번도 먹어보지 않은 이에게 아무리 김치 맛을 설명해줘도 김치를 먹어보지 않는 한 그 맛을 알 수 없습니다. 시도 그와 같습니다. 시의 무한한 본질을 스스로 깨닫지 않는 한 시의 맛을 느낄 수 없습니다. 그래서 저는 시를 처음 쓰는 이를 만나면 '스스로 자기 자신의 스승이 되라'고 말합니다. 진정 김치 맛을 알고 싶다면 김치에 대한 남의 이야기에 귀 기울이지 말고 직접 김치를 먹어보라는 것입니다.

처음 그 말을 들은 이들은 대부분 고개를 갸우뚱합니다. '내가 어떻게 나의 스승이 될 수 있나' 하는 표정을 짓습니다. 그러면 "자기 자신의 스승이 될 만큼 스스로 열심히 노력하라는 뜻입니다. 시를 쓰는 일도 노력하는 일입니다" 하고 부연 설명합니다.

어떤 공부를 할 때 마음속에 학생이라는 존재와 스승이라는 존재가 함께 있을 수 있습니다. 그런데 스승이라는 존재는 학생이라는 존재가 그 역할을 다해야만 나타나는 존재입니다. '마음속에 푸른 가지를 품고 있으면 새가 날아와 그곳에 앉는다'는 중국 속담도 스승이라는 새가 날아와 앉도록 먼저 학생이라는 푸른 가지가 되라는 말입니다. '학생이 배울 준비가 되면 스승은 나타난다'는 말도 학생으로서의 준비를 먼저 강조한 말입니다.

준비 없는 학생은 스승이 찾아와도 스승을 알아보지 못합니다. 설령 알아봤다 해도 스승의 가르침을 받아들이지 못합니다. 내게 무엇이 중요하고 왜 중요한지 스스로 먼저 깨달아 준비하지 않았기 때문입니다. 준비하지 않고 가만히 있는데 누가 먹고 싶은 것을 구해다 입에 넣어주지 않습니다. 행여 누가 입에 넣어주었더라도 그 맛을 알지 못합니다.

따라서 무엇을 공부하든 먼저 자신이 자신의 노력이라는 스승이 되지 않으면 안 됩니다. 수처작주(隨處作主), '어디에 있더라도 늘 주인이 되라'는 임제 선사의 말씀도 결국 스스로 자신의 스승이 되라는 말씀입니다. 자기 삶의 주인이 되려면 항상 자신을 들여다보아야 하는데 그러려면 스스로 스승이 되지 않으면 안 됩니다. 그렇지 않으면 자기 삶에 자기가 이리저리 끌려다니게 됩니다.

부처님께서는 열반하시기 전에 제자들에게 "자등명 법등명(自燈明 法燈明)하라"고 말씀하셨습니다. '자기 자신을 등불로 삼고 부처님의 가르침을 등불로 삼아라'는 말씀입니다. 부처님의 말씀을 등불로 삼기 전에 자기 마음의 등불을 먼저 켜서 스스로를 들여다보라는 말씀입니다. 그러기 위해서는 스스로 스승이 되어야 합니다. 그래야만 자신을 올바르게 가르칠 수 있고, 자신을 올바르게 가르쳐야만 부처님의 가르침 또한 올바르게 따를 수 있습니다.

'스승'을 국어사전에서 찾아보면 '자기를 가르쳐서 인도하는 사람'이라고 설명해놓고 있습니다. 저는 나를 인도하는 사람이 바로 나 자신이라고 생각합니다. 아무리 훌륭한 스승이 나를 바른 길로 인도해도 내가 가지 않으면 그 스승의 힘과 사랑은 제 역할을 하지 못합니다. 말을 물가에 끌고 갈 수는 있어도 정작 물을 먹는 것은 말 자신입니다. 아무리 훌륭한 스승이 나를 가르쳐도 그 가르침을 받아들이는 것은 정작 나 자신입니다.

몽골에서 말을 탔을 때 제가 탄 말이 길을 따라가지 않고 자꾸 강 쪽으로 걸어갔습니다. 아무리 고삐를 잡아당겨도 자기 마음대로 얕은 늪지대를 지나 강으로 가는 것이었습니다. 말을 잘 다룰 줄 모르는 저는 덜컥 겁이 났습니다. 그런데 말이 강가에 다 다다르자 불쑥 고개를 숙이고 맛있게 물을 먹기 시작했습니다. 저는 그때 알 수 있었습니다. 말의 주인은 제가 아니라 말 자신이었습니다. 말을 탔다고 제가 말의 주인인 줄 알았더니 그게 아니었습니다.

이 말처럼 내 인생의 주인은 나 자신입니다. 내 인생의 가장 훌륭한 스승은 나 자신입니다. 피카소는 '어제까지의 작품을 오늘 다 파괴한다'고 했습니다. 이는 자신이 자신의 스승이 되었기 때문에 할 수 있는 말입니다. 새로움을 위하여 자신을 파괴할 수 있는 권리는 자신이 자신의 스승일 일 때만 가능합니다. 좋은 학생을 훌륭한 스승이 만들기도 하지만 훌륭한 스승을 좋은 학생이 만들기도 합니다.

두 주먹을 쥐고 분노하기보다

두 손을 모으고 기도하는 것이 더 낫다

손은 인생의 온갖 무늬를 만듭니다. 기쁨과 슬픔의 무늬가 고스란히 손안에 다 들어 있습니다. 그래서 손은 그 사람의 인생입니다. 손은 그 사람의 삶을 대변합니다. 손을 보면 그 사람의 삶의 역경이 그대로 드러납니다.

손 또한 갖가지 모양과 표정을 지닌 얼굴입니다. 평생 농사를 지은 농부의 손은 고단하고 거친 얼굴을 지니지만, 아기의 볼을 쓰다듬으며 젖을 물리는 젊은 엄마의 손은 곱고 부드러운 얼굴을 지닙니다. 언젠가 고진하 시인이 제 손을 덥석 잡더니 "아이구, 손이 이렇게 고와서야!" 하고 말했습니다. 농사를 짓긴 지었지만 평생 시의 농사를 지어온 제 손이 거칠면 얼마나 거칠겠습니까.

우연한 기회에 가수 안치환 씨의 손을 만져본 적이 있습니다. 오른손 손끝에 강하게 박혀있는 굳은살이 눈에 들어왔기 때문입니다. '얼마나 오랜 세월 기타를 쳤으면 손가락 끝에 굳은살이 다 박힐까' 하는 생각이 들어 그 또한 열심히 노력하는 가수라는 사실을 알 수 있었습니다.

손은 펴면 손바닥이 되고 쥐면 주먹이 됩니다. 손바닥은 햇살을 받을 수도 있고, 물건을 올려놓거나 쥘 수도 있고, 그것을 남과 나눌 수도 있습니다. 그러나 주먹은 그렇지 못합니다. 주먹은 홀로 주먹으로 존재할 뿐입니다.

손은 사람의 생각과 마음을 표현합니다. 제가 강연하는 동영상을 유심히 본 적이 있는데 손이 없다면 강연이 제대로 이루어지지 않앉을 정도로 제가 강연 내내 쉬지 않고 손을 움직였습니다. 강연은 말로 하지만 동시에 손으로 하는 것이었습니다.

손은 인간의 감정을 그대로 나타내기 때문에 분노를 느낄 때는 주먹을 쥡니다. 주먹은 분노보다 강한 용기와 결단의 의지 등을 나타낼 때도 있지만 대부분 분노를 많이 나타냅니다. 그래서 손의 형태 중에서 주먹이 가장 단단합니다. 따라서 주먹은 방어보다 공격성을 띱니다. 공격의 대상을 파괴하고자 하는 본능을 지니고 있어 주먹에는 상처의 흔적이 많습니다.

주먹을 쥐면 두 손은 서로를 잡을 수 없습니다. 주먹은 서로 떨어져 상대를 의식하는 경쟁과 충돌의 관계를 형성합니다. 두 손은 한 몸이 될 수 있지만 두 주먹은 한 몸이 될 수 없습니다. 주먹이 된 손은 각자 독립된 개체로서만 존재합니다.

그러나 주먹을 펼치면 그렇지 않습니다. 펼쳐진 주먹은 다시 손이 되어 서로를 맞잡을 수 있습니다. 사랑하는 사람을 쓰다듬을 수도 있습니다. 손은 각자 떨어져 하나가 되는 것보다 두 손이 만나 하나가 되는 게 더 중요합니다. 원래 손이 둘인 까닭은 각기 독립된 개체로 존재하라는 것이 아니라 서로 만나 어우러져서 어떤 역할을 하라는 뜻입니다. 그래서 사람은 두 손을 통해 하고 싶거나 해야만 하는 일을 하게 됩니다.

저는 각자 하나가 되는 손보다 함께 모여 하나가 되는 손을 더 좋아합니다. 두 손이 하나가 되면 아름답습니다. 그중에서도 기도하는 손이 가장 아름답습니다. 두 손을 쥐면 각자 주먹이 되지만 두 손을 펴서 가지런히 합치면 기도하는 손이 됩니다. 그 손은 인간에게 겸손과 사랑을 선물합니다. 세상에서 가장 아름다운 손은 기도하는 어머니의 손입니다. 제가 지금까지 제 삶을 비교적 건강하게 유지할 수 있었던 것은 어머니의 기도하는 손 덕분입니다.

주먹이 된 손이 더 강한 것 같지만 실은 기도하는 손이 더 강합니다. 주먹은 공격과 파괴의 손, 분노와 상처의 손이지만 기도하는 손은 이해와 사랑의 손, 겸손과 인내의 손입니다. 주먹은 분노로 이루어지지만 기도는 사랑으로 이루어집니다. 아버지가 아들에게 들려주는 삶의 지혜를 담은 박광철 목사의 책 《부끄런 A학점보다 정직한 B학점이 낫다》에 보면, '두 주먹을 쥐고 분노하기보다 두 손을 모으고 기도하는 자가 더 강하다'는 말이 나옵니다. 저는 이 말에다 밑줄을 그었습니다. 기도하는 손보다 분노의 주먹을 쥔 손으로 살아온 세월이 너무 많기 때문입니다.

주먹은 남에게 상처를 주고 자신도 아픔을 겪지만, 기도하는 손은 자신은 물론 다른 사람도 살립니다. 우리가 누구를 위해 기도할 때 주먹을 쥐고 기도할 수는 없습니다. 주먹을 쥔 상태에서는 누구를 쓰다듬을 수도 꼭 안아줄 수도 없습니다. 누구를 위로할 때의 손은 결코 주먹이 아닙니다. 아마 석가나 예수는 단 한 번도 분노의 주먹을 쥐지 않았을 것입니다.

저도 분노의 주먹을 쥐지 않고 살아갈 수 있으면 좋겠지만 그런 일은 있을 수 없습니다. 제겐 분노가 주먹으로 표현되었을 때 그 주먹을 어떻게 할 것인가 하는 문제만 남아 있습니다. 주먹으로 계속 분노를 표현할 것인가, 아니면 주먹을 펴서 기도할 것인가 둘 중의 하나입니다.

나를 위해 또 남을 위해 제 손이 가장 먼저 할 수 있는 것은 기도입니다. 기도만이 제 손이 할 수 있는 가장 아름다운 행동입니다. 기도는 가장 진실한 최후의 저 자신입니다. 지금이라도 분노와 상치의 주먹으로 이루어진 제 손을 기도의 손으로 바꾸고 싶습니다.

결국 손을 어떻게 사용하느냐에 따라 내 인생이 아름다워질 수도 있고 더러워질 수도 있습니다. 저는 지금 제 손이 더 이상 더러워지기를 바라지 않습니다. 기도는 저를 들여다볼 수 있는 마지막 진실의 창이므로 제 손은 기도하는 빈손이 되고 싶습니다. 빈손이 되어야만 제가 쓴 시 '손에 대한 예의'와 같은 예의를 갖출 수 있습니다.

가장 먼저 어머니의 손등에 입을 맞출 것
하늘 나는 새를 향해 손을 흔들 것
일 년에 한번쯤은 흰 눈송이를 두 손에 고이 받을 것
들녘에 어리는 봄의 햇살은 손안에 살며시 쥐어볼 것
손바닥으로 풀잎의 뺨은 절대 때리지 말 것
장미의 목을 꺾지 말고 때로는 장미가시에 손가락을 찔릴 것

남을 향하거나 나를 향해서도 더 이상 손바닥을 비비지 말 것

손가락에 침을 묻혀가며 지폐를 헤아리지 말고

눈물은 손등으로 훔치지 말 것

손이 멀리 여행가방을 끌고 갈 때는 깊이 감사할 것

더 이상 손바닥에 못 박히지 말고 손에 피 묻히지 말고

손에 쥔 칼은 항상 바다에 버릴 것

손에 많은 것을 쥐고 있어도 한 손은 늘 비워둘 것

내 손이 먼저 빈손이 되어 다른 사람의 손을 자주 잡을 것

하루에 한 번씩은 꼭 책을 쓰다듬고

어둠속에서도 노동의 굳은살이 박힌 두 손을 모아

홀로 기도할 것

장미같이 아름다운 꽃에

가시가 있다고 생각하지 말고

가시 많은 나무에

장미같이 아름다운 꽃이 피었다고 생각하라

'나는 그늘이 없는 사람을 사랑하지 않는다/ 나는 그늘을 사랑하지 않는 사람을 사랑하지 않는다/ 나는 한 그루 나무의 그늘이 된 사람을 사랑한다/ 햇빛도 그늘이 있어야 맑고 눈이 부시다' (이하 생략)

'내가 사랑하는 사람'이라는 제 시의 일부입니다. 이 시는 중학교 3학년 국정 국어교과서에 실려 있었고, 지금은 검인정 국어교과서에 실려 있습니다. 수업시간에 선생님께서 아이들에게 이 시를 바탕으로 모방시를 한번 써보라고 하셨나 봅니다. 모방시를 쓰는 것도 시를 공부하는 좋은 방법 중의 하나이니까요. 그런데 한 학생이 자기가 쓴 모방시를 인터넷에 올린 것을 우연히 검색하게 되었습니다. 그 내용은 이렇습니다.

'나는 돈이 없는 사람을 사랑하지 않는다/ 나는 돈을 사랑하지 않는 사람을 사랑하지 않는다/ 나는 한 다발 지폐를 헤아리는 사람을 사랑한다/ 햇빛도 돈이 있어야 맑고 눈이 부시다' (이하 생략)

저는 이 모방시를 읽는 순간 '어린 중학생이 내 시를 훼손시켰구나' 하는 생각이 들어 화부터 났습니다. 요즘 인터넷에 올라오는 시는 네티즌들의 무성의와 부주의로 원문이 훼손되거나 파괴되는 경우가 대부분이기 때문입니다. 그러나 그 중학생이 제 삶을 성찰할 수 있는 기회를 제공하기 위해 그런 모방시를 쓴 것이라고 생각을 바꾸어보았습니다.

'사회에 나가 돈을 벌어야 하는 한 가정의 책임자라는 이유로, 시인으로서의 삶을 살면서도 그동안 물질에 너무 경도된 삶을 살아온 게 아닌가, 그 점을 좀 반성해라!'

그런 깊은 뜻이 숨어 있다고 생각하니까 그 모방시가 아주 소중하게 여겨졌습니다. 그래서 그 모방시를 인쇄해서 지금도 책상 서랍 깊이 간직하고 있습니다. 물질에 대한 욕심이 나면 가끔 그걸 꺼내 읽어보면서 저 자신을 다스립니다.

만일 그렇게 생각하지 않았다면 그 중학생을 마음속으로 미워하고 비난했을 겁니다. 그러나 지금은 제 삶을 성찰하게 해준 그 중학생에게 오히려 감사한 생각이 듭니다. 이는 '장미같이 아름다운 꽃에 가시가 있다고 생각하지 않고, 이토록 가시 많은 나무에 장미같이 아름다운 꽃이 피었다'고 생각한 결과입니다. 장미 한 송이를 보고 어떤 이는 '장미꽃에 왜 하필이면 가시가 있는가' 하고 불평하지만, 또 어떤 이는 '가시나무에 장미꽃이 다 피다니 정말 아름다운 일이다'라고 생각할 수 있습니다.

장미같이 아름다운 꽃에 가시가 있다고 생각하면 그 가시가 원망스럽습니다. 가시만 없다면 저 꽃이 더 아름다울 텐데 하는 생각을 하게 되면 가시가 증오의 존재가 됩니다. 그러나 가시 많은 나무에 장미같이 아름다운 꽃이 피었다고 생각하면 장미가 더 아름답게 느껴지고 감사의 존재가 됩니다. 아름다운 장미가 가시를 가졌다고 슬퍼하는 마음이 가시가 장미를 가졌다고 감탄하는 마음으로 바뀔 수 있습니다.

장미에게 가시는 본질입니다. 장미에게 가시가 없다면 장미는 자신의 본질을 잃는 것입니다. 따라서 가시 없는 장미는 없습니다. 장미는 가시가 있기 때문에 아름답습니다.

저는 장미의 향기가 꽃에서 나는 게 아니라 가시에서 난다고 생각합니다. 가시라는 고통에서 나는 장미 향기가 진정 아름다운 향기라고 생각합니다. 1온스의 장미향수를 얻기 위해서는 1톤의 장미가 필요하다고 하는데, 가시에 찔리지 않고서는 장미를 모을 수 없습니다. 그래서 장미향수는 꽃에서 나는 아름다움의 향이라기보다 가시에서 나는 고통의 향입니다.

이 세상에서 가장 향기로운 장미향수는 발칸산맥의 장미에서 나온다고 합니다. 향수 생산업체에서 장미를 채취하는 시간은 가장 춥고 어두운 시간인 자정부터 새벽 2시 사이라고 하는데, 이는 장미가 가장 향기로운 향을 뿜어내는 시간이 바로 한밤중이기 때문입니다. 이 또한 참고 견디기 어려운 고통의 시간에 가장 아름다운 향이 뿜어진다는 것을 반증합니다.

장미뿐만이 아닙니다. 척박한 땅에 뿌리를 내리는 아카시아는 살아남으려고 가시를 먼저 틔웁니다. 그러다가 오랜 세월 동안 둥치가 굵어지면서 가시 없이도 생존할 수 있게 되면 그때서야 꽃을 피우고 꿀을 생산합니다. 아카시아 꽃향기가 멀리 날아가는 까닭은 그렇게 가시라는 인고의 세월을 거쳐 피어나기 때문입니다.

어디 아카시아뿐인가요. 선인장도 가장 굵은 가시에서 꽃이 피고, 찔레꽃도 마찬가지입니다. 꽃이 피기 전에 가시 때문에 구박받는 찔레도 꽃이 피면 그 향기가 얼마나 은은합니까. 찔레꽃 향기가 향기로운 것 또한 찔레가시 때문입니다. 그래서 가수 장사익 씨는 '찔레꽃 향기는 너무 슬퍼요'라고 노래하는지 모릅니다.

인생의 향기도 이와 같이 극심한 고통 중에서 뿜어져 나옵니다. 그래서 고통 없는 인생은 없습니다. 가지와 줄기가 뒤틀렸다고 해서 꽃마저 아름답지 않은 나무는 없습니다. 절망과 고통을 지나며 홀로 베개에 눈물을 적셔본 자만이 별빛이 아름답다는 것을 알게 됩니다. '내 인생에 왜 이렇게 고통이 많나'라고 생각하기보다 '고통 많은 내 인생에도 이런 기쁨이 있구나'라고 생각한다면 누구의 인생이든 달라집니다.

척추장애로 키가 134센티미터인 편물기술자이자 국제사회복지사인 김해영 씨의 경우가 그렇습니다. 그녀가 쓴 책《청춘아, 가슴 뛰는 일을 찾아라》에는 고통스러웠던 그녀의 삶의 역경이 고스란히 드러나 있습니다. 그녀는 태어나자마자 딸이라고 화가 난 만취 상태의 아버지에 의해 방바닥에 내던져져 척추를 다쳤습니다. 그래서 키가 제대로 자라지 않아 초등학교를 끝으로 학교를 더 다닐 수 없었습니다. 고물상을 하던 아버지는 힘든 삶을 견디지 못하고 끝내 자살하고 어머니는 정신질환자가 되어, 그녀는 겨우 열네 살 때

엄마 대신 동생 넷을 키우기 위해 남의 집 식모살이를 하지 않으면 안 되었습니다.

그러나 그녀는 스스로 직업훈련원에 들어가 편물기술을 배워 전국기능대회를 휩쓸었으며, 1985년 세계장애인기능경기대회에서는 기계편물 부문 1위를 차지했습니다. 그 후 아프리카 극빈국인 보츠와나 직업학교 '굿 호프'의 교장이 되어 14년 동안이나 아이들에게 기술을 가르쳤습니다. 그리고 미국 나약대학을 거쳐 2009년에는 컬럼비아대 국제사회복지대학원에서 석사 학위를 받고, 지금은 세계를 무대로 가난한 이들에게 편물기술을 가르치는 국제사회복지사로 일하고 있습니다. 그녀의 스승인 컬럼비아대 모이라 커튼 교수는 "그녀는 장애를 부정적인 방식으로 정의하지 않고 오히려 많은 사람들에게 공감을 불러일으키는 의미 있는 인생으로 창조해냈다"고 말합니다.

이 얼마나 가시 많은 인생입니까. 그러나 그녀는 그 많은 인생의 가시마다 아름다운 긍정의 꽃을 피웠습니다. 그녀는 "세상은 내게 좌절을 권했지만 나는 희망을 찾고 싶었다. 내게 견딜만한 고통이 있다는 것은 축복이었다"고 말합니다. "사람들은 나의 작은 키를 치명적인 약점이라고 생각하지만 나는 작은 키가 강점이었다"고 말합니다. "행복한 것은 그냥 지나가지만 아픔과 상처는 그 자리에 남아 반짝반짝 빛을 낸다. 나는 다이아몬드처럼 빛나는 그 상처와 아픔의 힘으로 계속 살아가고 있다"고 말합니다. 고통은 고통이 아니라 수용하느냐 마느냐의 자기 선택에서 생겨난 갈등일 뿐이라는 사실을 확인시켜주는 말들이 아닐 수 없습니다.

이렇게 인생의 장미도 꽃에서 향기가 나는 게 아니라 고통과 절망의 가시에서 향기가 납니다. 장미의 존재성이 아름다운 꽃에 있는 게 아니라 날카로운 가시에 있듯이 내 삶의 존재성도 바로 고통에 있습니다. 실패의 고통 없이 성공의 기쁨만을 원한다면 가시 없는 장미를 원하는 것과 같습니다. 내가 장미라면 내게 반드시 가시가 있어야 합니다.

오늘밤은 저의 시 '가시'를 읽으며, '내 인생의 가시'에 대해 함께 생각해보는 밤이 되었으면 좋겠습니다.

지은 죄가 많아
흠뻑 비를 맞고 봉은사에 갔더니
내 몸에 꽃들이 피어나기 시작했다
손등에는 채송화가
무릎에는 제비꽃이 피어나기 시작하더니
야윈 내 젖가슴에는 장미가 피어나
뚝뚝 눈물을 흘리기 시작했다
장미같이 아름다운 꽃에 가시가 있다고 생각하지 말고
이토록 가시 많은 나무에
장미같이 아름다운 꽃이 피었다고 생각하라고

장미는 꽃에서 향기가 나는 게 아니라

가시에서 향기가 나는 것이라고

가장 날카로운 가시에서 가장 멀리 가는 향기가 난다고

장미는 시들지도 않고 자꾸자꾸 피어나

나는 봉은사 대웅전 처마 밑에 앉아

평생토록 내 가슴에 피눈물을 흘리게 한

가시를 힘껏 뽑아내려고 하다가

슬며시 그만두었다

인생은 자기가 생각한 대로 된다

1972년 미국에서 출간된 트리나 폴러스의 동화《꽃들에게 희망을》
은 수많은 독자들이 읽고 있는 세계적 베스트셀러입니다. 1970년대
를 20대로 보낸 저도 이때 이 책을 읽었으며, 분도출판사에서 나온
초판본을 아직도 지니고 있습니다.

이 동화에는 거대한 기둥을 향해 기어오르는 한 마리 애벌레의
이야기가 나옵니다. 애벌레는 먹고 자고 하는 일상적 삶 외에 보다
나은 다른 삶이 있을 것이라고 생각하다가 수많은 동료 애벌레들이
향하는 기둥을 발견하고 그곳을 기어오릅니다. 정상을 향해 다른
애벌레들을 짓밟으면서 오직 위를 향해 기어오릅니다. 그러다가 마
침내 정상에 다다라 그 기둥이 애벌레들로 이루어진 경쟁의 기둥,
허상의 기둥이라는 것을 깨닫고 허망해합니다. 그러다가 다른 애벌
레를 만나 죽음과 같은 고치의 삶을 살게 되고 결국 나비가 되어 꽃
들에게 희망을 주게 됩니다.

애벌레가 악착같이 '애벌레들의 기둥'을 기어오른 까닭은 무엇
이었을까요. 저는 그들이 삶에 어떤 형식이 있다고 생각하고 그 형
식의 대열에 동참한 탓이라고 생각합니다. 그리고 나뭇가지에 매달
려 고치가 됨으로써 수많은 꽃들에게 희망을 주는 나비가 된 까닭
은 삶이 자기가 생각한 대로 이루어진다는 것을 깨달았기 때문이라
고 생각합니다. 애벌레는 '나도 나비가 되고 싶다'고 생각함으로써
나비가 된 것입니다. 만일 그런 생각을 하지 않고 계속 기둥의 정상
에 머무르기만을 원했다면 나비가 될 수 없었을 것입니다.

인생에는 어떤 형식과 정답이 있다고 여깁니다. 좋은 부모한테 태어나 좋은 학교에 다니고, 좋은 직장을 다니다가 좋은 배우자를 만나 좋은 가정을 이루고, 남들보다 더 많은 돈과 권력과 명예를 지니고 오래오래 행복하게 잘 살다가, 결코 죽고 싶지는 않지만 큰 고통 없이 죽기를 바라는 그런 형식을 생각합니다. 그래서 그런 형식 속에는 고통의 상처와 좌절의 눈물은 없고 이기와 탐욕만 가득합니다.

인생에는 형식이 없습니다. 인생에 형식이 있다고 생각하는 것이야말로 인생에 대한 가장 큰 오해입니다. 인생은 자기가 생각한 대로 될 뿐입니다. 인생은 엄숙한 선택의 광장이므로 인생이라는 미래는 기본적으로 내가 생각하는 방향대로 움직입니다.

인생에는 정답도 없습니다. 정답이 없다는 게 인생의 정답입니다. 물론 연습도 없습니다. 인생에는 연습 삼아 한번 해보는 것이란 있을 수 없습니다. 아무리 연습 삼아 한번 해본다 하더라도 그것이 바로 인생입니다. 모든 것이 실제적 상황인 인생에는 녹화방송이 없고 모두 생방송입니다.

저도 녹화방송과 생방송을 모두 경험해본 적이 있습니다. 녹화의 경우, 잘못하면 다시 하면 되기 때문에 크게 긴장되지 않습니다. 제 마음에도 촬영시간에도 여유가 있습니다. 그러나 생방송의 경우, 입에 침이 마를 정도로 바짝 긴장하게 됩니다. 생각하지도 않은 엉뚱한 말이 툭 튀어나올까봐 걱정하게 되고, 이야기를 제대로 하고 있는지 순간순간 판단하고 결정하게 됩니다. 방송시간도 정해져 있어 지나가버리면 그뿐입니다. 어떠한 실수가 있어도 돌이킬 수 없습니다.

인생도 생방송입니다. 아무렇게나 살 수가 없습니다. 순간순간 제 역할에 최선을 다해야 합니다. 그렇지 않으면 영원히 돌이킬 수 없는 인생의 '방송사고'를 내게 됩니다. 누구나 언제든지 몇 번이고 되풀이해서 촬영하는 녹화의 삶이 되면 좋겠지만 그렇게 되지는 않습니다. 또 녹화 장면을 편집해서 제대로 잘 정리된 것만 방영할 수 있으면 좋겠지만 인생은 편집되지 않습니다. 꼭 잘라버리고 싶은 부분이 있어도 결코 잘라낼 수 없습니다. 인생이라는 생방송은 있는 그대로 방영될 뿐입니다. 내가 생각하고 행동하는 대로 되는 게 나의 인생입니다.

독문학을 전공하는 대학생의 필독서 중에 독일작가 프리츠 오르트만이 쓴 소설 《곰스코로 가는 기차》가 있습니다. 이 소설은 누구나 가고 싶어 하는 멋진 이상향의 도시 '곰스코'로 가는 한 젊은 부부의 이야기입니다.

그들은 곰스코로 가는 기차를 탔다가 기차가 시골마을에 머물렀을 때 근처 산으로 잠깐 갔는데, 그만 기차를 놓치게 됩니다. 그래서 결국 곰스코로 가지 못하고 어쩔 수 없이 그 작은 마을에서 살게 됩니다. 남자 주인공은 끊임없이 곰스코로 갈 기회를 엿보지만 번번이 갈 수 없게 됩니다. 임신한 아내가 출산을 하게 돼 그 마을 학교 교사로 일하게 되고, 그러다가 둘째아이가 태어나 끝내는 곰스코로 가지 못하게 됩니다.

그렇다면 이 소설의 주인공 남자는 곰스코로 가고자 하는 인생의 목표를 잃음으로써 결국 실패한 삶을 살게 된 것일까요.

이 소설은 그렇지 않다, 목표한 바대로 살지 못하더라도 인생은 충분히 살 만한 가치가 있고, 있는 그대로 완성된다고 이야기하고 있습니다.

저는 이 소설을 읽으면서 '곰스코'는 누구나 꿈꾸고 원하는 인생의 형식이라고 생각했습니다. 인생의 어떤 형식을 아무리 지향한다 하더라도 그곳에 가 닿지 못하는 삶을 살게 된다는 것을 은유한 소설이라고 생각했습니다. 따라서 그곳에 다다르지 못했다 하더라도 슬퍼하거나 분노하거나 후회하지 말라는 것입니다. '곰스코'라는 인생의 형식이 중요한 게 아니라, 현재 내가 어떤 생각을 하며 어떻게 살고 있는가가 더 중요하다는 것입니다.

인생에 형식이 있다면 무형식의 형식이 있을 뿐입니다. 누구나 원하는 규범화된 공동의 어떤 이상적 형식이 있는 게 아니라, 자기가 생각한 대로 이루어지는 자기만의 형식이 있을 뿐입니다. 누구나 가고 싶어 하는 곳이라 하더라도 '곰스코'라는 정형화된 인생의 형식이라는 곳에는 갈 수가 없습니다.

인생은 형식대로 이루어지는 게 아니라 내가 생각한 대로 이루어집니다. 자기가 생각한 대로 사는 게 곧 인생의 형식입니다. 그 생각 속에 실수와 후회가 있고 고통과 상처가 있어도 그렇게 이루어질 뿐입니다. 그리고 인생에는 내 생각과는 전혀 상관없이 인생 자체의 힘에 의해 움직여지는 어쩔 수 없는 부분도 있습니다.

지금도 늦지 않았다

제 어머니한테 참 많이 들어온 말입니다.

"지금도 안 늦었다. 다시 해봐라."

어머니가 하신 이 말씀을 저는 아들에게, 또 다른 청년들에게 해왔습니다. 그리고 누구보다도 저 자신에게 늘 해왔습니다.

제 나이 서른둘에 조선일보 신춘문예에 단편소설이 당선돼 소설가를 꿈꾸던 저는 실은 나이 마흔둘이 될 때까지 소설 한 편 쓰지 못했습니다. 그래도 지금도 늦지 않았다고 생각하고 직장마저 그만두고 소설쓰기에 도전했습니다.

소설은 잘 써지지 않았습니다. 오랫동안 저널리스트로서의 입장에서 글을 써왔기 때문에 기사 쓰던 습관이 그대로 남아 문학성 높은 개성적인 문체를 지니기 힘들었습니다. 소설의 구조 또한 뼈대만 있고 섬세한 서정의 물기가 없었습니다. 현실적 사실과 문학적 상상력의 차이를 잘 조화시켜 소설의 그릇에 담기엔 역부족이었습니다.

다시 시를 쓰고 싶다는 생각이 들었습니다. 오랫동안 시를 쓰지 않았는데 시를 쓸 수 있을까 하는 두려움이 앞섰습니다. 그래도 지금도 늦지 않았다고 생각하고 다시 시를 쓰기 시작했습니다. 1997년 《별들은 따뜻하다》 이후 7년 만에 나온 시집 《사랑하다가 죽어버려라》가 바로 그것입니다. 그 시집은 독자들의 많은 사랑을 받았습니다. 다시 시인으로서의 삶을 사는 데에 큰 디딤돌이 되어주었습니다.

이렇게 '지금도 늦지 않았다'고 생각하는 태도는 다음 단계로 나를 이끌어줍니다. 만일 그때 시를 쓰기엔 너무 늦었다고 생각했다면 더 이상 시를 쓸 수 없었을 것입니다. '지금도 늦지 않았다, 다시 시작해도 괜찮다'고 생각했기 때문에 시를 쓸 수 있었습니다.

영화 '벤자민 버튼의 시간은 거꾸로 간다'에 보면 '너무 늦거나 너무 이른 것은 없다'는 말이 나옵니다. 우리가 그렇게 생각할 뿐이라는 것입니다. 아무리 늦었다고 해도 너무 늦은 때는 없습니다. 지금도 늦지 않았다고 생각하면 최선을 다해 앞으로 나아가게 되지만, 너무 늦었다고 생각하면 그 자리에 주저앉게 됩니다.

주저앉아 있으면 때로는 그게 더 편합니다. 그래서 지금도 늦지 않았다고 생각하기보다 지금은 너무 늦었다고 생각하는 경우가 더 많습니다. 그러나 언제까지 편하게 주저앉아 있을 수는 없습니다. 인생은 내가 원하든 원하지 않든 앞으로 나아가기 때문에 자칫 최악의 경우를 맞이할 수 있습니다.

최악의 경우는 미리 생각해보는 게 좋습니다. 늦었다고 생각되는 현재를 다시 준비하거나 개선시킬 계기가 마련될 수 있습니다. 그런 최악의 경우를 오게 해서는 안 되겠다, 지금의 최악을 최선으로 개선하겠다는 강한 의지를 불러일으킬 수 있습니다. '최악일 때 오히려 최고의 기회라고 생각하라'는 게 바로 그런 까닭입니다.

우리나라 '빵의 황제'로 불리는 김영모 제과제빵 명장은 군 복무 중에 카네기가 쓴 《걱정으로부터의 자유》라는 책에서 '최악의 경우를 생각하라'는 글을 읽고 힘을 내었는데, 그 글이 제대 후에도 힘을 내게 해 열심히 제빵 공부를 했다고 합니다.

고려 때 중국에서 붓두껍에 목화씨를 숨겨온 문익점은 최악의 경우를 미리 생각했습니다. 문익점은 목화씨 열 개 중 다섯 개는 장인 정천익에게 심게 하고, 나머지 다섯 개는 자신이 심었습니다. 그런데 그가 심은 목화씨는 다 썩어버렸습니다. 장인이 심은 목화씨도 네 개가 썩고 오직 한 개만이 싹을 틔우고 꽃을 피웠습니다. 그는 이 한 개의 목화씨에서 다시 백 개의 목화씨를 얻었습니다. 만일 문익점이 최악의 경우를 생각하지 않고 혼자 열 개를 다 심었다면 어떻게 되었을까요. 아마 그의 노력은 헛된 일이 되고 우리 또한 오랫동안 솜옷을 입지 못하고 혹한에 떠는 삶을 살았을지 모릅니다.

최악의 경우를 미리 생각한다는 것은 지금도 늦지 않았다는 희망을 가지게 해줍니다. 이미 늦었다고 생각하는 것은 바로 절망하는 것입니다. 이제 끝났다고 생각하는 순간에 희망은 바로 옆에 있습니다. 지금도 늦지 않았다고 생각하는 것은 희망과 용기를 가지는 것입니다. 다 아는 이야기이지만, 방향이 중요하지 속도가 중요하지 않습니다. 그런데 그 방향이 잘못되었을 때가 있습니다. 그때엔 지금도 늦지 않았다고 생각하면 됩니다.

문득 '서둘러 걸으면 라싸에 도착할 수 없다'는 티베트 속담이 떠오릅니다. 이 또한 늦었다고 생각하지 말고 천천히 자기만의 속도로 걸어야 목적지에 도착할 수 있다는 뜻이 아닐까요. 너무 늦었다고 생각하고 서둘러 가면 아무리 가고 싶어도 도중에 병이 나거나 주저앉게 되어 결국 라싸에 갈 수 없다는 뜻일 것입니다.

'신의 거주지' 또는 '신의 땅'이라는 뜻을 지닌 라싸는 티베트인이라면 평생에 꼭 한번은 가봐야 할 인생의 성지입니다. 티베트인들은 죽기 전에 라싸에 한번 가보고 죽는 게 인생 최대의 소원이자 기쁨입니다.

언젠가 라싸로 가는 순례자의 모습을 텔레비전에서 방영한 다큐멘터리에서 본 적이 있습니다. 한 명은 삼보일배(三步一拜)하면서 걸어가고, 또 한 명은 몇 달간 먹을 간단한 곡물을 실은 손수레를 끌며 가고 있었습니다. 작은 널빤지를 마치 장갑인 양 두 손바닥에 대고 무릎엔 타이어 조각을 헝겊으로 친친 맨 채 삼보일배하면서 한 걸음 한 걸음 앞으로 나아가는 남루한 순례자의 모습은 사뭇 경건하고 감동적이었습니다.

그는 조금도 서두르지 않았습니다. 한결같은 속도로 오체투지(五體投地)하고 일어나 세 걸음 걷고 또 일어나 오체투지를 했습니다. 비록 옷은 헤지고 햇볕에 까맣게 탄 얼굴 피부가 군데군데 벗겨져 있었지만 입가엔 고요히 미소가 어렸습니다.

'저렇게 삼보일배하지 않고 그냥 걸어가면 될 텐데, 왜 꼭 저런 고행의 방식을 택해야 하나.'

저는 그런 생각이 들었지만 그것은 라싸라는 성지에 대한 종교적 경외심 때문일 것입니다. 또한 가고자 하는 방향이 정확했기 때문이며, 인생의 황혼기에 늙은 몸으로 너무 늦게 라싸를 찾아가지만 그래도 지금도 늦지 않았다고 생각하기 때문일 것입니다. 그래서 그들에게 라싸로 가는 길은 바로 인내와 기쁨의 길일 것입니다. 아마 너무 늦었다고 생각하고 서두른다면 그들은 라싸에 도착하지 못할 것입니다. 라싸의 조캉사원 부처님 앞에 엎드려 감사와 평화의 눈물을 흘리지 못할 것입니다.

저도 제 인생의 라싸를 향해 걸어가봅니다. 길은 험하지만 길가에 수많은 꽃들이 피어 있습니다. 걸음을 멈추고 그 꽃들을 가만히 들여다봅니다. 너무 늦었다고 생각하며 피어난 꽃들은 아무도 없습니다. 지금도 늦지 않았다고 생각하며 꽃들이 자꾸 피어납니다.

참지 못하면 이길 수 없다

한 농부가 참깨를 심어야 하는데 준비해둔 씨앗이 없어 먹으려고 냉동실에 보관해둔 참깨를 밭에 뿌렸습니다. 내심 얼어 죽은 게 아닐까, 싹이 날 수 있을까 걱정하면서요. 그런데 그 전 해에 봉지에 담아 보관했던 참깨에서보다 훨씬 더 많은 싹이 돋아, 농부는 어떻게 보관하느냐에 따라 좋은 씨앗이 될 수 있다는 사실을 알게 되었습니다.

영하 20도의 냉동실에서 참깨는 그 얼마나 추웠겠습니까. 그래도 참깨는 언젠가는 햇빛이 비치는 따스한 땅에 뿌려질 날을 기다리며 참고 또 참았을 것입니다. 그 참깨가 예년의 참깨보다 훨씬 더 많이 싹을 틔우게 된 것은 바로 인고의 결과입니다. 만약 냉동실의 혹독한 추위를 참지 못했다면 아무리 훈훈한 흙의 가슴에 안겼다 하더라도 이미 생명을 잃어 싹을 틔우지 못했을 것입니다. 이렇게 작디작은 참깨 한 알도 시련과 고통을 견뎌내는 인내의 힘이 있어야 자신을 싹틔울 수 있다는 사실 앞에 옷깃을 여밉니다.

참깨 이야기를 하니까 700년 만에 피어난 연꽃 생각이 납니다. 2010년 7월 8일자 신문에는 경남 함안 성산산성에서 발견된 고려시대의 연꽃 씨앗에서 피어난 연꽃 사진이 일제히 실렸습니다. 그 꽃은 연못의 지하 퇴적층에서 발견된 열 개의 씨앗 중 한 개에서 핀 꽃이었습니다. 비록 신문에 컬러로 인쇄된 것이었지만 분홍색 꽃잎을 활짝 피운, '아라홍련'으로 명명된 그 연꽃을 보고 놀라지 않을 수 없었습니다.

그 연(蓮) 씨앗은 얼마나 자신을 꽃 피우고 싶었을까요. 연꽃 씨앗은 조건이나 환경이 맞지 않으면 천 년이 돼도 싹을 틔우지 않는다고 합니다. 이 씨앗도 한 송이 연꽃을 피우기 위해 700년이나 참고 기다려왔으니 이 얼마나 길고 긴 인내의 세월입니까.

저도 친분이 있는 황토스님한테 단단한 연 씨앗 네 개를 얻어 꽃을 피우려고 노력한 적이 있습니다. 황토스님은 물확 같은 데에 흙을 넣고 물을 부은 뒤 씨를 심어놓으면 싹이 튼다고 해 그렇게 했습니다. 그러나 몇 달을 기다려도 물이 다 말라 다시 부어놓아도 싹은 트지 않았습니다. 저는 기다림에 지쳐 그만 베란다 청소할 때 버리고 말았습니다.

지금 생각하면 참 후회됩니다. 700년이 돼도 꽃을 피우는 연꽃씨인데 불과 몇 달도 참지 못했으니 이 얼마나 어리석고 인내심이 없는 경우입니까. 연꽃을 피어나게 하기 위해서는 칼이나 톱으로 씨에 흠집을 내 물이 흘러 들어가도록 해야 한다는데 저는 그런 사실도 몰랐습니다. 만일 제가 연꽃씨에 흠집이라는 상처를 냈다면 싹이 돋고 꽃이 피었을 것입니다.

한 알의 연꽃씨가 꽃을 피우기 위해 흠집이라는 상처를 필요로하는 것처럼 저도 인간이라는 아름다운 꽃을 피우기 위해서 깊은 상처를 필요로 합니다. 제가 살아가면서 '칼'이라는 어떤 사람, '톱'이라는 어떤 상황에 부딪쳐 상처를 입는 까닭은 바로 인간의 꽃으로 아름답게 피어나기 위한 것입니다. 제 삶의 씨앗에 상처가 나는 순간이야말로 생명의 물이 흘러 들어가 인내의 꽃이 피어나는 순간입니다.

저는 지금도 아흔 살 노모한테 "니가 참아라"는 말을 듣습니다. 어머니는 무엇이든지 "니가 참아야지 누가 참노?" 하고 말씀하십니다. 남이 먼저 참기를 바라지 말고 내가 먼저 참으라는 것입니다. 참는 자에게 복이 있다는 것입니다. 그러나 저는 참을성이 부족합니다. 아파트 엘리베이터가 조금 늦게 내려와도 그 순간을 참기 어려워합니다. 남과 싸우게 되는 것도 결국 내가 참지 못했을 때입니다.

한번은 지하철을 탔다가 옆자리 남자와 싸운 적이 있습니다. 그가 신문을 양손으로 펼칠 때마다 제 얼굴에 신문이 자꾸 닿았습니다. 저는 그만 참지 못하고 "신문 좀 접어서 보세요, 사회생활을 하면서 어떻게 이렇게 남을 배려할 줄 모르세요!" 하고 벌컥 화를 냈습니다. 화를 낸 결과는 물론 심한 말다툼으로 이어졌습니다. 제가 좀 더 참거나 자리에서 일어나버렸다면 그런 말다툼은 하지 않았을 텐데 말입니다.

부부싸움을 할 때도 마찬가지입니다. 아무리 화가 나도 조금만 참으면 크게 싸우지 않아도 될 일을 "당신 지금 그게 무슨 말이야? 도대체 왜 그러는 거야?" 하고 벌컥 화를 냄으로써 그만 싸움을 키워버리고 맙니다. 베트남의 틱낫한스님이 "화가 날수록 말을 삼가

라. 화가 날 때 남을 탓하지 말고 자신의 마음을 다스려라. 화는 울고 있는 아기와 같기 때문에 보듬고 달래야 한다"고 하신 말씀은 그 순간 다 잊어버리고 맙니다. '인내심을 잃어버리려는 바로 그 순간보다 더 인내심이 중요한 때는 없다'는 영국 속담을 잘 알고 있으면서도 그만 인내하지 못하고 인생의 중요한 일들을 그르치고 맙니다.

돌이켜보면 제가 가장 불행했던 순간은 참지 못하고 분노할 때였습니다. 분노는 열려 있는 모든 문을 닫고 인내는 닫혀 있는 모든 문을 엽니다. 분노는 제 생명을 빼앗아가고 인내는 제 생명을 꽃피웁니다. 인내 없이 연꽃 씨앗이 꽃을 피울 수 없듯이 나 또한 인생의 꽃을 피울 수가 없습니다.

오늘은 무인불승(無忍不勝), '참지 못하면 이길 수 없다'는, '참는 것이 곧 이기는 것'이라는 사자성어 속에 들어 있는 '참을 인(忍)' 자를 한번 자세히 들여다봅니다. '칼날 인(刀)' 자와 '마음 심(心)' 자가 합쳐진 합성어로, '가슴에 칼이 꽂힌 상태를 그냥 견디어낸다'는 뜻으로 파악됩니다.

세상에 이렇게 고통스러운 글자가 또 어디 있을까요. 가슴에 칼이 꽂힌 상태에서 하루하루 살아가야 한다면 그 얼마나 고통스러울까요. 아마 고통의 극점, 바로 죽음 직전의 고통으로 그런 상태를 상상만 해도 심한 고통이 느껴집니다.

그렇지만 참된 삶을 살기 위해서는 그런 고통을 참지 않으면 안 됩니다. 그게 바로 '참을 인' 자가 가르치는 참뜻입니다.

생텍쥐페리는 《어린 왕자》에서 여우의 입을 통해 "친구를 갖고 싶으면 나를 길들여보라"고 말합니다. 어린 왕자가 "어떻게 하면 되지" 하고 묻자 여우는 "인내심이 있어야 한다"고 말합니다. 생텍쥐페리는 우정과 사랑에도 가장 필요한 것이 인내심이라는 것을 강조하고 있습니다.

300년 이하 된 가게는 가게로 쳐주지 않는 일본 교토 상인들한테는 서른세 가지 지켜야 할 계명이 있습니다. 그중 세 번째 계명이 '참을 인 자가 나 자신의 주인이 되도록 마음속에 늘 새겨라'는 것입니다. 저는 지금부터라도 '참을 인' 자가 제 인생의 주인이 될 수 있도록 마음속에 굳게 새겨 넣습니다.

사람이라면 누구나 가슴속에 칼이 하나씩 다 들어 있습니다. 문제는 그 칼이 어떤 칼이냐 하는 것입니다. 어느 날 꺼내본 제 가슴속에 있는 칼은 증오와 분노의 칼, 배반과 탐욕의 칼, 이기와 죽음의 칼뿐이었습니다.

지금 당장이라도 사랑과 용서의 칼, 나눔과 배려의 칼, 인내와 생명의 칼로 변화시켜야 하겠습니다. 그런 의미에서 제가 쓴 시 '부드러운 칼'을 함께 나누고 싶습니다. 제 가슴속의 칼이 봄날에 돋는 새순이나 우듬지 같이 부드럽고 따뜻한 칼이 되기를 바라는 마음입니다.

칼을 버리러 강가에 간다

어제는 칼을 갈기 위해 강가로 갔으나

오늘은 칼을 버리기 위해 강가로 간다

강물은 아직 깊고 푸르다

여기저기 상처 난 알몸을 드러낸 채

홍수에 떠내려 온 나뭇가지들 옆에 앉아

평생 가슴속에 숨겨두었던 칼을 꺼낸다

햇살에 칼이 웃는다

눈부신 햇살에 칼이 자꾸 부드러워진다

물새 한 마리

잠시 칼날 위에 앉았다가 떠나가고

나는 푸른 이끼가 낀 나뭇가지를 던지듯

강물에 칼을 던진다

다시는 헤엄쳐 되돌아올 수 없는 곳으로

갈대숲 너머 멀리 칼을 던진다

강물이 깊숙이 칼을 껴안고 웃는다

칼은 이제 증오가 아니라 미소라고

분노가 아니라 웃음이라고

강가에 풀을 뜯던 소 한 마리가 따라 웃는다

배고픈 물고기들이 우르르 칼끝으로 몰려들어

톡톡 입을 대고 건드리다가

마침내 부드러운 칼을 배불리 먹고

뜨겁게 산란을 하기 시작한다

바닥이 판판한 돌만이

주춧돌이 되는 게 아니다

한때 폐사지(廢寺址)를 찾아다닌 적이 있습니다. 그곳엔 새벽 별빛을 바라보는 스님들의 법문 소리도, 안항(雁行)의 발걸음 소리도 오래전에 사라져 보이지 않습니다. 비바람에 풍화된 세월의 흔적이 이리저리 부서진 기와조각이나 돌탑의 옥개석에 묻어 나뒹굽니다. 높은 당간지주만이 반쯤 허리 잘린 석불들을 물끄러미 바라봅니다. 잡초 더미에 파묻혀 기우뚱 쓰러진 돌탑의 자세가 깊은 묵언의 자세인 듯해서 고요하고 아름답습니다. 새 한 마리가 그 탑에 앉아 먼데 산 그림자를 바라보면 마치 제가 그 새의 영혼인 양 느껴집니다. 그래서 폐사지에 가면 부처님의 눈길과 손길이 더 따스하게 느껴집니다. 제대로 가람 형식을 갖춘 사찰보다 더 정감이 가는 폐사지야말로 어쩌면 내 인생의 터전일지도 모릅니다.

저는 폐사지에 가면 가끔 주춧돌을 눈여겨볼 때가 있습니다. 폐사지의 주춧돌을 자세히 살펴보면 어떤 것은 나무기둥이 놓였던 자리가 동그랗게 잘 다듬어져 있는가 하면, 또 어떤 것은 다듬어지지 않고 울퉁불퉁한 것도 있습니다.

주춧돌은 집을 짓기 위해 기둥을 세울 때 꼭 필요한 존재입니다. 기둥은 맨땅이 아닌 주춧돌 위에 세워야 기둥으로 쓴 나무가 눈비에 젖거나 습기에 상하지 않습니다. 그래서 오랜 세월이 지나 지붕을 받치던 기둥은 다 사라져도 주춧돌만은 남아 있습니다.

저는 그런 주춧돌을 볼 때마다 주춧돌로 쓰이는 돌은 따로 있다고 생각했습니다. 나무기둥을 돌 위에 똑바로 앉히기 위해서는 꼭 바닥이 판판해야 주춧돌로서 쓸모가 있다고 생각했습니다. 어려서부터 보아온 주춧돌이 대부분 그랬기 때문입니다.

그런데 꼭 그렇지만은 않다는 것을 어느 한옥 관련 책을 통해서 알게 되었습니다. 임금이 살 궁궐이나 고관의 집을 지을 때는 건축 미학적 측면에서 돌을 미끈하게 잘 다듬어 주춧돌로 썼지만, 일반 백성들이 살 집을 지을 때는 생긴 돌 모양 그대로 주춧돌로 썼습니다. 그것은 돌의 생긴 모양을 따라 나무기둥의 밑 부분을 파내면 되었기 때문인데, 그렇게 하는 것을 '그랭이질' 또는 '그레질'이라고 합니다.

그랭이질을 하면 돌바닥이 울퉁불퉁해도 집의 기둥을 세우는 데는 아무런 문제가 없습니다. 돌을 다루기보다 나무를 다루는 게 더 쉽기 때문에 나무 밑동을 돌 모양에 맞춰 파냈습니다. 돌과 나무라는 성질이 전혀 다른 두 물체를 접착제나 못 하나 쓰지 않고 하나로 만드는 그랭이질은 간단하면서도 절묘해 아무나 하지는 않았습니다. 뛰어난 눈과 고도의 기술을 필요로 해 대목장 중에서도 건축 현장을 통솔하는 우두머리 도편수가 맡아서 했습니다.

이렇게 우리 선조들은 바닥이 판판한 돌이 아니라도 얼마든지 주춧돌로 사용했습니다. 바닥이 판판한 돌만이 주춧돌이 되는 게 아니었습니다.

저는 청년 시절부터 이 사실을 늘 잊지 않았습니다. 인생이라는 집을 짓기 위해서는 바닥이 판판한 주춧돌이 필요했으나 그런 돌은 애초부터 제 인생에 존재하지 않았습니다. 처음에는 내 인생의 집을 제대로 짓기 어렵다고 생각했으나 그랭이질을 알고부터는 바닥이 판판하지 않은 돌로도 지을 수 있다고 생각했습니다. 너무 허술해서 곧 무너질 것 같은 내 인생의 집이지만 그래도 지금 이 정도나마 지을 수 있었던 것은 바로 그랭이질에 대한 이해와 믿음 때문이라고 할 수 있습니다.

가끔 청계천에 나가면 '전태일 거리'까지 걸어가봅니다. 전태일은 바닥이 판판한 돌이 아니었지만 우리나라 '노동자의 아버지'라는 주춧돌이 되었다는 생각을 하면서 걸어가봅니다.

초등학교를 중퇴한 그는 청계천 평화시장의 미싱사였습니다. 수출용 저가제품인 가방과 의류 등의 공장이 확대일로에 있던 1970년대의 평화시장은 '저임금 지대의 지뢰밭'이었습니다. 그는 그런 지뢰밭, 허리 한 번 제대로 펼 수 없는 다락방 같은 노동환경 속에서 저임금에 시달리며 일하다가 동료 노동자들의 삶을 위해 스물두 살 자신의 목숨을 바쳤습니다. 몸에 석유를 뿌리고 평화시장 앞에서 "내 죽음을 헛되이 하지 말라! 근로기준법을 준수하라! 우리는 기계가 아니다!"고 외치며 분신의 불길 속에서 쓰러졌습니다.

나보다 두 살 위인 전태일은 고향이 나와 같았습니다. 내가 대구의 고등학교를 졸업하고 서울에서 대학을 다니는 동안, 그는 일찍이 서울로 와 평화시장 미싱사로 또 재단사로 열심히 노동현장에서 살았습니다.

　고백하자면 저는 1970년대가 저물 때까지 전태일이라는 이름만 알았지 왜 그가 분신해야 했는지 몰랐습니다. 그러다가 조영래 변호사가 쓴 전태일 평전《어느 청년 노동자의 삶과 죽음》을 읽고 그의 죽음이 우리 현대사에 어떠한 의미와 가치를 지니는지 알게 되었습니다. 전태일 평전을 읽으며 저는 그의 죽음 앞에 고개를 숙였으며, 분신 직전에 쓴 그의 글을 몇 번이나 되풀이해 읽으며 감동의 눈물을 흘렸습니다.

　　친구여, 나를 아는 모든 나여,

　　나를 모르는 모든 나여,

　　부탁이 있네. 나를, 지금 이 순간의 나를 영원히 잊지 말아주게.

　　그리고 바라네. 그대들 소중한 추억의 서재에 간직하여주게.

　　뇌성번개가 이 작은 육신을 태우고 꺾어버린다 해도,

　　하늘이 나에게만 꺼져 내려온다 해도,

　　그대 소중한 추억에 간직된 나는 조금도 두렵지 않을걸세⋯⋯

　　그대들이 아는, 그대의 영역의 일부인 나

　　그대들이 아는, 그대들의 전체의 일부인 나.

　　힘에 겨워 힘에 겨워 굴리다 다 못 굴린, 그리고 또 굴려야 할 덩이를 나의 나인 그대들에게 맡긴 채,

　　잠시 다니러 간다네. 잠시 쉬러 간다네.

어쩌면 반지의 무게와 총칼의 질타에 구애되지 않을지도 모르는,
않기를 바라는, 이 순간 이후의 세계에서,

내 생애 다 못 굴린 덩이를, 덩이를, 목적지까지 굴리려 하네.

이 순간 이후의 세계에서 또다시 추방당한다 하더라도, 굴리는데,
굴리는데 도울 수만 있다면,

이룰 수만 있다면······

분신을 앞두고 누가 이런 글을 쓸 수 있겠습니까. 그 누구의 시,
누구의 문장이 이토록 인간의 마음을 뒤흔들 수 있겠습니까. 인간
이면서 어찌 이토록 절대적 사랑의 자세를 지닐 수 있겠습니까. 죽
음을 초월한 사랑 없이는, 또 그 실천 없이는 결코 쓸 수 없는 이 글
은 저를 울리고 또 울렸습니다. 특히 '친구여, 나를 아는 모든 나여
/ 나를 모르는 모든 나여'나 '그대들이 아는, 그대들의 전체의 일
부인 나' 등의 구절에서는 그만 제 심장이 멎는 듯했습니다. 제가
평생 시를 쓴다 해도 이토록 가슴 떨리도록 감동적인 시는 쓸 수 없
을 것입니다.

그는 생명의 숨결이 끊어지는 순간, 잠시 눈을 떠 힘없는 목소리
로 "배가 고프다"고 말했습니다. 그의 이 말은 십자가에 못 박혀 죽
어가면서 "목이 마르다"라고 한 예수의 모습을 떠올리게 했습니
다. 병원으로 달려간 어머니에게 그가 한 말은 "어머니, 놀라시면
안 됩니다"였습니다. 그리고 친구들에게 "너의 부모님께 효도하고,

그리고 조금 시간이 남으면 우리 어머니에게도 날 대신해서 효도를 해주게" 하고 어머니를 부탁했습니다. 예수 또한 십자가 밑에 서 있던 어머니를 위로하고 걱정하면서 제자 요한에게 "이분이 네 어머니시다" 하면서 어머니를 부탁했습니다.

그래서 저는 전태일을 우리 시대의 '노동자 예수'라고 생각합니다. 오늘날 우리나라 노동자들의 삶이 그나마 인간다운 삶으로 개선돼 나가는 것은 저 어둠의 1970년대에 전태일이라는 '주춧돌'이 있었기 때문입니다.

쓰러진 짚단을 일으켜 세우고
평화시장에서 돌아온 저녁
솔가지를 꺾어 군불을 지피며
솔방울을 한 줌씩 집어던지면
아름다운 국화송이를 이루며 타오르는 사람
가난하면 가난할수록 하늘과 가까워져
이제는 새벽이슬이 내리는 사람

'전태일'이라는 제목으로 쓴 저의 시입니다. 저는 이 시를 무척 아낍니다. 몇 행 되지 않는 짧은 시이지만 제가 전태일을 노래한 시는 이 한 편뿐입니다. 이 시를 쓰면서 저와 같은 시기에 태어난 동시대인이지만 저와 전혀 다른 이타적 삶을 산 한 인간의 사랑의 완

전한 모습을 생각했습니다. 저도 가치 있는 인간의 삶, 그런 주춧돌
과 같은 삶을 살아야 한다고 생각했습니다.

피아노를 옮길 때

피아노 의자를 옮기려 하지 마라

저는 이사를 참 많이 다녔습니다. 손가락으로 얼핏 꼽아봐도 스무 번이 넘습니다. 예전에는 임대차 기간이 6개월이라서 6개월에 한 번씩 주인이 나가라고 하면 나가야 했습니다. 그래서 지금도 이사하는 일을 귀찮아하거나 힘들어하지 않습니다.

이사할 때는 가벼운 물건보다 큰 물건부터 먼저 옮겨야 합니다. 가벼운 것부터 먼저 옮기면 나중에 무겁고 큰 물건을 옮길 때 더 힘들 뿐더러 옮길 자리가 제대로 마련되지 않습니다.

피아노를 옮길 때도 마찬가지입니다. 피아노는 전문가를 불러 다른 이삿짐보다 먼저 옮겨놓아야 안전하지만 그러지 못하는 경우가 있습니다. 그럴 땐 이삿짐센터 일꾼들에게 부탁해 일단 피아노를 옮겨놓고 나중에 조율사를 부르게 됩니다. 그런데 그때 다들 피아노는 옮기려 하지 않고 피아노 의자만 옮기려 든다면 어떻게 될까요. 결국 피아노를 옮길 수 없게 됩니다. 정작 해야 할 중요한 것은 하지 않은 결과를 가져옵니다. 이는 원래의 목적을 잃어버리고 목적 외의 부수적인 것을 중요하게 여겼기 때문입니다.

피아노를 옮기려면 무겁고 힘들어도 피아노를 옮겨야 합니다. 피아노 의자를 옮기는 것은 본질에서 벗어난 임시방편일 뿐입니다.

중국 진나라 때 책 《여씨춘추》에 '각주구검(刻舟求劍)'이라는 말이 나옵니다. 이 말에 얽힌 이야기는 이렇습니다.

초나라의 어느 한 사람이 배를 타고 강을 건너가다가 그만 칼을 물에 빠뜨렸습니다. 그는 얼른 뱃전에다 자국을 내어 칼이 떨어진 지점을 표시해두었습니다. 그리고 얼마 지난 후, 배를 세우게 하고 표시해둔 뱃전 근처의 물속으로 들어가 칼을 찾으려고 하였습니다.

이 초나라 사람은 참으로 어리석은 사람입니다. 칼이 떨어진 지점을 이미 지나왔는데도 엉뚱한 곳에 새겨둔 표시를 기준으로 칼을 찾으려고 했습니다. 이는 지나간 과거에 집착함으로써 현재의 중요성을 알지 못하고 헛되이 살아가는 것을 의미합니다. 또 무슨 일이든 원래의 목적과 본질을 벗어난 임시방편은 문제해결에 도움이 되지 못한다는 것을 의미합니다.

뱃전에 자국을 내어 칼이 떨어진 지점을 표시해두는 것은 임시방편입니다. 칼을 찾으려면 칼이 떨어진 지점을 바로 확인하고 강물 속으로 뛰어들어야 합니다. 그런데 당장 그렇게 하기 힘들고 귀찮으니까 본질을 외면하고 뱃전에다 표시해둡니다. 그렇지만 배는 움직이기 때문에 칼이 떨어진 지점을 잃고 맙니다.

이렇게 본질이라는 강물을 정면으로 들여다보지 않고 외면했을 때엔 낭패를 당하게 됩니다. 강물 속으로 뛰어들지 않고 뱃전에다 칼이 떨어진 지점을 표시해두는 건 쉬운 일이지만 정작 중요한 것은 잃고 맙니다.

저는 '각주구검'이라는 말을 한참 들여다보면서 '나라면 어떻게 했을까' 생각해본 적이 있습니다. 저 또한 초나라 사람처럼 행동했을 것이라는 생각이 들었습니다. 강물 속에 칼을 떨어뜨린 상황을 내 인생의 고통의 상황이라고 생각해보면, 그동안 고통과 직면하기보다 외면하려고 애써왔기 때문입니다.

어떤 고통과 맞닥뜨렸을 때 외면하거나 도피하려고 들면 그것은 임시방편일 뿐입니다. 임시방편은 일시적 안도감만 줄 뿐 오히려 나중에 더 큰 고통을 불러오는 원인이 됩니다. 아무리 어렵고 힘들더라도 고통을 정면으로 직시하고 맞섬으로써 고통에 익숙해지는 게 좋습니다. 익숙해져야 고통을 객관적으로 바라볼 마음의 여유가 생깁니다. 그래야 고통의 원인을 발견하고 이해하게 되어 보다 나은 위치에서 문제를 해결할 수 있습니다.

저는 요즘 어떤 일에 부딪쳤을 때 하기 힘든 일부터 먼저 합니다. 가장 힘들고 고통스러운 일부터 먼저 해결하려 듭니다.

"무슨 일을 할 때 힘들고 어려운 일부터 먼저 해라."

저 자신에게 늘 그렇게 타이릅니다. 그래야 남아 있는, 꼭 해야 할 일들이 어렵지 않고 쉽게 느껴집니다. 쉬운 일부터 먼저 하면 오히려 마음이 무겁습니다. 어려운 일들이 그대로 남아 있기 때문에 일을 해도 한 것 같지가 않습니다. 나중엔 어려운 일이 더 어렵게 느껴져 일을 하기 싫어지기조차 합니다.

그러나 어려운 일부터 먼저 하면 쉬운 일은 더 쉬워집니다. 물건도 무거운 것부터 먼저 옮기면 가벼운 것은 더 가벼워집니다. 피아노를 옮길 때 피아노부터 먼저 옮기는 것, 그것이 삶의 순서입니다.

고통은 극복하는 것이 아니고

그냥 견디는 것이다

소설가 박완서 선생께서 어느 잡지기자와 인터뷰 중에 하신 말씀입니다. 박완서 선생은 1988년 서울올림픽이 개최된 해에 남편을 병으로 잃고 넉 달 뒤에는 스물여섯 살 사랑하는 아들을 사고로 또 잃었습니다. 얼마나 고통스러우셨겠습니까. 아무도 선생의 그 비통함을 이해할 수 없을 것입니다. 선생께서는 산문집《한 말씀만 하소서》에서 그러한 고통을 견디는 과정 속에서 신을 원망하고 또 신을 이해하는 심경을 적나라하게 기술하고 있습니다. 너무 고통스러워 밥을 먹을 수가 없었고 맥주만 조금 먹으면서 얼마간을 보냈다는 말씀도 하고 계십니다.

저는 그런 고통 가운데 계신 줄도 모르고 선생께 제 시집《사랑하다가 죽어버려라》를 보냈습니다. 보내고 나서 우연히 선생의 산문집을 읽다가 '아차, 내가 실수했구나!' 싶었습니다.

'그 시집을 받고 얼마나 마음이 안 좋으셨을까. 그때 시청역 부근에서 잠깐 뵈었을 때 왜 저렇게 야위셨을까 하고 생각했는데 그래서 그러셨구나. 나는 그것도 모르고……'

몹시 후회스러웠습니다. 물론 선생께서 '자기 목숨을 다할 만큼 사랑하라'는 그 시집 제목의 역설과 반어의 의미를 이해 못하셨으리는 없겠지만, 그래도 그 제목을 보고 세상 떠난 아드님을 떠올리셨을 것이라고 생각돼 그렇게 후회스러울 수가 없었습니다. 그렇다고 선생께 전화드려 죄송스럽다고 말씀드릴 수도 없었습니다. 그 이후에도 몇 번이나 선생을 만날 기회가 있었고, 한번은 자택이 있는 구리 아치울 마을에서 점심을 함께 들기도 했으나 그 말씀은 드리지 못했습니다. 선생께서도 그 시집에 대해서는 한 말씀도 하지 않으셨습니다. 이제 선생께서 돌아가시고 나니까 사죄하는 마음으로 이런 글을 쓰게 됩니다.

선생을 인터뷰한 잡지사 기자는 "선생님, 그러한 고통을 어떻게 극복하셨습니까?" 하고 질문했습니다. 그러자 선생께서는 "그것은 극복하는 게 아니라 그냥 견디는 것입니다" 하고 대답하셨습니다. 고통에 대해 어떠한 자세를 지녀야 하는지를 가르치는 이 말씀을 저는 잊어본 적이 없습니다. 어떠한 고통이든 고통은 극복해야 하는 것이라고 생각했던 저는 그때 비로소 고통은 견디는 것이라는 것을 깨달을 수 있었습니다.

고통을 극복하려는 것은 고통에 대한 저항의 자세입니다. 그런 자세를 지니면 지닐수록 고통은 더욱 고통스러워집니다. 그러나 고통에 대한 견딤의 자세는 고통을 받아들이는 겸허한 자세입니다. 아무리 고통스러워도 받아들이지 않고는 고통을 견딜 수가 없습니다.

선생의 고통에 비할 수는 없지만 제게 고통이 있을 때마다 선생의 이 말씀을 생각합니다. '고통은 극복하는 것이 아니고 견디는 것이다. 극복의 힘보다 견딤의 힘이 더 중요하다. 견딤의 자세가 바로 인생의 자세다' 라고 생각하면서 어떠한 고통에 대해서 늘 굳건한 견딤의 자세를 유지하려고 노력합니다.

신은 가끔 인간에게 빵 대신 돌멩이를 던진다고 합니다. 그런데 어떤 사람은 그 돌을 원망하며 걷어차버리다가 발가락이 부러지고, 어떤 사람은 그 돌을 주춧돌 삼아 집을 짓는다고 합니다. 신이 던진 돌멩이에 맞은 인간은 참으로 아프고 고통스러울 것입니다. 그렇지만 저는 그 고통을 견디고 인생의 아름다운 집을 지은 사람을 닮고 싶습니다.

순천 선암사 템플스테이 지도법사였던 진명스님께서 들려주신 드렁허리(뱀장어처럼 가늘고 긴 물고기. 논이나 하천에 사는데 미꾸라지와 뱀장어의 트기라고도 합니다) 이야기가 떠오릅니다. 중국 명나라 때 철학자 왕간의 이야기라고 합니다.

도를 얻으려는 사람이 어느 날 우연히 시장을 지나가게 되었다. 그는 생선가게 앞을 지나가다가 드렁허리가 잔뜩 들어 있는 큰 대야를 보았다. 대야엔 물이 바짝 말라 있는데다 서로 얽히고 눌려서 드렁허리들이 마치 죽은 것처럼 보였다. 그런데 바로 그 순간, 미꾸라지 한 마리가 드렁허리들 속에서 나와 아래로 위로, 좌에서 우로, 앞으로 뒤로 계속 움직였다. 쉬지 않고 생생하게 움직이는 것이 마치 신묘한 용과 같았다. 그러자 가만히 죽은 것 같았던 드렁허리들도 따라 몸을 움직이기 시작했다. 미꾸라지한테 생기를 얻고 같이 살아갈 수 있게 된 것이다.

죽은 것 같던 드렁허리들이 다시 생기를 얻어 몸을 움직일 수 있었던 것은 바로 미꾸라지 때문입니다. 미꾸라지 한 마리가 이리저리 사방으로 돌아다니면서 기운을 주고 소통을 시켜주었기 때문에 삶의 의지를 회복한 것입니다.

그런데 미꾸라지는 왜 갑자기 그렇게 생동감 있게 움직인 것일까요. 죽어가는 드렁허리를 위해서일까요. 아닙니다. 미꾸라지는 드렁허리를 살리기 위해서가 아니라 단지 자신의 본성에 따라 움직였을 뿐입니다. 미꾸라지가 자기 본연을 다한 것이 결과적으로 드렁허리를 살린 것입니다. 드렁허리를 살리겠다는 의도가 있었던 게 아닙니다. 그런 의도가 있었다면 살릴 수 없었을 것입니다.

고통도 마찬가지입니다. 인생을 고통스럽게 하려는 부정적 의도가 있었던 게 아니라, 미꾸라지처럼 자기의 본성대로 움직였을 뿐입니다. 따라서 미꾸라지를 통해 드렁허리가 살아나듯 고통을 통해 인생도 더 단단하고 아름답게 살아날 수 있다는 것입니다.

저는 진명스님의 '드렁허리 이야기'를 들으면서 인생에 왜 고통이 존재하는지 이해할 수 있었습니다. 결국 저를 살리기 위해서 고통은 존재하는 것입니다. 따라서 고통을 거부하고 극복의 대상으로 삼을 게 아니라 받아들이고 견뎌나가야 할 삶의 양식으로 삼아야 한다고 생각됩니다.

불가에서는 준 자와 받은 자가 없습니다. 고통이 제게 고통을 준 것도 아니고, 제가 고통에게 고통을 받은 것도 아닙니다. 그렇지만 저는 오늘도 누군가한테 고통을 받는다고 생각하며 오늘을 살아갑

니다. 미꾸라지처럼 제 본연의 삶을 열심히 살면 자연스럽게 드렁
허리가 살아나듯이 다른 사람을 살릴 수 있는데도 그 점을 늘 잊고
삽니다.

목적을 버려야

목적에 다다른다

영화 '티베트에서의 7년' 중에서 뇌리에 강하게 남아 있는 장면은 티베트의 한 승려가 황, 백, 적, 흑, 청 등 색채의 모래로 만다라를 그리는 장면입니다. 아니, 좀 더 정확하게 말한다면 다 그린 만다라를 손으로 지워버리는 장면입니다. 만다라는 불법의 모든 덕을 두루 갖춘 경지를 일컫기 때문에 만다라를 그린다는 것은 바로 부처님의 세계를 그리는 것입니다. 즉 만다라를 그리는 과정 속에서 부처님을 만나는 것입니다. 그런데 그런 정성어린 마음으로 그린 만다라를 한순간에 지워버리는 것을 보고 놀라지 않을 수 없었습니다.

그때 저는 만다라는 보관하기 위해 그리는 게 아니라, 그리는 과정이 곧 수행이고, 수행의 중요성을 깨닫기 위해 그리는 것이라는 생각이 들었습니다. 그리고 제 인생도 그 승려가 모래로 그렸다가 지워버리는 허상의 만다라와 같다고 생각했습니다. 지금 내가 살아가는 것은 하나의 만다라를 그리는 과정이고, 다 그렸다고 생각되는 순간 만다라를 지우는 것, 그것이 바로 죽음이라고 생각했습니다. 그래서 만다라는 완성시키는 데에 목적이 있는 것이 아니라 그리는 과정 자체가 목적이라고 생각했습니다. 목적을 완성시켜야 목적에 다다르는 게 아니라, 목적을 버리고 지우는 과정 속에서 목적에 다다르게 된다는 것입니다.

불가에서는 나의 삶을 놓아버리면 좀 더 충실하게 나의 삶으로 돌아갈 수 있다고 합니다. 소유와 집착과 탐욕 그 자체가 나를 괴롭히기 때문에 놓아버리라고 합니다. 결국 자아를 버려야 진정한 자아를 찾을 수 있다는 것입니다. 내게 이루고 싶은 어떤 목표가 있다면 그 목표를 이루기 위해 애를 써야 하지만 동시에 그 목표를 놓아버려야 한다는 것입니다.

가톨릭에서도 '십자가 성 요한' 성인은 "모든 것을 얻기에 다다르려면 아무것도 얻으려고 하지 말라. 모든 것이 되기에 다다르려면 아무것도 되려고 하지 말라"고 이야기하고 있습니다. 목적에 다다르는 길은 수없이 많지만 목적을 버림으로써 목적에 다다르는 길이 바로 진정한 길이라는 것입니다.

어떤 목적을 향해 나아갈 때 그 목적을 자꾸 생각하면 조급해지고 힘들어집니다. 의욕이 앞서 자칫 과욕을 불러올 수 있습니다. 과욕은 목적으로 가는 길을 힘들게 만듭니다. 등산할 때 왜 위를 올려다보며 걷지 말라고 하는 것일까요. 정상에 오른다고 생각하면 산을 오르기 힘들어지기 때문입니다. '어서 정상에 올라가야지' 하는 급한 마음을 가지면 그 순간부터 산행이 힘들어집니다.

그것은 과정의 소중함보다 목적에 대한 욕심과 욕망이 앞섰기 때문입니다. 욕심은 과정을 힘들게 하거나 파괴시킵니다. 목적에 다다르기 위해서는 과정을 중요시해야 하는데 그 과정을 무시하면 목적에 다다를 수 없습니다. 위를 보지 않고 묵묵히 앞을 보며 한 걸음 한 걸음 떼어놓다 보면 어느새 정상에 다다를 수 있습니다.

저는 청계산에 자주 가는데 실제 등산을 하다 보면 '어, 언제 이 수봉까지 다 올라왔지!' 하고 생각될 때가 있습니다. 그때는 이수봉이라는 목적지를 생각하지 않았기 때문입니다. 그러나 '빨리 이수봉에 올라가야지' 하고 생각하면 빨리 올라갈 수 없을 뿐더러 그날의 산행은 그저 고되기만 합니다.

목적보다 과정이 중요합니다. 산길에 핀 꽃들과 등 굽은 소나무의 아름다운 곡선을 바라보기도 하고, 멀리 산 아래 보이는 도시의 풍경을 보기도 하면서 잠시 쉬기도 해야 등산이 즐겁습니다. 산의 정상을 오른다는 목적만 생각하면 그 순간부터 산행의 즐거움은 반감되고 그저 힘들기만 합니다. 인생의 어떤 목적도 처음부터 출발하자마자 바로 그 목적에 다다를 수 없습니다. 한 걸음 한 걸음 산 밑바닥을 딛고 올라가야 비로소 산 정상에 다다르듯 인생의 목적이라는 정상도 마찬가지입니다.

그러나 대부분 과정보다 결과를 더 중요시합니다. 과정도 중요하다고 말하지만 이는 결과가 좋지 않을 때 위로의 한 방편일 때가 많습니다. 그러나 결과가 중요할수록 결과에 매달리지 않아야 합니다. 결과에 대한 집착에서 벗어나 과정에 성실과 최선을 다할 때 비로소 그 결과가 좋아집니다.

고등학생 때 저보다 두 살 많은 이웃 형과 벌인 논쟁이 생각납니다. 그 형의 자취방에서 맛있게 밥을 먹는데 형이 느닷없이 "호승아, 우리가 살기 위해서 먹나, 먹기 위해서 사나?" 하고 즉답을 요구했습니다. 치기어린 고등학생 때 누구나 한번쯤 고민해볼 만한 논제로, 저는 제법 존재론적인 입장에서 살기 위해서 먹는다고 말했습니다. 형은 "임마, 먹기 위해서 사는 거야" 하고 생물학적인 입장에서 말하고는 제게 꿀밤 한 대를 먹였습니다.

지금 생각해보면 '무엇이 목적이고 무엇이 과정인가' 하는 측면에서 또 다른 답이 나올 수 있습니다. '먹는 것'은 하나의 과정이고, 그 과정의 결과가 '사는 것'입니다. 만일 먹는 과정을 중요하게 생각하지 않는다면 그 소홀함의 결과로 사는 게 치명적일 수 있습니다.

누구나 성공을 바랍니다. 그러나 성공은 목적을 달성하기 위한 수단에 불과합니다. 성공 자체가 인생의 목적이 아닙니다. 성공을 목적으로 삼으면 인생이 공허해집니다. 성공은 그 자체가 목적이 아니라 인생이라는 인간으로서의 소중한 임무를 다하기 위한 하나의 디딤돌일 뿐입니다.

올림픽에 출전한 선수가 '금메달을 꼭 따야지. 못 따면 큰일이야!' 이렇게 생각하면 금메달을 따기 힘들 것입니다. 그러나 '지금 내 최선을 다하면 되는 거야!' 이렇게 생각하면 그 최선의 결과가 금메달로 이어지는 경우가 많을 것입니다.

올림픽에서 동메달을 땄을 때와 은메달을 땄을 때, 어떤 때가 더 기쁠까요? 조사결과에 의하면 동메달을 딴 선수들이 실제로 더 행복하다고 합니다. 은메달 수상자들은 자신이 조금만 더 잘했더라면 금메달을 딸 수 있었을 거라고 생각하기 때문입니다. 그에 반해 동메달 수상자들은 만일 조금만 실수했더라면 아예 수상도 못했을 것이라고 생각하기 때문입니다.

이렇게 인생은 목적보다 과정을 어떻게 생각하느냐에 따라 달라집니다. '좀 더 잘했더라면'에 초점이 맞춰지면 인생은 기쁨을 잃게 됩니다. '이 정도라도 했으니 다행'에 초점이 맞춰지면 인생은 기쁨을 잃지 않게 됩니다.

인간은 목적을 달성한 이에게 관심을 갖지만, 신은 열심히 노력하는 이의 과정을 소중히 여깁니다. 목적은 결과일 뿐, 목적 자체가 목적이 아닙니다. 목적이 중요할수록 과정에 집중해야 합니다. 목적에 몰두하되 집착하지 않는 게 중요합니다. 목적에서 벗어나야 비로소 그 목적에 다다르게 됩니다.

상처   많은   나무가

아름다운   무늬를

남긴다

오늘 홀로 배흘림기둥에 기대서서
느티나무 무늬로 남은 모란꽃을 쓰다듬어봅니다

엎질러진 물 때문에

울 필요는 없다

일본행 비행기를 놓친 일이 있습니다. 그날 오후에 일본에서 강연을 해야 하는데 아침 10시 비행기를 놓쳤으니 여간 낭패가 아니었습니다. 분명히 자명종 탁상시계를 맞춰놓고 일어났는데 시계를 보자 이미 한 시간이나 지나 있었습니다. 순간, 얼마나 놀랐는지 모릅니다. 내가 시계를 잘못 봤나 싶어 다시 확인해봐도 마찬가지였습니다.

갑자기 머릿속이 텅 비고 쿵쿵 심장 뛰는 소리가 들려왔습니다. 허둥지둥 가방을 챙기는 둥 마는 둥 여권만 확인하고 일단 집 앞에서 택시를 탔습니다. 택시기사한테 행선지를 말하려고 하자 입안에 침이 말라 말이 나오지 않았습니다. 겨우 김포공항행 지하철을 타기 위해 신논현역으로 가달라는 말만 하고 창밖을 내다보았습니다.

이미 시간은 김포공항에 도착해서 탑승권을 교부받아야 할 시간이었습니다. 김포공항행 급행을 타긴 탔지만 어떻게 해야 할지 머릿속만 자꾸 새하얘지고 아무런 생각이 나지 않았습니다. 휴대폰을 손에 들고 있으면서도 비행기 예약을 담당한 여행사에 전화를 걸어야겠다고 생각한 것은 한참 뒤의 일이었습니다. 그런데 참으로 이상한 일이지요. 여행사에 전화를 해야 한다고 생각한 그 순간, 일본에서 강연행사를 준비하고 있던 여행사 측 담당자가 탑승 준비를 잘했느냐고 제게 전화를 걸어왔습니다.

저는 급히 비행기를 놓쳤다고 말하고 도움을 요청했습니다. 그는 차분히 내게 묻고 대답했습니다. "지금 몇 시쯤 김포공항에 도착할 수 있느냐, 김포공항에 도착해도 그다음 비행기는 탈 수 없다, 김포공항에 도착하자마자 택시를 타고 일단 인천공항으로 가라, 그 동안 계속 인터넷으로 검색해서 오사카행 11시 비행기 좌석을 확보하는 대로 다시 전화하겠다, 지금 마침 빈 자리가 하나 나와 예약되었으니 몇 번 출입구로 가라, 그곳에 우리 여행사 직원이 대기하고 있다⋯⋯."

저는 그의 말에 그대로 따랐습니다. 인천공항에서도 탑승 시간이 얼마 남아 있지 않아 줄도 서지 않고 바로 출국 절차를 밟고 탑승구로 달려가 가까스로 일본행 비행기를 탈 수 있었습니다. 자리에 앉자마자 비행기가 이륙했는데 그때서야 입안에 침이 돌았습니다.

그때 일을 생각하면 지금도 가슴이 쿵쿵 뜁니다. 그런데 그때 '왜 내가 늦게 일어났을까, 문제점이 무엇이었을까' 하고 원인 분석부터 먼저 하기 시작했다면 어떻게 되었을까요. 아니면 너무 늦었다고 포기하고 그대로 방에 들어 앉아 늦게 일어난 저 자신을 탓하기만 했다면 어떻게 되었을까요. 아마 분명 일본행 비행기를 탈 수 없었을 것입니다. 강연 또한 할 수 없어 저를 초대한 주최 측에 돌이킬 수 없는 큰 실수를 저질렀을 것입니다.

저는 그 일을 통해 한 가지 중요한 교훈을 얻게 되었습니다. 그것은 어떤 실수나 실패가 있을 때 원인부터 분석하지 말고 해결책부터 먼저 생각하고 행동하라는 것입니다. 집에 불이 났다면 어떻게 하든 먼저 불을 끄는 게 중요하지 '왜 불이 났을까? 어디에서

합선이 일어난 것일까? 아니면 누가 가스불을 안 끈 것인가' '도대체 누가 책임질 것인가' 등의 분석이나 하고 있어서는 안 된다는 것입니다.

《아함경》에 보면 부처님께서 이런 말씀을 하십니다.

"어떤 사람이 독 묻은 화살을 맞아 견디기 어려운 고통을 겪을 때 친족들이 빨리 의사를 부르려고 하였다. 그런데 화살을 맞은 사람이 '아직 이 화살을 뽑아서는 안 됩니다. 나는 먼저 화살을 쏜 사람이 바라문인지 크샤트리아인지 바이샤인지 수드라인지, 또 그 이름과 성은 무엇인지, 그의 키가 큰지 작은지 중간 정도인지, 그의 얼굴색이 하얀지 검은지, 어떤 마을에서 왔는지 먼저 알아야겠습니다. 또한 내가 맞은 화살이 어떤 종류의 것인지 알아야 화살을 뽑을 것입니다. 뿐만 아니라 어떤 새의 깃으로 장식된 화살인지, 화살 끝에 묻힌 독은 어떤 종류의 독인지 알아야 화살을 뽑을 것입니다'라고 말한다면, 그 사람은 이러한 사실을 알기도 전에 죽고 말 것이다."

부처님께서는 독 묻은 화살이 날아와 허벅지에 박혔을 때 먼저 그 화살부터 빼는 게 급선무라고 말씀하십니다. 허벅지에 독 묻은 화살이 꽂혀 있는데도 화살을 쏜 사람이 어느 계층의 누구인지, 왜 쏘았는지, 활을 만든 나무가 뽕나무인지 물푸레나무인지, 화살 깃이 매털인지 독수리털인지 먼저 알고 싶어 하다가는 그것을 알기도 전에 온몸에 독이 퍼져 죽게 된다는 것입니다.

물을 엎질렀을 때도 마찬가지입니다. 노자는 '물이 가득 채워진 컵을 쏟지 않으려면 컵을 똑바로 들어야 한다'고 합니다만, 살다보면 컵을 똑바로 들지 못하고 물을 엎지를 때가 많습니다. 그러나 엎질러진 물 때문에 울 필요는 없습니다.

그것은 물이 엎질러진 결과 앞에서 그 원인을 먼저 생각하고 절망하는 모습입니다. 왜 물이 엎질러졌을까 하고 절망하기보다 어떻게 하면 다시 물을 떠올 수 있을까를 먼저 생각해야 합니다. 혹시 그 물을 먹으려고 기다리는 사람이 있다면 그 사람의 목마름을 생각해서라도 얼른 자리에서 일어나야 합니다. 만일 그게 내가 먹기 위한 것이라면 다시 물을 길어 내 갈증을 해소하는 게 더 중요합니다. 다시 물을 떠와서 물을 먹은 뒤, 왜 물을 엎지르게 되었는지 그 원인을 살펴보고 반성해도 결코 늦지 않습니다.

저는 노트북 자판 위에 커피를 그대로 엎지른 적도 있습니다. 전화를 급히 받으려다가 그만 노트북에 커피잔을 쓰러뜨린 것입니다. 커피가 노트북 내부로 스며들지 않게 재빨리 조처했습니다. 바탕화면에 이리저리 튄 커피를 부드럽고 깨끗한 물수건으로 닦아내었습니다. 이 커피가 왜 노트북에 엎질러졌을까, 혹시 노트북이 망가진 건 아닐까 하는 생각은 그다음에 했습니다. 이미 노트북에 엎질러진 커피 때문에 울지는 않았습니다.

누구나 뜻하지 않게 인생의 소중한 물을 엎지르게 됩니다. 그럴 때는 이미 엎질러진 물 때문에 울 필요는 없습니다. 왜 이 물이 엎질러졌을까 하고 물을 쳐다보고 우는 일은 나중에 해도 됩니다. 일단 물을 다시 길어오거나 담아오는 일부터 먼저 해야 합니다.

꽃은 어떻게 살아야 할지

방황하지 않는다

청춘 시절에는 누구나 방황하게 됩니다. 방황은 어쩌면 청춘의 특권인지도 모릅니다. 내일을 위하여 오늘 내가 무엇을 어떻게 해야 할지, 진정 내가 무엇이 되고 싶은지 고민을 거듭하다 보면 그 고민이 방황의 양상을 띠게 됩니다. 나아갈 진로를 선택하고 삶의 목표와 방향을 설정했다 하더라도 원하는 대로 쉽게 이루어지는 게 아니므로 이러지도 저러지도 못하는 상태에서 방황은 더욱 깊어갑니다.

방황하지 않는 청춘은 없습니다. 청춘의 방황은 마치 시각장애인이 흰 지팡이도 짚지 않고 누구의 도움도 없이 도심의 거리를 뚜벅뚜벅 걸어가는 것과 같습니다. 이 시기의 방황은 암중모색 바로 그것입니다. 그렇지만 청춘 시절에는 방황이 깊어간다고 해서 좌절이 깊어간다고 할 수 없습니다. 이 시절에는 방황이 깊어갈수록 인생이 깊어갈 수 있습니다. 진정한 방황을 통해 인생의 길을 찾고 내적 성장을 이룰 수 있습니다. 그래서 청춘의 방황은 누구에게나 필요조건입니다. 방황을 하고 방황이 끝나야 비로소 앞으로 나아갈 수 있습니다.

문제는 언제까지 방황하느냐 하는 것입니다. 청춘의 시기가 지났는데도 방황하고 있다면 그것은 인생의 방해요소가 될 수 있습니다. 요즈음 나이 서른이 넘어도 무엇을 어떻게 해야 할지 스스로 결정하지 못하고 방황하는 청춘들을 만나게 됩니다. 인생에 일정한 형식이 있는 건 아니지만 이런 청춘들은 방황의 시간이 비교적 긴

편입니다. 인생에는 원래 방황이라는 요소가 자리 잡고 있어서 중년기에도 장년기에도 방황의 시기는 있습니다. 방황하지 않는 세대는 없고, 방황하지 않는 인생은 없습니다. 길게 보면 청춘의 방황도 인생의 한 시점에서 야기되는 방황의 하나일 뿐입니다.

그런데 인생의 첫 번째 방황이라고 할 수 있는 청춘의 방황이 너무 길어 청춘이 지나가버리면 문제입니다. 아무 데로도 나아갈 수 없다 싶어 쉽게 좌절하게 됩니다. 물론 방황은 한 존재의 자아를 들여다보게 해주고 무엇을 하며 어떻게 살아야 할지 깨닫게 해줍니다. 방황이라는 과정을 통과함으로써 인생의 올바른 방향을 찾게 됩니다. 특히 청춘의 방황이 그렇습니다. 청춘의 방황은 다음 시기의 방황을 위한 디딤돌입니다. 디딤돌이 굳건해야 다음 인생의 방황기에 그것을 딛고 앞으로 나아갈 수 있습니다. 그 디딤돌이 너무 허약하면 앞으로 나아갈 힘을 잃게 됩니다.

따라서 청춘의 방황은 짧고 깊게 하는 게 중요합니다. 이 시기에는 필요조건으로서의 방황의 시기를 가능한 한 빨리 끝내고 앞으로 나아가는 것이 중요합니다. 결단력 있게 방황에 종지부를 찍고 일단 앞으로 나아가야 다시 새로운 길을 만날 수 있습니다.

방황한 시간의 양이 많았다고 해서 준비와 고뇌의 양이 반드시 많아지는 건 아닙니다. 방황한 기간이 길었다고 해서 인생의 깊이가 깊어지는 것도 아닙니다. 방황은 어느 정도 오래, 많이 했느냐가 중요한 게 아니라 무엇을 위해 어떻게 방황했느냐가 더 중요합니다. 그래서 청춘 시절엔 방황하되 너무 오래 하지 않는 게 좋습니다.

봄날에 피는 꽃을 한번 보십시오. 꽃은 어떻게 살아야 할지 방황하지 않습니다. 꽃을 피우려고 애쓰지 않으면서도 꽃을 피우고, 피어난 꽃은 그대로 방황하지 않고 열심히 삽니다. 누가 보든 말든 자기 삶의 의미와 가치를 소중히 여기며 하늘을 향해 피어 있다가 때가 되면 시들어 열매를 맺습니다. 베트남의 틱낫한스님은 "한 송이 꽃은 남에게 봉사하기 위해 무언가를 할 필요가 없다. 오직 꽃이기만 하면 된다. 그것으로 충분하다. 한 사람의 존재 또한 그가 만일 진정한 인간이라면 온 세상을 기쁘게 하기에 충분하다"고 말하고 있습니다.

꽃은 존재하고 있다는 그 자체가 이미 아름다운 것입니다. 무엇을 이루려 하기보다 있는 그대로 모든 것을 받아들이며 피어 있는 것이 중요합니다. 나 자신도 존재하고 있다는 그 자체가 이미 꽃처럼 아름답습니다.

그러나 꽃은 피기 때문에 아름다운 게 아니라 지기 때문에 아름답습니다. 꽃이 지지 않으면 열매를 맺을 수 없습니다. 제가 사는 아파트엔 봄날에 가장 먼저 산수유가 피는데, 그 연노란 산수유도 꽃이 져야 붉은 열매가 익어 겨울엔 새들의 먹이가 될 수 있습니다.

인생의 방황도 꽃과 같습니다. 내 인생에 방황이 존재하는 것도 결국 한 인간으로서 아름다운 열매를 맺기 위한 과정입니다. 그 방황의 과정 속에서 인생의 열매가 여물게 됩니다. 방황의 꽃이 여물어 열매라는 씨앗을 맺어야 그 씨앗이 땅에 떨어져 새로운 삶을 꽃피우게 됩니다. 청춘 시절에 방황을 너무 오래 함으로써 열매를 여물게 하지 못하고 결국 자신을 버리게 되는 결과를 가져온다면 안타까운 일입니다.

꽃은 자기를 버리지 않습니다. 시들지언정 스스로 자신을 버리지 않습니다. 자신의 향기조차 의식하지 않고 겸손히 살아갑니다. 만개한 꽃보다 만개 직전의 꽃이 더 아름다운 것처럼 인생의 방황도 그와 같으면 좋겠습니다. 제가 쓴 시 '꽃을 보려면'을 읽으며 오늘 내 인생의 '방황의 꽃'을 만나봅니다.

꽃씨 속에 숨어 있는
꽃을 보려면
고요히 눈이 녹기를 기다려라

꽃씨 속에 숨어 있는
잎을 보려면
흙의 가슴이 따뜻해지기를 기다려라

꽃씨 속에 숨어 있는
어머니를 만나려면

들에 나가 먼저 봄이 되어라

꽃씨 속에 숨어 있는

꽃을 보려면

평생 버리지 않았던 칼을 버려라

산이 내게 오지 않으면

내가 산에게로 가면 된다

사람들이 사막에 은거하는 고명한 은수자(隱修者)를 찾아가 물었다.

"믿음이란 무엇인지요? 당신의 믿음을 보여주세요."

은수자가 한참 동안 먼 산을 바라보다가 말했다.

"이레 뒤에 저기 보이는 산으로 오십시오. 그러면 내가 산을 움직여 믿음이 무엇인지 보여주겠습니다."

그날이 되자 수많은 군중들이 모여 들어 은수자가 산을 움직이길 기다렸다.

산 앞에서 고요히 기도를 마친 은수자가 이윽고 산을 향해 소리쳤다.

"산아, 움직여라!"

산은 꼼짝도 하지 않았다. 은수자가 다시 외쳤다.

"산아, 움직여라!"

산은 여전히 꼼짝도 하지 않았다. 조용하던 군중들이 웅성대기 시작했다. 은수자는 다시 산을 향해 크게 소리쳤다.

"산아, 내게로 오라!"

산은 여전히 조금도 움직이지 않았다.

그러자 은수자가 한참 동안 산을 바라보다가 이렇게 말했다.

"산아, 네가 움직이지 않으면 내가 가면 되지 뭐!"

웅성대는 군중 사이를 헤치고 은수자는 산을 향해 떠났다.

은수자란 종교적 완덕을 추구하기 위해 사회를 떠나 외딴 곳에 숨어 살며 수도생활을 하는 사람을 말합니다. 공동체를 이루어 수도원 생활을 하는 수도자와는 달리, 은수자는 사막으로 나가 수도 생활을 하기 때문에 '사막인'이라고도 합니다.

이 우화를 읽으며 저는 한 순간 긴장했습니다. 인간이 움직이라고 한다고 해서 산이 움직이는 게 아닌데 은수자가 호언장담을 하기 때문에 그 결과가 궁금했습니다. 그는 결국 산이 자기한테로 오지 않자 "산이 오지 않으면 내가 가면 되지 뭐" 하고 산을 향해 떠납니다. 순간, 긴장이 풀리고 속으로 잔잔한 웃음이 일었습니다.

은수자가 제게 전하는 메시지는 아주 강렬했습니다. 무엇이든지 간절히 원하는 게 있으면 찾아올 때까지 기다리지 말고 그것을 향해 떠나라는 것이었습니다. 은수자는 정말 산이 움직여 자기한테 온다고 생각했을까요. 아닙니다. 그는 믿음이 무엇인지 묻는 사람들에게 '믿음이 찾아오기를 기다리지 말고, 믿음을 향해 떠나라'는 메시지를 전한 것입니다. 신이 내게 다가오기를 기다리지 말고 스스로 신을 찾아가 나를 맡기는 것, 그게 바로 믿음이라는 것입니다.

저는 이 우화가 신앙의 올바른 태도에 관한 이야기일 뿐 아니라, 제 삶의 기다림의 자세에 대해서도 이야기한다고 생각했습니다.

우리는 무엇인가를 간절히 기다리며 살아가면서도 그 기다림의 자세에 대해서는 깊게 생각하지 않습니다. 내가 기다리는 것이 무엇인가 하는 것도 중요하지만, 그 기다림을 위해 어떠한 자세를 지녀야 하는가도 매우 중요합니다.

저는 그동안 기다림은 그냥 막연히 기다리고 있으면 된다고 생각했으나, 기다림에도 능동적 행동이 필요하다는 것을 알게 되었습니다. 기다림은 끈질기게 참고 기다리는 데에서도 얻을 수 있지만 능동적으로 찾아감으로써 완성시킬 수 있습니다.

바람개비는 바람이 불지 않으면 돌지 않습니다. 그럴 때는 내가 앞으로 달려가면 됩니다. 바람개비는 빙글빙글 돌아가야만 제 역할을 할 수 있기 때문에 나 스스로 바람을 불러일으키면 됩니다.

달려가다가 넘어졌다고 해도 슬퍼할 필요는 없습니다. 넘어진 바로 그곳에 내가 찾는 보물이 있습니다. 목마를 때도 내가 지금 서 있는 곳을 깊게 파보면 바로 그곳에 샘이 있습니다.

인생에는 원래 정해진 길이 없습니다. 내가 걸어가는 길이 바로 인생의 길입니다. 길을 가고자 하는 자에게는 길이 만들어지고, 길을 가지 않고자 하는 자에게는 길이 만들어지지 않습니다.

내가 기다리는 것이 오지 않으면 내가 그 기다림을 찾아가면 됩니다. 산이 내게 오지 않으면 내가 산을 향해 천천히 걸어가면 됩니다.

사랑도 내가 기다리는 게 아니라 찾아가는 것입니다. 사랑이 움직여 내게 오는 것이 아니라, 내가 움직여 사랑을 찾아가는 것입니다.

"사제로 사는 것보다 사제로 죽는 것이 더 힘들다는 것을 늘 기억하십시오."

사제 서품을 받고 첫미사를 집전한 후배 신부에게 선배 신부가 한 말입니다. 사제의 삶 또한 스스로 사랑을 찾아가는 일이지 사랑을 기다리는 일이 아니기 때문입니다.

활쏘기를 처음 배우는 사람은

두 개의 화살을 갖지 마라

중석몰촉(中石沒鏃). 경기도 평택 LG전자 휴대폰 공장 입구에 내걸린 플래카드에 쓰인 글입니다. 이말은 '돌 한가운데에 화살이 깊이 박혔다'는 말로 '정신을 집중해서 온 힘을 다하면 어떤 일도 이룰 수 있다'는 뜻입니다. 휴대폰을 만드는 일이 섬세한 집중도가 요구되는 일이어서 그런 사자성어를 내건 게 아닐까 싶습니다.

이 사자성어는 중국 한나라 때 명궁 이광(李廣)이 밤에 산길을 가다가 눈앞에 나타난 호랑이를 보고 화살을 쏘았는데, 나중에 보니 호랑이 형상을 한 바위에 화살이 박혀 있었다는 이야기에서 연유된 말입니다. 이광은 화살이 바위를 뚫었다는 사실을 믿을 수 없어 다시 바위를 향해 화살을 쏘았는데, 이번에는 화살이 바위를 뚫기는커녕 튕겨나갈 뿐이었다고 합니다. 이에 대해 사마천은 《사기(史記)》에서 "같은 화살로 같은 바위를 쏘았지만 결과가 다르게 나타난 것은 과녁을 향한 마음가짐이 달랐기 때문"이라고 했습니다.

저는 이 말을 보고 '활쏘기를 처음 배우는 사람은 두 개의 화살을 가져서는 안 된다'는 말이 떠올랐습니다. 활쏘기는 집중력이 중요한데, 하나 남아 있는 두 번째 화살 때문에 첫 번째 화살에 집중하지 않게 된다는 것을 경계한 말입니다. 무슨 일을 하든 다음에 할 수 있다고 생각하지 말고 이번에 해야 한다고 생각하라는 것입니다. '이번이야말로 마지막 기회다, 더 이상 물러설 곳이 없다'는 마음으로 최선을 다하라는 것입니다. 결국 한 번에 한 가지 일에만 관심을 쏟아라, 굳은 일념을 가지면 안 되는 일이 없다, 오로지 핵심적인 것에만 집중하라는 뜻으로 생각할 수 있습니다.

무슨 일을 하든 마음가짐이 중요합니다. 주어진 환경이나 목표가 같더라도 각자 지닌 마음에 따라 결과는 달라집니다. 목표물을 향해 화살을 쏘더라도 마음속으로 최선을 다하지 않거나 불가능한 일이라고 생각하고 활시위를 당기면 화살이 목표 지점을 향해 날아갈 수 없습니다. 혹시 날아갔다 하더라도 원하는 곳에 명중할 리 없습니다.

베토벤의 음악적 재능은 뛰어난 집중력에서 비롯되었습니다. 베토벤은 스물두 살 때부터 쉰일곱의 나이로 죽을 때까지 35년간 오스트리아 빈에서 살았는데 무려 79번이나 이사를 다녔습니다. 베토벤이 이사를 자주 다닌 까닭은 평생 자기 집이 없을 정도로 가난했기 때문이기도 하지만, 한밤중에 피아노를 마구 쳐 집주인과 마찰이 심했기 때문이기도 합니다.

한번은 베토벤이 마차를 타고 이사를 했는데 집에 도착해보니 베토벤이 어디론가 사라지고 보이지 않았습니다. 마부가 아무리 찾아보아도 찾을 수 없었습니다. 나중에 보니 어느 숲을 지나다가 갑자기 악상이 떠올라 마차에서 뛰어내린 것이었습니다. 베토벤은 그 숲에서 밤새도록 노트에 악상을 적다가 날이 새고 나서야 집으로 돌아갔는데, 그가 돌아간 집은 새로 이사간 집이 아니라 살던 옛집이었다고 합니다. 그는 또 산책을 나가면 악상을 적느라 길을 잃기 일쑤였습니다. 한번은 길을 잃고 저녁 늦게 집으로 돌아와 콧노래를 부르고 소리를 지르면서 모자도 벗지 않고 곧장 피아노 앞에 앉아 곡을 썼는데, 그 곡이 바로 그 유명한 소나타 '열정'입니다.

이토록 베토벤은 창작에 대한 놀라운 집중력을 지니고 있었습니다. 집중력이야말로 베토벤의 이름을 음악사에 길이 남게 한 원동력입니다. 베토벤의 주요 작품들은 그가 완전히 소리를 들을 수 없게 된 마지막 10년간 작곡된 것이 대부분으로, 그가 악조건 속에서도 얼마나 높은 집중력을 지니고 있었는지 짐작할 수 있습니다.

저는 가끔 베토벤을 생각하면서 시를 쓰는 저 자신을 생각합니다. 시를 쓰는 일도 어느 한 순간 고도의 집중에 의해 써집니다. 저는 시를 쓸 때는 오직 시만 써야지, 다른 원고는 쓰지 못합니다. 일단 시를 쓰기 시작하면 몇 달, 때로는 1년 넘게라도 고도의 집중과 긴장을 유지하면서 시작메모 해놓은 것들을 다 시로 써야만 다른 글을 쓸 수 있습니다. 그래서 미발표 신작시집을 내게 되는 경우가 많습니다.

오늘도 저는 '지금 나는 내 삶의 방향을 위해 얼마나 마음을 다해 집중하고 있는가. 집중한다는 것이 삶에 대한 적극적 태도를 의미하는 것이라면 매 순간을 내 생애 마지막으로 여기고 열심히 살아가고 있는가' 자문자답하는 시간을 갖습니다.

집중하면 몇 시간 걸릴 일을 몇 십 분 만에 끝낼 수 있지만, 그렇지 못하면 몇 십 분에 끝낼 일을 몇 시간 해도 끝내지 못합니다. 그렇게 되면 인생이라는 시간이 참으로 아깝습니다. 지금 쏘는 내 인생의 화살 외에 또 하나의 화살이 있다고 생각하면 저는 참으로 어리석습니다.

모든 화살이 과녁에

다 명중되는 것은 아니다

대학입시에 실패한 뒤 집을 나가 며칠 만에 돌아온 손자를 보고 할아버지가 기다렸다는 듯이 말했습니다.

"나를 따라오너라."

할아버지는 활과 화살을 들고 평소 자주 찾던 동네 활터로 손자를 데리고 갔습니다.

할아버지가 화살 쏠 준비를 하는 동안 손자는 사대(射臺) 바닥에 앉아 심드렁한 표정을 짓고 있었습니다. 할아버지는 활시위에 화살을 꽂고 멀리 과녁을 향해 쏘았습니다. 그리고 손자에게 말했습니다.

"일어나 화살을 찾아오너라."

손자는 할아버지 말씀을 따르기 싫었지만 140여미터나 멀리 있는 과녁을 향해 힘껏 뛰어갔습니다.

화살은 과녁에 꽂혀 있지 않았습니다. 이리저리 한참동안 과녁 주위를 살펴보았으나 화살은 어디에도 보이지 않았습니다. 그때 할아버지가 다가와 손자의 손을 잡으며 다정히 말했습니다.

"봐라, 과녁을 향해 시위를 당긴다고 해서 모든 화살이 과녁에 다 명중되는 것은 아니다. 때로는 내가 쏜 화살이 빗나갈 때가 있는 법이다. 그러니 너무 실망 말고 다시 힘을 내어라."

"네……."

손자는 멀리 허공을 바라보다가 할아버지 말씀에 가만히 고개를 숙였습니다.

시위를 떠난 화살이 과녁에 다 명중되는 것은 아닙니다. 만일 양궁경기에서 선수들이 쏜 화살이 모두 과녁의 중앙에 명중된다면 굳이 경기를 치를 필요가 없습니다. 원형의 과녁 정중앙인 10점대를 쏘고 싶지만 때로는 빗나가 8점이나 7점대를 쏘기 때문에 양궁경기는 그 존재성을 지닙니다.

세 번의 올림픽에서 네 개의 금메달을 딴 양궁의 '신궁' 김수녕 선수는 "시위를 떠난 화살에는 미련을 두지 않는다. 앞으로 쏠 화살에만 신경 쓰지 이미 과녁에 꽂혀 있는 화살에는 마음을 쓰지 않는다"고 했습니다. 이는 이미 결정하고 행동한 일에 대해서는 결과에 연연하지 않아야 한다는 말입니다.

김수녕 선수의 말대로 내가 쏜 노력의 화살이 날아간 방향에 대해서는, 또 그 결과에 대해서는 너무 마음 쓰지 말아야 합니다. 설령 내가 쏜 화살이 허공을 향해 날아가 끝내 보이지 않는다 하더라도 굳이 찾아 나서거나 슬퍼할 필요가 없습니다. 허공으로 날아간 화살은 허공으로 날아간 화살일 뿐입니다. 중요한 것은 화살을 쏜 결과가 실패라 하더라도 그 실패에 대해 어떤 태도를 지니느냐 하는 것입니다.

지금의 실패가 내 인생 전체의 실패는 아닙니다. 지금의 실패는 지금의 실패일 뿐입니다. 실패를 통해 미래를 바라볼 줄 아는 태도가 중요할 뿐입니다. 양궁선수가 잘못 쏜 화살에 미련을 둔 상태에서 나머지 화살을 쏜다면 아마 명중하기 어려울 것입니다.

실패는 결국 실패했다고 생각하기 때문에 실패입니다. 실패는 스스로 인정하지 않는 한 실패가 아닙니다. 실패를 소중히 여기되 그 실패에 매달리지 않아야 합니다. 그것을 밑거름 삼아 일어나야 합니다. '농구 황제' 마이클 조던은 "내 일생에 실패한 슛이 9000개나 된다"고 하면서 이런 말을 한 적이 있습니다. "실패를 두려워하지 말라. 많은 사람들이 성공하기 위해서 실패한다."

씨름선수도 은퇴할 때까지 줄곧 승리만 거둔 선수는 없습니다. '씨름판의 황제' 이만기 선수가 제44회 전국장사씨름대회에서 고등학교를 갓 졸업한 무명의 신인 강호동 선수에게 패할 때의 모습을 한번 생각해보세요. '피겨 퀸' 김연아 선수도 "빙판에서 수없이 넘어지고 울었다"고 합니다. "솔직히 일등을 하기 위해 스케이팅을 했다면 훨씬 전에 그만뒀을지도 몰라요. 다른 선수들처럼 저도 큰 부상이 있어 선수생활을 포기할 뻔한 일도 있었어요. 그럴 때마다 일등을 해야겠다는 욕심보다는 연기를 할 때 떠오르는 즐거움, 발끝의 느낌을 잊지 못해서 다시 얼음 위로 돌아갔어요"라고 말합니다.

1976년 캐나다 몬트리올올림픽에서 이단평행봉 연기로 올림픽 사상 최초 10점 만점으로 금메달을 딴 체조선수는 나디아 코마네치입니다. 그녀는 폭 10센티미터의 평균대 위에서도 한 마리 새처럼 아름다운 연기를 펼치고 금메달을 따 '루마니아의 영웅'은 물론 세계 체조계의 전설이 되었습니다.

그런 그녀의 체조인생에도 늘 성공만 있었던 게 아닙니다. 아홉 살 때 첫 출전한 루마니아 전국선수권대회 평균대에서 두 번이나 바닥으로 떨어진 적이 있습니다. 몬트리올올림픽 이후에는 정치선전에 이용하려는 정부 때문에 폭식을 거듭해 재기가 불가능하기도 했습니다. 그런데도 그녀는 다시 훈련에 임해 살을 빼고 체조 감각을 되살려 1980년 모스크바올림픽에서 다시 금메달을 땄습니다. 그 후 그녀는 미국으로 망명해 삼류 유랑극단을 전전했지만 "내 생애 최고의 경기는 1976년이 아니라 1980년 올림픽이었다"고 말합니다. 이는 실패와 좌절이라는 혹독한 대가 뒤에 피어나는 성공의 꽃이 진정 아름답다는 의미입니다.

야구선수가 친 홈런의 배후에는 무엇이 숨어 있을까요. 그 몇 배의 스트라이크 아웃이 숨어 있습니다. 야구경기가 9회 말에서 역전되는 경우가 있는 것처럼 인생도 끝날 때까지 끝난 것이 아닙니다. 어느 곳에서 출발했느냐가 중요한 게 아니라 어느 곳에서 끝마쳤느냐가 더 중요합니다.

우리가 수많은 세계 권투 챔피언 중에서 유독 홍수환 선수를 아직 기억하고 있는 까닭은 무엇일까요. 그것은 그의 '4전 5기의 신화', 즉 4번이나 녹다운당한 끝에 다시 일어나 상대를 패배시켰기 때문입니다. 즉 그의 성공이 철저한 실패를 통해 이루어졌기 때문입니다. 만일 홍수환 선수가 1977년 슈퍼밴텀급 권투경기에서 그런 실패를 겪지 않고 처음부터 이겼다면 그를 잊고 말았을 것입니다. 누구나 쓰러지는 일은 있을 수 있습니다. 하지만 중요한 것은 그 이후에 어떻게 일어나느냐 하는 것입니다. 홍수환 선수는 쓰러졌지만 다시 일어난 것입니다. 일어났기 때문에 승리할 수 있었던 것입니다.

저는 시를 쓸 때 시가 잘 안 써지면 어떡하나 걱정하지 않습니다. 그냥 씁니다. 쓰다가 잘 안 써지면 노트북의 전원을 끕니다. 그리고 시간이 지나면 다시 노트북의 전원을 켜고 해당 파일을 찾아 다시 씁니다. 그냥 그것을 수없이 되풀이할 뿐입니다. 시가 잘 안 써질 것이라는 실패를 미리 걱정하지 않습니다. 실패해도 다시 또 시작하면 됩니다. 시작하기도 전에 실패를 걱정하면 이미 실패한 것입니다. 시위를 떠났다고 해서 모든 화살이 과녁에 다 명중되는 것은 아닙니다.

나만의 속도에 충실하라

마라톤 경기를 볼 때마다 인생과 똑같다는 생각이 듭니다. 자기 속도를 유지한 채 과욕을 부리지 않고 성실하게 달리는 자가 우승하는 것처럼 인생도 그렇다는 것입니다. 먼저 되는 자가 나중 되고, 나중 되는 자가 먼저 되는 것 또한 인생과 똑같습니다.

마라톤 경기를 보면 꼭 선두그룹을 형성하는 선수들이 있습니다. 처음에는 수십 명의 선수들이 떼 지어 선두그룹을 형성하다가 30킬로미터 지점을 통과할 때쯤이면 통상 10여 명으로 줄어들고, 그 그룹도 35킬로미터 지점을 지나면서 다시 반으로 줄어듭니다.

그러면 그때부터가 아주 흥미진진해집니다. 우승을 다투는 선수들이 서로 치고 나와 앞서거니 뒤서거니 달리기 때문입니다. 잠깐 사이에 선두로 달리던 선수가 뒤쳐지는 모습을 볼 수 있는가 하면, 선두그룹 중 꼴찌에 있던 선수가 맨 앞으로 달려 나오는 모습도 보게 됩니다. 그러다가 끝내 그 선수가 관중의 박수를 받으며 가장 먼저 메인스타디움으로 들어서서 우승하는 장면을 보기도 합니다.

평소 제가 마라톤 경기를 즐겨 보면서 가장 의미 있게 생각하는 점은 선두그룹에서 가장 먼저 치고 나온 선수가 우승을 차지하는 경우가 퍽 드물다는 점입니다. 왜 그럴까요. 그것은 그 선수가 자기 속도에 충실하지 못하고 다른 선수의 속도에 자기 속도를 편승한 결과입니다. 마라톤 선수에게 가장 요구되는 것은 레이스 끝까지 최고의 스피드를 유지하는 지구력입니다. 그러기 위해서는 자기 페이스를 마지막까지 잃지 않는 것이 중요합니다. 그래서 마라톤 코치들은 선수들에게 자신만의 속도를 끝까지 유지하라고 요구합니다.

이 요구는 선수들에게만 해당되는 게 아닙니다. 빠른 속도의 시대를 살고 있는 오늘 우리에게도 해당되는 말입니다. 우리는 자기만의 속도를 잊은 채 남이 빨리 걷는다고 나도 빨리 걸으려 하고, 남이 빨리 달린다고 나도 빨리 달려야 한다고 생각합니다. 다른 사람이 나보다 속도를 낸다 싶으면, 그것이 학업의 속도든 승진의 속도든 비즈니스의 속도든 어떻게든 그 속도를 따라잡으려고 합니다. 아니, 앞지르려고 합니다.

저만 해도 그렇습니다. 다른 시인이 시집을 내면 나도 내야 하는 게 아닌가 하는 생각을 합니다. 그래서 채 무르익지도 않은, 나 자신도 감동받을 수 없는 시를 오직 시집을 내기 위해 쓰는 경우도 있습니다.

예전엔 서울을 벗어나 지방에 갈 때면 가는 길이 멀고 오는 길도 멀게 느껴졌는데 이제 KTX가 있어 그런 느낌마저 사라지고 있습니다. 이런 고속의 시대일수록 자기만의 속도가 중요합니다. 제 속도를 무시하고 속도를 내면 그만큼 더 많이 얻고 더 많이 이룰 수 있다고 여겨지지만 오히려 그만큼 잃어버리는 게 더 많습니다.

등산할 때 정상에 빨리 도착하려고 급히 오르면 결국 헐떡헐떡 숨이 차서 주저앉게 됩니다. 자기 속도에 맞춰 천천히 뒤에서 올라온 사람에게 결국 길을 내주고 맙니다. 흔히 직선으로 가야 목적지에 빨리 도착한다고 여기지만 등산의 경우엔 그렇지 않습니다. 미국 워싱턴대 연구팀은 산을 오를 때는 지그재그 코스가 더 효율적 이동경로라고 발표한 바 있습니다. 가파른 직선의 산을 곧장 오르면 금세 지치기 때문에 비록 지그재그일지라도 완만한 곡선의 길로 가는 게 오히려 더 낫다는 것입니다.

산행 이야기를 하니까 1989년 여름에 백두산 천지에 올랐다가 혼자 걸어 내려온 일이 생각납니다. 아침 일찍 백두산을 오를 때만 해도 일행 모두 걸어서 올라가기로 되어 있었습니다. 그래서 3분의 1지점까지는 힘들어도 걸어서 올라갔습니다. 그러다가 백두산 도로 개설 작업을 하고 있던 인부들에게 돈을 주고 트럭 한 대를 빌려 천지 바로 아래 기상대까지 단숨에 올라가버리고 말았습니다. 저는 그게 불만이었습니다. 우리 민족의 성산인 백두산을 걸어서 올라가고 싶었습니다. 지금은 지정된 차량을 이용해야만 올라갈 수 있지만 그때만 해도 그렇지 않았습니다.

그래서 일행들이 다시 그 트럭을 타고 백두산을 내려갈 때 저는 트럭을 타지 않았습니다. 걸어서 올라가지 못한 백두산을 내려갈 때만이라도 걸어서 가고 싶었기 때문입니다. 거대한 한 마리 뱀처럼 구불구불한 백두산 하산 길은 가도 가도 끝이 없었습니다. 이대로 느릿느릿 걸어가다가는 곧 날이 저물 것 같았습니다. 그래서 눈 아래 빤히 보이는 길을 구불구불 돌아갈 게 아니라 곧바로 가로질러 가는 게 더 낫겠다는 생각이 들었습니다. 당장 길을 벗어나 산 가운데로 들어서서 나름대로 직선의 길을 만들며 아래로 가로질러

갔습니다. 두터운 이끼에 발이 푹푹 빠졌습니다. 마치 부드러운 융단 위를 걷는 듯해서 기분이 아주 좋았습니다.

그러나 그것도 잠깐이었습니다. 저는 곧 안개에 휩싸이고 말았습니다. 느닷없이 몰려온 짙은 안개에 한치 앞이 보이지 않았습니다. 순간 죽음의 공포가 몰려왔습니다. 이대로 백두산 안개에 갇혀 죽나 하는 생각이 들어 한 발도 움직일 수가 없었습니다.

그대로 얼마나 지났을까요. 바람이 살짝 불어왔습니다. 안개가 바람 따라 슬며시 방향을 틀었습니다. 저는 살았다 싶어 얼른 구불구불한 길 쪽으로 돌아와 급히 내려왔습니다. 조금 빨리 내려가려고 직선의 길을 만들었다가 그만 죽음의 공포를 맛본 것입니다. 구불구불한 길의 속도에 맞춰 걸었더라면 그런 일은 없었을 텐데 말입니다.

삶의 속도도 이와 같습니다. 자기만의 속도에 충실하지 않으면 길을 잃고 주저앉게 되거나 죽음의 공포를 맛볼 수 있습니다. 아니, 죽을 수도 있습니다.

어떤 사람이 모를 심어놓고 얼마나 자랐나 하고 아침저녁으로 지켜보다가 모가 좀 더 빨리 자랐으면 좋겠다는 조급한 마음이 들었습니다. 그래서 어느 날 저녁 순을 조금씩 위로 당겨놓고는 많이 자란 것 같다고 아주 좋아했습니다. 그러나 다음날 아침에 논에 나가보자 모들이 모두 죽어 있었습니다.

'조장(助長)'이라는 말에 얽힌 중국고사입니다. 이렇게 급하고 제 속도를 무시하면 죽음이 기다리고 있습니다.

서두르지 않으면 걱정할 게 없습니다. 서두른다는 것은 현재에 미래를 가져와 미리 걱정한다는 것입니다. 저는 요즘도 백두산에서 조금 더 빨리 내려가려다가 안개에 휩싸여 죽음을 맛본 일을 떠올리며 천천히 나만의 속도로 일상을 유지하려고 노력합니다. 자기 속도에 충실하다는 것은 자신의 삶을 건강하게 유지하는 일입니다. 다다르고 싶은 목적지에 그만큼 더 가까이 다가갈 수 있다는 가능성을 열어두는 일입니다.

진주조개도

진주를 품어야만

진주조개다

진주는 진주조개의 상처 때문에 생깁니다. 조개 안에 모래알이
나 기생충알 같은 이물질이 들어오면 조개는 그것을 감싸기 위해
체액을 분비하는데, 그 체액이 쌓여 단단한 껍질을 이루어 진주가
됩니다. 따라서 진주는 진주조개의 상처와 고통의 결정체입니다.
상처의 고통을 영롱한 아름다움으로 승화시킨 결과입니다. 진주가
보석이라는 이름으로 인간의 사랑을 받는 까닭은 그것이 고통의 아
름다움이기 때문입니다.

진주조개라고 해서 진주를 꼭 품고 싶어 할까요. 아마 그건 아닐
것입니다. 인간이 상처받고 싶지 않듯이 진주조개 또한 상처받고
싶지 않을 것입니다. 실제로 모든 진주 조개가 다 진주를 품는 것은
아닙니다. 몸속에 이물질이라는 고통의 씨앗이 들어왔을 때, 그것
을 어떻게 받아들이느냐 하는 스스로의 선택에 따라 달라집니다.
이물질이 들어오면 진주조개는 즉각적으로 반응하여 '나카(nacré)'
라는 물질로 그것을 둘러싸기 시작합니다. 그때 나카로 이물질을
둘러싸면 진주를 품게 되고, 그러지 않으면 진주를 품지 않게 됩
니다.

한 알의 진주를 가만히 바라봅니다. 은은한 진주의 아름다움보다
진주의 고통이 먼저 느껴집니다. 내 삶의 아름다움보다 내 삶의 고
통을 먼저 생각하기 때문입니다. 고통의 덩어리가 이토록 아름답다
해도 진주조개는 애초부터 고통을 원하지 않았을지 모릅니다. 내가
내 삶의 고통을 받아들이고 싶지 않았듯이 진주조개 또한 그러했을

지 모릅니다.

'나는 왜 고통을 진주조개처럼 아름다움으로 승화시키지 못하는가. 왜 진주조개처럼 고통을 껴안고 긍정과 기쁨의 바다 속에서 살지 못하는가.'

진주를 바라볼수록 내 고통의 덩어리엔 고통의 상처만 있고 진주와 같은 아름다움은 보이지 않습니다.

그동안 저는 내 고통을 진주로 만들지 못했다는 공허한 자괴감에 빠질 때가 많았습니다. 그럴 때마다 '모든 조개가 다 진주를 만드는 것은 아니다. 진주조개만이 진주를 만든다. 나는 진주조개가 아니다'라고 생각하면서 스스로 위안을 얻었습니다.

다른 조개라고 해서 왜 고통이 없겠습니까. 이물질이 다른 조개의 몸속에도 들어가곤 할 것입니다. 그럴 때 그들은 그것을 받아들일 뿐 저항하지 않습니다. 인간에게 사랑받는 진주를 품고 싶다 할지라도 오직 진주조개만이 진주를 품을 수 있다는 사실을 잘 알고 있습니다. 저도 고통을 받아들이는 존재이지 고통에 저항해서 진주를 만드는 존재가 아니라고 생각했습니다. 내가 내 고통을 감싸 진주를 만들지 못한다 하더라도 그대로의 나 자신이 소중하다고 생각했습니다. 내가 진주조개라 하더라도 진주조개가 다 진주를 품지 않는 것처럼 진주를 품지 않을 수 있다고 저 자신을 위로했습니다.

그런데 그게 아니었습니다. 내가 만일 진주조개라면 반드시 진주를 품어야 한다는 사실을 깨닫게 되었습니다. 진주조개의 몸에 모래알 같은 이물질이 들어왔을 때 그대로 방치하면 결국 그 이물질로 인해 병들어 죽게 된다는 것입니다. 아무리 고통스러워도 나카를 생산해서 이물질을 켜켜이 둘러싸야만 살 수 있다는 것입니다.

저는 그 사실을 알고 정신이 번쩍 들었습니다. 고통에 저항하지 않으면 진주조개가 죽는다는 사실은 고통을 받아들이는 것만이 미덕이라고 생각했던 제겐 큰 충격이었습니다.

저는 몸 안에 이물질이 들어왔는데도 진주를 품지 않음으로써 비참한 종말을 맞는 그런 진주조개가 되고 싶지는 않습니다. 생존을 위해 상처와 고통에 저항하는, 그럼으로써 진주를 만들어내는 그런 진주조개가 되고 싶습니다. 내 삶의 고통이라는 이물질에 인내와 견딤의 나카를 입힘으로써 인간이라는 진주가 되고 싶습니다.

처음부터 이물질이라는 고통의 존재가 찾아오지 않으면 좋겠지만 그런 경우는 없습니다. 누구의 삶에든 고통은 찾아오기 때문에 그것을 어떻게 하느냐 하는 문제만 남을 뿐입니다. 진주조개에게 고통은 결국 자신을 아름답게 살리는 존재입니다. 진주조개가 얼마나 오랜 세월 동안 나카를 입혔느냐에 따라 진주의 크기도 아름다움도 달라집니다. 오랜 세월 동안 고통이라는 이물질에 얼마나 인내의 나카를 입혔느냐에 따라 인간인 나의 아름다움도 달라집니다.

인간이라는 아름다운 진주를 만들기 위해 지금 제게 가장 필요한 것은 상처와 고통에 대한 인내입니다. 인내의 시간 없이 만들어지는 진주는 없습니다.

아무리 차가운 돌도

3년만 앉아 있으면

따스해진다

'돌 위에서도 3년'은 일본 속담입니다. '아무리 딱딱하고 차가운 돌도 3년만 앉아 있으면 따스해진다'는 말입니다. 무슨 일이든 참고 견디면 뜻하는 바를 이루어낼 수 있다는 뜻입니다. 돌은 원래 차가운 성질을 지닌 존재로, 불에 달구지 않는 한 따스해지지 않습니다. 그런 차가운 존재를 따스한 존재로 변화시키려면 무엇이 필요하겠습니까. 바로 어떠한 어려움이 있어도 중단하지 않는 지속적인 인내와 노력입니다.

전남 구례군 산동면 수락마을에 수락폭포가 있습니다. 동편제 판소리의 대가인 국창 송만갑 선생이 득음하기 위해 수련했던 곳입니다. 폭포 앞 바위에 득음정(得音亭)을 지어놓았는데 지금도 많은 이들이 찾아와 소리 공부를 합니다.

수락폭포의 높이는 15미터 정도이지만 갈수기에도 물의 양이 많고 떨어지는 물소리 또한 웅장합니다. 특히 주변 지형이 항아리처럼 생겨 소리가 밖으로 새어나가지 않기 때문에 소리 공부하기에 무척 좋은 곳입니다. 온갖 소리와 성음들을 자유자재로 부리는 경지를 얻었을 때 득음했다고 하는데, 그 경지에 이르기 위해서는 폭포소리를 잠재울 정도가 돼야 합니다. 그렇게 되기 위해서는 자연의 소리보다 인간의 소리가 더 크고 아름다워야 하니 그 얼마나 피를 토하는 노력과 인내가 필요하겠습니까.

언젠가 수락폭포 아래를 지나다가 차디찬 바위에 앉아 폭포소리와 씨름하며 소리 공부를 하던 송만갑 선생의 모습을 떠올려보았습니다. 아마 선생께서도 엉덩이 아래에서 치솟아 오르는 냉기와 습기 때문에 잠시도 앉아 있기 힘들었을 것입니다. 그런데도 선생께서는 당신의 소리가 폭포소리를 뚫고 나갈 수 있을 정도가 될 때까지 그 자리에서 일어나면 안 된다고 생각했을 겁니다. 아무리 일어나고 싶어도 참고 견디며 소리를 단련해 득음함으로써 그 바위를 '득음바위'로 만들었을 것입니다. 그리하여 그 바위는 송만갑 선생의 체온에 의해 분명 따스한 바위가 되었을 것입니다. 그 누구도 흉내낼 수 없는 그의 소리, 통성으로 내지르는 힘차고도 높은 목소리, 칠성의 단단한 음질, 고음에서 저음으로 툭 떨어지면서 내는 선율의 멋진 변화는 바로 차가운 바위를 따스한 바위로 만든 선생의 인내 때문일 것입니다.

송만갑 선생은 집안으로부터 버림받는 고초도 겪었습니다. 조선 말에 동편제 3대를 잇는 명문의 자손으로 태어난 그는 부친의 지도를 받아 열세 살 때 이미 소년 명창으로 명성이 높았습니다. 그러나 그는 가문의 전통을 답습하지 않고 동편제에 서편제를 가미하여 독특한 자기 스타일의 소리제, 즉 '송만갑제' 판소리를 만들어 불렀습니다. "청중과 교감하는 것이 진정한 예술"이라는 지론을 갖고 시대적 요구를 받아들여 청중이 원하는 방식으로 노래한 것입니다. 이 때문에 그는 선후배나 동료들한테 지탄을 받은 것은 물론 가문에서도 할명(割名)당하고 쫓겨났습니다. 그의 부친은 "집안의 전통 소리를 안 지킨, 송씨 가문의 법통을 말살하려는 자식"이라고 했습니다. 그렇지만 '송만갑제' 판소리가 판소리계를 석권하면서 그의 문하에 많은 제자들이 모여들었으며, 오늘날 그는 동편제 판소리의 상징이자 역대 최고의 명창으로 손꼽힙니다.

대부분의 사람들이 처음 뜻을 세우는 곳은 항상 돌같이 차가운 곳입니다. 차가운 곳에는 제대로 앉아 있을 수도 없지만 문제는 앉자마자 일어나버리는 데에 있습니다. 저도 그렇습니다. 책상 앞에 한 시간 이상 앉아 있질 못합니다. 벌떡 일어나고 싶을 때마다 '차가운 돌도 3년만 앉아 있으면 따스해진다'는 이 말을 생각하며 10분이라도 더 앉아 있으려고 노력합니다. 책상 앞에 오랫동안 엉덩이를 붙이고 끈질기게 앉아 있지 않으면 책을 읽을 수도 시를 쓸 수도 없습니다. 그래서 책상 앞에 앉아 있을 때마다 저만의 득음바위에 앉아 있다는 생각을 합니다.

흰 구름도 짜면 비가 된다

하늘이 아름다운 것은 구름이 있기 때문입니다. 하늘에 구름이 없다면 하늘 자신조차 심심하고 지루할 것입니다. 하늘은 구름을 통하여 자신의 변화무쌍한 아름다움을 한껏 보여줍니다.

구름 중에서 비를 내리는 구름은 먹구름입니다. 그런데 '흰 구름도 짜면 비가 된다'는 말은 무슨 말일까요. 비록 흰 구름일지라도 빨래 짜듯 힘껏 짜면 비를 오게 할 수 있다는 말입니다. 무슨 일이든 열심히 노력하면 된다는 가능성이 내포된 말입니다.

저는 하늘에 떠 있는 흰 구름을 보면 이 말이 먼저 떠오릅니다. 언제 어디에서 알게 된 말인지는 모르지만 이 말을 안 지 참 오래되었습니다. 그래서 가끔 '맞아, 내 인생의 하늘에 떠 있는 흰 구름도 짜면 비가 올 수 있는 거야!' 하고 속으로 중얼거립니다.

누구나 자신의 인생에 무지개가 뜨기를 바라지 비가 오기를 바라지는 않습니다. 그러나 이것은 잘못된 생각입니다. 먼저 비가 와야 무지개가 뜹니다. 내 인생에 고통의 비가 오기를 바라지 않는다면 아름다운 무지개도 뜨지 않습니다. 대기오염이 심해 좀처럼 무지개가 뜨지 않는 서울 하늘에도 먼저 소나기라도 내려야 무지개가 뜹니다. 내 인생에도 고통을 참고 견디는 노력이라는 소나기가 쏟아진 후에야 무지개가 뜰 수 있습니다.

한 여인이 잔뜩 근심어린 얼굴로 성당에 계신 신부님을 찾아갔습니다.

"신부님, 저는 지금 계속 같은 자리를 맴돌고 있어요. 새로운 삶을 살고 싶지만 늘 작심삼일입니다. 새해에 세운 계획도 지금은 모두 잊어버렸습니다."

여인의 말을 들은 신부는 창고로 가서 뽀얗게 먼지가 내려앉은 낡은 소쿠리를 들고 나왔습니다. 그리고 그 소쿠리를 여인에게 건네며 말했습니다.

"이유는 묻지 말고 여기에 물을 가득 담아오시기 바랍니다."

구멍이 숭숭 난 소쿠리에 물을 담아오라는 말에 여인은 어리둥절했습니다. 그렇지만 이내 신부의 말을 따라 우물로 향했습니다.

하지만 아무리 애를 써도 소쿠리에 물이 담길 리 없었습니다. 여인은 잔뜩 화가 난 얼굴로 돌아와 신부에게 물이 뚝뚝 떨어지는 소쿠리를 내밀었습니다. 그러자 신부가 이렇게 말했습니다.

"소쿠리에 물을 담지는 못했지만 소쿠리의 먼지는 깨끗이 사라졌지요? 마음먹은 대로는 안 되어도 무언가 새롭게 시작하려고 노력하는 그 자체가 의미 있는 것입니다."

요즘 젊은이들을 보면 '앞으로 무엇을 해야 할 것인가, 무엇이 되고 싶은가' 하는 생각만 하고 행동하지 않는 경우를 가끔 봅니다. 미래에 대해 걱정을 하면서도 일어나 움직이지 않습니다. 그것은 스스로 자기 삶을 초라하게 축소시키는 것입니다.

이성을 사랑하고 결혼하는 일도 마찬가지입니다. 정신적이든 경제적이든 부모 곁에 머물러 있기만 해서는 결혼할 수 없습니다. 먼저 부모를 떠나는 일에서부터 젊은 날의 사랑은 시작됩니다. 부모한테서 분리되지 않으면 신념화된 자기만의 사랑을 형성할 수 없습니다.

무엇이 되고 싶다는 그 '무엇'이 확정되지 않았더라도 가만히 앉아 있지 말고 먼저 행동해야 합니다. 아직 결혼할 만큼 사랑한다는 확신이 들지 않더라도 만남이라는 행동이 전제되어야 합니다. 노력한다는 것은 행동한다는 것이며, 노력하기 위해서는 먼저 행동이 필요합니다. 어떤 이는 행동에는 반드시 어떤 이유가 있어야 한다고 생각하고 그 이유를 먼저 찾아 나섭니다. 그러나 젊은이들은 젊기 때문에 먼저 행동한 후에 행동의 과정 속에서 그 이유를 알게 되어도 늦지 않습니다. 물론 행동보다 말이 앞서지는 말아야 합니다. 말이 앞서면 행동이 뒤따르기 어렵습니다. 실천이라는 행동이 없는 말은 천만 번 해도 아무 소용이 없습니다.

괴테는 '태초에 빛이 있었다'는 성경 말씀에 빗대어 '태초에 행동이 있었다'고 말했습니다. 움직이면 움직일수록 삶의 폭이 넓어지고 인생을 체험하게 됩니다. 삶에서 가장 중요한 것이 성공보다 노력이라지만, 행동이 따르지 않는 노력은 무의미합니다. 감이 먹고 싶다고 감나무 밑에 누워 입을 벌리고 있기보다는 감나무 위로 올라가 감을 따야 합니다.

실제로 저는 어릴 때 혹시 홍시가 떨어지나 해서 감나무 밑에 평상을 펴고 누워 있어본 적이 있습니다. 감이 떨어져도 내 입으로는 떨어지지 않았습니다. 감이 내 입으로 떨어지기를 기다리는 노력을 하느니 차라리 내가 나무 위로 올라가 감을 따는 노력을 하는 게 더 나았습니다.

저는 군 생활을 하는 동안 신춘문예에 두 번 당선되었습니다. 1972년 한국일보 신춘문예에 동시 '석굴암을 오르는 영희'와 1973년 대한일보 신춘문예에 시 '첨성대'가 당선된 것이 그것입니다. 저는 시인이 되고 싶기도 했지만 무엇보다 제대 후 복학할 등록금이 걱정이었습니다. 경희대 국문과에 문예장학생으로 입학했지만 장학금은 1년 만에 중단되었습니다. 문단에 등단해야만 장학금을 계속 받을 수 있었습니다. 그래서 휴학을 하고 자원입대해 군 생활 내내 시를 쓰려고 노력했습니다. 눈 내리는 겨울날 밤 무기고 앞에 보초를 서면서도 시를 썼고, 군인교회의 낡은 매트리스 위에 앉아 호호 입김을 불어가며 시를 썼습니다. 그리고 그 시를 신춘문예에 투고했습니다.

만일 그때 '내가 쓴 시가 당선이 될까, 군대 생활하면서 쓴 시인데 잘 쓰면 얼마나 잘 쓴 것일까, 나보다 더 잘 쓰는 사람이 수 없이 많을 텐데……' 하는 생각만 하고 투고하지 않았다면 시인으로서의 삶을 사는 저의 오늘은 찾아오지 않았을 것입니다. 먼저 '투고'라는 행동을 했기 때문에 신춘문예 당선의 영광이 찾아오고 시인으로서 첫걸음도 내디딜 수 있었습니다.

이렇게 노력의 기초는 행동입니다. 그리고 노력할 때는 과녁을 쫓는 화살과 같이 행동해야 합니다. 시위를 떠난 화살이 과녁을 향해 날아갈 때는 뒤도 옆도 돌아보지 않습니다.

너는 실패해도 성공했다

문학평론가 이어령 선생이 아들 이승무 영화감독에게 한 말입니다. 문학잡지 〈에세이 플러스〉와의 인터뷰에서 이어령 선생은 아들에 대해 이렇게 말합니다.

"할리우드에서 시나리오를 보고 감독을 맡겼어요. '반지의 제왕' 프로듀서가 제작하고 장동건이 주연을 맡고 뉴질랜드에서 촬영을 했어요. '사막의 전사'라고, 아들의 첫 장편 작품이에요. 올해 초 연하장에 '너는 실패해도 성공했다'고 써서 보냈더니 아들이 큰 힘이 되었다고 해요."

저는 이어령 선생이 이 말을 당신 아들에게만 국한해서 한 게 아니라 이 시대 모든 젊은이들에게 한 말이라고 생각합니다. 이 세상 모든 아버지가 이 세상 모든 아들들에게 한 말이라고도 생각되고요.

이어령 선생은 어떻게 "실패해도 성공했다"고 말할 수 있었을까요. 그것은 그동안 아들의 실패에서 이미 성공을 보았기 때문입니다. 실패하지 않고는 결코 성공할 수 없다는, 실패를 통해야만 성공에 다다를 수 있다는 사실을 이미 잘 알고 있었기 때문입니다.

실패는 성공입니다. 실패와 성공은 동의어입니다. 실패 없는 성공은 존재하지 않습니다. 누가 실패 없는 성공을 원한다면 가시 없는 장미를 원하는 것과 같습니다. 가시 없는 장미는 장미로서의 존재가치가 없습니다. 장미는 가시가 있어야 아름답습니다. 저는 장미 향기가 꽃에서 나는 게 아니라 가시에서 난다고 생각합니다.

말을 타는 사람도 마찬가지입니다. 말에서 떨어지지 않고 처음부터 잘 타는 사람은 없습니다. 아무리 말을 잘 타는 사람도 말에서 떨어질 때가 있습니다. 중요한 것은 말에서 떨어져도 다시 올라타면 된다는 사실입니다. 저는 몽골에서 처음 말을 탈 때 천천히 달리던 말이 느닷없이 퍽 주저앉아버렸습니다. 자칫 땅바닥에 나뒹굴 뻔했습니다. 다시 말을 타기가 두려웠습니다. 그렇지만 말을 끌고 갈 수는 없었습니다. 그래서 다시 말에 올라탔습니다. 그러자 말이 더 이상 저를 떨어뜨리지 않았습니다. 그때 실패는 넘어지는 그 자체가 아니라, 넘어진 상태로 머무르는 것이라는 생각이 들었습니다.

우리가 실패하는 가장 큰 원인 중 하나는 일시적인 패배에 너무 오래 머무르고 너무 쉽게 단념한다는 것입니다. 무슨 일을 하다가 '이제 더 이상 도저히 못하겠다, 내 한계에 달했다'고 생각될 때 그 한계는 누가 만든 것입니까. 그렇게 생각하도록 만든 상황일까요. 아닙니다. 결국 그 한계는 나 자신이 만들어낸 것입니다. 정작 두려워해야 할 것은 실패 자체가 아니라 한계라고 생각한 바로 나 자신입니다. 더 이상 시도하지 않음으로써 다시 시도할 기회를 놓쳐버렸다는 바로 그 사실입니다.

인도에서는 코끼리를 키울 때 도망가지 못하도록 어릴 때부터 커다란 나무에 묶어놓습니다. 나무에 묶인 아기코끼리는 처음에는 달아나려고 이리저리 힘을 씁니다. 그러나 아무리 힘을 써도 한 걸음도 앞으로 나아가지 못합니다. 묶인 끈을 풀고 멀리 숲 속으로 달아

나려고 해도 달아날 수가 없습니다. 결국 아기코끼리는 아무리 노력해도 달아날 수 없다고 생각하고 그런 노력을 포기하고 맙니다. 오랜 시간 이런 과정을 거치는 동안 몸무게가 5톤에 달하는 어른코끼리가 되어도 도망칠 생각을 하지 못합니다. 자신의 몸집보다 훨씬 작은 나무에 묶여 있어도 나뭇가지 하나 움직여보려고 하지 않습니다.

이 얼마나 실패를 받아들였다는 사실이 무섭습니까. 이 얼마나 실패의 습관이 무섭습니까. 다 자란 코끼리가 정말 자기가 묶인 작은 말뚝 하나 뽑을 힘이 없을까요. 아닙니다. 그런 힘이 있어도 이미 실패에 길들여져 노력조차 하지 않은 것입니다. 이렇게 코끼리처럼 다시 시도할 용기를 갖지 못했다는 것이야말로 가장 큰 실패입니다. 두려워 시도조차 하지 않음으로써 도전을 포기하게 되는 것 자체가 이미 실패입니다.

사람도 마찬가지입니다. 실패라는 현재의 상황을 절대 벗어날 수 없다고 생각하면 그렇게 됩니다. 거듭 경험하는 실패를 부정적으로 인식하면 다시 도전하거나 새로운 것을 창조하려는 노력이 사라지게 됩니다. 인생의 미래에 대한 시야가 좁아지면서 나약해지고 맙니다. 이것은 결국 실패에 길들여진 코끼리와 같은 상황입니다. 그렇지만 우리는 실패에 길들여진 코끼리가 될 수는 없습니다.

저는 중학생 때부터 스케이트를 잘 탔습니다. 인척 한 분이 당시 판매되던 '전승현 스케이트'를 선물로 사주셔서 대구 수성못에서 즐겨 탔습니다. 처음엔 얼음판에 수도 없이 넘어졌습니다. 형이 손을 잡아줘도 넘어지기를 반복했습니다. 그러다가 어느 날 나도 모르는 사이에 넘어지지 않고 스케이트를 잘 탈 수 있게 되었습니다. 그동안 차가운 얼음판에 수없이 넘어진 것은 스케이트를 잘 타기 위해서 넘어진 것입니다. 넘어지면서 배운 것입니다.

실패는 습관입니다. 이 습관을 즐거운 습관으로 만들 필요가 있습니다. 실패를 받아들이되 부정적으로 받아들이는 습관에 길들여지지 않아야 합니다. '오늘도 성공하기 위해서 실패했구나' 하고 웃을 수 있는 여유가 있어야 합니다. 실패를 보는 긍정의 눈과 미소가 있다면 비록 실패일지라도 즐거운 실패가 됩니다.

소설 《위대한 개츠비》를 쓴 피츠제럴드는 "실패는 일시적인 것이지 영원한 것이 아니다. 한 번 실패와 영원한 실패를 혼동하지 말라"고 했습니다. 이는 한 번의 실패와 영원한 실패를 구분하라는 것입니다. 성공으로 가는 길에는 실패라는 보도블럭이 하나하나 놓여 있을 뿐이며, 실패라는 쓴 맛을 보지 못한 사람은 성공이라는 설탕 맛도 모른다는 것입니다.

인류 최초의 달 착륙선인 아폴로 11호에 탑승할 우주비행사를 뽑을 때도 미국항공우주국에서는 '실패했던 사람 우대합니다' 라는 조건을 내걸었습니다. 실패라는 인생의 위기를 경험해보지 못한 사람을 우선적으로 배제한 것입니다. 우주여행이라는 불확실성에 유연하게 대처할 수 있는 사람이야말로 실패를 경험한 사람이라는 과학적 판단 때문이었습니다. 실패를 경험해보지 못한 자의 오만보다는 실패를 경험한 자의 겸손과 자기성찰이 인류가 달의 표면에 첫발을 내딛는 데 가장 필요한 요소라고 여긴 것입니다.

저는 영화 '용쟁호투' 등을 보면서 자란 세대이기 때문에 이소룡을 퍽 좋아합니다. 실패를 모르는 도전정신으로 '절권도'를 창안한 그는 실패에 대해 이런 말을 남겼습니다.

"다른 모든 사람처럼 당신도 이기는 법을 배우려고 할 것이다. 그리고 지는 방법 따위는 배우려고 하지 않을 것이다. 그러나 패배하는 법을 배우면 패배로부터 해방될 것이다."

실패하는 것은 인간적이나 실패에 주저앉는 것은 악마적입니다. 인간이기 때문에 실패하고, 인간이기 때문에 실패라는 동반자와 함께 하는 것입니다. 인생의 수없는 동반자 중에서 가장 중요한 동반자는 바로 실패입니다.

상처 많은 나무가

아름다운 무늬를 남긴다

영주 부석사를 참 좋아합니다. 부석사는 찾아갈 때마다 어머니 품 같습니다. 부석사 108개 돌계단을 천천히 오르면 세상 속에서 온갖 고초를 겪다가 더 버틸 수 없어 떠나온 어머니를 다시 찾아가는 한 아들의 가난한 마음이 됩니다.

가톨릭 신자인 제가 처음으로 엎드려 부처님께 절을 올린 곳도 부석사 무량수전입니다. 그때가 아마 50대 초반이었을 겁니다. 무량수전 안에 들어가 아미타불님께 절을 올리자 저도 모르게 눈물이 와락 쏟아졌습니다. 문틈으로 부처님을 구경하듯 바라보는 것과 직접 신발을 벗고 안으로 들어가 부처님께 절을 올리는 것은 전혀 다른 일이었습니다. 아미타불님은 오랫동안 저를 기다리고 계신 듯 위엄 있는 얼굴이었지만 또한 따뜻하고 다정해 보였습니다.

가톨릭 신자가 부처님께 무슨 절을 올리느냐고 물으실 필요는 없습니다. 절을 올린다는 것은 흠숭하는 분에 대한 제 마음의 간절한 표현입니다. 절이란 바로 자기 자신을 향하고 이웃을 향하는 게 아니겠습니까. 이기적인 제가 누구에게 무릎 꿇고 엎드려 절을 올릴 수 있겠습니까. 나라는 인간의 절을 받아줄 수 있는 분이 존재하고 있다는 사실만으로도 제겐 큰 축복입니다. 그래서 지금 제 마음속엔 무량수전 한 채가 들어 있습니다. 묵묵히 산 너머 동해를 바라보고 계신 아미타불님은 제가 힘들어할 때마다 아버지처럼 제 어깨를 다독여주십니다.

무량수전은 배흘림기둥이 아름답기로 유명합니다. 최순우 선생께서 쓰신《무량수전 배흘림기둥에 기대서서》책명처럼 저도 배흘림기둥에 기대서서 멀리 소백산을 바라봅니다. 마치 한 폭 수묵화의 농담(濃淡)인 양 첩첩이 드러낸 산의 능선이 무척 아름답습니다. 만석산 학가산 비봉산 등 여러 산들이 고요히 내 마음속으로 걸어들어와 마치 아기 얼굴을 들여다보듯 저를 들여다봅니다.

저는 오랫동안 무량수전 배흘림기둥을 느티나무로 만들었는지 모르고 지냈습니다. 어느 날 우연히 느티나무에 관한 글을 읽다가 무량수전 배흘림기둥이 느티나무로 만들어졌다는 사실을 알게 되었습니다. 배흘림기둥에 은은히 속살인 양 드러나 있는 나무 무늬 또한 모란 무늬라는 것도 알게 되었습니다. 배흘림기둥이 왜 저토록 아름다운지 그 까닭을 알게 된 것입니다. 한 그루 느티나무가 오랜 세월이 지나 무량수전 배흘림기둥이 되기까지는, 또 천 년 동안이나 배흘림기둥으로 서 있기까지는 수많은 고통과 상처가 있었을 것입니다. 그런데도 그는 자신의 상처를 아름다운 모란 무늬로 남기고 있습니다. '상처 많은 나무가 아름다운 무늬를 남긴다'는 사실을 저는 이제야 깨닫습니다.

무량수전 배흘림기둥에 다시 기대어 서봅니다. '내 일생이 누군가의 배흘림기둥이 될 수 있다면……' 하는 생각이 들어 '젊은 느티나무에게 고백함' 이라는 시를 한 편 써봅니다.

부석사 무량수전 배흘림기둥이

젊은 느티나무의 마음으로 만들어진 것을

알아도 너무 늦게 알았습니다

무량수전 무거운 기와지붕을

열여섯 개 배흘림기둥이 받치고 선 까닭이

천 년 전

느티나무가 사랑했던 모란 때문임을

늦어도 너무 늦게 알았습니다

오늘 홀로 배흘림기둥에 기대서서

느티나무 무늬로 남은 모란꽃을 쓰다듬어봅니다

오늘부터 다시 천 년 동안

무량수전 열일곱 번째 배흘림기둥이 되어

당신을 받치고 서 있겠습니다

　배흘림기둥이 무량수전 무거운 지붕을 천 년 넘게 받치고 서 있으니 그 얼마나 힘들겠습니까. 진정한 사랑이란 마치 그와 같습니다. 그래서 저의 사랑도 무량수전의 열일곱 번째 배흘림기둥이 되어 사랑하는 당신을 받치고 서 있겠다고 다짐해봅니다.

　상처 많은 나무가 가장 아름다운 무늬를 남긴다는 사실은 우리나라 전통가구인 전주장(全州欌)을 만들 때 쓰는 나무의 무늬에서도 찾아볼 수 있습니다. 전주장의 아름다움은 좌우대칭을 이루는 나무의 무늬, 즉 용무늬에 있습니다. 그런 용무늬는 용목(龍木)이라는 나무에 있는데 그런 이름의 나무가 따로 있는 것은 아닙니다. 그저 느티나무에서 간혹 발견될 뿐입니다.

용목은 사실 심하게 상처받은 나무입니다. 병이 깊어 제대로 자라지 못하고 몸의 한 부분이 옹이 지고 뒤틀린 나무입니다. 오랜 세월 가슴에 병을 품고 상처를 안으로만 다독이고 견디느라 다른 부분보다 더 단단해진 부분을 지닌 나무입니다. 말하자면 나무 안에서 자란 암 덩어리가 용무늬로 나타난 것입니다. 그런데도 목공예 소목장(小木匠)들은 그렇게 만들어진 나무의 물방울무늬를 최고로 칩니다. 이런 용목은 구하기도 어렵고 가격도 따로 없이 부르는 게 값입니다. 돈이 있어도 사기조차 어렵습니다. 평생을 나무 구하는 일에 바친 소목장들도 생애에 몇 번 구할 수 있을까말까 합니다.

그러나 그런 목재를 구했다 하더라도 그대로 가구를 만드는 게 아닙니다. 적어도 10년 이상은 기다려야 합니다. 처음엔 개골창 진흙 속에 5년 이상 묻어 나무의 진을 뺀 다음 껍질을 벗기고 다시 5년 정도 그늘에 둡니다. 수분이 완전히 빠져나가 나무가 단단해지기를 기다리고 또 기다립니다. 그전에 가구를 만들면 모양이 변합니다. 세월이 지날수록 습기와 열에 가구가 제 모습을 잃게 되고 나무도 썩게 됩니다. 가구는 정확한 치수에 의해 만들어지기 때문에 나무의 크기가 조금만 변해도 틀어집니다. 아귀가 안 맞고 모양이 틀어지면 그것으로 가구의 생명은 끝이 납니다.

이렇게 나무는 살아서도 상처받고 죽어서도 상처를 받습니다. 그렇지만 그런 상처를 통해 전주장이라는 아름다운 가구로 다시 태어납니다. 전주장은 나무의 무늬가 너무 아름다워 옻칠도 하지 않습니다. 무늬 자체가 전주장의 아름다움을 다 표현해주기 때문입니다.

저도 전주장을 만들 수 있는 그런 느티나무 용목이길 바랍니다. 용목처럼 상처와 고통을 견딤으로써 스스로 인생의 아름다운 무늬로 거듭 태어나길 바랍니다. 이제 상처받는 것을 두려워하지 않겠습니다. 향나무도 상처가 있어야 향기가 뿜어져 나옵니다. 도끼로 찍어 상처를 많이 낼수록 향나무의 향기는 짙어집니다.

다람쥐는 작지만

결코 코끼리의 노예가 아니다

"저 도토리 같은 놈은 누구냐?"

대학에 갓 입학했을 때 한 선배 시인이 저를 두고 한 말입니다.

"저 밤톨 같은 놈!"

20대 때 문단의 어느 모임에서 누가 저를 보고 한 말입니다.

저는 키가 작아 남한테 가끔 그런 말을 듣습니다. 긍정적으로 생각하면 '도토리처럼 작지만 제법 똑똑하고 야무져 보인다, 앞으로 기대할 만하다'는 뜻으로 생각할 수 있지만, '도토리만 한 게 하는 짓이 좀 건방져 보인다'고 비하하는 부정적인 말로도 느껴질 수 있습니다.

그럴 때마다 저는 도토리를 주식으로 삼는 다람쥐를 떠올리면서 '다람쥐는 작지만 결코 코끼리의 노예가 아니다'라는 말을 생각했습니다.

'그래, 난 도토리처럼 작지만 너희보다 더 좋은 시인이 될 거야!'

지금 생각하면 좀 우습지만 그런 생각도 한 듯싶습니다.

기암절벽에 사는 참나무는 한 알의 작은 도토리에서 비롯되었습니다. 다람쥐 한 마리가 식구들과 먹으려고 바위 밑에 저장해둔 도토리가 자라 큰 참나무를 이룬 것입니다. 잣나무도 마찬가지입니다. 다람쥐 한 마리가 고산준령을 기어올라 겨우내 먹으려고 저장해둔 작디작은 한 알의 잣이 큰 잣나무가 된 것입니다.

제가 쓴 동화 '다람쥐똥'에 그런 이야기가 있습니다. 동화작가 권정생 선생의 대표작 '강아지똥'을 읽기 전에 쓴 동화인데, '강아지똥'과 내용이 흡사해 저 스스로 내세우지 않습니다. 한번은 섬진 강가 참나무 아래에서 김용택 시인과 이런저런 이야기를 나누고 있었는데, 다람쥐 한 마리가 입에 도토리를 물고 참나무 위로 조르르 올라가는 게 눈에 띄었습니다. 그러자 김용택 시인이 "다람쥐들은 자기가 먹으려고 모아둔 도토리에다 가끔 똥을 눈다. 그러면 도토리가 그 다람쥐 똥을 먹고 똥 속에서 자라 나중에 큰 참나무가 된다"는 말을 했습니다.

그렇습니다. 아무리 작다 해도 다람쥐는 주어진 자기 역할을 다해내는 주체적 존재이지 코끼리의 노예가 아닙니다. 작다고 해서 큰 것의 노예가 될 수는 없습니다. 코끼리가 다람쥐처럼 나무 위로 올라가 도토리 같은 나무열매를 따먹을 수 없습니다. 다람쥐도 코끼리처럼 등에 사람을 태우거나 무거운 짐을 올려놓을 수 없습니다. 기원전, 로마와 대항해 싸우던 카르타고의 명장 한니발 장군은 코끼리를 타고 알프스 산을 넘어 전쟁까지 치렀습니다. 그러나 다람쥐는 사람을 태우고 전쟁터에 나갈 수 없습니다. 다람쥐는 다람쥐대로 코끼리는 코끼리대로 각자 주어진 역할과 능력대로 살아가는 주체적 존재일 뿐입니다.

권정생 선생의 동화 《강아지똥》에 보면 강아지똥은 이 세상에 아무 쓸모없이 태어났다고 슬퍼합니다. 그러나 자신을 영양분 삼아 샛노랗게 피어난 민들레를 보고 자신이 쓸데없는 존재가 아니라 꽃을 피울 수 있는 소중한 가치를 지닌 존재라는 것을 깨닫게 됩니다.

그래서 어느 비오는 날에는 민들레 뿌리 속으로 스며들면서 자신을 사랑하게 됩니다.

저도 남들이 아무리 '도토리 같은 놈' '밤톨 같은 놈'이라고 해도 저 자신을 그렇게 생각하지 않습니다. 그 도토리가 키워내는 참나무와 같은 존재로 생각합니다. 만일 도토리와 같은 존재로 생각한다면 저는 그만 도토리 같은 존재가 되고 맙니다.

아무리 자신이 보잘것없는 존재로 여겨지더라도 권정생의 '강아지똥'처럼 자신의 존재가치를 발견하고 자신을 먼저 사랑할 줄 아는 게 중요합니다. 자신을 사랑해야 남도 사랑할 수 있습니다. 자신을 사랑하지 않고 다른 사람을 사랑하는 사람은 사랑할 줄 모르는 사람입니다. 그리고 자신을 사랑하더라도 지금 현재의 자신을 사랑하는 게 중요합니다. 미래의 나를 사랑하는 일 또한 오늘의 나를 사랑하는 일을 통해서만 가능합니다.

어느 가톨릭 수도회에서는 수도자들의 수행과정 중에 반드시 양탄자를 짜게 하는 과정이 있습니다. 다음은 그 수도회에서 전해 내려오는 이야기입니다.

한 수도자가 몇 달 동안 계속 양탄자를 짜고 있었다.

'사제가 되는 일과 이 양탄자를 짜는 일이 도대체 무슨 상관이 있을까? 왜 자꾸 양탄자를 짜라는 것일까?'

그는 양탄자를 짜면 짤수록 그런 생각이 자꾸 들었다.

그래도 크게 내색하지 않고 열심히 양탄자 짜는 일에 매달렸다. 그러나 시간이 갈수록 그런 고민과 불만은 점점 깊어져 양탄자를 한 자도 더 이상 짤 수 없다는 생각이 들었다.

그는 수도회에서 가장 존경받는 사제에게 찾아가 자신의 심경을 솔직하게 고백했다.

"신부님, 양탄자를 짜는 일이 도대체 무슨 의미가 있는지 알 수 없습니다. 차라리 복음서를 더욱 정성껏 읽고 기도하는 게 더 낫다는 생각이 듭니다."

마음속에 지닌 고민을 숨기지 않고 말하는 그를 보고 사제가 나직한 목소리로 말했다.

"지금 짜고 있는 양탄자를 한번 뒤집어보십시오!"

그는 자신이 짜고 있던 양탄자를 뒤집어보았다.

아, 거기에는 너무나 놀랍고 아름다운 무늬가 새겨져 있었다. 그동안 뒷면을 보면서 양탄자를 짜느라고 그는 앞면의 아름다운 무늬를 볼 수 없었던 것이다.

지금 내 존재라는 양탄자를 짜고 있다면 양탄자를 한번 뒤집어볼 필요가 있습니다. 거기에 짜인 내 존재의 아름다움을 보고 내가 얼마나 아름답고 귀한 존재인지 깨달을 필요가 있습니다.

아우구스티누스 성인은 '고통이란 수를 놓은 천과 같다'고 했습니다. 내 인생의 수를 놓은 천의 뒷면은 현재 고통으로 무질서하게 얽혀 있지만, 그 앞면은 화려한 실들로 아름답게 조화를 이루고 있다는 것입니다. 현재 내 존재가 보잘것없다고 생각되더라도 내 존재의 수를 놓는 뒷면만 보지 말고 앞면의 아름다움을 볼 수 있어야 한다는 것입니다.

따라서 누가 나를 아무리 보잘것없는 존재로 여기더라도 나 자신이 그렇게 여기지 않으면 됩니다. 내가 아무리 다람쥐만 하더라도 코끼리의 노예는 아닙니다.

적은 친구보다 소중하다

일제 강점기 시대를 산 수필가 김소운 선생의 '외투'라는 제목의
수필 한 편을 읽게 되었습니다. 혼자 읽기엔 아까운 글이라 함께 읽
어보고자 합니다. 이 수필에 나오는 청마는 유치환 시인입니다.

벌써 10여 년, 채 15년까지는 못되었을까?

하얼빈서 4~500리를 더 들어간다는 무슨 현(縣)이라는 데서 청마
유치환이 농장 경영을 하다가 자금 문제인가 무슨 볼 일이 생겨 서
울에 왔던 길에 나를 만났다. 2~3일 후에 결과가 시원치 못한 채 청
마는 도로 북만(北滿)으로 돌아가게 되었다.

눈이 펑펑 내리는 날이었다. 역두에는 유치환 내외분, 그리고 몇
몇 친구가 전송을 나왔다.

영하 40 몇 도의 북만으로 돌아간다는 청마가 외투 한 벌 없는 세
비로 바람이다. 당자야 태연자약일지 모르나 곁에서 보는 내 심정이
편치 못하다. 더구나 전송 나온 이 중에는 기름이 흐르는 낙타 오바
를 입은 이가 있었다.

내 외투를 벗어주면 그만이다. 내 잠재의식은 몇 번이고 내 외투
를 내가 벗기는 기분이다. 그런데 정작 미안한 일은 나도 외투란 것
을 입지 않고 있었다.

가차 떠날 시간이 가까웠다.

내 전신을 둘러보아야 청마에게 줄 아무것도 내게 없고, 포켓에
꽂힌 만년필 한 자루가 손에 만져질 뿐이다. 내 스승에게서 물려받

은 불란서제 〈콩쿠링〉— 요즈음 〈파아카〉니 〈오터맨〉 따위는 명함
도 못 들여 놓을 초고급 만년필이다. 당시 6원(圓) 하는 이 만년필은
일본에서도 열 자루가 없다고 했다.

"만년필 가졌나?"

불쑥 묻는 말이 무슨 뜻인지도 모르고 청마는 제 주머니에서 흰
촉이 달린 싸구려 만년필을 끄집어내어 나를 준다.

그것을 받아서 내 주머니에 꽂고 〈콩쿠링〉을 청마 손에 쥐여주었다.

만년필은 외투도 방한구(防寒具)도 아니련만, 그때 내 심정으로는
내가 입은 외투 한 벌을 청마에게 입혀 보낸다는 기분이었다.

이 글을 읽으면서 가슴이 뭉클했습니다. 친구를 사랑하는 마음이
이토록 깊고 잔잔하게 전해지는 글은 찾기 어렵습니다.

김소운은 시인이자 수필가로 《조선시선》을 일본어로 번역 출간
해 한국 현대시를 일본에 알리신 분입니다. 유치환은 한국 현대시
의 '거대한 옥토'로 그를 빼놓고 한국 현대시를 이야기할 수 없습
니다. '이것은 소리 없는 아우성/ 저 푸른 해원을 향하여 흔드는/
영원한 노스탈쟈의 손수건'으로 시작되는 '깃발'이나 '사랑하는
것은/ 사랑을 받느니보다 행복하나니라'로 시작되는 '행복' 등의
시를 모르는 이는 드물 것입니다.

오늘 두 분의 깊은 우정을 마음속으로 그려봅니다. 함박눈이 펑
펑 내리는 서울역에서 김소운은 세비로(신사복. 양복 상의를 지칭하는

일본어) 양복만 입고 추운 북만주로 떠나는 청마가 너무나 안쓰러워 외투를 입혀주고 싶습니다. 그러나 그 역시 가난하여 외투를 입지 않았습니다. 그래서 사용하고 있던 최고급 만년필을, 그것도 스승에게 선물로 받은 소중한 만년필을 아무 말 없이 선뜻 청마에게 건네줍니다. 청마 또한 김소운이 건네주는 만년필을 무심코 받아들고 아무 말이 없습니다. 그리고 기차 출발시간이 되자 그들은 함박눈을 맞으며 몇 번 손을 흔들고 헤어집니다.

북만주의 혹한을 견디기 위해서는 아무리 비싼 것이라 하더라도 만년필보다 외투가 필요합니다. 그러나 김소운이 건넨 그 만년필은 분명 청마에게 따뜻한 외투가 되었을 것입니다. 김소운의 마음이 그대로 전해져 북만주의 혹한을 견뎌낼 수 있을 정도로 외투보다 더 따뜻했을 것입니다.

친구를 일컬어 '내 뼈를 묻어줄 사람, 내 관머리를 잡아줄 사람'으로 표현합니다. 이는 친구의 진정한 의미를 나타내는 말로, 친구는 죽을 때까지 내 인생의 동반자라는 뜻입니다.

저는 지금 청마와 김소운과 같은 그런 우정을 지닌 친구가 내게 있는가 되돌아보지 않을 수 없습니다. 지금은 친구보다 적이 더 많은 듯합니다. 예전의 친구가 적이 되고, 적이 또한 친구가 되는 것을 경험하게 됩니다. 그것은 전적으로 제 책임입니다만 이해관계에 따라 제가 원하지 않더라도 적은 생기게 마련입니다. 저와 차 한 잔 나누지 않은, 한번 만나본 적도 없는 이라도, 심지어는 인터넷 상에서도 저의 적의 역할을 충분히 해내는 이들을 볼 수 있습니다.

이들에 대해 대부분 무심히 지나가지만 분노의 마음이 들끓을 때도 있습니다. 그럴 때 저는 부처님께서 적과 친구의 관계에 대해 하신 말씀을 생각합니다. 부처님께서는 "적이라고 여기는 이는 친구보다 소중하다. 친구가 가르칠 수 없는, 이를테면 인내 같은 것을 가르치기 때문이다"라고 말씀하셨습니다. 달라이 라마가 그의 자서전에 부처님의 이 말씀을 소중히 적어놓은 것을 보면, 그도 적을 어떻게 대해야 할지 인간적 고민이 무척 깊었던 듯합니다.

부처님의 이 말씀은 적의 긍정적 가치에 대한 말씀입니다. 적을 통해 내가 더 분발하거나 노력한다면 적도 인생에서 긍정적 가르침을 줄 수 있다는 의미입니다. 아무리 적이라 할지라도 내 인생에 보탬이 될 수 있다는 긍정적인 생각이 중요하다는 것입니다.

친구를 갖는 것은 또 하나의 인생을 갖는 것입니다. 적을 갖는다는 것 또한 인내와 포용이라는 또 하나의 인생을 갖는 것입니다. 그러나 저는 아직 적을 친구보다 더 소중하게 여기기는 어렵습니다. 그렇지만 부처님의 가르침을 마음에 깊게 새기기 위해 우정에 관한 이야기 한 편을 함께 더 나누고 싶습니다.

축의금은 자기의 위세인지 깊은 마음의 우정인지, 몇 년 전 우리 아들 결혼식 때 친구가 축의금을 100만 원이나 하였기에 그때는 친구에게 참 고마운 마음을 가졌다.

그런데 며칠 전 친구로부터 아들 결혼 청첩장을 받고 보니 축하의 마음보다 걱정이 앞섰다. 늘 하루하루 살기에도 빠듯한 삶이기에 어떻게 축의금을 마련할까 하는 걱정이 앞섰다. 마누라와 상의해보니 축의금은 빌려서라도 내가 받은 만큼 해야 하며, 축의금은 축하의 돈이기 이전에 받은 만큼 반드시 갚아야 하는 돈이라고 한다.

그래서 할 수 없이 급하게 돈을 빌려서 기쁜 마음으로 식장에 갔는데, 친구는 연신 "와줘서 고맙다"고 하면서 바쁜 틈에도 나의 안부까지 물어주기에 나는 돈을 빌려서라도 참 잘 갔다고 생각했다. 그런데 며칠 후 등기우편이 배달되었다. 며칠 전 아들 결혼식을 치렀던 반가운 친구한테서 온 것이었다. '웬 인사장을 등기로 보내는지' 하면서 뜯어 읽어봤더니 글씨가 눈에 익은 친구의 편지였다.

친구는 "이 사람아! 자네 살림 형편을 내가 잘 알고 있는데 축의금이 뭐냐"는 말과 함께 "우리 우정을 돈으로 계산하느냐"면서 90만 원의 자기앞수표를 보내왔다.

"이 사람아, 나는 자네 친구야. 자네 형편에 100만 원이라니, 우리 우정에 만 원이면 족하네. 여기 자네 성의를 생각해서 10만 원만 받고 90만 원은 돌려보내니 그리 알게. 이 돈을 받지 않으면 친구로 생각하지 않겠네."

그리고 친구는 "힘든 삶에 결혼식에 참석해줘서 너무 고맙다"는 말과 함께 "틈이 나면 옛날 그 포장마차에서 어묵에 대포 한잔하자"는 말을 덧붙였다.

꽃 한 송이가

밥 한 그릇보다

더 귀할 수 있다

시인도 시를 쓰기 싫을 때가 있습니다. 제 경우엔 시 청탁을 받았을 때 가장 쓰기 싫어집니다. 그것도 축시나 기념시를 청탁받았을 때 더 쓰기 싫어집니다. 그리고 시를 쓸 마음이 눈곱만치도 없는데 문예지에서 청탁을 받았을 땐 더더욱 쓰기 싫어집니다. 문예지에서 시인에게 시를 청탁하는 것은 당연한 일이고, 시인은 시를 청탁받는 일이 가장 자연스럽게 자기 본분을 다하는 일임에도 그게 그렇지 않을 때가 있습니다.

그래도 청탁해주는 편집자가 고마워 시를 쓰겠다고 덜컥 약속해버리고 나면 그 순간부터 시가 쓰기 싫어져 몸부림을 칩니다. 어디 멀리 도망가버리고 싶어집니다. 시에 대해 아무런 마음의 준비가 돼 있지 않은 상태인데 청탁을 수락했다고 해서 시가 써질 리 만무합니다.

그래서 가능한 한 청탁을 받기 전에 미리 시를 써놓으려고 노력합니다. 쓰고 싶을 때, 그 누구의 독촉이나 제약 없이 마음껏 자유롭게 스스로 쓰려고 노력합니다. 그러나 그럴 때도 시 쓰기가 힘들고 싫어질 때가 있습니다.

그럴 땐 속으로 "난 시 쓰는 기계가 아니야. 짜면 나오는 치약이나 틀면 물이 나오는 수도꼭지처럼 시를 생각한다고 시가 바로 나오는 게 아니란 말이야" 하고 소리치면서 자괴감에 빠진 저 자신을 위로합니다. 어떠한 경우에도 열심히 시를 써야 한다고, 시를 쓰는 일도 노력하는 일이라고 제 가슴을 제가 쓰다듬어줍니다. 그렇지만 시의 가슴이 막힐 때가 한두 번이 아닙니다. 시 쓰기가 이렇게 어렵다면 아예 포기하는 게 더 낫지 않을까 하고 절망할 때도 있습니다.

그럴 때마다 1968년 대학 1학년 시절을 회상합니다. 그때 서울 전농동에서 자취를 했습니다. 말이 자취이지 잠만 월세 방에서 자고 밥은 대부분 밖에서 사 먹었습니다. 그때 제일 싸고 배불리 먹을 수 있는 게 유부국수였는데 유부국수 한 그릇 값이 30원이었습니다. 고향에서 부모님이 보내주시는 돈이 한 달에 5000원이어서 그 돈에서 방값 반을 제하고 나면 하루 100원 이상 쓰지 못했습니다. 그나마 일주일 정도는 유부국수조차 사 먹을 돈이 없었습니다.

그런데도 저는 아침 사 먹을 돈으로 학교 근처 '궁다방'에 가서 모닝커피를 사 먹었습니다. 모닝커피엔 노른자가 동동 뜬 날계란 하나를 넣어주는데 그것이 저의 아침이었습니다. 그리고 수업이 없는 날이면 그 다방에 앉아 하루 종일 시를 썼습니다. 당시 커피 한 잔 값과 유부국수 한 그릇 값이 같았습니다. 늘 배가 고픈 자취생으로서는 당연히 유부국수를 사 먹어야 하는데도 저는 커피를 사 먹었습니다. 그렇다고 해서 커피 맛을 아는 것도 아니었습니다. 그저 싫은 기색하지 않는 그 다방에 앉아 하루 종일 시를 쓰는 일이 좋았을 뿐입니다. 그때는 시만 쓰고 있으면 배가 고프지 않았습니다. 오히려 시를 쓰는 일이 곧 배불리 밥을 먹는 일이었습니다.

얼마 전 모교에 들렀다가 우연히 40년 만에 그 다방 앞을 지나게 되었습니다. 다방이 있던 2층엔 미장원이 들어서 있었습니다. 저는 그 건물 앞에 한참 동안 서서 배가 고파도 고픈 줄 모르고 시를 쓰던 젊은 시절을 떠올렸습니다. 그러면서 속으로 이렇게 중얼거렸습니다.

'맞아, 꽃 한 송이가 밥 한 그릇보다 더 소중할 때가 있는 거야.'

그러자 제 마음에 힘이 솟았습니다. 그동안 청춘의 산맥을 넘어 장년의 강을 건너 노년의 산기슭을 바라보지 않으면 안 되는 나이가 되었습니다. 지금껏 저 자신도 인식하지 못하는 사이에 그만 꽃보다 밥을 위해 더 열심히 살아온 게 아닌가 하는 생각이 들었습니다. 그런 생각은 오랫동안 자성의 시간을 갖게 해주었습니다. 그리고 그 시간은 저로 하여금 다시 그 청춘의 시절처럼 밥보다 꽃을 더 소중하게 생각할 수 있게 해주었습니다.

행여 지금 제가 아름답다면 그래도 청춘 시절에 밥보다 꽃을 소중하게 생각했기 때문입니다. 행여 지금 제가 아름다움을 잃었다면 꽃보다 밥을 더 소중하게 생각했기 때문입니다. 그렇습니다. 꽃이 없으면 제 삶은 아름다워지지 않습니다. 제 삶에 꽃이 피지 않으면 봄도 가을도 오지 않습니다. 제 삶에 꽃이 더 소중해야 비로소 저는 한 사람 아름다운 인간이 됩니다.

물론 꽃이 중요한 만큼 밥도 중요합니다. 그러나 항상 밥이 중요한 것은 아닙니다. 그렇다고 해서 항상 꽃이 중요한 것도 아닙니다. 문제는 항상 밥이 중요하다고 생각하면서 오늘을 살고 있다는 데에 있습니다. 갈수록 내 삶이 아름다움을 잃고 피폐해진다면 바로 그런 문제 때문입니다.

지금부터라도 저는 밥의 절대적 필요성에만 매달려 살고 싶지는 않습니다. 아무리 시 쓰기가 고통스럽다 하더라도 20대 때처럼 열심히 시를 쓰며 살고 싶습니다. 인간인 저는 꽃처럼 아름다워야 합니다. 그것이 인간으로서 저의 가장 기본적인 의무입니다. 밥이 없으면 인간이 존재할 수 없지만, 꽃이 없으면 인간이 존재하더라도 아름다워질 수 없습니다. 오늘도 제가 쓴 시 '밥 먹는 법'을 읽으며 밥을 어떻게 먹어야 인간으로서 가장 아름다울 수 있는지 생각해봅니다.

밥상 앞에
무릎을 꿇지 말 것
눈물로 만든 밥보다
모래로 만든 밥을 먼저 먹을 것

무엇보다도
전시된 밥은 먹지 말 것
먹더라도 혼자 먹을 것
아니면 차라리 굶을 것
굶어서 가벼워질 것

때때로

바람 부는 날이면

풀잎을 햇살에 비벼 먹을 것

그래도 배가 고프면

입을 없앨 것

하버드대 졸업장보다

독서하는 습관이

더 중요하다

마이크로소프트사 창업주 빌 게이츠의 이 말은 독서의 중요성을 강조하는 데에 부족함이 없습니다. 세계에서 가장 좋은 대학으로 일컬어지는 대학의 졸업장보다 스스로 책을 읽는 일이 더 중요하다는 것은 그만큼 독서가 인간 형성에 결정적 역할을 한다는 뜻입니다.

　그는 왜 이런 말을 했을까요. 그 자신이 바로 하루 한 시간씩, 주말에는 서너 시간씩 꼭 책을 읽는 독서광이기 때문입니다. 그는 디지털 시대의 선도자이면서도 "컴퓨터가 책을 완전히 대체할 수는 없다. 내가 살던 마을의 작은 도서관이 지금의 나를 만들었다"라고 말합니다.

　군이 빌 게이츠의 말을 예로 들지 않더라도 책과 독서에 관한 명언은 수없이 많습니다. 가장 대표적인 명언, '책 속에 길이 있다' '사람은 책을 만들고 책은 사람을 만든다'에서부터 '밥은 거지를 만들고 책은 부자를 만든다' '책이 없는 백만장자가 되기보다 차라리 책과 더불어 살 수 있는 거지가 되는 게 한결 낫다' '책 두 권을 읽은 사람이 책 한 권을 읽은 사람을 지배한다' '책 읽을 시간이 없으면 책을 쓰다듬기라도 하라' '구해놓은 책을 읽지 않으면 저승에 가서 그 책들을 두 손으로 높이 들고 서 있어야 한다' '책을 천하게 여기는 것은 아버지를 천하게 여기는 것과 같다' '나는 한 시간의 독서로 시들어지지 않는 그 어떤 슬픔도 경험하지 못했다' 등에 이르기까지 일일이 다 열거할 수 없습니다. 어느 것 하나 소홀히 할 수 없는 책의 소중함과 독서의 필연성을 강조하는 명언들입니다.

그중에서도 '구해놓은 책을 읽지 않으면 저승에 가서 그 책을 두 손으로 높이 들고 서 있어야 한다'는 말에 가슴이 뜨끔합니다. 저승에 가서 틀림없이 책을 들고 서 있지 않으면 안 될 것 같기 때문입니다.

오늘 저는 독서의 중요성을 일깨울 수 있는 여러 인물들 중에서 제가 존경하는 우리나라의 인물 세 분의 이야기를 나누고자 합니다.

조선시대의 위대한 문장가 김만중은 아버지 김익겸이 1637년 정축호란 중 강화도에서 순절하고 어머니 해평 윤씨가 만삭의 몸으로 피난선을 타고 피난 갈 때 갑판 위에서 태어났습니다. 어머니 윤씨는 아버지 얼굴도 모르고 자라는 아들을 볼 때마다 무엇보다도 엄한 독서교육이 필요하다고 생각했습니다. 그래서 "제때 배우지 않고 사는 것은 빨리 죽는 것보다 못하다"면서 아들에게 책을 통해 세상의 이치를 깨닫게 해주려고 노력했습니다. 결코 넉넉한 살림이 아니었지만 아들에게 필요한 책을 마련하기 위해서라면 값의 고저를 묻지 않았습니다. 이웃에 사는 홍문관 서리에게 책을 빌려 손수 필사본을 만들기도 하고, 들에 나가 곡식을 거둔 돈으로 《논어》《맹자》 등의 고서를 구하기도 하고, 직접 짠 명주를 팔아 《춘추좌씨전》을 사서 아들에게 읽히기도 했습니다. 스승을 구할 형편이 못돼 《소학》《사략》《당율》 등을 직접 가르치기도 했습니다. 손끝에 피멍이 맺힐 정도로 고된 일에 잠 못 이루는 날도 많았지만 그럴수록 마음을 다잡으며 아들에게 당부했습니다.

"너는 남과 다르니 배움에 한층 깊어야 한다."

이런 어머니의 헌신적인 가르침 속에서 자란 김만중은 훗날《구운몽》《사씨남정기》등의 소설과《서포만필》등의 평론집으로 역사에 이름을 남겼습니다.

김만중이 이렇게 한국고전문학사에서 빼놓을 수 없는 불후의 명작들을 남기게 된 것은 바로 독서의 힘 때문입니다. 어릴 때 어머니가 심어준 독서의 힘이 김만중의 일생을 뜻 깊게 만들어준 것입니다. 만일 김만중이 책 읽기를 게을리 했다면 오늘날 한국고전문학사의 한 획을 긋는 인물로 남지 못했을 것입니다.

1910년 3월 26일 오전, 사형 집행이 있기 전, 안중근 의사의 마지막 소원은 읽던 책을 마저 읽게 해달라는 것이었습니다. 사형이 선고된 후 안 의사는 여순감옥에 수감돼 있었습니다. 안 의사는 항소를 포기하고 그곳에서《동양평화론》을 저술하여 후세에 거사의 진정한 이유를 남기고 싶어 했습니다. 그래서《동양평화론》집필을 끝낼 때까지 사형집행을 연기해줄 것을 요청했으나 일본은 이를 무시하고 사형을 집행했습니다.

사형을 집행하기 전에는 사형수의 마지막 소원을 들어주는 것이 관행이어서 사형집행인이 안중근 의사에게 "마지막 소원이 무엇입니까?" 하고 물었습니다. 안 의사는 "5분만 시간을 주십시오. 책을 다 읽지 못했습니다" 하고 말했습니다. 그리고 마지막으로 남길 말이 있느냐고 물었을 때는 "아무것도 남길 유언은 없으나 다만 내가 한 일은 동양평화를 위해 한 것이므로 한일 양국인이 서로 일치협력해서 동양평화의 유지를 도모할 것을 바란다"고 말했습니다. 그리고 5분 동안 읽던 책의 마지막 부분을 다 읽고 어머니가 직접 지어주신 하얀 수의를 입고 그들에게 고맙다는 인사를 하고 세상을 떠나셨습니다.

사형집행을 기다리면서도 책을 집필하거나 읽는다는 것은 범인으로서는 행할 수 없는 일입니다. 이 사실 하나만 봐도 안중근 의사가 얼마나 위대한 사람이었는지 알 수 있습니다. 안중근 의사가 왜 '하루라도 책을 읽지 않으면 입안에 가시가 돋는다(一日不讀書 口中生荊棘)'는 휘호를 남기셨는지 깊게 이해할 수 있는 부분입니다.

함경북도 종성 고향땅을 떠나 평생 분단의 상처를 안고 살다 가신 시인 김규동 선생은 1·4후퇴 때 서울 흑석동 산꼭대기 판잣집에 살고 있다가 피난길에 나섰는데 그때 책을 지고 나섰습니다. 도스토옙스키의 《카라마조프가의 형제들》을 비롯해 톨스토이의 《전쟁과 평화》, 폴 발레리 시집 《해변의 묘지》, 《이상 선집》, 김기림의 《시론》, 임화 시집 《현해탄》, 소설가 이태준의 단편집 3권, 앙드레 말로의 《인간의 조건》, 오장환 시집 《장벽》, 《나 사는 곳》 그리고 성서 한 권 등이 바로 그 책들입니다. 선생은 2002년 1월호 〈생활성서〉에 쓴 글에서 당시를 이렇게 기록하고 있습니다.

적지 않은 책 가운데서 이것만은 어디로 가더라도 짊어지고 가고 싶었다. 아내가 독에 묻어두고 가면 어떻겠느냐 했으나 나는 설레설레 고개를 젓고 두루 필요한 책 약 100권을 묶어 큰 보따리 둘을 만들었다. 이것을 등에 지고 길을 나서는데 거리에는 인적을 찾아보기 어렵고, 중공군의 포성이 서울 시내 상공을 넘어 강 건너까지 은은히 울려왔다.

노량진시장께를 지나려는데 웬 지게꾼 아저씨가 달려들어 이 무거운 짐을 선뜻 지고 앞장을 서기 시작했다. 이 난리통에 지게를 지고 벌이를 하는 사람도 있구나 하는 놀라움에 우리 내외는 그저 잠잠할 따름이었다. '아저씨는 피난 안 가요?' 하고 물으니 '피난을 어디로 갑니까. 노모가 누워 있기도 하구요. 노모를 두고 나만 떠날 수도 없고 또 갈 데도 없어요' 하는 대답이었다. 노량진역까지 그는 뛰다시피 해서 무거운 책자를 져다주었다. 그 아저씨가 아니었다면 아마 중간에서 책을 포기했을 것이다. 노량진역에서는 인천부두까지 가는 군용차량이나 트럭 같은 것이 있었다. 돈만 주면 차편은 아직 구할 수 있었다.

고생 끝에 나는 부산에 닿을 수 있었고, 부산에서 3년 동안 피난살이 하는 동안 아저씨가 져다준 책들을 정신 차려 읽었다. 책을 들 때마다 40대 중반의 햇볕에 검게 탄 지게꾼 아저씨의 초상이 떠올랐다. '그래, 그 지게꾼은 톨스토이보다 위대하다'는 감동이 가슴을 치곤했다. 50여 년이 지난 지금에 있어서도 그 아저씨의 모습이 지워지지 않고 가슴속에 살아 있다.

저는 이 글을 읽으면서 한 사람 시인으로서 김규동 선생이 책을 얼마나 소중히 여겼는지 알 수 있었습니다. 6·25 전쟁 통에 피난을 가면서 다른 사람들은 우선 급히 입을 것과 먹을 것을 챙기는데 선생은 책을 100여 권이나 등에 짊어지고 나섰으니 이 얼마나 놀라운 일입니까. 선생에게 한 권의 책은 목숨과 맞바꿀 만큼 소중한 것이었습니다. 그것은 책이 곧 인간이고, 책이 곧 생명이기 때문일 것입니다.

책은 읽으면 읽을수록 인간을 만들고 성장시킵니다. 저도 읽고 싶은 책 한 권만 있어도 제 삶이 기쁨과 생기로 가득 찹니다. 책을 읽었다는 사실만으로, 책을 읽다가 밑줄을 그었다는 사실만으로 마음이 따스해지고 배부를 때가 있습니다. 지하철에 가만히 앉아 있어도 밑줄 친 그 한 구절이 저를 행복하게 해줄 때가 있습니다.

그 행복은 특히 타산지석의 가르침을 줍니다. 다른 사람의 생각을 읽으면서 제 내면의 생각을 성찰하게 합니다. 그래서 가능한 한 다양하고 깊이 있게 책을 읽으려고 합니다. 단편적 지식이나 생각은 단편적 사고를 하게 만들고 전문성을 결여시킵니다. 이 세상에서 가장 무서운 사람은 책을 단 한 권만 읽은 사람이라고도 합니다. 단 한 권 읽은 책속에 있는 진실만이 진실이라고 믿게 돼 그만큼 인생의 진실 범위가 좁아져버리기 때문입니다.

손해 보는 것이 이익이다

남편을 잃고 가난하게 혼자 살아가던 한 여인이 섬에서 나는 해산물을 사다가 뭍에 내다 팔자고 결심하게 되었다. 우연히 이웃 섬을 오가며 장사를 하면 꽤 돈을 벌 수 있다는 이야기를 들은 탓이었다.

그녀는 어렵게 빚을 내 장사밑천을 만들어서는 섬을 향해 길을 떠났다. 그런데 나루터에 도착하기도 전에 그만 돈 보따리를 잃어버리고 말았다. 장사는커녕 빚만 잔뜩 지게 되었다 싶어 그녀는 하늘이 노래지고 땅이 꺼지는 듯했다.

그때 마침 길을 가던 한 노인이 그 보따리를 주웠다.

'이렇게 큰돈을 잃었으니 무슨 사연이 있을 거다. 어떻게든 주인을 찾아줘야겠구나.'

노인은 그 자리에서 꼬박 반나절을 기다려 길을 되짚고 온 그녀에게 돈을 돌려주었다.

그녀는 노인에게 감사의 큰 절을 올린 뒤 되찾은 돈 보따리를 품에 안고 다시 나룻터로 가 배를 탔다.

배가 바다 한가운데쯤 나아갔을 때였다. 갑자기 한 청년이 바다에 빠져 허우적거렸다. 너무 깊은 바다여서 아무도 청년을 구하려 들지 않았다. 그녀는 애가 타서 발을 동동 구르다가 당장 청년의 목숨부터 구해야 한다는 생각이 들어 크게 소리쳤다.

"누구 저 청년을 구할 사람 없어요? 누구든 저 청년을 구하면 내가 이 돈을 다 드리겠어요!"

그녀는 사람들 앞에 돈 보따리를 내보이며 크게 소리쳤다.

그러자 누군가 나서서 청년을 구해내었다. 그녀의 기쁨은 이루 말할 수 없었다. 그러나 그녀는 다시 장사밑천을 잃게 되었다. 이제 장사도 할 수 없고 빚쟁이가 기다리는 집으로도 돌아갈 수 없는 딱한 처지가 되고 말았다.

그녀는 힘없이 뱃전에 기대 망연히 망망대해를 바라보았다. 그때 그녀가 구해준 청년이 다가와 함께 자기 집으로 가자고 간곡히 권했다. 그녀는 마지못해 청년의 뒤를 따라갔다. 놀랍게도 청년은 그녀의 돈을 찾아준 노인의 3대독자였다. 청년은 자초지종을 다 말씀드리고 아버지께 권유하여 그녀를 새어머니로 삼고 극진히 모셨다.

보답을 바라지 않고 자기 이익을 버릴 때 결국 더 큰 이익을 얻게 된다는 것을 깨닫게 해주는 이야기입니다. 만일 돈 보따리를 주운 노인이 눈앞의 이익을 먼저 좇았다면 결국 3대독자를 잃고 말았을 것입니다.

세상을 살면서 늘 이익만 보고 살면 얼마나 좋겠습니까. 무슨 일을 해도 결코 손해 보는 일이 없다면 하루하루가 참 즐겁겠지요. 그러나 불행히도 그런 일은 있을 수 없습니다. 아무 손해도 보지 않고 오직 이익만 얻는다는 것은 기본적으로 있을 수 없는 이야기입니다. 무언가를 손에 넣으려면 어떤 형태이건 대가를 지불해야 합니다. 다소의 희생도 각오해야 합니다. 아무리 손해 보지 않으려고 해도 이익에 앞서 항상 손해를 먼저 보게 되는 게 우리의 삶입니다.

얻기 위해서는 반드시 잃는 것이 있습니다.

그런데 길게 두고 보면 잃는 것이 결코 손해가 아닌 경우가 대부분입니다. 모든 불이익에는 그에 상응하는 이익이 있습니다.

1983년에 있었던 일입니다. 가수 이동원 씨가 찾아와 제 시 '이별노래'를 노래로 만들고 싶다고 하면서 어떤 조건이면 허락하겠느냐고 했습니다. 저는 아무 조건이 없다, 좋은 노래만 만들면 된다고 했습니다. 혹시 음반 제작사 측에 제 도장 찍을 일이 필요하면 목도장을 하나 파서 사용하라고 했습니다.

그 뒤 최종혁 선생이 작곡하고 이동원 씨가 노래한 '이별노래' 음반이 세상에 나와 1년 만에 백만 장이 판매되었습니다. 그러자 주변 사람들이 저보고 작사료로 엄청난 돈을 많이 벌었겠다고 하기도 하고, 그렇게 손해만 보고 있으면 어떡하느냐고 하기도 했습니다. 그래도 저는 작사료에 대해 아무런 관심이 없었습니다. 애초부터 좋은 노래만 만들면 된다고 말했기 때문입니다.

그 뒤 1996년에 가수 김광석 씨가 제 시 '부치지 않은 편지'를 부른 음반 '가객'이 출시되었습니다. '부치지 않은 편지'는 김광석 씨가 이승에서 부른 마지막 노래였습니다. 그러자 음악저작권협회 측에서 회원 가입을 권유했습니다. 제게 작사료가 자꾸 발생되는데 회원이 아니기 때문에 지급할 수 없어 안타깝다는 게 그 이유였습니다.

저는 문학인이지 음악인이 아니라는 생각 때문에 회원 가입을 차

일피일 미루었습니다. 작사를 위해 시를 쓴 게 아니기 때문에, 그 시가 노래가 된 것은 어디까지나 부수적인 것이라고 생각했습니다. 그래도 협회 측에서는 자꾸 회원 가입을 권유해왔습니다. 저는 내심 가입을 하면 그동안 못 받은 '이별노래' 작사료까지 다 받을 수 있을까 하는 생각도 들어 결국 가입을 했습니다.

그러나 작사료는 회원 가입 이후부터 발생되는 부분만 지급할 뿐이었습니다. 그러자 갑자기 제가 손해를 본 게 아닌가 하는 생각이 들었습니다. 관심을 가지지 않았을 때는 그런 생각이 없었는데 관심을 가지고 회원 가입을 하자 그런 생각이 든 것입니다.

그러나 그런 생각은 잠시뿐이었습니다. 오히려 얻은 게 더 크다고 생각되었습니다. 시가 노래의 옷을 입었을 때 그 감동이 얼마나 큰지 알 수 있는 한 계기가 되었다고 생각했습니다. 비록 작사료를 소급받지는 못했지만 제 시가 보다 많은 노래로 작곡될 수 있는 계기를 얻었다고 생각했습니다.

실제로 '이별노래'는 제 시가 다른 시인들의 시에 비해 비교적 노래로 많이 만들어지는 계기가 되었습니다. 지금까지 제 시에 곡을 붙인 노래가 60여 곡이나 되니 제가 일일이 다 기억하지 못할 정도입니다. 무엇보다도 많은 이들이 '이별노래'를 좋아하니 그보다 더 값진 것을 얻은 건 없다고 하겠습니다. 나아가 '이별노래'가 정지용 시인의 시 '향수'를 노래로 탄생시키는 한 계기가 되었으니 이 얼마나 얻은 게 많습니까.

인생은 잃는 것과 얻는 것으로 얽혀 있습니다. 잃지 않고는 얻을 수 없습니다. 큰 이익이 있는 곳에는 큰 손해가 있고, 큰 손해가 있는 곳에 큰 이익이 있습니다. 어쩌면 크게 버릴 줄 아는 사람만이 크게 얻을 수 있습니다. 작은 이익에 집착하면 큰 이익도 얻을 수 없습니다.

밤하늘은 별을 사랑해도

자신을 온통 별로 채우지 않는다

아프리카에 활로 별을 쏘아 떨어뜨려 맛있게 요리를 해 먹는 신이 살고 있었다. 그날도 신은 시장기가 느껴져 하늘을 향해 힘껏 화살을 쏘았다. 네 개의 별이 화살에 꿰여 땅에 툭툭 떨어졌다.

신은 그 별을 그릇에 넣고 이런저런 양념과 함께 정성껏 요리했다. 별이 익어가는 달콤한 내음이 아프리카 초원 멀리 사방으로 퍼져나갔다. 때마침 그곳을 지나가던 한 추장이 달콤한 음식 냄새에 이끌려 신이 별 요리를 하는 곳까지 찾아갔다.

"정말 맛있어 보입니다. 무엇으로 만든 것인지요."

추장은 신이 무엇을 요리해서 먹고 있는지 너무나 궁금했다.

"음, 이건 별을 요리한 걸세."

"별을 요리하다니요? 저 하늘에 있는 별 말입니까?"

"그렇다네. 참 맛있지. 쇠고기 같은 육질에 꿀처럼 달콤하지."

"정말 맛있겠군요. 그런데 여기까지 어떻게 별을 가져올 수 있으신지……"

"화살을 쏘지. 별을 잡는 데는 화살이 최고야."

추장은 신의 이야기에 갑자기 가슴이 떨려왔다. 추장도 별을 쏘아 떨어뜨려 요리를 해 먹고 싶다는 마음이 일었다.

"그 활을 제게 좀 보여주시면 안 되겠습니까?"

신은 몇 번 망설이다가 절대로 화살을 쏘아서는 안 된다는 다짐을 받고 추장에게 활을 내주었다. 그러나 별이 너무 먹고 싶었던 추장은 신의 당부를 귓전으로 흘리고 별을 향해 힘껏 활시위를 당겼다.

순간, 활에서 강한 번개가 번쩍 튀어나와 추장은 그만 그 번개에 타 죽고 말았다.

"쯧쯧, 내가 그토록 당부했거늘……"

추장의 죽음을 본 신은 얼른 활을 집어 들고 어디론가 사라져버렸다.

신이 사라진 뒤, 하늘에는 아름다운 무지개가 걸렸다. 사람들은 그것을 신의 활이라고 여겼다. 그리고 그것 또한 신의 경고라고 생각했다.

신화연구가 이경덕 씨가 들려준 신화를 재구성해보았습니다. 무지개를 보고 사람들은 신이 무엇을 경고한다고 생각한 것일까요. 그것은 바로 인간의 욕심과 욕망에 대한 경고입니다. 이 신화에서 추장의 죽음은 참으로 안타깝습니다. 아무리 별 요리가 먹고 싶어도 좀 참거나 달라고 해서 얻어먹었더다면 얼마나 좋았을까요. 만일 그랬다면 죽음에 이르지는 않았을 것입니다.

그러나 추장은 신의 영역을 넘볼 정도로 욕심이 많았습니다. 인간의 능력 밖에까지 욕심을 내면 결국 죽음에 이를 수밖에 없다는 사실을 미처 모르고 있었습니다.

저는 이 신화를 읽으면서 제 능력 밖의 영역을 넘본다는 것은 바로 신의 영역을 넘보는 것이라고 생각되었습니다. 제 능력 밖의 것을 원하는 헛된 욕망이 있다면 저 또한 추장과 같은 존재가 될 수밖에 없습니다. 그래서 제 능력 밖의 것이라면 언제나 과감하게 포기할 줄 알아야 한다고 생각합니다. 이경덕 씨도 위의 신화를 소개하면서 "자기가 땀 흘려 노력해서 얻은 것이 아니라면 과감하게 능력 밖의 욕망을 포기할 줄 알아야 한다"고 말합니다.

사람들에게 갖고 싶은 것을 말해보라고 하면 대부분 자기 능력으로 손에 넣을 수 없는 것을 말합니다. 저 또한 그럴 것입니다. 이는 사람이 욕망의 존재라는 것을 단적으로 드러내는 것입니다. 그렇지만 불행해지지 않기 위해 저는 스스로 그 욕망을 참고 자제하지 않으면 안 됩니다.

만일 제가 서울 남산에 올라가 수많은 고층빌딩을 내려다보며 '저 많은 빌딩마다 주인이 있는데 나는 저런 빌딩 한 채도 없다'고 생각하고 건물주가 되기를 소원한다면 그 순간부터 저는 불행해지고 맙니다. 또 제 1년 소득액이 어떤 이의 한 달 봉급과 같다고 안타까워하며 저 또한 그와 같아지기를 원한다면 저 자신이 얼마나 가난하고 비참해지겠습니까.

《채근담》에 보면 '사람은 항상 마음 한구석을 비워두는 것이 좋다'고 합니다. 물이 차면 넘치는 것처럼 가득하면 이내 기울어지기 때문에 마음에 항상 여유를 지니라는 것입니다. 결국 욕심을 버리라는 충고입니다. 동양화에서 여백의 미가 없다면 이미 동양화로서의 존재가치를 잃고 맙니다. 음악도 음표로 이루어지는 게 아니라 음표 사이에 숨죽이고 있는 쉼표에 의해 완성됩니다.

저 또한 인간으로서 완성되기 위해서는 여백과 쉼표가 많이 필요합니다. 손이 두 개라고 양손에 다 쥐고 있으면 다른 걸 잡을 수 없습니다. 어느 한 손은 반드시 빈손이어야 필요할 때 다른 걸 잡을 수 있습니다. 하나의 손은 내 능력 안에 있는 것이며, 또 하나의 손은 내 능력 밖에 있는 것입니다. 그 손으로 내가 원하는 것을 선택한다는 것은 하나를 갖는 것이 아니라 오히려 하나를 버리는 것입니다.

제 마음이 가장 복잡하고 어지러울 때는 헛된 욕심과 욕망이 일 때입니다. 반면에 제 마음이 가장 평온하고 평화스러워질 때는 그것을 버릴 때입니다. 욕심을 버리면 평온한 마음속에 자족감이 일고 다시 힘이 납니다. 왜 부처님께서 '세상에서 가장 큰 부자는 자족하는 자'라고 말씀하셨는지 이해가 됩니다.

단단하게 뭉쳐진 실타래와 같은 게 인생이라면, 그 실타래를 빨리 풀려고 하지 말아야 자족하는 자가 됩니다. 빨리 풀려고 욕심을 내면 낼수록 오히려 엉켜버리기 때문에 다시 풀어 감아야 합니다. 천천히 풀리는 대로 풀면 결국 풀리게 되므로 무리하게 욕심을 내지 않는 게 좋습니다.

욕심은 독입니다. 그 독이 인생을 죽음으로 몰고 가는데도 대부분 그 독에 중독돼 있는지조차 모릅니다. 이스라엘에 있는 사해를 한번 생각해보세요. 저는 어릴 때 교과서에서 본 사진, 사해에 누워 책을 읽는 사람의 모습이 잊히지 않아 사해에 한번 가본 적이 있습니다. 사해 바닷물에 몸을 담그자 정말 몸이 붕 떴습니다. 짠 물이 눈에 들어갈까 봐 퍽 조심스러웠지만 제 몸이 그대로 붕 뜨는 게 참으로 신기했습니다.

그러나 사해는 죽은 바다입니다. 염도가 보통 바다의 열 배나 돼 물고기가 살지 못합니다. 그런데 사해의 물이 왜 짠물이 되었을까요. 수원지가 같은 갈릴래아 호수는 물고기와 물풀이 싱싱하게 자라는 생명의 호수인데 사해는 왜 죽음의 바다가 되었을까요. 그것은 사해가 물을 안으로 받아들이기만 하고 밖으로 내보낼 수 없기 때문입니다. 자신을 가득 채우기만 하다 보니 결국 생명이 살 수 없는 소금물이 되어버린 것입니다.

욕심은 이처럼 사해와 같습니다. 내 인생을 죽음의 호수로 만들고 싶지 않다면 헛된 욕심은 버려야 합니다. 내가 할 수 없는 것에 욕심내기보다 내가 할 수 있는 것을 찾아 노력해야 합니다.

밤하늘을 한번 보십시오. 사해는 물로 자신을 가득 채우지만 밤하늘은 그렇지 않습니다. 밤하늘은 아무리 별을 사랑해도 자신을 온통 별로 채우지 않습니다. 밤하늘이 별로 가득 채워져 있다면 괴기스럽기만 할 것입니다. 밤하늘은 구름과 달이 있고 텅 빈 어둠의 공간이 있기 때문에 신비스럽고 아름답습니다. 별 또한 아무리 밤하늘을 사랑해도 오직 자기만을 빛나게 해달라고 요구하지 않습니다. 만일 밤하늘이 별들로 자신을 가득 채우고, 별들 또한 자기만이 빛나기를 원한다면 밤하늘은 결코 아름답지 않습니다.

사람은 때때로

홀로 있을 줄 알아야 한다

저는 혼자 있기를 힘들어 합니다. 밤늦게 집에 돌아가 아무도 없으면 흐린 형광등 불빛이 더 반갑게 느껴집니다. 현관문을 열자마자 뛰어나와 꼬리를 흔드는 강아지조차 더 고맙게 여겨집니다. 그래서 옷도 벗지 않은 채 텔레비전부터 켭니다. 딱히 무슨 프로그램을 보려는 게 아니라 아무도 없는 집에 혼자 있다는 사실을 느끼기 싫어서입니다. 텔레비전에서 사람 소리가 나면 그래도 누군가와 함께 있다는 느낌이 듭니다.

어디 여행을 가더라도 혼자 가길 싫어합니다. 지금까지 혼자 떠난 여행은 손가락으로 꼽을 정도입니다. 그것도 혼자 가고 싶어서 간 게 아니라 그럴 수밖에 없는 상황 때문에 간 것입니다. 지금도 어쩔 수 없이 혼자 기차를 타고 멀리 떠나게 되면 아예 잠을 청합니다. 잠이 들면 잠시나마 혼자라는 사실을 잊게 됩니다.

사람들은 대부분 혼자 있기를 힘들어 합니다. 우리가 가족, 친구, 동료, 이웃 등의 복잡다단한 인간관계에 얽혀 사는 것은 결국 혼자 있지 않기 위해서입니다. 그러나 그 관계 때문에 삶이 더 힘들고 팍팍해질 때도 있습니다. 그럴 때는 그런 관계의 끈을 끊고 혼자 있을 필요가 있습니다. 끊는다고 다 끊어질 수는 없겠지만 관계의 속박에서 벗어나려는 노력은 필요합니다.

일단 관계에서 벗어나면 자신의 모습을 객관적으로 바라볼 수 있습니다. 그 모습이 눈 내린 허허벌판에 발가벗고 서 있는 모습이라 할지라도 있는 그대로의 자신을 바라볼 수 있어서 좋습니다.

한번은 제 친구가 가족과의 불화로 힘들어해서 "어디 여행이라도 가서 혼자 한번 있어봐. 그러면 여러 가지 정리되는 부분이 있을 거야" 하고 말한 적이 있습니다. 그런데 친구와 헤어지고 돌아오는 길에 생각해보니 그 말은 바로 저 자신을 향해 한 말이었습니다.

저는 늘 혼자 있기가 두렵습니다. 혼자 있지도 못하고 홀로 있지도 못합니다. 혼자 있다는 것과 홀로 있다는 것은 전혀 다른 문제입니다. 혼자 있는 것이 다른 사람과의 관계를 중요시하는 것이라면, 홀로 있다는 것은 나 자신과의 관계를 중요시하는 것입니다. 혼자 있다는 것이 외로움과 관계가 있다면 홀로 있다는 것은 고독과 관계가 있습니다. 외로움이 상대적이고 사회적인 것이라면 고독은 절대적이고 존재적인 것입니다. 혼자 있을 때는 외롭지만 홀로 있을 때는 외롭지 않습니다. 혼자 있다는 것이 이기적이라면 홀로 있다는 것은 이타적입니다. 그래서 혼자 있으면 함께 있을 수 없지만, 홀로 있으면서 함께 있을 수 있습니다.

겨울 숲에 가보면 그러한 사실을 알 수 있습니다. 겨울 숲에는 잎을 다 떨군 나목들이 적당히 거리를 두고 서로 홀로 서 있으면서 동시에 함께 숲을 이루고 있습니다. 우리도 마찬가지입니다. 홀로 있을수록 함께 있을 수 있습니다. 홀로 있지 않으면 둘이 같이 있을 수 없습니다. 혼자 있을 때는 외로워 누군가를 필요로 하지만, 홀로 있을 때는 겨울 숲처럼 서로 함께 있음으로써 누군가를 필요로 하지 않습니다. 영혼의 시인 칼릴 지브란이 '사랑과 결혼의 시'에서

'기타 줄이 한 음악을 연주해도 서로 떨어져 홀로 있듯이, 신전의 기둥이 서로 따로 떨어져 신전을 받치고 있듯이 홀로 있을 때만이 자유롭다'고 한 까닭도 바로 거기에 있습니다.

저는 스님들이 하안거나 동안거에 들어간다는 소식을 접할 때마다 '석 달 동안이나 어떻게 산속에 외롭게 계시나' 하고 생각해본 적이 있는데, 그것은 저의 잘못된 생각이었습니다. 스님들은 그 기간 동안 혼자 외로움의 상태에 있는 게 아니라 홀로 고독의 상태에 있습니다. 외로울 때 자신을 만날 수 있는 게 아니라 고독할 때 자신을 만날 수 있기 때문입니다. 법정스님이 산문집《버리고 떠나기》에서 "홀로 있는 시간을 갖도록 하라. 홀로 있어야만 벌거벗은 자기 자신을 그대로 성찰할 수 있다"고 하신 까닭을 이제 알겠습니다. 홀로 있을 때야말로 자신을 들여다볼 수 있는 내면의 눈이 가장 맑고 밝기 때문입니다.

몇 해 전, 경기도 여주 어느 '피정의 집'에서 하룻밤을 지내면서 수녀님들이 저녁기도 하는 모습을 지켜본 적이 있습니다. 저는 수녀님들이 그렇게 경건하고 진지하게 기도하는 줄도 몰랐지만, 공동기도가 끝난 뒤에도 밤늦게까지 홀로 기도하는 줄도 몰랐습니다. 수녀님들은 혼자 외롭게 기도하는 것이 아니라 홀로 고독하게 기도하는 것이었습니다. 새벽에도 일찍 일어나 수녀님들이 기도하는 모습을 지켜보았는데 마찬가지였습니다. 수녀님들은 마치 겨울나무처럼 각자 홀로 기도하지만 그것 또한 숲을 이루어 함께 기도하는 것이었습니다.

저는 그때 평화로운 오늘의 제 삶이 바로 수도자들의 기도 덕분이라는 것을 깨달았습니다. '인간은 고독할 때 신의 음성을 들을 수 있다'는 말에도 공감하게 되었습니다. 수도자들의 공동체 생활이 외로움을 견뎌내는 삶의 한 형태라면, 홀로 기도하는 것은 고독을 통해 자신과 절대자를 만나는 한 모습이었습니다. 그래서 인간은 고독할 때 가장 고독하지 않다고 하는지도 모릅니다.

인생에서 중요한 순간은 항상 홀로 있을 때라고 합니다. 홀로 있는 시간을 갖는다는 것은 낡은 옷을 버리고 새 옷으로 갈아입는 것과 같습니다. 인생의 힘이 필요할 때 그런 새 옷을 갈아입음으로써 다시 새로운 힘을 얻을 수 있습니다. 자신을 성찰함으로써 잘못과 허물을 살펴볼 수 있고 미래의 올바른 삶의 방향을 찾아갈 수 있습니다.

저는 오랫동안 혼자 있지도 못하고 홀로 있지도 못했습니다. 그렇지만 이제 진정 홀로 있고자 합니다. 예순의 나이에 스페인 산티아고 순례길을 걸은 후 《느긋하게 걸어라》라는 순례기를 펴낸 조이스 럽 수녀는 홀로 있으려고 노력하는 시기를 '인생의 자궁기'라고 했습니다. 우리의 생명이 어머니의 어둡고 밀폐된 자궁 속에서 홀로 형성되는 것처럼 우리의 영혼 또한 진정 홀로 있는 시간을 통해 형성된다는 것입니다.

저도 이제 인생의 자궁기를 지남으로써 진정 제 내면의 소리를 들고자 합니다. 작은 찻잔에 물 따르는 소리, 새들이 이 나뭇가지에서 저 나뭇가지로 날아가는 소리, 흙바닥에 가늘게 떨어지는 빗소리, 섬 기슭을 고요히 쓰다듬는 파도소리, 멀리서 들려오는 정다운 기차소리, 어릴 때 경주박물관에서 들었던, 한 소녀의 울음소리 같은 소리가 끊어질 듯 이어지고 이어질 듯 끊어지던 에밀레종소리, 초가지붕 추녀 끝에 매달린 고드름 떨어지는 소리……. 바로 그러한 소리들이 제 내면의 소리일 것입니다. 그런 소리를 통해 저는 제 내면의 사랑과 진리의 소리를 들을 수 있을 것입니다.

미래는 하나가 아니라 여러 개다

자신의 미래에 대해 불안을 느끼지 않는 사람이 있을까요. 사람이라면 누구나 다 자신의 미래를 불안해합니다. 저 또한 마찬가지입니다. 그럴 때마다 저는 '미래는 하나가 아니고 여러 개'라고 생각합니다. 마치 여러 개의 과거가 한데 모여 나의 과거가 되듯, 미래 또한 여러 개의 미래가 모여 나의 미래가 된다고 생각하면 마음이 좀 편해집니다.

　원래 미래로 가는 인생의 길은 하나가 아니라 여러 개입니다. 원했던 길로 갈 수도 있고 가지 못할 수도 있고, 원하지 않았던 길로 갈 수도 있고 가지 않을 수도 있습니다. 그런데 대부분의 사람들이 미래의 길을 하나라고 생각하는 데에 문제가 있습니다. 그럴 경우 내가 원하지 않는 길로 가게 되면 어떡하나 하는 불안이 엄습하게 됩니다.

　저는 그런 불안이 찾아올 때마다 현재의 삶에 보다 더 충실하려고 노력합니다. 현재야말로 미래로 가는 과정이자 징검다리이기 때문입니다. 저의 현재의 모습에 따라 저의 미래의 모습이 달라집니다. 저의 미래는 저의 현재 속에 숨어 있습니다. 먼저《세 나무 이야기》를 한번 읽어봅시다.

　어느 산에 세 그루의 나무가 있었습니다. 그들은 각자 자신들의 미래를 꿈꾸었습니다. 한 나무는 아름다운 보석상자가 되어 세상의 온갖 값진 보석들을 담고 싶어 했습니다. 또 한 나무는 사람들을 많이 태울 수 있는 커다란 배가 되어 온 세상을 돌아다니고 싶어 했습니다. 또 한 나무는 하늘에 닿을 수 있을 정도로 높이 자라 신께 영광을 드리고 싶어 했습니다.

몇 해가 지났습니다. 첫 번째 나무는 자신이 꿈꾸던 것과는 달리 그저 평범한 여물통이 되어 마소들이 먹는 짚이나 마른 풀을 담게 되었습니다. 두 번째 나무도 큰 배로 만들어지지 못하고 어부들이 타고 다니는 자그마한 고기잡이배로 만들어졌습니다. 세 번째 나무 또한 몸통이 잘린 통나무가 되어 산 아래 통나무 더미에 던져지게 되었습니다. 세 나무는 자신들이 꿈꾸던 대로 미래가 이루어지지 않은 것에 대해 무척 슬퍼하며 눈물을 흘렸습니다.

그리고 오랜 시간이 지났습니다. 어느 날 은신처를 찾는 한 젊은 목수와 임신한 그의 아내가 여물통이 있는 마구간으로 들어왔습니다. 그들은 여물통을 정성껏 잘 닦아 새로 태어난 아기의 요람으로 사용했습니다. 첫 번째 나무는 세상에서 가장 위대한 보물, 바로 메시아라는 보물을 담은 상자가 되었습니다.

그 후 30년이 지난 어느 날이었습니다. 한 사람이 갈릴래아 호숫가에 사는 몇 명의 어부들과 함께 자그마한 고기잡이배에 올라 사람들에게 진리의 말씀을 전하기 시작했습니다. 그 사람은 물 위로 걸어갔으며, 거친 바람과 파도를 잠재웠으며, 병든 자를 고쳐주었습니다. 고기잡이배는 이제 고기를 잡지 않고 그와 함께 진리를 위해 일하는, 사람 낚는 이들을 태우게 되었습니다.

그 후로 3년이 지났습니다. 통나무 더미에 누워 있던 세 번째 나무는 그 사람이 골고다 언덕에서 못 박히는 십자가로 사용되었습니다. 아무도 쳐다보지 않는 통나무로 버려졌다가 진리를 통해 세상을 구원하는 구세주를 모시는 영광을 입게 되었습니다.

미래에 대한 확신이 없고 불안할 때마다 저는 이 이야기를 떠올립니다. 세 나무의 꿈은 처음에는 이루어지지 않는 것 같았습니다. 그러나 결국 참된 목적에 소중히 사용됨으로써 미래의 꿈이 이루어집니다.

우리의 미래도 세 나무와 같습니다. 오늘의 내가 내일의 나를 불안해하지만 참고 견디는 가운데서 이들 세 나무처럼 참된 미래를 맞이하게 됩니다.

겨울이 되면 방 한구석에 처박혀 천대받는 '겨울부채'를 한번 생각해보세요. 겨울부채는 지금 당장엔 쓸모가 없지만 여름이 되면 없어서는 안 되는 귀한 존재로 거듭납니다. 우리의 미래는 이런 겨울부채나 선풍기의 미래와 같습니다. 따라서 미래를 불안하게 생각하기보다 지금 현재를 열심히 사는 일이 더 중요합니다. 현재를 열심히 살지 않으면 미래를 열심히 살 수 없습니다. 현재를 준비하는 것이 곧 미래를 준비하는 일입니다.

《돈키호테》를 쓴 스페인 소설가 세르반테스가 "태양이 있을 때 건초를 만들어라"고 한 것도 지금 현재의 중요성을 강조하기 위해서입니다. 지금의 나를 사랑하지 않으면 미래의 나도 사랑할 수 없습니다. 지금 현재에 충실함으로써 내가 나의 미래를 만드는 것입니다. 부모도 친구도 아내도 남편도 자식도 나의 미래를 만들어주지 않습니다. 나 자신이 아니면 만들 수 없는 게 바로 나의 미래입니다. 스스로 만드는 미래만이 나의 것이 됩니다.

한국 독자들에게도 널리 사랑받는 일본의 세계적인 작가 무라카미 하루키는 20대 중반에 재즈카페 '피터 캣'의 주인이었습니다. 카페의 한 주인에 불과했던 그는 1978년 4월 1일 오후 1시 반 경 야구장에서 혼자 경기를 구경하고 있다가 갑자기 '나도 소설을 써야지' 하고 결심하고 소설가가 되었다고 합니다.

물론 어느 한 순간 갑자기 소설가가 되겠다고 결심한다고 해서 소설가가 되는 것은 아닙니다. 하루키는 그때까지 글이라고는 '세금신고 서류와 간단한 편지 정도를 쓴 게 전부였다'고 합니다. 그렇지만 마음속에 이미 소설에 대한 오랜 준비 과정이 숙성돼 있었을 것입니다. 그의 아버지는 국어교사이자 다독가였습니다. 그는 아버지의 영향을 받아 세계의 유수한 문학작품을 많이 읽었을 것입니다. 비록 소설가를 꿈꾸면서 읽은 게 아니더라도 그러한 독서체험이 바탕이 되어 어느 한 순간 소설을 쓰고 싶다는 불꽃으로 타올랐을 것입니다.

그런데 중요한 것은 그런 결심을 했다 하더라도 그냥 지나칠 수 있는데 하루키는 그러지 않았다는 것입니다. 그는 결심하자마자 원고지 한 뭉치와 만년필을 사서 중편소설《바람의 노래를 들어라》를 썼습니다. 만일 그가 그런 생각만 하고 소설을 쓰지 않았다면 작가로서의 첫발을 내디디기 어려웠을 것입니다.

이렇게 하루키는 자기의 미래를 자기가 만들었습니다. 누가 대신 만들어준 게 아닙니다. 미래가 걱정되고 불안할수록 이렇게 스스로 미래를 만드는 태도가 중요합니다.

세계 최초의 인터넷서점 '아마존'을 창업한 제프리 베조스는 미국 월가의 금융기관에서 일하던 사람이었습니다. 그는 1999년에 우연히 인터넷 이용 인구가 해마다 23퍼센트씩 증가하고 있다는 한 통계를 보고 미래의 새로운 사업을 꿈꾸었습니다. 많은 사람에게 이 통계는 그저 단순한 숫자에 불과했지만 그에게는 미래를 여는 문이었습니다.

그는 곧바로 직장을 그만두고 동료 네 명과 함께 캠핑카에서 사업을 시작했습니다. 가게도, 책꽂이도, 재고도 없이 '네트워크 공간'에 존재하는 서점을 여는 게 목표였습니다. 당시만 해도 사람들은 뜬구름 잡는 이야기라며 그를 비웃었습니다. 그러나 그는 자신의 미래를 볼 수 있는 눈이 있었기 때문에 포기하지 않음으로써 오늘날 아마존을 세계적인 기업으로 성장시켰습니다.

이렇게 미래는 자신이 만드는 것입니다. 미래는 스스로 만들려고 노력하는 자에게만 미래를 보는 눈을 줍니다. 미래를 불안하게 여기면 미래는 불안할 뿐입니다. 미래를 두렵게만 여기면 미래는 여전히 두려울 뿐입니다.

흰 구름이 비가 되기 위해서는 어떻게 해야 할까요. 자신의 몸을 먹구름으로 바꾸어야 합니다. 흰 구름이 비가 되고 싶다고 생각하면서도 흰 구름 그대로 있다면 비가 될 수 없습니다. 야구선수가 변호사가 될 수 있고, 변호사가 대통령이 될 수 있고, 시인이 국회의원이 될 수도 있습니다. 고갱처럼 바다를 동경하여 선원이 되었다가도 화가가 될 수 있고, 만기출소한 수형자가 신학대학에 진학해 목사가 될 수 있습니다. 내가 될 수 있다고 생각하고 자신을 변화시키면 그렇게 될 수 있는 것입니다.

유대인 교육학자들은 "신은 인간에게 삼천 가지의 재능을 지니고 태어나게 한다"고 합니다. 아무런 재능 없이 태어나는 사람은 없다는 것입니다. 문제는 그 재능을 미래에 어떻게 꽃피우느냐 하는 것입니다. 만일 미래를 두려워한다면 재능을 한 가지도 꽃피우지 못하게 될지도 모릅니다.

"누가 미래를 두려워하면서 잠 못 이룬다면 그는 아직 오지도 않은 시간을 가불해서 쓰고 있는 것"이라고 합니다.

예전엔 직장인들에게 월급을 가불해주는 제도가 있었습니다. 저도 급히 돈이 필요해 몇 번 가불한 적이 있습니다. 그러면 그다음 달 월급이 가불한 만큼 줄어듭니다. 한번 가불하면 또 자꾸 가불하게 됩니다. 그러면 그럴수록 월급봉투(예전엔 월급을 봉투에 현금으로 직접 담아 지급했습니다)에 든 월급액은 줄어듭니다. 불안이라는 이름으로 미래를 가불해서 쓰면 미래 또한 그만큼 줄어듭니다.

　미래는 하나가 아니라 여러 개입니다. 미래를 불안하게 생각하면 미래는 하나밖에 존재하지 않습니다. 그러면 미래가 더 불안하게 됩니다. 내 노력과 준비에 따라 미래는 얼마든지 여러 개 만들 수 있습니다. 그중에서 하나를 선택하면 됩니다. 그래서 '미래학은 예언이 아니라 선택의 미학'이라고 합니다.

지금이 바로 그때다

제 노모가 여든아홉이실 때의 일입니다. 어디 특별히 편찮으신데도 없는데 갑자기 입맛이 없다고 통 밥을 드시지 않았습니다. 노인이 통 먹질 않으니 일주일 만에 살이 쏙 빠지고 기력이 없어 누워만 계셨습니다.

저는 저러다가 돌아가시기라도 하면 어쩌나 싶어 병원에 모시고 갔습니다. 그러자 의사가 병원에 너무 늦게 왔다고 크게 나무랐습니다. 혈액검사 결과, 염도 수치가 제로에 가까워 조금만 더 늦게 왔으면 큰일 날 뻔했다는 것입니다. 사람의 몸에 염분이 없으면 뇌가 붓고 사망에 이르게 된다고 하면서 의사가 어머니에게 가장 먼저 내린 처방은 당장 소금을 먹는 것이었습니다. 어머니는 며칠간 약 먹듯이 소금을 입에 털어넣었습니다. 사람이 소금을 못 먹으면 죽는다는 사실이 실감되었습니다.

그런데 이런 '소금'보다 귀한 게 있다고 합니다. 바로 '황금'이라고 합니다. 황금을 주면 소금을 살 수 있으니까 그럴 것입니다. 그런데 그 황금보다 귀한 게 있다고 합니다. 바로 '지금'이라고 합니다. 지금 현재의 중요성을 강조하기 위한 넌센스퀴즈 '세 가지의 금' 이야기입니다.

노모 이야기가 나왔으니까 한 가지만 더 이야기하자면 제 어머니는 사진 찍기를 몹시 싫어합니다. "젊을 때면 모를까 다 늙은 얼굴 찍으면 뭐하노" 하고 극구 안 찍으려고 하십니다. 그러면 제가 "어머니, 어머니가 제일 젊으실 때가 언제인지 아세요? 바로 지금입니다" 하고 말합니다.

최명란 시인은 그의 시 '자명한 연애론'에서 '지금 이 시간은 우리에게 남아 있는 시간 중에 가장 젊은 시간'이라고 말합니다. 누구나 가장 젊을 때는 바로 지금입니다. 지금 이 순간이 지나가 버리면 그만큼 젊음도 지나가버립니다. 그러니까 가족들과 사진 도 찍고 행복을 즐겨야 할 시간과 장소는 바로 지금이며 여기입 니다.

아이들이 어른들보다 훨씬 더 나은 점이 많이 있습니다. 무엇보 다도 아이들은 현재의 순간을 신나게 즐기거나 누릴 줄 압니다. 아 이들한테는 과거도 미래도 없고 오직 현재만 있습니다. 어른들은 아이들처럼 그렇지 못합니다. 현재에 있으면서도 어느새 과거에 가 고통스러워하거나 미래에 가 불안해합니다.

저는 서울역에서 KTX를 타야 할 일이 자주 있습니다. 예전에는 승차권을 미리 역까지 가서 구입했지만 요즘은 인터넷을 통해 왕복 승차권을 예매합니다. 그런데 KTX를 타고 가다가 '이 기차가 인생 이라는 기차가 아니라서 참 다행이다' 하는 생각이 들 때가 있습니 다. 부산이든 여수든 어디에 갔다가도 다시 출발역인 서울역으로 되돌아올 수 있기 때문입니다. 그러나 인생이라는 기차는 왕복승차 권이 필요하지 않습니다. 어디로든 한번 타고 떠나면 두 번 다시 출 발역으로 돌아올 수 없습니다.

누구나 인생이라는 기차를 타고 지금 어디론가 가고 있습니다.

기차의 속도는 다 다를 수 있지만 이미 떠나버린 출발역으로 되돌아갈 수 있는 사람은 아무도 없습니다. 기차를 타고 있는 지금 이 순간을 기뻐하고, 옆자리에 앉아 나와 함께 가는 이를 소중히 여기고, 차창 밖으로 스쳐 지나가는 풍경 하나하나에도 눈길을 거두지 않는 일만 남아 있을 뿐입니다.

법정스님 입적 2주기를 맞아 스님께서 펴내신 산문집과 강연하신 말씀 등을 다시 찾아 읽어보았습니다. 스님께서는 불필요한 것은 더 이상 갖지 말라는 의미의 '무소유의 정신' 외에도 산문집 전체를 통해 끊임없이 강조하신 말씀이 한 가지 있었습니다. 그것은 '지금 이 순간을 소중히 생각하며 열심히 살아라. 지금이 바로 그때다'라는 말씀이었습니다.

"삶은 미래가 아닙니다. 지금 이 순간입니다. 매 순간의 쌓임이 세월을 이루고 한 생애를 이룹니다."

"진정한 행복은 이다음에 이루어야 할 목표가 아닙니다. 다음에, 이 일 먼저 좀 마쳐놓고 어디 시골에 내려가서 집 한 채 지어놓고 행복을 맞이하리라 설계하는 사람들이 없지 않습니다. 그러나 명심하십시오. 진정한 행복은 이다음에 이루어야 할 목표가 아니라 지금 당장 이 순간에 존재하는 겁니다. 지금껏 살아온 시간들을 되돌아보십시오. 행복을 누렸을 때는 한순간이었습니다. 미래가 아니었습니다. 대부분의 사람들은 행복을 삶의 목표로 삼으면서 지금 이 순간의 행복을 놓치고 있습니다. 지금이 바로 그때이지 다른 때가 우리를 기다리지 않습니다."

"좋은 날이 어디 따로 있어서 우리를 기다리는 것이 아닙니다. 우리 스스로가 순간순간, 하루하루를 살아가면서 좋은 날을 만들어가야 합니다."

법정스님께서는 일일이 다 옮겨 적을 수 없을 정도로 이런 말씀을 끊임없이 강조하고 계셨습니다.

"나는 오늘을 살고 있을 뿐이지 미래에 대해선 관심이 없소."

어느 방송사 기자가 법정스님에게 "스님은 다가올 미래에 대해서 어떤 기대를 가지고 있습니까?" 하고 질문하자 이렇게 대답하기도 하셨습니다. 그러면서 다음과 같은 말씀을 이어서 하셨습니다.

"저는 솔직히 내일과 미래에 대해서 전혀 기대를 하지 않습니다. 어떤 계획도 없습니다. 그저 하루하루 그렇게 살아갈 뿐입니다. 바로 지금이지, 그때가 따로 있는 것은 아닙니다. 이것은 임제 선사의 법문만이 아니고, 부처님과 조사들이 한결같이 말해온 진리입니다. 21세기가 되었든 또 무슨 세기가 되었든, 그 시절이 우리를 기다리고 있는 것이 아닙니다. 우리는 순간순간 이렇게 살고 있을 뿐입니다. '과거를 따라가지 말고 미래를 기대하지 말라. 한번 지나간 것은 이미 버려진 것. 미래는 아직 오지 않았다. 다만 현재의 일을 자세히 살펴, 잘 알고 익히라. 누가 내일의 죽음을 알 수 있으랴.' 이는 《아함경》에 나오는 부처님의 가르침입니다. 지나가버린 과거에 집착하지 말고, 아직 오지도 않은 미래에 대해서 미리 불안해하거나 가불해 쓰지 말라는 것입니다. 다만 현재의 일을 자세히 살피고, 잘 알고 익히라는 것입니다."

　구두쇠로 소문난 농부의 집에 한 가난한 사람이 일을 하러 갔습니다.
　그는 해가 질 때까지 하루 종일 열심히 일한 후 농부가 품삯 주기를 기다렸습니다. 그러나 아무리 기다려도 품삯을 주지 않았습니다. 그는 기다리다 못해 농부에게 품삯을 요구했습니다.
　"오늘은 너무 늦었으니 내일 주겠네."
　그는 할 수 없이 집으로 돌아와 내일이 오기를 기다렸습니다.
　다음날 아침이 되자 그는 농부를 찾아가 다시 품삯을 요구했습니다. 그러자 구두쇠 농부는 이렇게 말했습니다.
　"내가 내일 준다고 했을 때 자네도 고개를 끄덕이지 않았는가? 지금은 내일이 아니라 오늘일세. 내일 다시 오게나."

　이 우화에도 '내일은 결코 오지 않는다'는 의미가 강조되어 있습니다. 내일은 존재하지 않는데 내일이 있다고 생각하는 데에 인간의 어리석음이 있다는 것입니다.
　《부자 아빠 가난한 아빠》로 유명한 로버트 기요사키도 "삶에서 가장 파괴적인 단어는 내일"이라고 합니다. "내일이란 단어를 자주 사용하는 사람은 가난하고 불행하고 실패한다. 오늘은 승자의 단어이고, 내일은 패자의 단어이다. 당신의 일생을 바꾸는 말은 오늘이다"라고 말합니다.

그렇다면 정말 내일이란 없는 것일까요. 오늘이 힘들 때마다 '그래도 내일은 좀 괜찮아지겠지' 하고 내일에 대한 꿈과 희망을 잃지 않고 살아온 저는 어리석은 존재일까요. 도대체 법정스님께서 '내일은 없다, 미래에 매달리지 말라'고 하신 까닭은 무엇일까요.

그것은 결국 오늘과 내일이 구분되지 않는다는 것을 의미한다고 생각됩니다. 오늘 속에 이미 내일이 들어 있다는 것입니다. 오늘과 내일이라는 말은 동의어로서 서로 한 몸을 이루는데 그것을 자꾸 구분해서 생각한다는 것입니다.

그러니까 내일은 이미 오늘 속에 존재해 있다는 것입니다. 오늘이 바로 내일이라는 것입니다. 마치 암수가 한 몸을 이루는 달팽이처럼 우리의 삶의 몸에도 오늘과 내일이라는 암수가 함께 존재한다는 것입니다.

결국 오늘에 최선을 다하라는 것입니다. 오늘의 삶에 최선을 다하면 내일의 삶에 최선을 다하는 것과 마찬가지라는 것입니다. 오늘을 열심히 살지 않으면 내일을 열심히 살지 않는 것과 같고, 오늘을 잃으면 내일을 잃는 것과 같다는 것입니다.

이제 내일을 꿈꾸기보다 오늘을 꿈꾸며 살아가야 하겠습니다. 제가 내일을 위해 사는 것 같지만 실은 오늘을 위해 산다고 생각됩니다. 오늘을 소중히 여기지 않으면서 내일을 소중하게 생각하는 그런 어리석은 사람이 되고 싶지는 않습니다.

고통은 그 의미를 찾는 순간

더 이상 고통이 아니다

슬하에 두 아들을 둔 어부가 있었습니다. 그는 두 아들도 어부가 되길 원해서 가끔 아들을 데리고 바다에 나가 고기 잡는 법을 가르쳤습니다. 그날도 그는 두 아들을 데리고 바다로 나갔습니다. 아내가 부두까지 나와 정성껏 준비한 점심을 건네주고 손을 흔들었습니다.

그는 배를 저어 먼 바다로 나가 아들과 함께 즐겁게 고기도 잡고 맛있게 점심도 먹었습니다. 그런데 화창하던 날씨가 갑자기 음산해지기 시작했습니다. 세찬 바람이 불고 하늘에 먹구름이 끼더니 폭풍이 몰아치기 시작했습니다.

그는 있는 힘을 다해 육지를 향해 노를 저었습니다. 그러나 배는 자꾸 곤두박질치기만 할 뿐 아무리 노를 저어도 앞으로 나아가지 않았습니다. 뱃전을 때리는 파도가 너무 거세 방향조차 잡을 수 없었습니다. 그러는 사이에 밤이 찾아왔습니다. 그의 마음속에서도 절망의 어둠이 밀려왔습니다.

"너무 어두워서 방향을 잡을 수가 없구나."

그는 팔에 힘을 풀고 노 젓기를 멈추었습니다. 불빛 한 점 없는 캄캄한 바다에서 방향도 모른 채 배를 저으면 더 큰일을 당할 수도 있다는 생각이 들었습니다.

그때 갑자기 둘째아들이 소리쳤습니다.

"아버지, 저쪽이에요! 저기 불기둥을 보세요. 우린 이제 살았어요!"

"그래, 그렇구나. 저 불이 우릴 살릴 수 있겠구나!"

그는 불기둥 쪽으로 방향을 잡고 있는 힘을 다해 노를 저었습니다. 가까스로 부두에 도착한 그는 두 아들을 부둥켜안고 기뻐 어쩔 줄 몰랐습니다. 그런데 살아 돌아온 그를 보고도 아내는 어두운 표정을 지었습니다.

"여보, 우리가 이렇게 살아서 돌아왔는데 당신은 기쁘지도 않소?"

그가 힘껏 아내를 껴안자 아내가 울먹이면서 말했습니다.

"여보, 오늘 저녁 때 내가 잘못해서 불을 냈는데, 우리 집이 다 타 버리고 말았어요. 여보, 미안해요."

순간, 그는 "아하!" 하고 탄성을 터뜨렸습니다. '그러니까 그게 우리 집이 타는 불기둥이었구나' 하는 생각이 스쳐 지나갔습니다.

"여보, 미안하다니요. 그 불기둥 때문에 우리가 살아서 돌아온 거요. 방향을 잡지 못하고 난파 직전이었는데 그때 불기둥을 본 거요. 그 불을 보고 노를 저은 거요. 당신이 우릴 살린 거요."

그는 다시 아내를 힘껏 껴안았습니다.

노르웨이 어느 어부의 이야기입니다. 똑같은 불기둥이었지만 한쪽에서는 집이 불타는 재앙의 불기둥이었고, 다른 한쪽에서는 죽음의 바다를 헤치고 나올 수 있는 생명의 불기둥이었습니다. 여기에서 불기둥은 우리 삶에 필연적으로 따르는 고통을 의미합니다. 그러니까 어느 쪽에서 보고 어떻게 받아들이느냐에 따라 고통의 상황이 달라질 수 있다는 것입니다.

만일 당신의 삶에 거대한 고통의 불기둥이 치솟아 오른다면 당신은 그 불기둥을 어떠한 불기둥으로 만들고 싶은지요. 물론 밤바다의 그 어부처럼 생명의 불기둥으로 만들어야 합니다. 내 마음속에는 그런 고통을 견디는 강한 힘이 숨어 있습니다. 파괴와 죽음의 불기둥을 회생과 생명의 불기둥으로 만드는 힘이 있습니다. 그런데 지레 겁먹고 너나없이 고통 앞에 쓰러져버립니다.

고통은 동일하나 고통을 당하는 사람은 동일하지 않습니다. 똑같은 고통을 당해도 어떤 사람은 절망에 빠지고, 어떤 사람은 희망을 바라봅니다. 그것은 마치 똑같은 미풍이 불어오지만 썩은 쓰레기더미는 역한 냄새를 풍기고, 이제 막 꽃대가 올라온 춘란은 은은한 향기를 풍기는 것과 같습니다. 저는 맑고 시원한 바람이 불어오는데도 더러운 냄새를 풍기는 쓰레기더미와 같은 존재가 되고 싶지 않습니다. 맑은 바람이 불어올 때 살짝 향기가 스치고 지나가는 춘란과 같은 존재가 되고 싶습니다.

아우슈비츠 강제수용소에서 '119104'라는 번호로 불리다가 살아 돌아온 유대인 정신과 의사 빅터 프랭클은 《죽음의 수용소에서》라는 그의 책에서 "고통은 그 의미를 찾는 순간 더 이상 고통이 아니다"고 말합니다. 인간은 죽음의 문턱을 넘는 극한 상황에서도 그 의미를 추구할 수 있는 존재라는 사실을 결코 잊어서는 안 된다고 충고합니다. 함께 수용소 생활을 했던 사람들 중 삶의 의미를 포기한 사람들은 며칠 못 가 죽음에 이르렀고, 사랑하는 사람들을 생각하며 삶의 의미를 끊임없이 추구한 사람들은 그 속에서도 스스로 살아남을 수 있는 힘을 얻었다고 합니다.

이는 고통의 상황을 내가 어떻게 생각하고 이해하느냐에 따라 변모시킬 수 있다는 이야기입니다. 고통을 어떻게 적극적이고 긍정적으로 해석하느냐, 고통에 어떠한 의미를 부여하느냐 하는 점이 아주 중요하다는 것을 일깨워줍니다. 고통을 고통으로 받아들이면 고통뿐이지만, 고통에 의미를 부여하는 순간 더 이상 고통이 아니라는 것입니다. 이유 있는 고통은 있어도 의미 없는 고통은 없다는 것입니다.

농사를 지어보면 잡초 때문에 고생하게 됩니다. 작물의 성장을 방해하는 잡초를 불필요한 존재로 생각하고 다들 없애려고 하기 때문입니다. 그러나 자연 상태에서 잡초를 없앨 수 있는 방법은 없습니다. 아무리 없애려고 해도 하룻밤만 자고 나면 쑥쑥 자라 있습니다. 나의 고통도 이런 잡초와 같습니다. 따라서 잡초를 없애려고만 노력할 게 아니라 잡초가 존재하는 의미를 깊게 생각해야 합니다. 잡초를 뽑지 않고 살려서 잡초의 힘을 작물에 유익하게 활용하는 것이야말로 농부가 해야 할 일의 으뜸이라면, 고통이라는 잡초를 대하는 나 또한 마찬가지입니다.

1995년 10월 11일, 40여 년 동안 수제화를 만들던 남궁정부 씨는 사고로 오른팔을 잃었습니다. 술을 한잔하고 지하철을 타다가 그만 선로에 떨어지고 만 것입니다. 그런데 병원에서 깨어보니 한쪽 팔이 없었습니다. 그는 절망에 빠졌습니다. 죽고 싶었습니다. 그렇지만 사흘째 되는 날부터 '그래도 살아야 한다'고 생각했습니다.

퇴원 후 그는 의수를 맞추러갔습니다. 그러자 보조기 가게 주인이 오랫동안 구두를 만들어왔으니 장애인용 구두를 만들면 어떻겠느냐는 제안을 해왔습니다. 그는 바로 이거다 싶어 곧 일을 시작했습니다. 그러나 한 손만으로 구두를 만드는 일은 생각보다 어려웠습니다. 구두 한 켤레를 만들기 위해 온몸을 다 쓰지 않으면 안 되었으며, 어떤 때는 칼질을 잘못해 허벅지를 찌르기도 했습니다.

그가 왼손을 자유자재로 놀리면서 구두 한 켤레를 만들게 된 것은 5년이나 지난 후였습니다. 《꿈꾸는 구두 5만 켤레》라는 책에서 그는 "내가 만들어준 신발을 신고 40년 동안 앉아만 있다가 처음 걷게 되었다는 사람, 맞는 신발이 없어 붕대를 감고 다니다가 처음으로 자기 발에 꼭 맞는 신발을 갖게 되었다는 사람을 보면서, 내가 누군가에게 꼭 필요한 사람이라는 것을 알게 돼 무척 기쁘다"고 말합니다.

만일 그에게 불행한 사고가 없었다면 그의 말대로 그는 그저 '예쁜 구두를 만드는 사람'이었을 것입니다. 그렇지만 그는 지금 '희망이라는 구두를 만드는 사람'이 되었습니다. 이 또한 불행이라는 고통을 부정적으로 생각하지 않고 긍정적으로 생각한 결과입니다. "오른팔이 없는 게 아니라 오른팔 빼고는 다 있다. 내가 필요한 사람인 것을 깨닫게 하기 위해 오른팔이 사라졌다"고 생각함으로써 그는 장애인용 구두를 5만 켤레나 만드는 꿈을 이룰 수 있었습니다.

이렇게 고통도 선택적입니다. 선택은 항상 나의 몫입니다. 내가 직면한 삶의 고통스러운 사건 앞에서 내가 어떤 태도를 취할 것인가 하는 것은 오직 나 자신에게 달려 있습니다. 같은 감방에 갇힌 두 사람이 창 너머를 바라볼 때 한 사람은 흙탕물이 고인 바닥을 보고 다른 한 사람은 밤하늘의 별을 바라볼 수 있습니다. 고통에 대한 선택의 기준은 내 밖에 있는 게 아니라 내 안에 있습니다.

저도 고통에 의해 많이 넘어졌습니다. 그렇지만 넘어져도 일어나려고 노력했습니다. 고려 시대 때 보조국사인 지눌스님은 '땅에서 넘어진 자, 땅을 짚고 일어나라'고 했습니다만 저는 넘어져도 꼭 물 위에 넘어져 물을 짚고 일어나야만 했습니다. 그래서 땅을 짚고 일어나는 사람이 오히려 부러웠습니다. 물 위에 넘어져 물을 짚고 일어나는 게 땅 위에 넘어져 땅을 짚고 일어나는 것보다 더 힘들었습니다. 그래도 저는 물의 바닥이라도 짚고 일어날 수 있으니 참으로 감사하다고 생각했습니다. 제가 쓴 시 '넘어짐에 대하여'를 읽어보시면 고통에 대한 저의 태도를 이해하실 수 있습니다.

나는 넘어질 때마다 꼭 물 위에 넘어진다
나는 일어설 때마다 꼭 물을 짚고 일어선다
더 이상 검은 물 속 깊이 빠지지 않기 위하여
잔잔한 물결

때로는 거친 삼각파도를 짚고 일어선다

나는 넘어지지 않으려고 할 때만 꼭 넘어진다
오히려 넘어지고 있으면 넘어지지 않는다
넘어져도 좋다고 생각하면 넘어지지 않고
천천히 제비꽃이 핀 강둑을 걸어간다

어떤 때는 물을 짚고 일어서다가
그만 물속에 빠질 때가 있다
그럴 때는 아예 물속으로 힘차게 걸어간다
수련이 손을 뻗으면 수련의 손을 잡고
물고기들이 앞장서면 푸른 물고기의 길을 따라간다

아직도 넘어질 일과
일어설 시간이 남아 있다는 것은 큰 축복이다
일으켜 세우기 위해 나를 넘어뜨리고
넘어뜨리기 위해 다시 일으켜 세운다 할지라도

용서는 신의 몫이다

사랑보다 용서의 문제가 제 삶의 어깨를 더 무겁게 짓누릅니다. 사랑이 시작되면 고통과 함께 용서의 문제 또한 시작된다는 사실이 새삼 무겁게 다가옵니다.

사랑을 제 심장에 비유한다면 좌심실은 고통의 방, 우심실은 용서의 방인가 봅니다. 그 두 개의 방이 쉬지 않고 힘차게 움직여 제 온몸에 고통과 용서의 혈액을 골고루 순환시킵니다. 그러니 두 방의 움직임을 중단시키고 싶어도 중단시킬 수 없습니다. 만일 중단시켜버리면 그 순간 저는 생명을 잃고 맙니다.

그렇지만 제 사랑이라는 심장이 이대로 멈춰버렸으면 하고 바랄 때가 있습니다. 용서에서 오는 고통이 너무나 고통스럽기 때문입니다. 제 인생에도 용서해야 할 일보다 용서받아야 할 일이 더 많습니다만, 늘 용서해야 할 일만 생각해 고통을 더욱 가중시킵니다.

저는 지금 60대에 성큼 들어섰습니다. 한때 나이가 들어간다는 것은 용서할 수 있는 힘이 점차 형성되는 것을 의미한다고 생각했습니다. 청년 시절에는 사랑도 견딜 수 없었지만 용서 또한 견딜 수 없었습니다. 사랑하든 안 하든 용서하든 안 하든, 당장 뭔가 확실해지지 않으면 지구가 두 쪽이라도 나는 것처럼 굴었습니다.

그러나 차차 나이가 들자 용서할 수 있는 마음의 힘이 강해지는 것을 느낄 수 있었습니다. 설혹 용서하지 못한다 할지라도 그런 마음을 잘 다스리고 견딜 수 있는 여유 또한 생기는 것을 느낄 수 있었습니다. 어떤 때는 용서할 수 없는 것을 용서하는 것이야말로 진정한 용서라고 생각하면서, 도저히 용서할 수 없다고 생각했던 것들도 이미 용서했다는 생각이 들기도 했습니다.

그러나 그게 그렇지 않았습니다. 나이가 들어도 여전히 용서하기가 힘이 듭니다. 아직도 저의 '용서'라는 말 속에는 굳어버린 콘크리트처럼 분노와 상처와 원망이 견고하게 자리 잡고 있습니다. 그 콘크리트를 파괴해버리기가 밤하늘의 별을 따는 것만큼이나 힘이 듭니다.

그래서 하루하루 살아가기가 힘이 듭니다. 밥과 옷과 집이 없어서 살아가기 힘든 게 아니라 용서하지 못해서 살아가기가 힘이 듭니다. 용서하지 못함으로써 필연적으로 싹트는 미움과 증오의 독버섯이 매일 저를 병들게 합니다.

제 마음속을 들여다보면 독버섯의 독한 향기가 퍼져 나옵니다. '용서하지는 못하더라도 미워하지는 말아야지' 하고 생각한 끝에 미움의 감정을 다 없애버렸다고 생각하면 할수록 독버섯의 역겨운 향기는 더욱 강해집니다. '용서할 수 없는 것을 용서하는 것이야말로 진정한 용서'라는 말은 결국 제게 어울리지 않는 사치한 말입니다.

어떤 때는 미워하지 않으려고 노력하는 일보다 차라리 미워하는 일이 더 편할 때가 있습니다. 그래서 미움이란 상대방에게 얻은 배반의 상처를 치료하는 과정이 아닌가 싶기도 합니다. 미움이라는 과정을 거쳐야 용서라는 결과에 다다를 수 있다, 따라서 미움과 증오 없는 용서는 없다는 생각이 들기도 합니다. 용서의 진정한 의미를 깨닫기 위해서라도 미움과 증오는 필요하다는 생각도 해봅니다.

그러나 그 어떤 과정을 통해서도 결국 용서하지 못한 채 빈 들판에 망연히 서 있는 저 자신을 발견할 때가 있습니다. 그래서 요즘 '용서는 신의 몫이다' 라는 생각을 자주 합니다. 진정한 용서는 인간의 몫이 아니라 절대자의 몫이라는 것입니다. 용서하지 못해서 고통스러울 때 신의 어깨에 좀 기대는 것도 좋은 일이다 싶습니다. 결국 내가 용서하지 못한다 하더라도 궁극적으로 신께서 용서하실 것이라고 생각하면 마음이 좀 편합니다. 그래서 어떤 때는 '용서하지 못하니까 인간이다' 하고 스스로를 위로해보기도 합니다. 물론이 경우, 용서하려고 진정 최선의 노력을 다했다는 사실이 전제되어야 합니다.

영화 '밀양' 에서는 아들을 죽인 범인이 스스로 하느님한테 용서받았다고 하는 것을 보고 여주인공은 회의를 갖습니다. 고통에 몸부림치며 하느님의 존재를 부정합니다. 그러나 다시 돌이켜보면 인간인 내가 결코 용서할 수 없기에, 죄는 인간의 몫이기에 용서는 결국 신의 몫이 아닐까 싶습니다. 내가 하지 못하는 것을 누구에게 미룰 수 있고 누군가가 대신해줄 수 있다는 사실만으로도 감사한 생각이 듭니다.

희망을 잃는 것은 죄악이다

미국의 제퍼슨 병원에서 있었던 일입니다. 12층에 위치한 낡고 좁은 병실에 죽음을 앞둔 두 환자가 있었습니다. 폐 일부를 제거해 하루의 대부분을 고통 속에 보내는 환자 빈센트와 사고로 척추가 탈골된 파커였습니다. 두 환자는 고통이 잠시 멎을 때마다 많은 이야기를 나누었습니다. 가족과 친구들에 대해, 때론 서로의 직업에 대해서 이야기했습니다. 시간이 지나면서 가족과 친지들이 그들을 만나러 오는 횟수가 뜸해질 때도 서로 이야기를 나누며 고통을 견뎠습니다. 어느 날, 창밖을 멍하니 바라보고 있는 빈센트에게 파커가 물었습니다.

"거기 밖에 뭐가 보이나?"

빈센트는 잠시 망설이다가 대답했습니다.

"오늘 날씨가 무척이나 화창하네. 아름다운 공원이 있고, 꼬마들이 놀고 있어. 분명 오후 수업을 빼먹은 모양이야. 호수에는 작은 배가 한 척 떠 있고, 그 옆으로 귀여운 오리들이 줄지어 가는군. 저런, 꼬마들이 아주 흙투성이가 됐는데?"

"나도 일어나 바깥을 볼 수 있다면 좋겠어!"

"자네는 곧, 머지않아 그렇게 될 거야. 일어나 앉게 될 거고, 몸을 일으켜 창밖도 보게 될 거야."

그 후로 빈센트는 매일 오후 세 시가 되면 바깥을 내다보고 풍경을 이야기해주었습니다. 날마다 변화무쌍한 날씨와 다른 풍경들이 펼쳐졌습니다. 덕분에 파커의 상태도 눈에 띄게 호전되는 듯했습니다. 그러던 어느 날, 오후 세 시가 되었는데도 빈센트는 몸을 일으키지 않았습니다. 세상을 떠난 것입니다.

텅 빈 병실에 혼자 남겨진 파커는 간호사를 불러 부탁을 하나 했습니다. 자신의 침대를 빈센트가 있던 창가로 옮겨줄 수 있느냐는 것이었습니다. 간호사는 기꺼이 그의 부탁을 들어주었고, 창가로 자리를 옮긴 그는 기적처럼 몸을 일으켜 바깥을 내다보았습니다.

그의 눈에 들어온 것은 이웃 건물의 벽돌담뿐이었습니다.

미국의 작가 해리 부시먼이 쓴 단편 '창가의 남자'에 나오는 이야기입니다. 무엇이 먼저이고 나중인지 알 수는 없지만 미국에는 이 비슷한 이야기들이 많이도 떠돕니다. 대부분 병실에 창문이 꼭 한 개 있고, 창가의 환자가 바깥 풍경을 아름답게 꾸며 이야기해준다는 내용입니다.

이야기의 사실 여부를 떠나 저는 이 이야기에서 인생에서 희망이 얼마나 중요한 것인가를 새삼 깨달을 수 있었습니다. 시를 통해 인간의 비극을 노래하되 궁극적으로는 희망을 노래할 수 있는 '희망의 시인'이 되어야 한다고 생각한 것도 바로 그런 까닭입니다.

희망은 잃지 않는 것이 중요합니다. 희망은 잃기 위해서 존재하는 게 아니라 갖기 위해서 존재합니다. 희망은 절망을 먹고 자라기 때문에 절망도 희망을 위해 존재합니다. 절망이 없다면 희망도 없습니다. 절망이 바로 희망입니다. 실패가 성공인 것처럼 절망 속에 이미 희망이 들어 있습니다. 그런데도 우리는 희망과 절망을 구분해서 생각하고 희망을 버리려고 합니다. 희망을 버리지만 않는다면 누구나 절망의 고비를 견뎌나갈 수 있습니다.

영문학자 장영희 교수는 산문집 《내 생애 단 한번》에서 헤밍웨이의 소설 《노인과 바다》에 개인적으로 제일 좋아하는 말이 있다고 하면서 그 말을 소개합니다. 그것은 노인이 죽은 물고기를 지키기 위해 혼신을 다해 상어와 싸우면서 하는 말, "희망을 갖지 않는 것은 어리석다. 희망을 버리는 것은 죄악이다"라는 말입니다. 장영희 교수는 "희망을 보고도 가지지 않는 것은 빛을 보고도 자신을 어둠 속에 가두어버리는 자살행위와 같다"고 말합니다.

어느 봄날, 양산 통도사에 갔다가 수령 350여 년 된 홍매화 앞에 많은 사람들이 몰려 있는 것을 본 적이 있습니다. 어떤 이는 사진을 찍고, 어떤 이는 이젤을 세워 그림을 그리고, 또 어떤 이는 마냥 바라보기만 했습니다.

그들은 이제 막 피어나기 시작한 꽃을 통해 무엇을 보려고 한 것이었을까요. 결국 꽃의 신비를 통해 삶의 신비를 보려고 한 게 아니었을까요. 은은히 번지는 이른 봄의 매화향을 통해 생명의 향기를 맡으면서 희망의 향기를 맡으려고 한 게 아니었을까요.

희망을 잃지 않고 살아온 이들 중에서 남아프리카 최초의 흑인대통령이자 노벨평화상 수상자인 넬슨 만델라를 생각할 때가 있습니다. 만델라는 정치범으로 독방에 갇힌 지 4년째 되던 해에 어머니를 잃었으며, 이듬해에는 큰아들을 자동차 사고로 잃었습니다. 아내와 딸은 강제로 흑인 거주 지역으로 끌려갔고, 둘째딸은 심한 우울증에 시달렸습니다. 그래도 그는 가족을 위해 할 수 있는 일이 아무것도 없었습니다. 가족들이 자기 때문에 고통받는다고 생각될 때마다 오히려 절망감만 더 깊어졌습니다.

그렇게 감옥에 있은 지 14년째 되던 해에 맏딸이 그를 찾아왔습니다. 손녀의 이름을 지어 달라고 감옥으로 편지를 보낸 맏딸은 손녀의 이름을 지었느냐고 만델라에게 물었습니다. 만델라는 작은 쪽지 한 장을 내밀었습니다. 딸은 그 쪽지를 조심스럽게 펼쳐보다가 그만 눈물을 흘리고 말았습니다. 쪽지에 적힌 손녀의 이름은 바로 '희망'이었습니다.

저도 견디기 어려운 인생의 절망이 있었지만 희망을 잃어본 적은 없습니다. 희망을 잃지 않기 위하여 '고비'라는 시를 쓸 정도로 늘 인생의 고비를 넘기며 살아왔습니다.

고비 사막에 가지 않아도
늘 고비에 간다
영원히 살 것처럼 꿈꾸고
내일 죽을 것처럼 살면서
오늘도 죽을 고비를 겨우 넘겼다
이번이 마지막 고비다

사람은 희망을 잃었을 때 자살합니다. '자살사회'인 우리 사회에서 희망을 잃는다는 것은 바로 죽음이라는 죄악을 저지르는 일입니다. 오늘도 그런 죄악을 저지르는 삶을 살아서는 안 된다는 생각을 거듭해봅니다.

행복할 때는 매달리지 말고

불행할 때는 받아들여라

2008년 동안거 결제 법문을 하기 위해 서울 나들이하신 법정스님이 조선일보와 인터뷰한 내용 중에 있는 말씀입니다. 그러니까 입적하시기 2년 전에 하신 말씀으로, 스님께서 하신 여러 가지 귀한 말씀 중 유난히 제 가슴에 새겨져 잊히지 않는 말씀입니다.

아침에 일어나 나뭇가지에 새 한 마리가 날아와 앉아 있는 것을 보다가, 멀리 남쪽으로 가는 고속열차의 차창에 스치는 무논의 풍경을 바라보다가 지금 내가 참 행복하구나 하는 생각이 들 때 문득 이 말씀이 떠오릅니다. 지난날의 내 삶이 유난히 고통스러웠다고 생각될 때에도, 앰뷸런스를 타고 아버지를 응급실로 모셔가 '생명 연장치료 거부 동의서'에 서명하면서 지금 내게 불행이 찾아오고 있구나 하는 생각이 들 때에도 문득 이 말씀이 떠오릅니다.

"산다는 것은 순간순간이다. 행복과 불행도 순간이고, 선한 생각과 악한 생각도 순간에서 일어나는 것이다. 그래서 순간을 놓치지 않아야 한다. 순간순간 자신답게 자기 삶의 주인이 되어야 한다."

법정스님께서는 평소에 늘 이런 말씀을 하셨는데 순간을 소중히 여기며 살기 위한 구체적인 방법을 제시하기 위해 이런 말씀을 남기신 게 아닌가 하는 생각이 듭니다.

행복할 때 행복에 매달리고 싶은 게 인간의 마음입니다. 불행할 때 불행을 거부하려는 게 인간의 마음입니다. 그러나 스님께서는 행복할 때는 행복에 매달리지 말고, 불행할 때는 불행을 받아들이라고 말씀하십니다. 아마 그러한 태도에 인간 삶의 본질적 평화가 깃들어 있기 때문이라고 생각됩니다.

부처님께서는 일찍이 "인간의 행복과 불행은 인간의 관념"이라고 말씀하셨습니다. 저는 '내 인생이 바닥에 굴러 떨어졌다'라는 생각이 들 때마다 부처님의 이 말씀을 생각합니다. 내 인생이 바닥에 굴러 떨어졌다는 것은 내 인생이 불행하다는 것을 의미합니다. 그러나 그것 또한 내가 불행하다고 생각하니까 불행한 것입니다. 행복과 불행을 눈으로 볼 수 있고 손으로 만질 수 있는 구체적인 어떤 물상으로 제시할 수 없습니다. 나의 행복이 한 송이 백목련처럼 아름다운 것도 아니고, 나의 불행이 무너진 돌담처럼 파괴된 것도 아닙니다. 그것은 어디까지나 내 관념 속에 존재해 있는 무형의 그 무엇입니다.

그런데도 내가 불행하다는 것은 내가 그렇게 생각한 결과일 뿐입니다. 내 인생이 바닥에 굴러 떨어졌다고 생각하니까 굴러 떨어진 것입니다. 그렇지 않다고 생각하면 그렇지 않은 것입니다.

성찬경 시인의 '보석밭'이라는 시는 우리가 어떻게 인식하느냐에 따라 돌밭에 널린 모든 돌과 모래가 보석이라고 노래하고 있습니다.

가만히 응시하니
모든 돌이 보석이었다
모래알도 모두가 보석이었다

반쯤 투명한 것도

불투명한 것도 있었지만

빛깔도 미묘했고

그 형태도 하나하나가 완벽이었다

모두가 이름이 붙어 있지 않은

보석들이었다

이러한 보석이

발아래 무수히 깔려 있는 광경은

그야말로 하늘의 성좌를 축소해 놓은 듯

일대 장관이었다

또 가만히 응시하니

그 무수한 보석들은

서로 빛으로

사방팔방으로 이어져 있었다

그 빛은 생명의 빛이었다

이러한 돌밭을

나는 걷고 있었다

그것은 기적의 밭이었다

홀연 보석밭으로 변한 돌밭을 걸으면서

원래는 이것이 보석밭인데

우리가 돌밭으로 볼 뿐이 아닌가 하는

생각이 들었다

있는 것 모두가 빛을 발하는

영원한 생명의 밭이

우리가 걷고 있는 곳이다

－성찬경 '보석밭' 전문,《황홀한 초록빛》

돌밭의 돌멩이 하나도 모래 한 알도 이렇게 보석이라고 생각하면 보석이 됩니다. 흔한 돌멩이라고 생각하면 한낱 돌멩이일 뿐입니다. 결국 돌과 보석을 구분하는 인식의 한계에서 벗어나는 것이 중요합니다. 어떠한 사물이든 사물의 현상이든 그 본질적 가치를 깨닫는 것이 중요합니다.

저는 이제 바닥을 내 인생을 망치는 부정적인 요소로 생각하지 않습니다. 내 인생을 형성하는 가장 중요한 긍정적 요소로 생각합니다.

바닥이 있기 때문에 오늘의 제 인생이 있습니다. 누구의 인생이든 바닥에서부터 시작됩니다. 등산할 때 정상에서부터 등산하는 사람은 아무도 없습니다. 누구나 다 산의 밑바닥에서부터 산을 오르기 시작합니다. 그만큼 인생의 바닥은 인생의 가치를 깨닫게 해주고 형성해줍니다. 결국 어떻게 생각하느냐에 따라 내 인생이 행복해질 수 있고 불행해질 수도 있습니다.

그렇지만 법정스님께서는 행복하더라도 그 행복에 매달리지 말고, 불행하더라도 그 불행을 기꺼이 받아들이라고 말씀하십니다. 행복에 매달리는 순간 행복이 불행의 성난 얼굴로 다가올 수 있고, 불행을 받아들이는 순간 불행이 행복의 얼굴로 환히 밝아올 수 있다는 말씀입니다.

하루에도 몇 번이나 날씨가 변하듯 인생은 늘 유동적입니다. 불행한 일도 한때일 수 있고, 행복한 일도 한때일 수 있습니다. 행복과 불행에 인생 전체가 좌우되지 않도록 오늘도 최선을 다해봅니다.

아무도 미워하지 않고

살게 되기를 바라지 말라

세마춤 추는 것을 보신 적이 있으신지요. 저는 터키에서 본 적이 있습니다. 세마춤은 이슬람의 한 종파인 메블라나 교리를 신봉하는 수피족이 신비주의 색채를 띠며 종교의식으로 추는 명상의 춤입니다. 일명 수피댄스라고 하며 세마진이라는 남자 수도자들이 춥니다. 제자리에서 한 발을 축으로 빙글빙글 돌면서 춤으로써 신과 만난다고 합니다.

춤은 바이올린과 비슷한 케만이라는 악기나 네이라는 터키피리를 불면서 시작됩니다. 슬프고 아름다운 세마곡에 맞추어 처음에는 천천히 돌다가 차츰차츰 입은 옷이 넓게 퍼질 정도로 빨리 돕니다. 이때 무아지경에 빠져 신성을 체험한다고 하는데, 어떤 세마진은 30분간 쉬지 않고 계속 팽이처럼 돌아 보는 사람마저 무아지경에 빠져들게 합니다.

세마진이 춤을 출 때는 발목까지 내려오는 흰색의 긴 치마 같은 옷을 바지 위에 입고, 머리엔 높고 긴 모자를 쓰고, 어깨엔 까만색 망토를 두릅니다. 여기에서 흰색의 옷은 수의, 모자는 묘비, 까만 망토는 무덤을 뜻합니다. 춤을 추다가 까만 망토를 벗어던지는 것은 욕망과 집착을 버리고 하늘의 뜻과 만난다는 것을 의미합니다. 한 손은 하늘을 향하게 하고, 다른 한 손은 땅을 향하게 해 비스듬히 뻗는 것은 하늘에서 받은 자애와 영광을 모든 사람에게 나눠준다는 철학적 의미가 담겨 있습니다.

세마진에게는 꼭 지켜야 할 몇 가지 규칙이 있습니다. 그중에서 늘 제 마음속에 자리 잡고 있는 것은 '나에게 돌을 던지는 자에게 빵을 던져라', '분노가 느껴지면 죽은 사람처럼 행동하라'는 규칙입니다.

우연히 그 규칙을 알게 된 후, 메블라나 교리와는 상관없이 저도 그런 규칙을 지니고 살아야겠다는 생각이 들었습니다. 그런데 그런 생각을 하면 할수록 오히려 그렇게 되지 않습니다. 돌을 던지는 자에게 저도 돌을 던지고 싶고, 분노가 느껴지면 그 분노의 원인을 공격하고 파괴하고 싶어집니다. 그런데 돌을 던지는 자에게 오히려 빵을 던지라니요. 죽은 사람처럼 행동함으로써 분노를 잠재우라니요.

죽은 사람처럼 되라는 것은 아무런 생각과 감정을 나타내지 말라는 것입니다. 죽은 사람은 말 한 마디 하지 못하고 손가락 하나 까딱하지 않습니다. 장례식장 입관실에서 마지막 작별을 고할 때 아무리 울어도 고인은 아무 말 없이 눈을 감고 있을 뿐입니다.

그러나 저는 누구를 미워하게 되면 이 말부터 먼저 떠올립니다. 이 말을 통해 분노에 가득 찬 저 자신을 다스립니다. 그러면 분노의 마음이 다소 가라앉습니다. 그러다가 그런 마음이 한순간에 변하여 다시 분노가 들끓습니다. 처음보다 분노의 무게가 더 무거워져 저를 괴롭힙니다.

이렇게 제 삶은 미움과 분노 때문에 고통스럽습니다. 누가 미워질 때마다 잠이 오지 않고 길을 걸을 수 없습니다. 인생에서 가장 중요한 것은 남을 미워하지 않는 것이라는데 남을 미워하게 됩니다. 미움은 미움의 대상보다 저를 먼저 병들게 하기 때문에 저 자신을 위해서라도 미워하지 않도록 노력해야 되는데 그게 잘 안됩니다. 미움은 저 자신의 나약함을 드러내는 것일 뿐이지만 아무도 미워하지 않고 살아갈 수가 없습니다.

그럴 때 저는 '아무도 미워하지 않고 살게 되기를 바라지 말라'는 어느 신부님의 이 말씀을 떠올립니다. 남을 미워하지 않고 살아가기를 바라는 마음이야말로 나를 속이는 기만의 마음이라고 생각하면 미움의 마음이 다소 가라앉습니다.

문제는 미움을 없애기 어렵다는 데에 있습니다. 달라이 라마는 "미운 사람을 피하려고 하기보다 자신 안에 있는 분노나 미움을 없애는 것이 훨씬 쉬운 일"이라고 하지만, 저는 미움을 없앨 수 있는 존재가 못됩니다. 기억해야 할 좋은 일들은 잊어버리고, 꼭 잊어버려야 할 나쁜 일들은 가장 잘 기억하는 그런 존재입니다. 그래서 미움이 찾아오면 시련이 찾아왔다고 생각하고 미움 자체를 받아들입니다. 제게 미움을 거부할 수 있는 능력이 없다는 것을 인정하고 맙니다.

농사를 지으면 다들 잡초 때문에 고생합니다. 바랭이, 피, 명아주, 쇠비름, 쇠뜨기 등 저마다 고유한 이름을 가진 이 풀들의 존재성을 무시하고 싸잡아 잡초라고 부르는 까닭은 그만큼 그들 때문에 고생이 심하기 때문입니다. 작은 텃밭 하나 가꾸는 일조차도 잡초와의 전쟁이라고 일컬을 정도로 농사일에서는 제초작업이 중요합니다. 고추나 배추 같은 작물들은 조금만 생장환경이 나쁘면 쉽게 병들거나 죽어도 잡초는 그렇지 않습니다. 잠깐 사이에 작물밭을 잡초밭으로 만들어버릴 정도로 병충해에 강하고 자라는 속도가 빠릅니다.

미움은 그런 잡초와 같습니다. 뽑으면 뽑을수록 자라납니다. 그렇지만 잡초라고 해서 농사에 아무런 역할도 하지 못하는 무가치한 존재가 아닙니다. 잡초를 모아 퇴비를 만들면 잡초는 작물의 밑거름이 됩니다. 장마철에는 고추 포기에 빗물이 튀어 걸리게 되는 탄저병도 막아주고, 가뭄에는 지열도 막아줍니다.

이렇게 잡초가 작물의 밑거름이 되어 성장을 도울 수 있듯이, 미움도 사랑의 밑거름이 되어 나의 성장을 도울 수 있습니다. 잡초를 통해 내가 키우는 작물의 소중함을 알 수 있듯이, 미움을 통해 내 사랑의 소중함도 알 수 있습니다.

미움이 없으면 사랑도 없습니다. 미움도 사랑처럼 인간의 본질적 요소입니다. 미움이 제 인생을 괴롭히고 그 괴로움에 의해 행복해질 수 없다 할지라도 미움 그 자체를 거부하거나 부정할 수는 없습니다. 인간은 본질적으로 사랑과 용서를 지향하는 존재이지만 또한 미움과 증오의 존재입니다.

어느 신부님은 "미움과 증오도 사랑의 진정한 가치를 알기 위해

서는 필요하다"고 했습니다. 증오가 있기 때문에 사랑의 소중함을
깨달을 수 있다는 것입니다.

길이   끝나는   곳에

길은

있다

우리 다시 만날 때까지
아무도 슬프지 않도록

종이 한 장 자르는 데

도끼질하지 마라

혼자 길을 걷다가 가끔 이 말을 생각합니다. 그동안 살아오면서 작은 일을 너무 크게 생각하지는 않았는지, 별일도 아닌데 지레 놀라 허둥지둥하지는 않았는지, 꼭 해야 할 일은 하지 않고 하지 않아도 되는 헛된 일에 온갖 노력을 다 쏟아 붓지는 않았는지 생각해보는 것입니다.

그러면 저도 모르게 픽 웃음이 나올 때가 있습니다. 그 웃음은 쓴 웃음일 수도 있고, 아픈 웃음일 수도 있고, 허허로운 웃음일 수도 있습니다. 지나고 보면 너무나 작은 일이고 헛된 일인데 당시엔 너무 크게 놀라고 중요하게 생각했던 저 자신이 아무튼 우스운 것입니다.

인생의 만남과 헤어짐 사이에서, 얻음과 잃음 사이에서, 있음과 없음 사이에서, 열림과 닫힘 사이에서 일어난 일들을 지금 생각해보면 결국 작은 일에 불과합니다. 그런데 왜 그때는 그렇게 크게 생각하고 모든 힘을 다해 대항해왔는지 모릅니다. 특히 남의 작은 잘못에 크게 화를 낸 일들은 미안하고 부끄럽습니다.

그것은 본질을 벗어난 생각과 행동의 과잉이 제 삶을 지배한 부분이 있기 때문입니다. 본질을 외면한 과잉반응의 삶은 자칫 진실이 결여된 마음과 행동을 낳습니다. 과잉된 행동이나 과장된 제스처는 그동안 제 삶을 불안하게 하고 신뢰를 떨어뜨린 원인 중의 하나입니다. 어떤 물건을 하나 쓰더라도 본질과 용도에 맞게 제때 제 것을 써야 하는데 그러지 못했습니다. 늘 간장종지에 설렁

탕을 담아 먹은 듯하고, 설렁탕 뚝배기에 간장을 가득 담아 먹은 듯합니다.

작은 종이 한 장 자르는 데는 가위나 '커터'라는 문구용 칼이 좋습니다. 면도하는 데는 날카롭게 날이 선 면도칼이 좋습니다. 나무를 자르거나 베기 위해서는 톱이나 도끼가 좋습니다. 만일 누가 가위나 면도칼로 나무를 자르려고 한다면, 도끼로 종이 한 장을 자르려고 한다면 이 얼마나 어리석습니까. 이는 본연의 역할과 가치를 제대로 인식하지 못하고 헛된 노력을 하고 있다는 것을 의미합니다.

저도 지금까지 종이 한 장 자르는 데 도끼질하면서 살아온 적이 있습니다. 제 본연의 자리에서 벗어나 불특정 다수에게 제품을 판매해본 일도 있습니다. 제 본연의 자리는 책을 읽고 글을 쓰는 일인데 그 일을 벗어나 어떤 상행위를 한다는 것이 참으로 어리석은 일이라는 것을 깨닫고 '아, 이건 내가 해야 할 일이 아니다' 하고 그만둔 적이 있습니다. 이는 제 본연의 자리를 잃은, 현실의 어떤 어려움에 과잉반응한 제 삶의 헛된 모습입니다.

누구나 자기 본연의 자리가 있습니다. 그 자리는 존재의 품위를 나타내고, 존재가 이루는 삶의 품격을 나타냅니다. 돼지가 아파트라는 자리에 살 수 없고, 인간이 돼지우리라는 자리에 살 수 없습니다. 만일 그렇다면 두 존재의 품격은 바닥으로 떨어집니다.

애완견을 키우는 집에 가보면 개가 침대에서 주인과 함께 자는 모습을 종종 볼 수 있습니다. 그것은 주인이 개의 품위를 잃게 한 것입니다. 주인 또한 인간으로서의 품위를 잃은 것입니다. 개를 사랑해 비록 집 안에서 개를 키운다 할지라도 거실 한구석에 개만의 집을 마련해주어야 개 본연의 자리가 마련되는 것입니다.

버섯이 아무리 고와도 화분에 기르지 않습니다. 아무리 화려하고 어여뻐도 버섯은 버섯일 뿐 꽃이 아닙니다. 꽃은 화분에서 키울 수 있지만 버섯은 화분에 키울 수 없습니다. 만일 화분에 버섯을 키운다면 그것 또한 제자리를 제대로 찾지 못한 과잉된 삶의 형태입니다.

제가 대학생일 때 철학과에 다니는 한 남학생이 한여름에도 무릎까지 내려오는 두꺼운 겨울코트를 입고 다녔습니다. 저도 직접 본적이 있는데, 그는 아무리 더워도 코트를 벗지 않아 신문에도 나는 등 아주 유명한 사람이 되었습니다. 이 또한 여름에는 시원한 옷을 입어야 한다는 사실을 외면하고 오도된 형식에 집착한 과잉된 몸짓에 불과합니다.

먼동이 트면 들고 있던 횃불은 필요하지 않습니다. 밤새도록 횃불을 들고 어둠을 밝혔다 하더라도 동이 트면 횃불은 꺼야 합니다. 그런데도 횃불을 들고 서 있다면 그것은 횃불의 본질적 가치를 잃은 행위입니다. 정동진에 새해 일출을 보러 갔다가 동해의 수평선 위로 해가 두둥실 떠올랐는데도 촛불을 들고 서 있다면 그것은 지나치게 과잉됨으로써 분별력을 잃은 것입니다.

과잉된 행위는 과잉된 삶을 불러오고, 헛된 노력은 헛된 삶을 불러옵니다. 본질 앞에 장식적 과잉과 헛된 노력은 필요하지 않습니다. 내 삶에 중요한 것은 본질을 향한 진실한 자세와 본질을 지키기 위한 기초적 노력입니다. 유능한 축구코치는 축구선수한테 축구화 신는 법부터 먼저 가르칩니다. 목수에게 가장 중요한 기술은 못을 제대로 박고 대패질을 제대로 하는 것입니다.

아파트 생활을 하지 않던 예전에는 집집마다 마루 밑에 신발을 벗어놓는 댓돌이 있었습니다. 제 어릴 때 어른들은 늘 "댓돌에 신발을 똑바로 벗어놓아라. 신발이 댓돌 밑으로 떨어지면 안 된다"고 말씀하셨습니다.

불가에서도 '조고각하(照顧脚下)'라는 말씀을 공부합니다. '자기 발밑을 살펴보라'는 이 말씀도 결국 자기 존재의 본질적 상황을 늘 스스로 살펴보고 받아들이기를 게을리 하지 말라는 말씀입니다.

저는 지금도 제 신발을 똑바로 벗어놓습니다. 음식점에 들어가든 현관문을 열고 밤늦게 집에 들어가든 신발을 벗으면 항상 그렇게 합니다. 그것이 저의 현재를 통해 저의 전체를 나타낼 수 있기 때문입니다. 밥을 다 먹고 나서도 국그릇이나 밥그릇에 수저를 걸쳐놓지 않고 식탁 위에 가지런히 놓아둡니다. 그것도 저 자신을 지켜나가는 일상의 가장 기초적 태도이기 때문입니다. 본질을 잃거나 기초를 제대로 배우지 못하면 종이 한 장 자르는 데도 도끼질을 하게 됩니다.

피라미드를 쌓는 일도

처음엔 돌 하나

나르는 일에서부터 시작된다

이집트 카이로에 가서 기자 지역에 있는 푸쿠왕의 피라미드를 본 적이 있습니다. 첫 느낌은 신비 그 자체였습니다. 피라미드가 고대 파라오들의 무덤으로 강력한 왕권을 상징한다든가, 인류가 남긴 단일 건축물로서는 가장 규모가 큰, 세계에서 가장 오래된 석조 건축물이라든가 하는 점을 생각하기 이전에 강한 신비감에 휩싸였습니다.

푸쿠왕의 피라미드는 높이 147미터로 1개당 평균 2.5톤 무게의 돌을 230만 개나 사용해서 만든 것이라고 합니다. 그런데 그 돌들을 어떻게 만들고 어떻게 옮기고 어떻게 쌓았는지 정말 불가사의합니다. 이는 오늘날의 높이로 친다면 대략 고층빌딩 40층 높이인데, 4500여 년 전에 어떻게 그런 건축물을 세울 수 있었는지 놀라울 뿐이었습니다. '온 세상이 모두 시간을 두려워하지만 시간은 피라미드를 두려워한다'는 어느 고대 문학가의 말이 실감났습니다.

"당시엔 무거운 돌을 들어 올릴 도르래가 없어, 흙이나 모래나 벽돌로 제방을 쌓고, 제방 위로 지렛대나 굴림대를 이용해서 돌을 끌어올리는 방법으로, 30년 동안 성인남자 10만 명의 노동력이 투입되었을 것이라고 추정합니다."

저는 안내자로부터 그런 이야기를 들으면서 아무리 높은 피라미드도 처음엔 돌 하나를 갖다놓는 일부터 시작했을 것이라고 생각했습니다. 왜냐하면 아무리 큰일도 작고 보잘것없는 일에서부터 시작되기 때문입니다. 처음에는 보잘것없는 한 줌 흙을 갖다놓은 것이지만 그 일이 결국에는 산을 이룰 수 있고, 처음에는 작은 돌멩이 하나 나른 일이지만 그 일이 결국 피라미드를 쌓을 수 있습니다.

무슨 일을 하든지 작은 일부터 쉽게 시작하는 것이 중요합니다. 일단 시작한다는 사실도 중요하지만 그보다 더 중요한 것은 작은 일부터 시작하는 일입니다. 작은 일은 누구나 쉽게 시작할 수 있고 또 지금 당장 시작할 수 있습니다. 처음부터 어려운 일부터 시작하면 도중에 쉽게 포기할 수도 있고 끝까지 해보기도 전에 자신감을 잃을 수도 있습니다.

진안 마이산에 가면 입구에 탑사(塔寺)가 있고, 탑사 앞에 크고 작은 자연석을 절묘하게 쌓아올린 원추형 돌탑이 80여 개나 있습니다. 돌탑 하나하나마다 쌓아올린 이의 염원과 정성이 그대로 느껴져 참 아름답습니다. 돌탑을 쌓아올린 지 100여년이 지났는데도 허물어지지 않아 사람들이 '만불탑'이라고도 부릅니다.

마이산의 이 돌탑도 실은 누군가 돌 하나를 갖다놓음으로써 시작되었을 것입니다. 처음부터 트럭에 돌을 싣고 와 대규모로 한꺼번에 쌓지는 않았을 것입니다.

이렇게 삶의 모든 일은 작은 일에서부터 시작됩니다. 작게 시작해야 시작할 수 있습니다. 작은 일이 큰 일을 이룹니다. 결국 작은 일이 큰 일입니다. "해야지, 해야지" 말만 할 게 아니라 할 수 있는 일부터 시작하면 됩니다. 높은 산을 오르기 위해서는 산 아래 평지에서부터 첫발을 떼야 하듯 최고에 도달하고 싶으면 최저에서부터 먼저 시작해야 합니다.

피라미드를 허문다고 한번 가정해봅시다. 그것도 맨 꼭대기에 있는 돌 하나를 들어내는 일에서부터 시작될 것입니다. 실제로 피라미드의 돌들은 오랜 세월을 거쳐오는 동안 약탈을 당하거나 어떤 시기에는 다른 건물을 짓기 위해 많이 가져다 썼다고 합니다. 그럴 때도 맨 위에 있는 돌 하나를 들어내는 일부터 시작했을 것입니다.

현재 푸쿠왕의 피라미드 꼭지점에는 설치물이 하나 있습니다. 마치 삼각대 위에 막대기를 하나 세워놓은 듯한, 얼핏 보면 피뢰침 같은 것인데, 그것은 피라미드의 원래 정상 높이를 표시해놓은 것입니다. 원래 높이는 146미터였으나 정상 부분의 돌이 없어져 지금은 137미터이기 때문입니다.

살아가면서 자기만의 피라미드를 쌓아올려야 할 때가 있습니다. 그것을 자기만의 꿈이라고 해도 좋고 소망이라고 해도 좋습니다. 또 그것을 어쩔 수 없이 들어내야 할 때도 있습니다. 삶의 어느 시점에서 꿈은 쌓는 것도 중요하지만 들어내는 것도 중요하기 때문입니다. 문제는 꿈이라는 피라미드를 쌓는다면 어떻게 쌓을 것이며, 허문다면 어떻게 허무느냐 하는 것입니다. 그것은 결국 돌 하나를 나르는 일에서부터 먼저 시작됩니다.

만선의 기쁨을 누리기 위해서는

그물 깁는 시간이 필요하다

명태잡이 어선을 타고 동해로 나갔다가 멀미가 심해 서둘러 항구로 되돌아온 일을 생각하면 지금도 멀미가 나는 듯합니다. 그때 얼마나 견디기 힘들었던지 바다에 사는 무형의 괴물과 사투를 벌이다가 초주검이 되어 돌아온 듯했습니다. 그런데 그런 저와는 달리 부두에 앉아 그물을 깁고 있는 어부들의 모습은 너무나 평온했습니다.

그들은 늘어놓은 그물을 이리저리 정리하기도 하고 마치 대바느질하듯 그물을 깁기도 했습니다. 눈부신 아침햇살을 받으며 부지런히 손발을 놀려 그물눈 사이로 매듭을 짓는 모습이 그렇게 평화로울 수가 없었습니다.

어부에게는 배도 중요하지만 그물도 중요합니다. 바다 한가운데에서 배와 그물에 작은 구멍이라도 나면 목적한 바를 이룰 수 없을 뿐 아니라 때로는 목숨까지 잃게 됩니다. 그래서 그들은 바다로 나가기 전에 반드시 배를 손보고 그물을 손질합니다. 특히 그물은 한번 쓰고 나면 찢어지고 뒤엉키기 때문에 아무리 시간이 많이 걸리더라도 그물부터 먼저 손질합니다. 만일 그물을 손질하지 않고 그대로 바다로 나간다면 바다에 그물을 제대로 펼쳐 던질 수 없습니다. 설혹 던졌다고 하더라도 원하는 고기를 잡을 수 없습니다.

어부들에게 손질해야 할 그물이 있듯이 누구나 깁고 다듬어야 할 자기만의 삶의 그물이 있습니다. 우리 모두는 인생이라는 거친 바다로 나아가는 하나의 작은 배입니다. 그 배 안에서 그물을 들고 어부처럼 고기를 잡으려고 서 있는 존재입니다. 그런데 지금 들고 있는 그물을 한번 자세히 들여다보세요. 바다로 떠나기 전에 시간을 내서 열심히 그물을 기웠는지, 혹시 찢어진 그물을 그대로 들고 서 있는 것은 아닌지.

저는 바다로 출항하는 일만 소중히 생각하지 물고기를 잡을 때 꼭 필요한 그물을 소중하게 생각하지 않을 때가 많았습니다. 잘 기운 그물이라는 도구를 준비하기 위해서는 시간이라는 정성과 노력이 필요한데도 그것을 그리 중요하게 생각하지 않았습니다. 준비하기 위해 노력하는 시간을 아까워했습니다. 아니, 아까워하기보다 못 견뎌했습니다. 시간이 내재되어 있지 않은 도구란 있을 수 없음에도 그것을 견뎌내는 노력과 인내가 부족했습니다.

이는 준비하지 않고 원하는 바를 이루려는 삶의 태도입니다. 충분히 준비하지 않으면 충분히 얻을 수 없습니다. 어부들이 바다로 나가는 까닭은 보다 많은 고기를 잡아 만선의 기쁨을 누리기 위해서입니다. 따라서 그 기쁨을 누리기 위해서는 상처 난 그물이 온전한 그물이 될 수 있도록 먼저 그물을 기워야 합니다. 그물을 깁는 동안의 힘듦과 어려움을 견뎌내야 합니다. 만선의 기쁨을 간절히 바라면서도 견디기 힘들다는 이유만으로 그물 깁기를 게을리 한다면 그것은 만선의 기쁨을 포기하는 것입니다.

그물을 먼저 깁지 않고는 삶이라는 바다에 나가 온전히 물고기를 잡을 수 없습니다. '온전하다'라는 말이 '그물을 깁다'라는 어원을 지니고 있는 데에서도 알 수 있듯이, 내 삶이 온전하기 위해서는 그물을 깁는 시간이 필요합니다. 이는 무슨 일을 하든 기초를 다지고 준비하는 과정이 가장 중요하다는 말입니다.

어떤 농부가 하루는 무디어진 낫을 들고 일하는 아들을 보고 말했습니다.

"아들아, 낫을 좀 갈고 하려무나. 어떻게 그 무딘 낫으로 풀을 베느냐."

아들이 잠시 허리를 펴고 아버지에게 말했습니다.

"할 일이 너무 많아 시간을 허비하고 싶지 않아서 그래요."

아버지가 안타깝다는 듯이 혀를 끌끌 차면서 다시 말했습니다.

"아들아, 무딘 연장을 가는 건 시간 낭비가 아니다. 그렇게 시간이 소중하다면 먼저 너의 연장을 정비하는 게 마땅하다."

무딘 연장을 가는 것은 오히려 시간을 버는 일입니다. 잘 벼린 낫으로 일을 하면 능률이 훨씬 올라갑니다. 그런데도 우리는 이 아들과 같은 태도로 살아갈 때가 너무나 많습니다.

이는 목수에게도 마찬가지입니다. 목수에게 가장 중요한 기술은 못을 제때 제대로 박는 것입니다. 가장 짧은 시간에 가장 많은 못을 힘들이지 않고 정확하게 박는 법을 배우는 것이 중요합니다. 못

하나 제대로 박지 못한다면 아무리 되고 싶어도 목수가 될 수 없습니다.

못을 제대로 박기 위해서는 오른손으로 망치 끝부분을 잡아 손목을 구부려 들어 올린 다음, 망치의 무게가 못대가리에 정확하게 떨어지게 내려쳐야 합니다. 망치로 내려치기 전에는 왼손 엄지와 검지로 못의 한가운데를 잡고 못이 들어가야 할 위치에 정확히 갖다놓아야 합니다. 그리고 오른손이 가볍게 한 번 내려쳐 못을 고정시키면, 왼손은 망치에 찍히지 않도록 얼른 물러나야 합니다. 그리고 오른손의 망치질이 끝나면 왼손은 자연스럽게 다음 못이 박혀야 할 곳으로 이동하여 다시 못을 정확한 위치에 갖다놓아야 합니다.

이렇게 못질 하나도 단숨에 배울 수가 없습니다. 못 하나 박는 것도 노력이라는 준비의 시간을 오래 필요로 합니다. 만일 그렇게 하지 않으면 망치질하다가 손만 다칩니다.

삶은 준비하는 과정 속에 존재합니다. 준비하는 과정 하나하나가 모여 삶이라는 전체를 이룹니다. 스스로 노력하지 않고 모든 것이 준비된 순간을 기다린다면 결코 아무것도 시작할 수 없습니다. 비록 죽음에 이르는 나이가 되었다 할지라도 그 시기 또한 삶을 완성하는 과정의 한 부분입니다.

배를 타고 고기를 잡으러 가는 어부들에게 그물 깁는 시간은 필수적입니다. 만선의 기쁨을 원한다면 그물을 깁는 시간이 더 많이 필요합니다. 삶에는 고기만 잡고 그물을 깁지 않는 어부는 없습니다. 또 그물만 깁고 고기를 잡지 않는 어부도 없습니다.

가진 것을 다 버려도

너 자신만은 버리지 마라

1644년 이탈리아에서 태어난 안토니오 스트라디바리우스. 그는 원래 나무 세공사였으나 바이올린 만드는 데 흥미를 느껴 열여덟 살 되던 해에 바이올린 제작자로 유명한 니콜로 아마티의 견습공으로 들어갔다.

그는 니콜로의 제자들 중에서 바이올린 제작 기술을 가장 열심히 배우는 제자였다. 각종 공구 다루는 법을 비롯해, 단풍나무가 다른 나무들보다 소리의 공명을 잘 받아들여 깨끗한 소리를 낸다는 것, 단풍나무 중에서도 오랫동안 물에 담갔다가 잘 말린 나무를 선택해야 한다는 것, 몸통의 길이가 36센티미터, 두께가 3센티미터일 때 가장 좋은 소리를 낸다는 것, f자 모양의 구멍은 균형이 잘 잡혀야 한다는 것, 표면에 칠하는 니스의 배합 비율이 음질과 깊은 관계가 있다는 것 등을 하나하나 터득해나가면서 바이올린 장인으로서 기초를 튼튼히 쌓아갔다.

스무 살이 넘자 그도 니콜로의 다른 제자들처럼 바이올린을 혼자 만들기 시작했다. 그는 그때 자기만의 확고한 원칙 하나를 정했다. '아무리 정성들여 만들었다 하더라도 좋은 소리가 나지 않으면 가차 없이 부숴버린다, 그런 바이올린에는 절대 내 이름을 넣어 팔지 않는다'는 원칙이었다. 다른 제자들은 좋은 소리를 내지 않는 바이올린을 싼 값에라도 팔았지만 그는 결코 팔지 않았다.

세월이 흘러 서른여섯 살 된 해에 안토니오도 자립하여 자기 작업실을 열게 되었다. 그는 자신의 원칙을 지키며 여러 형태의 바이올린을 제작하는 실험에 몰두했다. 인간의 목소리와 같은 소리를 내는, 세상에서 가장 아름답고 훌륭한 바이올린을 만들기 위해 자개, 상아, 흑단 등을 활용하기도 했다. 그 결과 나이 마흔이 되었을 때 그는 스승 니콜로 만큼 유명한 바이올린 제작자가 되었다.

그는 젊은 날에 세운 원칙을 더 철저히 지켜나갔다. 눈이 어두워지고 손이 무뎌진 여든이 되었을 때에도 좋은 소리를 내지 않는 바이올린이 만들어지면 망설임 없이 부숴버렸다. 그는 1737년 90세가 넘어 사망할 때까지 그런 원칙을 지키며 1116개의 바이올린을 만들었다. 그게 바로 지금 약 700여 개 남아 있는 것으로 알려진, 아직 아무도 그 소리의 신비를 따라가지 못한다는 세계의 명기 '스트라디바리우스 바이올린'이다.

그가 죽은 지 250여 년의 세월이 흐른 뒤, 영국의 한 경매장에서 그가 만든 1733년산 스트라디바리우스 바이올린이 역사상 최고가인 29만 7250달러에 경매되었다. 그러나 그의 친구가 만든 바이올린은 불과 1만 달러에 팔렸다.

스트라디바리우스 바이올린에 관한 이 이야기는 저 자신을 깊게 들여다보는 한 계기가 되었습니다. 안토니오와 그의 친구는 같은 시기에 같은 스승에게서 바이올린 제작 기술을 배웠지만 오랜 세월이 지난 뒤, 그 가치에 있어서는 비교할 수 없을 정도로 엄청난 차이가 났습니다. 그것은 '실패한 바이올린에는 결코 내 이름을 넣어서 팔지 않는다'는 신념이 확고했기 때문입니다. 그에게 바이올린은 바로 자신의 영혼이었기 때문입니다. 자신과의 약속을 평생 지키며, 세상에서 가장 아름다운, 최고의 바이올린을 만든다는 목표가 있었기 때문입니다.

시는 저의 영혼입니다. 그런데 저는 안토니오처럼 제 영혼을 지키지 못했습니다. 그저 안토니오의 친구와 같은 존재일 뿐입니다.

언젠가 어느 대기업의 대표를 대신해 임직원들을 위한 헌정시를 쓰게 되었습니다. 제게 지급되는 원고료는 많았으며, 저는 그 원고료를 필요로 했습니다. 그런데 원고를 써주고 나자 담당자가 시의 한 행 한 행을 지적하면서 자기 의도대로 고쳐달라고 요청해왔습니다.

참담했습니다. '이것은 어떤 하자가 있는 공산품이 아니라 문학의 테두리 안에서 써진 시다. 내가 회사의 어떤 특정 사실을 잘못 썼다면 모를까 담당자의 잣대로 시의 의미를 따지고 해석해서 고쳐달라는 것은 말이 안 된다. 그렇게 할 수 없다.'

이렇게 주장하면서 원고료를 받기 위해 헌정시를 쓴 일이 후회스러웠습니다. 그렇다고 아예 없던 일로 하자고 주장하지도 못했습니다. 돈에 시인으로서의 명예와 자존심을 팔아버린 저 자신이 어처구니없을 뿐이었습니다. 다행히 제 요구가 받아들여져 더 왈가왈부하게 되지는 않았지만, 그때 돈에 자신을 팔지 않은 안토니오의 삶이 떠올랐습니다. 수필가이자 영문학자인 피천득 선생께서 91세에 한 신문과의 인터뷰에서 "옳게 사는 법은 자기 주변 것을 다 버리더라도 자기 자신만은 버리지 않는 것이다. 가진 것을 다 버려도 너 자신만은 버리지 마라"고 하신 말씀도 떠올랐습니다.

일생을 살면서 자신을 지키며 사는 일은 어렵습니다. '너 자신을 버리지 말라' 는 말씀은 어떠한 일이 있어도 자신을 지키라는 뜻입니다. 돈을 위해 자존심을 팔지 말라는 것입니다. 영국의 시인 윌리엄 블레이크는 '돈은 자존의 바위' 라고 했습니다. 돈은 자존심을 지키는 보루로, 자존심을 지켜줄 때만 가치가 있다는 것입니다.

일생 동안 돈의 유혹에 빠지지 않고 살기는 어렵습니다. 기업인이든 정치인이든 일반인이든 많은 이들이 부정한 돈의 유혹에 빠져 감옥에 드나드는 일을 우리는 수없이 봅니다. 부정한 돈은 혼자 오지 않고 반드시 탐욕과 파멸이라는 친구를 데리고 찾아옵니다. 1원을 보고 웃는 사람은 1원을 보고 울 때가 있기 때문에 사람은 물질의 유혹이 없는 곳으로 가야 합니다.

제 문학의 스승 황순원 선생께서는 소설 작품 외에는 어떠한 잡문도 쓰지 않으셨습니다. 소설가로서의 명예 외엔 어떠한 명예도 얻지 않으려고 노력하심으로써 소설가로서의 가장 본질적 삶에 충실하셨습니다. 그런데 그런 스승의 모습을 늘 지켜보았으면서도 제자인 제가 돈 때문에 헌정시를 쓴 것은 제자로서의 도리를 다 하지 못한 것이며, 시인으로서의 저 자신을 지키지 못한 것입니다.

물질적인 것은 한 시인이 영원한 진리를 얻고자 하는 데에 결코 도움이 되지 못합니다. 진정한 예술가는 자신의 영혼을 지키는 사람이며, 참된 시인 또한 자신의 영혼을 팔지 않고 지키는 사람입니다. 돈을 위해 일하는 사람은 예술가가 아니며, 돈을 사랑하게 되면 참다운 예술은 태어나기 어렵습니다.

작물을 키우기 위해 밭을 갈고 씨를 뿌리면 잡초도 작물의 싹과 같이 흙을 뚫고 올라옵니다. 처음엔 어느 게 작물의 싹이고 잡초의 싹인지 구분할 수 없습니다. 그러나 바로 이때 구분할 수 있어야 합니다. 잡초의 어린 싹을 뽑는 것은 쉽지만 다 자란 잡초를 뽑는 일은 어렵습니다. 자칫 잘못하면 소중한 작물까지 뽑게 되기 때문에 처음부터 바로잡아야 합니다. 물질의 유혹도 마찬가지입니다. 유혹에 빠져 자신을 버리지 않으려면 처음부터 바로잡아야 합니다. 그러지 않으면 그 유혹의 싹이 자라 열매를 맺어 자신의 본질을 지키기 어렵게 됩니다.

자신의 본질을 지키는 힘은 바로 자기 자신에게 있습니다. 자신이 서 있는 곳에 언제나 자신이 서 있게 됩니다. 물질 앞에 서 있으면 내가 물질이 될 수밖에 없고, 영혼 앞에 서 있으면 나 자신을 버리지 않을 수 있습니다. 안토니오 스트라디바리우스는 평생 자신의 영혼 앞에 섬으로써 지금도 자신의 본질을 지키고 있습니다. 영혼을 팔고 나면 세상을 다 얻어도 아무 소용이 없습니다.

너만의 공간을 가져라

어릴 때 나만의 방을 갖는 게 소원이었습니다. 이남이녀 중 셋째인 제게 방이 따로 주어질 가정 형편은 아니어서 늘 형의 방에서 형과 함께 지냈습니다. 그러다가 고등학생 때 제 방이 하나 주어졌습니다. 의대생이던 형이 입주 가정교사 생활을 하기 위해 집을 떠남으로써 다행히 제 방이 생긴 것입니다. 그때 얼마나 좋았는지 모릅니다. 밤늦게까지 라디오를 듣거나 헌책방에서 사온 문학잡지를 읽거나 끙끙대며 시 쓰기에 몰두했습니다. 나만의 공간에서 나만이 느끼는 아늑한 자유로움이 저를 점차 문학소년으로 이끌어갔습니다.

그때 이후 지금까지 제 방, 즉 나만의 공간이 없었던 적은 없습니다. 크지는 않지만 늘 책상과 의자와 책이 있는 제 방이 있었습니다. 저는 제 방에서 문학을 꿈꾸었으며, 제 방에서 인생의 빛과 어둠을 이해하려고 노력했습니다. 제 방은 저의 또 다른 모습으로, 제 방이 없는 저 자신을 생각할 수 없습니다. 제 방은 단순히 물리적 공간이 아니라 언제나 어머니 품속 같은 존재로, 힘들 때나 슬플 때나 그 품속에서 안식과 평화를 얻곤 했습니다.

"고독을 사랑할 줄 알아야 한다. 너만의 공간을 가져라. 그 공간에 하느님이 계시면 좋겠고……"

어느 책에서 한 수사님이 하신 말씀을 우연히 읽게 되었습니다.

'아니, 나만의 공간이 있잖아, 내 방이라는……'

처음에는 그런 생각이 들었지만 '너만의 공간'이란 내면의 공간, 즉 제 영혼의 공간을 의미한다는 것을 알 수 있었습니다. 나만의 방이라는 물리적 공간이 영혼의 공간으로 변화되어야만 공간으로서의 진정한 가치를 지닐 수 있다는 의미였습니다. 영혼의 공간이 있어야만 진정 홀로 있을 수 있으며, 진정 홀로 있어야 자신을 들여다볼 수 있다는 말씀이었습니다.

언젠가 도공이 흙으로 사발을 만드는 과정을 옆에서 지켜본 적이 있었습니다. 도공은 그릇의 형태를 만드는 것 같았지만 실은 그릇의 빈 공간을 만들고 있었습니다. 바로 그 공간이 있음으로써 쓸모 있는 그릇으로 완성되었습니다. 제가 하나의 그릇이라면, 나라는 사발에 나만의 빈 공간이 얼마나 있는지, 행여 아무것도 담을 수 없을 정도로 꽉 차 있는 것은 아닌지 염려스럽습니다. 그래서 저는 지금 제 물리적 공간 속에 영혼의 공간이 형성될 수 있도록 노력하고 있습니다.

제가 법정스님을 존경해 마지않는 까닭은 법정스님께서 평생 '나만의 공간'을 가졌다는 점입니다. 법정스님은 순천 송광사에 계실 때는 불일암에 홀로 계셨으며, 입적하시기 전까지는 오대산 어느 오두막집에 홀로 기거하셨습니다.

왜 그러셨을까요. 그것은 자기만의 공간을 가지기 위해서일 것입니다. 자기만의 공간 속에 있어야 내면이라는 공간을 들여다볼 수 있고, 그 공간을 들여다볼 수 있어야 고독과 만날 수 있기 때문일 것입니다. 만일 법정스님께서 고독과 만날 수 있는 나만의 공간을 마련하지 않았다면, 그 공간 속에 부처님의 말씀 또한 자리 잡기 어려웠을 것입니다.

인생에서 자기만의 공간을 지닌다는 것은 이처럼 중요한 덕목입니다. 그러한 공간이 있어야만 진정 자신을 들여다볼 수 있는 고독과 만나게 됩니다. 파블로 피카소가 "고독이 없다면 그 어떤 것도 만들어질 수 없다"고 한 까닭도 바로 거기에 있다고 생각됩니다.

복잡다단한 정보화시대를 살아가고 있는 제게 지금 시급히 필요한 것은 다양한 정보를 얻는 일보다 홀로 있기를 시도하는 일입니다. 아무 말도 하지 않고 아무런 행위도 하지 않고 홀로 고요히 시간을 보내는 일이 이제 저에게도 필수가 되었습니다. 인간의 모든 문제는 홀로 자신의 내면을 들여다보지 않는 데서 발생하는 것일 수 있으므로, 저도 이제 홀로 있을 수 있는 나만의 공간을 소중히 여깁니다. 청년 예수가 홀로 있을 수 있는 공간을 찾기 위해 광야로 나간 까닭도 나만의 공간 속에서 진정 자유와 평화의 삶을 얻을 수 있었기 때문일 것입니다.

오늘 나만의 공간을 다시 들여다봅니다. 웬일인지 텅 비어 있습니다. 캄캄한 어둠뿐입니다. 문득 우화 한 편이 떠오릅니다.

어둠을 싫어하는 왕이 있었습니다. 어느 날 왕은 어둠이 몰려오는 저녁이 되자 몽둥이를 꺼내 어둠을 내리쳤습니다. 그러나 아무리 몽둥이로 내리쳐도 어둠은 물러가지 않았습니다.

왕은 많은 군사들을 풀어 칼과 몽둥이로 어둠을 내리치도록 명령했습니다. 그러나 군사들이 어둠을 내리쳐도 어둠은 물러가지 않았습니다. 왕은 속이 상했습니다. 어둠에 대한 분노가 치밀어 올랐습니다. 그때 어린 왕자가 촛불을 들고 왕에게 다가왔습니다.

어둠은 금세 사라졌습니다.

내 영혼의 공간이 어둠으로 덮여 있다면 위의 이야기에서처럼 촛불이 필요합니다. 내 공간에 모과향이 필요하다면 못생긴 모과 하나가 고요히 놓여 썩어가야 합니다.

이렇게 나만의 공간에 무엇이 존재하느냐 하는 점은 아주 중요합니다. 피천득 선생은 "내 마음의 허공을 그대로 둘지언정 아무것으로나 채우지는 아니한다"고 하셨습니다. 이는 "공백은 비어 있는 곳이고, 여백은 바늘 하나 찌를 곳 없는 충만을 뜻한다"고 한 화가 이종상 선생의 말씀과 일맥상통합니다.

나만의 공간에서 중요한 것은 공백이 아니라 여백입니다. '너만의 공간을 가져라'고 하신 수사님은 그 공간에 고독이 있어야 한다고 했는데, 고독 또한 공백이 아니라 여백의 의미를 지닙니다. 그래야만 고독이 절대적 존재적 수직적 의미를 지닐 수 있습니다. 절대자와 나와의 존재적 관계를 성찰하게 해주고, 그 관계 속에 있는 나 자신을 깊이 들여다보게 해줄 수 있습니다.

사람은 이 세상에 올 때 하나의 씨앗을 지니고 온다고 합니다. 그것은 절대자로부터 부여받은 씨앗일 것입니다. 그 씨앗이 피워 올린 한 송이 꽃이 바로 내 존재의 모습이며 그 가치일 것입니다. 그런데 그 씨앗이 제대로 움트려면 자신에게 알맞은 땅을 만나야 합니다. 그 땅이란 곧 자기만의 영혼의 공간일 것입니다. 저는 수사님의 말씀이 나만의 영혼의 공간에서 '나만의 존재 이유와 그 가치를 깨달아라' 라는 뜻이라고 생각합니다. 오늘 저의 시 '바닷가에 대하여'를 통해 나만의 공간을 함께 거닐고 싶습니다.

누구나 바닷가 하나씩은 자기만의 바닷가가 있는 게 좋다
누구나 바닷가 하나씩은 언제나 찾아갈 수 있는
자기만의 바닷가가 있는 게 좋다
잠자는 지구의 고요한 숨소리를 듣고 싶을 때
지구 위를 걸어가는 새들의 작은 발소리를 듣고 싶을 때
새들과 함께 수평선 위로 걸어가고 싶을 때
친구를 위해 내 목숨을 버리지 못했을 때
서럽게 우는 어머니를 껴안고 함께 울었을 때
모내기가 끝난 무논의 저수지 둑 위에서
자살한 어머니의 고무신 한 짝을 발견했을 때
바다에 뜬 보름달을 향해 촛불을 켜놓고 하염없이
두 손 모아 절을 하고 싶을 때
바닷가 기슭으로만 기슭으로만 끝없이 달려가고 싶을 때
누구나 자기만의 바닷가가 하나씩 있으면 좋다
자기만의 바닷가로 달려가 쓰러지는 게 좋다

금이 아름다운 것을 알게 되면

별이 아름답다는 것을 잊어버린다

몇 해 전, KBS '전국 노래자랑' 함평군 편을 시청하고 있을 때였습니다. 병원 원무과에 근무하는 서른아홉 살 노총각 한 명이 무대에 나왔습니다. 사회자인 송해 씨가 약간 장난기 있는 목소리로 "왜 나왔느냐"고 묻자 그는 대뜸 "장가가고 싶어서 나왔다"고 했습니다. 그러면서 "이만하면 괜찮은 신랑감"이라고 자신을 소개했습니다. 화면에 비친 그는 키가 크고 건장해 보였으며, 그 건장함 속에 농촌총각으로서의 순수함과 성실함이 묻어났습니다. 사회자가 "그래, 그동안 장가가기 위해 재산은 좀 모아놓았수?" 하고 묻자 그는 "재산이 아주 많다"고 말했습니다. 사회자가 다시 "재산이 어느 정도 되느냐"고 묻자 그는 "밭 서른 평, 소 한 마리, 돼지 두 마리, 개 두 마리"라고 대답했습니다. 청중석에서 폭소가 터졌습니다. 그러자 그는 오히려 "이만하면 괜찮지 않습니까?" 하고 청중들을 향해 반문했습니다. 이번에는 청중들이 그를 향해 박수를 쳤습니다.

저도 웃으면서 그를 향해 박수를 쳤습니다. 그가 현재 지닌 것만으로도 만족하는 '행복한 부자'처럼 느껴졌기 때문입니다. 만일 그가 재산이 많으니까 장가갈 자격이 있다고 자랑하듯 말했다면 그건 그저 평범한 이야기에 불과했을 것입니다.

저도 그 노총각처럼 현재 지닌 것만으로도 만족하는 부자가 되고 싶습니다. 그런데 그게 잘 안 됩니다. 현재에 불필요해도 미래에 필요할까 싶어서 현재에 불필요한 것을 더 소유하려고 합니다. 그러니 제 삶이 행복해지지 않습니다. '금이 아름다운 것을 알게 되면 별이 아름답다는 것을 잊어버린다'는 독일 속담이 있습니다. 어쩌면 제가 미래에 불필요한 금을 위해 현재에 아름다운 별을 잊고 살고 있는 건 아닌지 모르겠습니다. 저는 금의 시인이 아니라 별의 시인이 되고 싶습니다. 제 스스로 정한 아호도 '첨성(瞻星)'입니다. '별을 바라본다'는 뜻의 아호를 지니고 있으면서도 별을 바라보기보다 금을 바라보기를 더 갈구함으로써 스스로 불행을 자초하고 있습니다.

노아 벤샤가 쓴 책《야곱의 사다리》에 보면, 빵장수 야곱은 친구 손자인 요나에게 부자가 되는 법을 가르쳐 줍니다. 소년 요나가 "저는 나이가 들면 부자가 될 거예요" 하고 말하자 야곱은 "조금만 덜 원하면 넌 이미 부자란다" 하고 말합니다. 그리고 요나가 "야곱 아저씨, 지금 가진 것보다 더 많이 갖고 싶지 않으세요?" 하고 묻자 야곱은 "시간이 흐르면, 우리는 원하던 것을 갖게 되어서가 아니라 필요치 않다는 걸 알게 되어서 더 부자가 되는 거란다"라고 말합니다.

제 인생의 시간은 제법 많이 흘렀습니다. 그런데도 아직 원하던 것이 필요하지 않다는 사실을 깨닫지 못하고 있습니다. 오히려 오지도 않은 미래를 위해 지금 더 많이 지니고 있어야 한다는 필요성을 느끼고 있습니다. 그래서 현재가 더욱 불안하고 가난합니다. 사실 저의 가난은 부족에서 오는 가난이 아니라 더 많이 갖기를 원하는 데서 오는 가난입니다. 그래서 그런 원함이 있는 한 결코 부자가 될 수 없습니다.

물론 저도 부자가 되는 가장 쉬운 방법을 잘 알고 있습니다. 야곱이 말한 것처럼 조금 덜 원하고 자족하면 됩니다. 부처님도 자족하는 자가 가장 부자라고 말씀하셨습니다. 가장 많이 가진 자가 부자가 아니라 더 이상 필요한 것이 없는 사람이 부자라는 사실을 저도 잘 압니다. 그런데 저는 아직 그런 부자가 되지 못합니다. 지금보다 더 많이 소유하고 나서 나중에 자족하겠다는 생각을 하기도 합니다.

일생을 살면서 돈이 얼마나 많아야 만족할 수 있을까요. 그건 사람마다 다 다르겠지만 하루하루 살아가는 데 큰 불편함이 없을 정도면 되지 않을까요. 남을 도울 수 있을 정도면 더 좋고요. 그 이상의 돈은 어쩌면 필요 없는 돈일 수 있습니다. 그런데도 저는 다가오지도 않은 미래의 불확실성을 충족시키기 위해 오늘이라는 인생의 소중한 시간을 돈을 버는 데에 낭비하고 있습니다.

돈은 생계가 보장되는 단계만 지나면 행복에 별다른 영향을 미치지 않습니다. 물론 돈이 없어 한 끼의 밥을 걱정해야 하는 사람은 밥을 먹기 위해 열심히 돈을 벌어야 합니다. 그래야만 더 이상 밥 걱정을 하지 않게 됩니다. 그리고 생계가 보장되는 단계에 이를 때까지는 소득이 오르는 만큼 행복지수도 따라 오릅니다. 그렇지만 그 단계가 지나면 소득이 많이 올라도 행복지수는 크게 오르지 않습니다. 오히려 돈에 대한 욕구가 지나쳐 행복의 기초가 파괴됩니다. 돈을 벌수록 여유보다 욕심이 더 생기기 때문입니다.

돈을 버는 데에 만족이란 있을 수 없습니다. 인간은 누구나 욕망의 크기를 충족시키기 어렵습니다. 욕망은 그 크기를 일정량으로 정할 수 없습니다. 하나를 원하면 하나를 소유하는 순간 둘로 불어나고, 둘을 갖는 순간 셋, 넷으로 커져버립니다. 이렇게 욕망의 크기가 무한하기 때문에 소유를 키우는 방법으로는 행복에 다다를 수가 없습니다. 오직 욕망의 크기를 줄이는 것만이 행복에 다다를 수 있는 유일한 길입니다.

미국 명문대 출신 800명을 조사한 결과, 돈을 우선시하는 사람들이 인간관계를 우선시하는 사람들보다 불행하다고 느끼는 비율이 두 배나 더 높습니다. 돈에 집착할수록 경쟁심과 비교의식이 커지고 더 이기적이 되며 우울해진다는 연구 결과도 있습니다. 기업합병으로 미국 월 스트리트의 신화적 존재가 되었던 이반 보에스키는 세계 400대 부자 명단에 처음 올랐을 때 기쁘기는커녕 자신이 명단의 너무 아래쪽에 있어 몹시 우울했다고 합니다. 전문 기업사냥꾼이었던 그는 결국 부정행위로 징역 20년의 판결을 받았는데 이는 돈에 사로잡힌 탐욕의 결과입니다. 돈은 불과 같아서 적정 거리를 유지하지 못하고 너무 가까이 다가가면 자신이 타버리고 맙니다.

저는 시인이지만 지금까지 제가 살아온 삶의 과정 또한 돈을 버는 과정이었습니다. 물론 그 과정을 통해 사랑하는 가족에 대한 책임을 질 수 있었지만, 그 과정이 때로는 쓸쓸하게 느껴질 때가 있습니다. 그렇지만 그 과정은 시인으로 사는 저 자신의 존재성을 발견하고 유지하기 위한 가치이기도 했습니다.

미국 버몬트 숲에서 자급자족하는 자연주의적 삶을 산 헬렌 니어링은 《아름다운 삶, 사랑 그리고 마무리》에서 남편 스코트 니어링의 말을 이렇게 전합니다.

"덜 갖고 더 많이 존재하라. 삶에서 중요한 것은 당신이 갖고 있는 소유물이 아니라 당신 자신이 누구인가 하는 것이다. 단지 생활하고 소유하는 것은 장애물이 될 수도 있고 짐일 수도 있다. 우리가 가지고 있는 것이 아니라, 그것으로 우리가 어떤 일을 하느냐가 인생의 진정한 가치를 결정짓는 것이다."

인생의 진정한 가치를 결정짓는 일을 하기 위해서도 돈은 필요합니다. 그러나 그 가치를 위해 필요 이상으로 소유한다면 그것은 욕심일 뿐입니다. 가장 작은 욕심을 지닌 사람이 가장 신에 가깝다고 합니다. 지나치게 많은 돈은 신의 축복이 아니라 악마의 저주일 수 있고, 극락세계에는 보석이 거래되지 않는다고 합니다.

어느 신부님은 "사제생활을 하면서 꼭 지키려고 노력한 것 중 하나가 돈에서 멀어지려는 노력이었다"고 합니다. 그 신부님은 사제 서품을 받을 때 은사 신부님께서 "자기 지갑에 정확히 돈이 얼마 있는지 세지 말라"는 말씀을 하셨는데, 이 말씀을 잊지 않고 지켜왔다는 것입니다.

지금 제 지갑에 돈이 얼마나 들어 있는지 들여다봅니다. 소유가 풍부하면 존재도 풍성하게 된다는 착각이 듭니다. 그렇지만 소유가 존재를 보장해주지는 못합니다. 좋은 시를 쓰려고 노력하면서 많은 돈을 벌려고 노력한다면 그것은 결국 시를 망치고 동시에 제 존재 자체를 망칩니다. 욕망을 채우는 삶이 가치 있는 것이 아니라 의미를 채우는 삶이 가치 있는 삶입니다. 오늘은 제가 쓴 '꽃과 돈'이라는 시를 읽으면서 꼭 필요한 것을 꼭 필요한 만큼만 가지는 것이 인생에서 얼마나 중요한 것인가를 생각해봅니다.

돈을 벌어야 사람이
꽃으로 피어나는 시대를
나는 너무나 오래 살아왔다
돈이 있어야 꽃이
꽃으로 피어나는 시대를
나는 죽지 않고
너무나 오래 살아왔다

이제 죽기 전에
내가 마지막으로 해야 할 일은
꽃을 빨래하는 일이다
꽃에 묻은 돈의 때를
정성 들여 비누칠해서 벗기고

무명옷처럼 빳빳하게 풀을 먹이고
꽃을 다림질하는 일이다

그리하여 죽기 전에
내가 마지막으로 해야 할 일은
돈을 불태우는 일이다
돈의 잿가루를 밭에 뿌려서
꽃이 돈으로 피어나는 시대에
다시 연꽃 같은
맑은 꽃을 피우는 일이다

걱정은 돌 하나도 옮길 수 없다

"왜 걱정하십니까? 기도할 수 있는데……"

서울 명동성당 지하 입구에 적혀 있는 말입니다.

저는 이 말대로 아침에 눈을 뜨면 일어난 바로 그 자리에서 기도부터 합니다. 어떤 큰 신앙의 발로로 기도하는 것 같지만 실은 아닙니다. 걱정되는 일들을 걱정되지 않게 해달라고 기도하는 게 대부분입니다. 그러니 기도라기보다 제가 원하는 것을 큰 탈 없이 어떻게 잘 좀 이루어질 수 있도록 절대자에게 기복적 자세로 부탁하는 말이라고 할 수 있습니다.

나를 위한 게 아니라 남을 위한 것이라야 진정한 기도라는 것을 저도 잘 압니다. 나의 고통보다는 남의 고통을 위해 기도해야 기도는 이루어집니다. 기도의 진정한 뜻도 거기에 있습니다. 짧은 기도가 하늘에 닿기 때문에 그런 기도는 길지도 않습니다. 그런데 제 기도는 아주 깁니다. 제가 욕심이 많고 원하는 게 많으니까 자연히 길어질 수밖에 없습니다.

그런 기도를 하지 않으려고 해도 자꾸 그렇게 됩니다. 그건 제 삶이 그만큼 불안하고 근심 걱정이 많다는 뜻입니다. 그러나 그렇게 기도를 했다고 해서 걱정이 없어지는 건 아닙니다. 기도가 끝나자마자 걱정은 또 꼬리에 꼬리를 물고 이어집니다.

'아버지가 밤에 주무시다가 숨 막히는 듯한 느낌이 들어, 사람이 이러다가 죽는구나 하는 생각이 드셨다는데 어젯밤엔 잘 주무셨나. 이러다가 갑자기 돌아가시는 건 아닐까' 하는 걱정에서부터 '포병으로 복무중인 막내 녀석이 오늘부터 훈련이라는데 그 무거운 포탄을 손으로 옮기다가 자칫 떨어뜨리지는 않을까' 하는 걱정에 이르기까지 별의별 걱정을 다합니다. 두 아들의 아버지가 된 지 서른 해가 넘었는데도 아직도 마음속에 불안과 걱정의 그림자가 서성거립니다. 그 그림자가 어떤 때는 저를 쓰러뜨리기도 하고 끝없이 벼랑 위로 몰고 가기도 합니다.

언젠가 한 후배가 제게 정색한 얼굴로 "초등학생인 외아들을 학교로 보내놓고 나면 왠지 마음이 불안해서 견딜 수 없다"고 한 적이 있습니다. "어떤 때는 안절부절못하면서 일이 손에 잡히지 않아 내가 좀 비정상적인 상태가 아닌가 하는 생각이 든다"고도 했습니다. 저는 그때 "당신만 그런 게 아니고 나도 그렇다. 아이들이 스스로 자신을 보호할 수 있을 정도로 다 컸는데도 늘 불안의 그림자에 시달린다"고 말했습니다.

그것은 바로 내 아이들에게 혹시 무슨 사고라도 생기면 어떡하나 하고 걱정하는 데서 오는 불안이었습니다. 그러고 보니 지금까지 두 아들에게 가장 많이 한 말은 '공부 열심히 하라'는 말이 아니라 '차 조심하라'는 말이었습니다. 아이들이 돈만 알고 남에게 피해나 끼치는 사람이 되지는 않을지, 인간과 인생을 이해하지 못하고 이웃을 외면하는 이기적인 사람이 되지 않을지 걱정하는 일보다 불의의 사고를 당하지 않을까 걱정하는 마음이 더 컸던 것입니다.

이렇게 저의 하루는 걱정에서 시작해서 걱정으로 끝납니다. 아니, 끝나는 게 아니라 자다가 꿈속에서도 그날 낮에 걱정했던 일들을 계속 걱정하는 꿈을 꾸기도 합니다. 단 하루를 살더라도 걱정 없이 살고 싶은데 무의식 상태에서도 걱정에서 벗어날 수가 없습니다.

걱정은 병입니다. 병 중에서도 아주 중병입니다. 제 아버지는 아흔이 넘으셨는데도 가스불이 제대로 잠겼는지, 현관문은 확실히 닫혔는지 손수 확인하지 않으면 잠을 못 주무십니다. 이제 그 연세쯤 되셨으면 사소한 일상의 걱정은 하지 않아도 되실 텐데 그게 안 됩니다. 아버지나 저나 그게 큰 병인 줄 제대로 알지도 못합니다. 감기만 걸려도 병원 처방을 받으면서도 걱정 때문에 삶이 휴지처럼 구겨지는데도 수수방관하고 있습니다.

이런 실험이 있습니다. 한 달 동안 걱정이 될 때마다 하루에도 몇 번씩 걱정의 내용을 종이에 적어 상자 안에 넣어두게 했습니다. 그런데 한 달 뒤 종이를 꺼내 내용을 파악해보니 그중 90퍼센트 이상이 걱정할 필요가 없는 일었다고 합니다. 그리고 그런 걱정을 했다는 사실조차 대부분 잊고 있었다고 합니다.

걱정은 걱정을 낳을 뿐입니다. 걱정한다고 두려움이 사라지는 것은 아닙니다. '거짓말은 눈덩이와 같다. 굴리면 굴릴수록 더 커질 뿐이다' 라는 말처럼 걱정도 마찬가지입니다. 걱정도 하면 할수록 눈덩이처럼 더 커질 뿐입니다.

"콜로라도 주 한 봉우리에 거대한 나무 한 그루가 쓰러져 있었습니다. 그 나무는 400여 년간 열네 번이나 벼락을 맞아도 쓰러지지 않았으며, 수많은 눈사태와 폭풍우를 이겨냈다고 합니다. 그런데도 그 나무가 쓰러진 까닭은 바로 딱정벌레 떼가 나무속을 파먹어버렸기 때문이라고 합니다. 오랜 세월에도 시들지 않고 폭풍과 벼락을 견뎌온 그 거목이 손가락으로 문지르면 죽일 수 있는 작은 벌레들에게 쓰러지고 만 것입니다. 우리도 이 거목처럼 인생의 폭풍우와 눈사태와 벼락은 이겨내면서도 '근심' 이라는 벌레에게 우리의 심장을 갉아먹히고 있지는 않은지요?"

데일 카네기의 《근심이여 안녕》이라는 책에 나오는 이야기입니다. 그만큼 걱정과 근심은 나를 파괴합니다. 내 인생을 쓰러뜨릴 가장 큰 힘을 지니고 있는 게 바로 걱정과 근심이라는 작은 벌레입니다. 걱정이 걱정하는 문제를 해결해주지 않습니다. 걱정은 말 그대로 걱정일 뿐입니다.

'내일 일을 걱정하지 말라. 내일 걱정은 내일에 맡겨라. 하루의 괴로움은 그날에 겪는 것만으로 족하다. 누가 걱정한다고 해서 자기 키를 한 자나 더 크게 할 수 있겠느냐.'

성서에서도 걱정의 무의미성을 이렇게 지적하고 있습니다.

송봉모 신부님은 그의 책 《고통, 그 인간적인 것》에서 "우리 하루의 삶은 온통 상상에 의한 걱정거리로 가득 차 있다. 하루에 한 시간만 집중적으로 걱정하고 나머지 시간에는 걱정거리를 잊겠다고 결심해야 한다"고 말합니다. 실제로 겪는 걱정은 어쩔 수 없다 하더라도 상상에 의한 걱정만큼은 피하라는 것입니다.

일본 왕실의 서자로 태어나 우리나라 원효스님만큼 유명한 스님이 된 이큐스님은 세상을 떠나기 전에 내일을 불안해하는 제자들에게 편지 한 통을 내주면서 이렇게 말했습니다.

"곤란한 일이 있을 때 이것을 열어봐라. 조금 어렵다고 열어봐서는 안 된다. 정말 힘들 때, 그때 열어봐라."

세월이 흐른 뒤 사찰에 큰 문제가 생겼습니다. 모두 머리를 맞대고 의논했으나 해결의 실마리를 찾을 수 없었습니다. 승려들은 마침내 이큐의 편지를 열어볼 때가 왔다고 결정하고 편지를 열어보았습니다. 거기엔 이렇게 단 한 마디가 적혀 있었습니다.

"걱정하지 마라, 어떻게든 된다."

내일의 불안에 대한 참으로 명쾌한 말씀이 아닐 수 없습니다. 이큐스님은 평소 "근심하지 마라. 받아야 할 일은 받아야 하고, 치러야 할 일은 치러야 한다. 그치지 않는 비는 없다"고 말씀하셨는데, 그 말씀을 이렇게 한 마디로 집약해놓은 것입니다.

저 또한 오늘 이 순간의 일을 걱정하는 게 아니라 내일 다가올 일을 걱정합니다. 미리 상상함으로써 스스로 걱정을 불러일으킵니다.

이제 아무리 걱정을 하지 않고 살 수 없다 할지라도 상상에 의한 걱정만은 피하고 싶습니다. 아무리 불안이 인간 존재의 근원이라 할지라도 다가오지 않은 미래의 불안을 걱정하면서 살고 싶지 않습니다. 어쩌면 오늘 제가 걱정하는 일조차도 별로 걱정할 일이 아닐지 모릅니다. 걱정은 거리의 돌멩이 하나도 옮길 수 없습니다.

행복은 언제나 우리가

가장 두려워하는 곳에 있다

텔레비전 화면을 통해 북태평양 베링 해협에서 참치잡이 하는 어부들을 본 적이 있습니다. 베링 해협은 파도가 거칠어 목숨을 걸고 참치잡이를 하지 않으면 안 되는 곳인데도 그들은 참치 떼가 몰리는 시기가 되자 아르바이트 선원까지 모집해서 그곳으로 향했습니다. 해마다 파도에 배가 뒤집히고 선원들이 바다에 빠져 죽는 일이 일어나는데도 그들은 두려움 없이 참치잡이에 최선을 다하는 모습이었습니다.

참치잡이 하는 필리핀 어부들의 모습 또한 화면을 통해 본 적이 있습니다. 그들은 사람 몸 하나 겨우 들어가는 '빠꾸라'라는 일인용 배를 타고 망망대해로 나가 낚싯줄을 드리우고 맨손으로 참치를 잡아 올렸습니다. 섭씨 40도의 폭염 아래 검은 파도와 싸우며 낚싯줄 하나로 100킬로그램이나 되는 대형 참치를 잡는 모습은 사투, 바로 그것이었습니다. 그들은 해적에게 잡혀 목숨 대신 참치를 빼앗기기도 하고, 일사병으로 쓰러지기도 하고, 창 모양의 청새치 주둥이에 찔려 죽기도 합니다. 그런데도 두려워하지 않고 잡은 참치를 항구에 부려놓고 또다시 바다로 나갑니다.

그것은 오늘의 두려움 속에 내일의 행복이 있기 때문입니다. 참치를 잡아 사랑하는 가족을 책임져야 하는 생존의 행복이 바로 오늘의 두려움 속에 있기 때문입니다. 우리가 가장 두려워해야 하는 것은 두려움 그 자체이기 때문입니다. 행복은 우리가 가장 두려워하는 곳에 있기 때문입니다.

저도 인생이라는 망망대해에 나가 고기잡이하는 한 사람 어부입니다. 그러나 하루하루를 두려움 속에 삽니다. 단 하루도 두려움 없이 아침을 맞이하는 날은 없습니다. 찬란한 아침을 맞이하면서도 그 찬란함 속에 숨은 어둠을 먼저 바라보고 두려워합니다. 미래의 불행을 염려하고 두려워하면 이미 불행해지는 것인데도 염려하고 두려워합니다. 내 인생이 끝났다고 생각하는 순간에 희망이 바로 내 옆에 있는데도 그런 믿음을 지니지 못합니다.

가끔 고등학생 때 비를 맞고 걷던 일을 떠올립니다. 수업을 마치고 집으로 돌아갈 때 비가 오면 모자를 푹 눌러쓰고 그 비를 고스란히 다 맞았습니다. 비는 한번 맞으면 더 이상 피할 이유가 없어집니다. 그래서 내리는 비를 그대로 다 맞고 집으로 갔습니다. 그러면 어머니가 화들짝 놀라시면서 흠뻑 젖은 제 가방을 들어주셨습니다. 저는 그때 속으로 '이미 비를 맞았는데 굳이 비를 피하려고 노력할 필요는 없다, 비를 맞은 사람은 더 이상 비를 두려워하지 않는다'고 생각했습니다.

자전거를 탈 때도 넘어지지 않으려면 넘어지는 쪽으로 방향을 틀어야 합니다. 넘어지는 것을 두려워하면 넘어지고, 두려워하지 않으면 넘어지지 않습니다. 인생이라는 자전거를 탈 때도 마찬가지입니다. 넘어지는 것을 두려워하거나 피하지 말고 오히려 당당히 부딪치기 위해 노력해야 넘어지지 않습니다.

자전거를 탈 때 갑작스레 튀어나온 개를 피하는 방법도 비슷합니다. 오히려 개를 치려고 하면 됩니다. 개는 위험을 예지하는 능력이 뛰어나 누가 자기를 치려고 하면 미리 피하기 때문에 일부러 개를 치기는 어렵습니다. 오히려 개를 치지 않으려고 피하면 개를 치게 됩니다. 개가 그런 마음을 미리 알고 안심하고 자전거 방향으로 뛰어들기 때문입니다. 그래서 무슨 일이든 두려워 피하지 말고 부딪혀보라는 것입니다.

그렇다고 두려움을 느끼지 않는 개미가 되라는 뜻은 아닙니다. 손톱을 깎을 때 손톱 끝이 두려움을 느끼지 않듯이 개미는 자신의 죽음을 두려워하지 않습니다. 그것은 죽음에 대한 인식이 없기 때문입니다. 한 마리 개체로서의 존재성을 잊고 개미집이라는 공동체로서의 존재성을 먼저 인식하기 때문입니다.

노벨문학상을 받은 러시아 작가 솔제니친은 모닥불에 통나무를 던져 넣었다가 그 안에 개미집이 있는 것을 발견하고 얼른 꺼내 개미들을 살려놓습니다. 그런데 개미들은 통나무를 향해 다시 기어갑니다. 그것을 보고 그는 '무엇이 그들로 하여금 자기 집으로 돌아가게 만드는 것일까? 불타오르는 통나무를 붙잡고 바둥거리면서 그대로 죽어가게 만드는 것일까' 하고 궁금해 합니다.

이는 개미가 공동체의 생존에 대해서는 걱정하지만 개인의 죽음에 대해서는 두려움을 느끼지 않기 때문입니다. 집을 지키려다가 자신이 불타 죽게 된다는 인식 자체가 결여돼 있는 것입니다. 그러니까 개미에게 두려움은 두려움이 아닙니다. 두려움을 느끼지 못한다는 것과 두려움을 느끼면서도 두려움에 도전한다는 것은 전혀 다른 문제입니다.

저는 과거의 고통스러운 상황과 비슷한 상황을 맞닥뜨리면 애써 외면하려고 듭니다. 과거의 고통스러운 일들을 떠올리고 싶지 않기 때문입니다. 그러나 그런다고 해서 그런 상황이 사라지는 것은 아니었습니다. 오히려 정면으로 바라보고 상황을 인식함으로써 문제 해결의 실마리를 찾게 되는 경우가 더 많았습니다.

오늘을 살아간다는 것은 결국 어제의 고통과 정면으로 맞서는 일입니다. 내일이라는 빛 또한 오늘이라는 고통의 어둠 속에 있습니다. 두려울 때는 두려운 곳을 쳐다봐야 하고, 무서울 때는 무서운 곳을 쳐다봐야 합니다. 그래야 무서움과 두려움의 실체를 알게 되고 보다 효과적인 해결책을 모색할 수 있습니다. 만일 제가 두려움에서 마냥 도망치려고만 든다면 베링 해협이나 필리핀의 참치잡이 어부들이 바다가 두렵다고 바다로 나아가지 않는 것과 같습니다.

두려움은 삶의 원동력입니다. 두려움은 오늘도 저를 깨어 있게 만듭니다. 제가 두려워해야 할 것은 두려움 그 자체입니다. 오늘도 20대 때 쓴 시 '아무도 슬프지 않도록'을 읽으며 인생의 행복이 어디 있는지 다시 생각해봅니다.

우리 다시 만날 때까지
아무도 슬프지 않도록

그대 잠들지 말아라

마음이 착하다는 것은
모든 것을 지닌 것보다 행복하고
행복은 언제나
우리가 가장 두려워하는 곳에 있나니

차마 이 빈손으로
그리운 이여
풀의 꽃으로 태어나
피의 꽃잎으로 잠드는 이여

우리 다시 만날 때까지
그대 잠들지 말아라
아무도 슬프지 않도록

비극이란 거꾸로 뒤집힌 축복이다

비극 없는 인생이 있을까요. 그런 인생은 없습니다. 인생의 본질은 비극입니다. 인간은 본질적으로 비극적 존재입니다. 누가 제게 "당신 시의 발화점은 어디인가" 하고 묻는다면, 저는 "인간의 비극입니다" 하고 대답할 수 있습니다. 보다 부연해서 말하라면 "저의 비극에서 제 시의 불꽃은 타오릅니다"라고 말할 수 있습니다.

이는 저뿐만이 아닙니다. 다른 시인이나 작가들, 다른 분야의 예술가들도 인간의 비극성을 창조의 밑바탕으로 하고 있습니다. 인간은 희극보다 비극을 노래하지 않으면 견딜 수 없는 존재이며, 예술은 비극을 먹고 자라는 기쁨과 희망의 꽃이기 때문입니다.

처음 시를 공부하는 이들이 어떻게 하면 시를 잘 쓸 수 있느냐고 물을 때도 저는 "자신의 삶의 비극성을 구체적으로 들여다보라"고 말합니다. 저 또한 제 삶의 비극성을 구체적으로 들여다봄으로써 분노보다는 상처, 기쁨보다 슬픔, 햇빛보다는 그늘, 평안보다는 고통 때문에 시를 씁니다. 그 상처와 슬픔과 그늘과 고통을 받아들이는 과정 속에서 기쁨과 희망과 평화를 지향하는 마음으로 시를 씁니다.

시인은 특별한 존재가 아니라 평범한 일상적 존재입니다. 다른 사람들이 고통 가운데에서 사는 것만큼 시인 또한 고통 속에서 삽니다. 다만 그것을 어떻게 받아들이느냐, 받아들이는 과정 속에서 어떻게 나타내고 표현하느냐 하는 것만 다를 뿐입니다.

인생이라는 먼 길을 상처 없이 걸어가는 사람은 아무도 없습니다. 오히려 그 상처와 고통이 힘이 됩니다. 저 또한 그 힘으로 시의 길을 묵묵히 걸어가면서 가끔 수련이나 연꽃을 생각합니다.

수련이나 연꽃은 오물이 뒤섞인 더러운 물속에 뿌리를 내리고 삽니다. 저 또한 비극이라는 상처와 고통이라는 현실 속에 뿌리를 내리고 삽니다. 그러나 수련이나 연꽃이 피워 올리는 꽃은 맑고 순결하고 아름답습니다. 저 또한 그런 오물투성이의 현실 속에 뿌리를 내리고 살지만 제가 쓰는 시만은 수련이나 연꽃과 같은 그런 꽃이길 바랍니다. 만일 수련이나 연꽃이 맑은 물속에서만 산다면 그토록 아름다운 꽃은 피워 올리지 못할 것입니다. 저 또한 기쁨과 평화만 있는 현실 속에 뿌리를 내리고 산다면 아마 시를 쓸 수 없을 것입니다. 오히려 악조건적인 현실의 비극성이 저로 하여금 시를 쓸 수 있게 해주는 '뒤집힌 축복' 입니다.

천주교 서울대교구 문화홍보국장인 허영엽 신부의 글 중에 이런 이야기가 있습니다.

아주 오래전 특별한 삶을 살아가는 여성을 만난 적이 있다. 그녀는 태어나면서부터 뇌성마비 환자였다. 혼자 힘으로는 조금도 움직일 수 없었으며, 말하는 것조차 힘들었다. 오랫동안 어렵게 얼굴 근육을 움직여야 힘겹게 이야기를 할 수 있을 정도였다. 한 달에 한 번 성당 사제와 교우들이 병자 방문 때 찾아가는 것이 그녀에겐 가장 큰 삶의 위로였다. 교우들이 찾아가면 그녀는 항상 아무런 말없이 마음속으로 기도를 했고 끝나면 감사 표시로 고개를 끄덕이며 눈인사를 하려 노력했다.

그런데 하루는 그녀가 나에게 어렵게 이야기를 꺼냈다.

"신부님, 저는 제 인생이 너무 보잘것없고 가치가 없다고 생각했습니다. 아무런 쓸모도 없고, 주위 사람들에게 폐만 끼치는 저 자신이 몹시 원망스러웠습니다. 그래서 자살을 하려고 여러 번 생각했었습니다. 만약 제가 천주교 신자가 아니었다면 벌써 죽었을 것입니다. 저는 늘 하느님과 부모에게 원망스러운 마음을 갖고 있었습니다. 하느님은 세상 모든 것을 다 쓸모 있게 창조하셨다는데, 저를 어디에 쓰려고 만드셨는지……. 그런데 어느 날 이런 생각이 들었습니다. 저는 제가 받는 이 고통을 통해 세상에 봉사할 수 있다는 생각이 들었습니다. 이것이 저의 존재 이유이고 행복입니다."

나는 그때 한 인생의 심오한 깨달음의 소리를 들은 것에 감격했다. 또한 자신의 고통을 전혀 다른 차원에서 이해하는 그녀야말로 진정 행복한 사람이라고 생각했다. 그로부터 몇 년 후 그녀를 다시 만났을 때 그녀는 다른 어려운 처지에 있는 여성들을 위해 봉사하는 삶을 살고 있었다. 20년도 훨씬 지났지만 고통을 통해 세상에 봉사할 수 있다고 한 그녀의 말이 지금도 가끔씩 내 마음을 크게 울린다.

저 또한 이 글에 큰 감동을 받았습니다. 자신의 고통 자체가 존재의 이유라는 이 여성의 이야기 또한 인생의 비극을 '거꾸로 뒤집힌 축복'으로 전환시킨 경우가 아닐 수 없습니다.

내 인생에 고통과 비극의 강한 바람이 불어온다고 두려워할 필요는 없습니다. 오히려 그 바람을 어떻게 활용하고 어떤 기회로 삼을 것인가를 생각해야 합니다.

어릴 때 저는 연을 날리지 않고 겨울을 보낸 적은 없습니다. 연을 직접 만드는 것은 물론 얼레도 연줄도 다 제 손으로 만들었습니다. 사금파리를 잘게 갈아서 엄마가 쑤어준 풀에 이겨 만든 연줄로 연싸움에서 곧잘 이기기도 했습니다.

연을 날려본 제 경험에 의하면 연날리기에는 바람이 아주 중요합니다. 바람이 불지 않거나 바람이 약하게 불면 연을 날리기 어렵습니다. 그래서 아이들은 바람이 약하게 불어오는 공터보다 사방이 툭 트여 늘 강한 바람이 불어오는 뒷산에 올라가 연날리기를 좋아했습니다.

연싸움을 할 때도 바람이 약하게 불어올 때보다 강하게 불어올 때가 더 좋습니다. 바람이 강하게 불어온다고 바람을 두려워하면 연싸움에서 이길 수 없습니다. 아무리 강한 바람이 불어와도 이때야말로 연싸움을 제대로 할 수 있는 좋은 기회라고 생각하면 연날리기의 제 맛을 제대로 느낄 수 있습니다.

내 인생이라는 연을 날리기 위해서도 강한 고통과 비극의 바람은 필요합니다. 지금도 제 손에는 연줄로 전달되던, 강한 바람과 맞서던 연의 팽팽한 기운이 느껴집니다. 비극의 바람이 불어올 때마다 어릴 때 연을 날리며 바람과 맞서던 그 팽팽한 기운이 다시 솟아납니다.

두려움은 인생을 파괴합니다. 내가 두려워하고 절망했기 때문에 축복의 희망이 안 보이는 것입니다. 내 인생에 고통의 소나기가 퍼부어도 절망하지 않는 게 중요합니다. 소나기가 그치면 반짝이는 햇살과 함께 무지개가 뜹니다. 소나기가 오지 않는 하늘에 무지개는 뜨지 않습니다. 그러나 소나기가 오지 않는 하늘은 없습니다.

혹시 소나기가 하루 종일 온다고 생각하는 분이 계십니까. 소나기는 오다가 반드시 그치기 때문에 소나기입니다. 인생에 고통과 두려움이라는 비극의 소나기가 오면 오히려 인생의 무지개를 볼 수 있는 좋은 기회입니다. 최악일 때야말로 최고의 기회입니다. 내 인생이 가장 비극적일 때 축복의 손길은 찾아옵니다. 비극은 거꾸로 뒤집힌 축복입니다.

누구나

자기만의 사막을

지니고 있다

이집트의 수도 카이로에서 서남쪽으로 차를 타고 하루 종일 달리면 백사막이라는 곳에 닿게 됩니다. 백사막은 예전에 바다였던 곳으로, 석회석 성분이 많아 사막 전체가 흰 빛깔을 띠고 있습니다. 마치 사막에 내린 흰 눈이 햇살에 막 녹고 있는 듯한 느낌을 줍니다. 사실은 희고 딱딱한 석회암 덩어리가 세월에 풍화되어 그렇게 보이는 것이지만, 여기저기 기기묘묘한 흰 바위들로 사막은 신비한 광경을 연출합니다. 마치 신이 잠시 들러 흰 석회암으로 한바탕 조각을 해놓은 것 같습니다. 아기를 꼭 안고 있는 엄마의 모습, 사막을 달리다가 지금 막 멈춰 선 듯한 낙타의 모습, 깊은 고뇌에 빠진 인간의 두상 형상, 두둥실 하늘 향해 떠 있는 버섯구름 모양 등 인간의 힘으로는 결코 만들 수 없는 각양각색의 조각품들이 즐비해 사막은 마치 신의 조각 전시장 같습니다.

저는 그곳에서 하룻밤을 보냈습니다. 낡은 매트리스를 깔고 오리털 점퍼를 입고 모래 위에 누워 별들을 바라보았습니다. 별들이 밤하늘에 너무나 가득해 잠이 오지 않았습니다. 시간이 지날수록 둥근 별들이 점점 머리 위로 가까이 내려와 손만 뻗으면 북두칠성 하나를 잡을 수 있을 듯했습니다.

한여름인데도 사막의 밤은 한겨울처럼 추웠습니다. 백사막까지 지프차를 몰고 온 운전사가 준비해온 장작 몇 개를 꺼내 모닥불의 불길을 돋워주었습니다. 몸을 일으켜 모닥불 곁에 앉아 밤하늘을 바라보자 마치 사막에 사는 베두인족이라도 된 듯 했습니다.

사막여우 한 마리가 내 발치에 다가와 은근히 나를 쳐다본 것은 그때였습니다. 사막여우가 여행객의 신발을 물고 간다고 조심하라는 말을 듣고 처음에는 플래시를 강하게 비춰 사막여우를 쫓아냈습니다. 사막여우는 몇 걸음 뒤로 도망치는 듯하다가 다시 다가와 나를 쳐다보았습니다. 나도 가만히 쳐다보았습니다. 사막여우는 위협적인 녀석이긴커녕 작은 몸피에 비해 두 귀가 유난히 크고 쫑긋한 참으로 귀여운 녀석이었습니다.

'맞아! 사막여우도 외로워서 나를 찾아온 거야. 그런데 내가 마구 쫓아내다니!'

혼자 그런 생각을 하며 사막여우에게 미안해하고 있을 때였습니다. 멀리 지평선에 노란 오렌지를 반으로 딱 쪼개놓은 듯한 거대한 반달이 떠올랐습니다. 순간 그 아름다움에 숨이 턱 막혔습니다. 처음엔 달이 아니라 해가 뜨는 줄 알았습니다. 달인 줄 알았을 때도 사막에만 그런 달이 뜨는 게 아닌가 하는 생각이 들었습니다.

하늘에는 별들이 찬란하고, 지평선엔 반달이 떠오르고, 내 발치 모닥불 곁에는 사막여우가 은근히 나를 쳐다보고 있는 사막의 밤! 그 밤의 아름다움에 사로잡힌 저는 한순간 숨조차 쉴 수 없었습니다.

그러나 그렇게 아름다웠던 사막도 아침이 되자 서둘러 떠나지 않으면 안 되었습니다. 간밤에 추위에 떨기도 했지만 밥에 모래가 들어가 통 먹지 못해 몹시 배가 고팠기 때문입니다. 빨리 카이로로 돌아가 뭘 좀 먹고 샤워도 하고 좀 쉬자는 게 일행의 공통된 의견이었습니다. 저는 배가 고파도 조금이라도 더 그곳에 있고 싶었지만 일행을 따라 속히 떠나지 않으면 안 되었습니다.

이렇게 사막의 밤은 아름다웠지만 고통스러웠습니다. 아무리 아름다운 사막도 현대문명에 길들여진 인간은 하룻밤도 살기 어려운 곳이었습니다.

우리는 누구나 인생에 그러한 사막을 지니고 살고 있습니다. 스스로 건너야 하는 자기만의 사막이 있고 광야가 있습니다. 그곳에서 어떻게 살아가야 하는가 하는 문제만 평생 남아 있을 뿐입니다.

다행히 사막에는 오아시스가 있습니다. 이집트 백사막으로 가는 길에도 바하리야라는 오아시스 마을이 있었습니다. 그 마을 식당에서 물과 밥을 먹고 맥주도 들면서 잠시 휴식을 취할 수 있었습니다.

누구의 인생에나 사막이 있듯이 오아시스가 있습니다. 고통과 슬픔이 존재하듯이 기쁨과 휴식도 존재합니다. 다만 신기루를 오아시스로 착각하지 않아야 합니다. 먼 지평선에 강기슭인 양 펼쳐져 있는 신기루를 보면 그곳으로 달려가 강물에 풍덩 뛰어들 수 있을 것 같습니다. 그러나 그것은 실체 없는 거짓이자 비현실입니다.

인생의 사막에도 신기루를 보고 오아시스라고 여기는 슬픔이 존재합니다. 다른 사람의 고통은 신기루이며, 나의 고통은 오아시스인데도 그것을 잘 알지 못합니다. 유대교의 신비주의 신앙 부흥 운동을 뜻하는 하시디즘에는 그런 '슬픔의 나무'에 관한 이야기가 있습니다.

누구나 죽으면 커다란 슬픔의 나무 밑으로 먼저 갑니다. 그 나무에다 그동안 살아왔던 자신의 인생을 걸어둡니다. 그동안 겪었던 모든 고통과 불행을 슬픔의 나뭇가지에 걸어놓고, 느릿느릿 나무 주위를 돕니다. 자신이 걸어둔 것보다 덜 고통스럽거나 덜 불행해 보이는 게 있으면 그것을 자신의 것과 바꾸기 위해서입니다. 그래서 다들 느린 걸음으로 다른 사람의 인생을 면밀히 살피고 또 살핍니다. 자신의 고통보다 더 가벼운 게 분명 있을 거라는 기대를 잔뜩 지니고서 말입니다.

그러나 결국에는 누구나 다른 사람의 것이 아닌 자신의 것을 다시 선택하고 맙니다. 아무리 들여다봐도 자신이 겪었던 고통과 불행이 더 가볍게 느껴지기 때문입니다. 고통스럽던 그 당시에는 견디기 힘들었다 할지라도 결국 자신이 겪은 고통이 다른 사람 것보다 훨씬 가벼웠다는 사실을 깨닫게 됩니다. 그래서 그곳에 도착했을 때보다 훨씬 더 가벼운 마음으로 슬픔의 나무를 떠나게 됩니다.

남의 고통보다 나의 고통이 더 크고 무거워 보이는 것 같지만 실은 그렇지 않습니다. 나의 고통이 가장 작고 가볍습니다. 그런데도 나의 것이 더 크고 무겁다고 생각하고 견디기 어려워함으로써 더 큰 고통 속에 빠집니다. 어느 주교가 꾼 꿈 이야기에도 그런 이야기가 나옵니다.

사람들이 아침부터 제각기 크고 무거운 십자가를 지고 먼 길을 가고 있었습니다. 다들 자기가 짊어진 십자가가 무거워 힘들어하는 모습이었습니다. 그런데 어떤 사람이 꾀를 내어 점심때쯤 톱으로 자기 십자가를 잘라내었습니다.

"아이고, 이제 좀 가벼워졌네. 진작 잘라낼걸 그랬어!"

그 사람은 십자가가 한결 가벼워졌다고 좋아하면서 빠른 걸음으로 남들을 앞질러 갔습니다. 그러자 몇몇 사람들도 톱으로 자기의 십자가를 잘라내었습니다. 그러나 대부분의 사람들은 묵묵히 인내하며 자기의 십자가를 지고 갔습니다.

어느덧 해가 기울기 시작하고 사람들은 모두 종착점에 도착했습니다. 그런데 그곳엔 뛰어넘을 수 없는 큰 도랑 하나가 흐르고 있었습니다. 도랑 건너편엔 예수가 미소를 띠고 서 있었습니다. 사람들은 기쁜 얼굴로 예수를 향해 각자 지고 온 십자가를 도랑 위에 걸치고 건너가기 시작했습니다. 그러나 십자가를 자른 이들은 그 길이가 짧아 도랑을 건널 수 없었습니다.

저는 이 이야기를 통해 제 인생의 고통의 크기나 무게가 참으로 소중하다는 것을 깨닫게 되었습니다. 하마터면 저도 제 십자가를 톱으로 잘라버릴 뻔했습니다. 아니, 그동안 수없이 자르면서 살아왔는지도 모릅니다. 이제 그 십자가를 지고 제 인생의 사막을 묵묵히 걸어갑니다.

자기를 바로 봅시다

아름다운 사향노루 한 마리가 있었다. 그 노루는 코끝에 스며드는 향긋한 향기에 늘 마음이 끌렸다.

'어디에서 나는 향기일까. 으음, 난 이 향기가 너무 좋아!'

사향노루는 그 향기가 자신의 몸에서 난다는 사실을 알지 못했다. 사향샘이 있는 사향주머니가 배꼽과 생식기 사이에 있어 암컷이 그리울 때면 거기에서 향기가 난다는 것을 모르고 있었다.

세월이 흐를수록 그는 그 향기에 더욱 매혹되었다.

'이 향기는 정말 어디에서 나는 것일까. 난 이 향기가 나는 곳에 꼭 가보고 싶어.'

사향나루는 향기의 원천을 찾고 싶다는 열망을 억누르지 못하고 멀리 길을 떠났다.

그러나 향기의 원천을 찾을 수 없었다. 산을 넘고 물을 건너고 사막을 가로질러 갔으나 그 향기가 어디에서 나는지 알 수 없었다.

'세상 끝까지라도 찾아갈 거야!'

이윽고 세상의 경계선에까지 다다랐지만 아무것도 찾을 수 없었다.

하루는 높은 절벽 위로 올라가 아래를 내려다보았다. 절벽 어디에선가 향기가 계속 나긴 나지만 향기의 원천이 어디인지 여전히 알 수 없었다.

'어쩌면 저 아래인지도 몰라.'

사향노루는 향기를 찾겠다는 생각에 사로잡혀 그만 절벽 아래로 힘껏 뛰어내리고 말았다.

순간, 처참하게 부서진 그의 몸에서 짙은 사향 향기가 피어올랐다. 절벽 아래 깊은 계곡에까지 향긋한 사향 향기가 퍼져나갔다.

사향노루가 자기 몸에서 향기가 난다는 사실을 알았으면 얼마나 좋았을까요. 향기로운 자신을 얼마나 소중히 여기고 사랑했겠습니까. 삶의 의미와 가치를 발견하고 더욱 열심히 감사하는 마음으로 세상을 살았을 것입니다. 그런데도 그는 자기 몸에서 그토록 아름다운 향기가 나는 줄 모르고 일생 동안 그 향기의 원천을 찾아다니다가 결국 죽음을 맞이했습니다. 참으로 불행한 일이 아닐 수 없습니다.

자기 자신을 모른다는 것은 이런 불행을 초래합니다. 인생에서 가장 중요한 것은 자기 자신을 아는 일인데도 이 사향노루는 바로 자신을 몰랐습니다.

사람들은 저마다 행복을 가져다줄 수 있는 그 어떤 소중한 것들을 찾아 하루하루 바삐 움직입니다. 일생이라는 인생의 시간을 다 바치며 찾아 헤매도 대부분 찾지 못합니다. 정작 찾아 헤매던 것이 대부분 자기 안에 있거나 가장 가까이에 있는데도 그것을 모릅니다. 퇴근해 현관문을 열었을 때 다정히 맞이해주는 아내의 미소 속에, 남편이 내민 묵직한 가방 속에, 사랑스러운 자녀들의 장난기 어린 웃음 속에, 다달이 조금씩 불어나는 적금통장 속에, 할아버지 댁에서 배달시켜 먹은 피자 한 판 속에 평생 찾아다니는 행복이 숨어 있는데도 알아보지 못합니다.

그것은 가까이 있는 작고 익숙한 것들이 얼마나 소중한지 모르기 때문입니다. 행복이 거대한 존재가 아니라 작디작은 존재이며, 먼 데 어느 미래의 시간과 장소로 찾아가는 게 아니라 이미 찾아와 있는 것을 이 순간 발견하는 것이라는 것을 모르기 때문입니다.

저는 이 불행한 사향노루를 생각하면서 '자기를 바로 봅시다!' 하고 말씀하시던 성철스님을 생각했습니다. 이 말씀을 처음 들었을 때 '내가 왜 나를 몰라? 내가 나를 모르면 누가 나를 알지?' 하는 생각을 했습니다. 이 세상에서 나를 가장 잘 아는 이는 바로 나 자신이며, 다른 사람이 나를 안다고 해도 나만큼은 알 수 없다고 생각했습니다. 자기를 바로 보고 제대로 아는 일이 얼마나 어려운 일인지, 자기를 바로 보아야만 남을 바로 볼 수 있고 인생과 세상을 바로 볼 수 있다는 것을 그때는 깨닫지 못했습니다.

이제 성철스님께서 입적하신 지 20년이 지났습니다. 스님께서 늘 주창하신 이 말씀이 제 가슴에서 다시 움을 틔웁니다. 성철스님의 제자 스님 중 가장 맏형 격인 원택스님을 제주행 비행기 안에서, 또 부산역에서 우연히 몇 번 만나게 된 게 그 계기가 되었습니다. 저는 원택스님 덕택에 해인사에서 백련암까지 생전의 성철스님과 함께 산길을 걸은 적이 있습니다. 그래서 원택스님을 뵙자 마치 성철스님을 뵌 듯했습니다.

그때 만나뵌 성철스님은 무뚝뚝하지만 얼굴에 맑은 홍조를 띠신,

마음에 동심이 가득하신 분인 듯했습니다. 그렇지 않고서야 어찌 바위에 턱 걸터앉으셔서 저를 보고 "사진을 와 그렇게 많이 찍노? 그만 찍어라!" 하고 빙그레 미소를 보내주셨겠습니까. 그렇지 않고서야 어찌 산비둘기를 어릴 때부터 콩을 씹어 먹여 키우셨으며, 혹한에 연못이 꽁꽁 얼어붙자 연못 속에 사는 금붕어를 방 안으로 들여놓으셨겠습니까. 산비둘기는 스님의 어깨 위에 앉아 "이 사람은 꼭 어린애 같아. 그러니까 매일 나한테 콩을 주지" 하고 생각했을 것입니다. 금붕어도 "저 사람은 어린애야. 어린애가 아니고서야 어떻게 내가 얼어 죽을까봐 저렇게 걱정할 수 있노" 그렇게 생각했을 것입니다.

저는 그런 성철스님을 통해 자기를 바로 보기 위해서는 아이와 같은 마음을 지녀야 한다고 생각했습니다. 마음에 동심을 지닌다는 것은 자기를 바로 볼 수 있는 마음의 통로를 지니는 것입니다.

성철스님은 또 '자기를 속이지 말라'고도 늘 말씀하셨는데, 이 또한 결국 자기를 바로 보라는 말씀이라고 생각됩니다. 그동안 제 삶에 일어난 고통이나 불행은 결국 자기를 바로 보지 않은 탓입니다. 자기를 바로 보고 자기를 속이지 않았다면 제가 그 얼마나 하찮은 존재인가를 일찍이 깨달을 수 있었을 것입니다. 그런 깨달음 끝에 허황된 욕심을 버리고 내 삶의 주인이 될 수 있었을 것입니다.

인생에서 가장 중요한 일은 자신을 발견하는 일입니다. 자신을 발견해야만 인생의 주인이 되어 주체적인 삶을 살 수 있습니다. 만일 그런 눈이 없다면 충실하게 자기성장의 길을 모색하지 못함으로써 결국 자기 자신이 없는 삶을 살게 됩니다.

저는 자기를 바로 보는 저만의 눈이 없었습니다. 모든 것을 보는 눈이 정작 자기 자신은 잘 보지 못합니다. 설령 자기를 본다 하더라도 판단 기준이 객관적이지 않고 자기중심적입니다. 그래도 그러한 눈을 지닌다는 것은 자기를 발견하고 자기를 바로 볼 수 있다는 점에서 아주 중요합니다. 사향노루가 자기를 바로 보고 자기를 발견할 수 있었다면 그런 불행한 삶은 살지 않았을 것입니다. 향기의 원천을 찾겠다는 허황된 욕심을 버리고 자기 삶의 주인이 될 수 있었을 것입니다.

남에게 자신을 설명하는 것은

자신감의 결여를 반증하는 것이다

착하기로 소문난 한 농부가 시장에 나가 농사지은 곡식을 팔고 집으로 돌아가다가 어느 가게 앞을 지나갈 때였습니다. 갑자기 가게 주인과 경찰이 쫓아와 농부에게 훔친 돈을 내어놓으라고 호통을 쳤습니다.

농부는 놀라 벌벌 떨면서 돈을 훔친 일이 없다고 말했습니다. 그러나 경찰은 그의 말을 믿어주지 않았습니다. 가게 주인은 돈을 훔쳐간 도둑놈 주제에 거짓말까지 한다고 더 큰소리를 쳤습니다. 심지어 동네사람들도 몰려와 혀를 끌끌 찼습니다. "평소에 그런 줄 몰랐는데 양심이 아주 썩은 놈이었다"고 하면서 다들 속았다는 표정을 지었습니다. 결국 농부는 사람들이 보는 앞에서 유치장으로 끌려갔습니다.

그러나 이튿날 다행히 범인이 밝혀졌습니다. 농부는 풀려났지만 너무나 억울했습니다. 억울함을 참지 못해 가슴을 치며 소리를 질렀습니다. 그나마 진범이 잡히고 풀려나오길 얼마나 다행이냐고 식구들이 위로해주어도 그 억울함을 풀 길이 없었습니다.

농부는 그길로 시장에 나가 어제 자신이 당한 일을 이야기하기 시작했습니다. 하루 이틀 사흘이 지났습니다. 한 달 두 달 석 달이 지나고, 1년 2년 3년이 지났습니다. 농부는 농사짓는 것도 잊고 자신이 얼마나 억울하게 당했는지를 말하고 또 말했습니다. 그러는 가운데 그가 지닌 모든 것들이 하나둘씩 사라져버렸습니다.

저도 이 농부처럼 억울하게 당한 일을 잊지 못하고 밤잠을 설친 일이 한두 번이 아닙니다. 이 농부는 진범이라도 밝혀졌지만 제 경우는 진범이 나타나지 않은 경우가 더 많습니다. 그래서 저도 만나는 사람마다 붙잡고 두고두고 억울함을 이야기하고 싶을 때가 있었습니다. 아니, 가까운 이들에게 전후의 사정을 설명하면서 제 억울함을 호소하곤 했습니다. 그러면 처음엔 다들 진지하게 들어줍니다. '얼마나 억울하니, 나도 속이 상한다' 는 표정을 짓기도 합니다. 그러나 제 이야기가 자꾸 되풀이되면 들어주는 척할 뿐 들어주지 않습니다.

그럴 땐 더 이상 이야기를 하지 말아야 합니다. 그렇지만 그게 잘 안 됩니다. 틈만 나면 이야기하고 싶어 견딜 수가 없습니다. 10년 전 일인데도 말할 기회가 오면 그때 억울했던 심정을 피력하느라 목소리가 커지는 것도 모릅니다. 그만큼 억울하다고 느껴진 일은 큰 상처로 남습니다.

그렇지만 이 농부처럼 해야 할 일을 팽개쳐둔 채, 그게 생업임에도 불구하고 일은 하지 않고 계속 억울함만을 호소하고 있을 수는 없습니다. 아무리 억울하더라도 잊어야 합니다. 가슴에 맺힌 멍이 아물지 않더라도 잊으려고 노력해야 합니다. 물론 그게 그리 쉬운 일이 아닙니다. 어떤 때는 억울하게 만든 상대방의 얼굴이 자꾸 떠올라 애써 지우려고 하면 할수록 더욱 또렷하게 떠오르는 경우도 있습니다.

저는 어릴 때부터 어른들한테 변명하지 말라는 말을 많이 들어왔습니다. 무슨 잘못된 일이 있어 전후 사정을 자세히 설명하려 들면 "변명하지 마! 어른이 꾸지람을 하는데 잘 귀담아 듣고 있어야지 무슨 변명이 그리 많아?" 하고 야단맞았습니다. 그럴 때마다 "왜 설명을 변명이라고 하는지 모르겠네. 어른들은 참 권위적이야" 하고 중얼거리면서 가능한 한 제 입장을 설명하려고 애를 썼습니다.

어른들의 그런 태도는 저로 하여금 복종 잘하고 순종 잘하는 사람이 되도록 몰고 가는 측면이 있었습니다. 저는 그 점이 무척 싫었습니다. 제 생각과 상황을 설명할 수 없다는 것은 군에서나 통하는 상명하복(上命下服)의 질서를 요구하는 게 아닐 수 없었습니다.

그래서 어떤 부당한 일에 저 자신을 자초지종 설명해야 할 필요성이 느껴지면 열심히 설명하려고 애써왔습니다. 물론 열심히 설명을 하되 변명이 되지 않도록 노력해왔습니다. 그러나 제 입장에서는 설명이지만 다른 사람에겐 변명으로 느껴질 때가 참 많았나 봅니다. 제 설명이 끝내 상대방을 이해시키지 못하고 일이 더 엉키거나 악화되게 만드는 경우가 종종 있었던 것을 보면 말입니다.

신영복 선생의 책 《감옥으로부터의 사색》엔 '남에게 자기를 설명하려고 하는 충동은 한마디로 자기 자신에 대한 자신감의 결여를 반증하는 것입니다' 라는 구절이 있습니다. 그 구절은 저 자신을 돌아보게 만들었습니다. '아, 지금까지 나를 애써 설명하려 든 것은 내 자신감의 결여를 나타내는 일에 지나지 않았던 것이었구나. 이

젠 굳이 나를 설명하려고 들지 말아야지' 하는 생각을 하게 되었습니다.

이후 남이 저를 부당하게 비방하더라도 더 이상 저를 설명하려고 들지 않았습니다. 특히 '천안함 폭침사건' 때는 수장당한 병사들의 영결식 때 한 신문에 추도의 글을 썼다가 비방의 말을 많이 들었습니다. '천안함 폭침 원인을 왜 북한 소행이라고 하느냐' 는 게 비방의 주된 원인이었습니다. 저는 그때 '당신의 친동생이나 친형, 당신의 아들이나 조카가 그렇게 수장되어도 나를 그렇게 비방할 것인가' 하는 글을 다시 쓰고 싶었습니다. 그러나 그런 글을 쓰지 않았습니다. 그런 설명의 글은 저 자신의 자신감의 결여를 반증하는 것일 뿐이었습니다.

비방을 비난으로 응수하는 것은 불 속에 장작을 집어넣는 것과 같습니다. 비방하는 자에게 의연한 태도를 갖는 사람은 이미 그것을 이겨낸 사람이라고 합니다.

어느 날 마호메트와 알리가 어떤 사람을 만났습니다. 그 사람은 알리가 마호메트에게 자신의 일을 고자질했다고 생각하고 알리에게 대뜸 욕설을 퍼부었습니다. 알리는 처음엔 그 욕설을 꾹 참고 듣고 있다가 그만 참지 못하고 욕설로 맞받아쳤습니다.

그러자 마호메트가 알리 곁을 떠나 멀찍이 떨어졌습니다. 욕을 퍼붓는 두 사람의 싸움이 끝날 때까지 그대로 내버려두고 멀리서 바라보기만 했습니다.

싸움이 끝나자 알리가 마호메트에게 다가가 섭섭하다는 표정을 지으며 말했습니다.

"어찌 그토록 무례한 욕을 참으라고 나 혼자 내버려두었소?"

마호메트가 알리의 어깨에 손을 얹으며 대답했습니다.

"그 사람이 그대에게 욕설을 시작했을 때 그대는 잠자코 있었다. 그때 나는 그대의 주위에 천 명의 천사가 모여드는 것을 보았다. 그러나 그대가 그 사람에게 욕설을 퍼붓기 시작했을 때 천사들은 어디론지 사라져버렸다. 그래서 나도 그대 곁을 떠난 것이다."

누가 나를 욕하더라도 그 욕설을 못 들은 척 참고 있을 때는 천사가 나를 보호해주고 격려해줍니다. 그러나 나도 똑같은 욕설로 맞받아치면 천사는 더 이상 나를 돌볼 까닭이 없어집니다. 서로 욕을 하면 결국 똑같아지기 때문입니다.

남의 비방을 참는 것이 복수하기보다 더 쉽습니다. 깊은 강은 돌을 던져도 그 흐름이 변하지 않는다고 했습니다.

내일이라는 빵을 굽기 위해서는

고통이라는 재료가 필요하다

저는 '밥'이라는 말을 참 좋아하지만 지금은 '빵'이라는 말도 좋아합니다. 빵은 서구적 이미지가 있는 말이라 한국인인 내게 어울리는 말이 아닐 수 있으나 지금과 같은 글로벌시대에 빵은 밥과 같은 의미를 지닙니다. 실제로 저는 빵을 아주 좋아합니다. 빵 중에서도 곰보빵을 좋아하는데, 이 빵을 좋아하게 된 데에는 까닭이 있습니다.

고교 2학년 여름방학 때 친구들과 무전여행을 할 때였습니다. 울산 방어진해수욕장에서 하룻밤을 자고나자 배가 고팠습니다. 어디 뭘 얻어먹을 데가 없나 하고 사방을 두리번거렸습니다. 그때 단체로 여름휴가를 온 어느 회사 직원들끼리 빵 봉지를 나누는 장면이 눈에 들어왔습니다. 혹시 누가 "너도 하나 먹어라" 하고 줄까 싶어 얼른 그곳으로 달려갔습니다. 그러나 아무도 주는 이가 없었습니다. 나도 한 봉지 달라고 말하고 싶었으나 차마 그 말이 입에서 나오지 않았습니다. 그때 누가 빵 봉지를 뜯다가 빵 한 개를 툭 떨어뜨렸습니다. 얼른 제가 집어 들었습니다. 모래가 잔뜩 묻어 있는 빵이었지만 모래를 터는 둥 마는 둥 하고 맛있게 먹었습니다. 그게 바로 곰보빵입니다.

빵 이야기를 하니까 한 청년의 이야기가 떠오릅니다. 그는 대학 졸업 후 '젊을 때 고생은 사서도 한다'고 생각하고 돈 한 푼 없이 서울을 떠났습니다. 걷거나 어렵게 버스를 얻어 타거나 하면서 남쪽으로 이동하는 가운데 배가 고프면 남의 일을 거들어주고 얻어먹었습니다. 그렇게 한 달째 되던 날, 사흘을 굶은 끝에 너무 배가 고파 그만 어느 시골 가게에 들어가 빵을 훔쳤습니다. 혹시 주인이 쫓아올까봐 냅다 정신없이 도망치다 어느 지점에 멈춰 서서 숨을 고르고 훔쳐온 빵을 먹으려고 하자 그게 빵이 아니라 분말세제였습니다.

그때 그는 얼마나 놀랍고 슬펐는지 눈물이 다 났다고 합니다. 그날 이후 남의 것을 훔치는 일은 없었으나 그날의 슬픔만큼은 결코 잊을 수 없다고 합니다.

저는 청년의 이야기에 가슴 깊이 아픔이 느껴졌습니다. 빵이라는 말에 들어 있는 인생이라는 의미가 크게 다가왔기 때문입니다. 빅토르 위고의 소설 《레미제라블》의 주인공 장발장도 배고픔 끝에 훔친 빵 하나 때문에 인생이 불행해지기 시작했습니다.

하나의 빵을 만들기 위해서는 물, 밀가루, 이스트, 설탕, 소금, 계란 등의 재료가 필요합니다. 그런데 우리의 내일이라는 빵을 만들기 위해서는 그런 재료들 중에서도 고통이라는 재료가 꼭 필요합니다. 누구든 고통 없이는 인생이라는 빵을 만들 수 없기 때문입니다.

아무리 성실하게 살아도 고통은 불행이라는 이름으로 누구에게나 시도 때도 없이 닥쳐옵니다. 이것이 삶의 본질입니다. 운명과 죽음이 삶의 일부이듯 고통도 반드시 거쳐야 할 삶의 한 과정입니다. 그래서 누구나 고통을 감내하면서 살아갈 수밖에 없습니다. 도스토옙스키는 "내가 두려워하는 이유는 오직 하나, 내가 고통을 겪을 만한 가치조차 없는 존재가 되지 않을까 하는 점"이라고 했습니다. 인간 존재의 가치가 바로 고통에 있다는 것을 강조한 말입니다.

지금까지 제가 만든 내일이라는 빵에도 고통이라는 재료가 들어가지 않은 빵은 없습니다. 사랑과 이별의 고통, 분노와 상처의 고통, 배반과 증오의 고통, 가난과 좌절의 고통이 밀가루와 이스트와 함께 들어가 있습니다. 물론 기쁨의 눈물 몇 방울과 희망의 미소 몇 모금이 가끔 들어가기도 했습니다.

문득 사순절에 예수 수난극을 관람한 한 부부의 이야기가 생각납니다. 연극을 보면서 큰 감동을 받은 그들은 공연이 끝나자 무대 뒤로 가서 예수 역할을 한 배우를 만나 함께 사진을 찍었습니다. 그런데 그때 남편이 극 중에서 배우가 지던 십자가 소품을 발견하고 부인에게 카메라를 건네주면서 말했습니다.

"여보, 십자가를 지고 가는 내 모습을 한번 찍어줘요."

남편은 예수를 흉내내 어깨에 커다란 십자가를 짊어진 자신의 모습을 찍으려고 했습니다. 그러나 십자가가 너무 무거워 그렇게 할 수가 없었습니다.

"속이 텅 빈 것인 줄 알았는데, 이게 왜 이렇게 무겁죠?"

남편이 배우를 돌아보며 물었습니다. 그러자 배우가 말했습니다.

"만일 무거움을 느끼지 않았다면, 나는 그 역을 해내지 못했을 겁니다."

십자가의 본질은 무거운 데 있습니다. 그 무거움은 바로 고통의 무게를 의미합니다. 만일 십자가가 무겁지 않다면 한낱 가벼운 나무등치에 불과할 것입니다.

저도 예루살렘에 가서 예수가 십자가를 지고 골고다 사형장을 향해 걸어갔던 '십자가의 길'을 십자가를 지고 잠시 걸어본 적이 있습니다. 순례자들을 위해 준비된 나무십자가는 생각보다 무거웠습니다. "내 맘 속에 주의 상처 깊이 새겨주소서!" 하고 성가를 부르며 걸어가는 동안 십자가에서는 제 삶의 고통의 무게가 그대로 느껴졌습니다.

우리 삶의 본질은 십자가처럼 무거움에 의해 형성됩니다. 만일 가벼움에 의해 형성되기를 원한다면 가벼운 것이 십자가가 아니듯 그것 또한 우리의 삶이 아닙니다. 당연히 내일이라는 맛있는 빵조차 먹을 수 없게 됩니다. 내일이라는 빵을 가장 맛있게 먹기 위해서는 무거운 고통이라는 재료가 적절히 들어가야 합니다.

오늘은 제가 젊은 날에 쓴 시 '우리들 서울의 빵과 사랑'을 나누어 먹으면서 고통의 빵도 함께 나누어 먹는 시간을 가져봅니다. 세상은 고통으로 가득 차 있지만 또한 그것을 견뎌내는 일로 가득 차 있습니다.

노래하리라 비 오는 밤마다
우리들 서울의 빵과 사랑
우리들 서울의 전쟁과 평화

인간을 위하여
인간의 꿈조차 지우는 밤이 와서
우리들 함께 자는 여관잠이
밤비에 젖고

찬비 오는 여관밤의 창문 밖으로
또다시 세월이 지나가도
사랑에는 사랑꽃
이별에는 이별꽃을 피우며

노래하리라 비 오는 밤마다
목마를 때 언제나 소금을 주고
배부를 때 언제나 빵을 주는
우리들 서울의 빵과 사랑
우리들 서울의 꿈과 눈물

풀을 베는 사람은

들판의 끝을 보지 않는다

풀을 베던 사람이 일어나 들판의 끝을 바라보면 어떻게 될까요. 아마 풀을 벨 힘을 잃게 될지도 모릅니다. "아이구, 아직도 저렇게 많이 남았나!" 아니면 "아직 요것밖에 못했나!" 하고 지금 하고 있는 일이 하기 싫어지거나 더 힘들어질지도 모릅니다. 어쩌면 풀 베던 낫을 던져버릴 수도 있습니다.

이 말은 지금 내가 풀을 베고 있다면 풀 베는 일만 생각하라는 것입니다. '이 많은 걸 언제 다 베느냐, 왜 내게 이 일이 주어졌느냐, 정말 하기 싫다' 등의 생각을 하지 말고 오직 풀을 베는 일에만 몰두하라는 것입니다. 그래야 일을 제대로 할 수 있고 생각보다 빨리 끝낼 수 있다는 것입니다.

대부분의 사람들은 베어야 할 풀이 얼마나 남았는지 확인하려고 일어나 들판의 끝을 바라봅니다. 그럴 때마다 '아, 벌써 많이 베었구나' 하고 생각하지 않고 '너무 많이 남았구나' 생각하고 스스로 힘듦을 자초합니다. 그것은 현재를 잃고 미래를 바라보기 때문입니다.

미래는 보고 싶다고 볼 수 있는 세계가 아닙니다. 과거는 구체성을 지닌 유형의 존재이지만 미래는 구체성이 없는 무형의 존재입니다. 그런데 그런 미래가 현재를 살리기도 하고 죽이기도 합니다. 미래가 희망적 존재일 때는 현재를 살리지만, 미래가 절망적 존재일 때는 현재를 더 고통스럽게 만듭니다.

그러나 미래가 어떠한 존재가 되느냐 하는 것은 미래에 달려 있는 게 아니라 현재에 달려 있습니다. 현재가 미래를 낳기 때문입니다. 그래서 현재에만 관심과 열정을 쏟으라는 것입니다. 지금 걸레질을 하고 있으면 걸레질만 생각하고, 지금 풀을 베고 있으면 풀 베는 일만 생각하라는 것입니다.

제 어린 시절엔 달걀 하나를 한우만큼 귀하게 여겨 대부분 집에서 닭을 키웠습니다. 저의 집도 뒷마당에 닭장을 만들어 닭 열댓 마리를 키웠는데, 닭이 알을 품고 있을 땐 이리저리 알을 몇 번 굴릴 때만 움직일 뿐 죽은 듯이 고요했습니다. 만약 알을 품은 닭이 알을 품고 있다는 현재에 충실하지 않고 둥우리를 들락거린다면 알은 결코 부화될 수 없습니다. 암탉은 알을 품을 때 오직 품고 있는 알과 태어날 생명에만 집중합니다.

나도 알을 품은 암탉처럼 현재에 충실해야 합니다. 꽃과 열매를 동시에 얻을 수 없고, 현재와 미래를 동시에 만날 수 없습니다. 꽃을 바라볼 땐 꽃의 아름다움만 바라보아야지 꽃의 열매까지 바라볼 필요가 없습니다. 그러면 꽃의 아름다움마저 제대로 볼 수 없습니다.

내 삶이 충만하고 아름다워지려면 꽃을 보고 꽃의 아름다움만 생각하듯이 현재의 내 삶에만 집중해야 합니다. 내 삶의 충만한 아름다움은 내일이라는 보이지 않는 문을 열면 보이는 게 아니라 바로 오늘, 현재의 문을 열면 보입니다. 비록 그 문으로 들어가는 길이 고통스럽다 하더라도 그 순간만이 고통을 용해시켜줍니다. 과거나 미래는 결코 고통을 용해시켜주지 못합니다. 그래서 성서에서는 '쟁기를 잡고 뒤를 돌아보는 사람은 하느님 나라에 들어갈 자격이 없다'고 합니다. 아무리 지금 이 순간의 삶이 칼날 위를 걷는 것 같다 하더라도 그 칼날 위에 현존해야만 살 수 있습니다.

베트남의 구엔 반 투안 추기경은 베트남이 공산화되자 13년 동안이나 감옥에서 살았습니다. 13년 중 9년 동안은 창문도 없는 감옥에 격리된 채 독방 생활을 했습니다. 바닥에서 버섯이 올라오고 벌레가 들끓는 곳에서 그는 어떻게 그 모진 감옥살이를 견뎌낼 수 있었을까요. 단순히 신앙의 힘 때문이었을까요. 아닙니다. 그는 신앙 가운데에서 미래보다 현재를 보는 마음의 눈을 지녔기 때문입니다.

감옥에 있던 어느 날 '공동체에 편지를 쓰라'는 내면의 목소리를 듣고 그는 달력 뒷면에 편지를 써서 감옥 밖으로 내보냈습니다. 그 편지가 지금 《지금 이 순간을 살며》라는 한 권의 책으로 나와 있습니다.

"진솔하게 매일을 살아가십시오. 매 순간을 내 생애 마지막으로 여기고 소중히 살아가십시오."

"기다리지 않으리라. 지금 이 순간을 사랑으로 채우며 살리라."

이는 구엔 반 투안 추기경이 그 편지를 통해 전한 가장 핵심적인 말씀입니다. '바로 지금 이 순간을 살며 사랑하는 일이 가장 중요하다'는 것입니다. '하루하루를 기쁨으로 시작하고 마칠 수 있는 비결은 지금 하고 있는 모든 일에 최선을 다하는 데 있다'는 것입니다.

어느 교수가 학생들에게 질문했습니다.

"만약 살 날이 하루만 남았다는 사실을 알게 된다면 여러분은 무엇을 하게 될 것 같습니까? 아니, 사흘밖에 살지 못한다면 무엇을 하겠습니까?"

학생들은 각자 자신의 계획을 말했습니다.

"저는 작년에 싸워 멀어진 친구에게 사과를 하겠습니다."

"저는 부모님과 여행을 가겠습니다."

"저는 사랑하는 사람에게 사랑을 고백하겠습니다."

그때 교수가 말했습니다.

"지금 실천하세요. 우리의 삶은 매일 오늘이 마지막입니다."

지금 이 순간은 영원할 수 있지만 마지막이 될 수도 있는 순간입니다. 내 인생에 수없이 많은 오늘 또한 마지막이 될 수 있는 오늘입니다. 교황 바오로 6세는 자신의 '죽음에 대한 사유'에서 '우리 삶의 모든 순간이 첫 순간이고 마지막 순간이며 유일한 순간'이라고 말합니다.

해인사 장경판전 기둥 주련에는 '원각도량하처(圓覺道場何處)'라는 글이 새겨져 있습니다. '깨달음의 도량 즉, 행복한 세상은 어디입니까'라고 묻고 있습니다. 그런데 그 맞은편 기둥 주련에는 '현금생사즉시(現今生死卽是)'라는 글이 새겨져 있습니다. '지금 생사가 있는 이곳, 내가 발 디디고 서 있는 이곳입니다'라고 답하고 있습니다.

이 말씀 또한 지금 이 순간을 충실히 살아가라는 말씀입니다. 인간답게 살아갈 수 있는 유일한 순간은 바로 지금 이 순간입니다. 내 인생의 가장 아름다운 집은 지금 이 순간에 지을 수 있습니다.

실패에는 성공의 향기가 난다

나는 실패입니다. 내 얼굴은 모과처럼 못생겼지요. 눈물을 질질 잘 짜기도 하고, 땅을 치며 통곡을 잘하기도 합니다. 물론 술, 담배도 잘 하지요. 단 하루라도 술을 마시지 않으면 잠을 잘 수가 없답니다.

어떤 때는 마음이 너무 울적해 아파트 옥상으로 올라가 훌쩍 뛰어 내려버릴까 하는 생각을 하기도 합니다. 또 어떤 때는 달려오는 지하철로 몸을 휙 날려버리고 싶은 충동에 사로잡혀 부르르 떨기도 한답니다. 얼마 전엔 남산타워에 올라가 서울을 내려다보다가 그대로 창을 부수고 몸을 날려버리고 싶었습니다.

나는 실패인 나 자신을 쳐다보기도 싫답니다. 정말 하루하루가 견딜 수 없는 날들이지요. 도대체 나 자신이 나 자신을 사랑할 수가 없답니다. 세상에 자기 자신을 사랑할 수 없는 이가 또 누구를 사랑할 수 있겠습니까. 우선 자기 자신이 자기 자신에게 쓸모가 있어야 남에게도 쓸모가 있지 않겠습니까.

아무짝에도 쓸모가 없는 나는 어느 날 나 자신을 죽이기로 굳게 마음을 먹었습니다. 어떻게 죽일까 몇 날 며칠을 두고 곰곰 생각하다가 세상을 떠들썩하게 하는 게 싫어 그냥 나 혼자 조용히 썩어가기로 마음을 먹었습니다.

나는 내 얼굴처럼 못생긴 모과가 되어 어느 집 응접실 한쪽 구석에 처박혀 조용히 썩어가기 시작했습니다.

썩어간다는 것은 큰 고통이었습니다. 자기 몸의 일부가 하루하루 썩어 문드러진다는 것은 어쩌면 죽음보다 더 큰 고통일 수도 있었습니다.

　그렇지만 나는 처음에 결심한 대로 나를 죽이는 일에 전력을 다했습니다. '한 알의 밀알이 썩지 않으면 그 열매를 거둘 수 없다'는 성경 말씀 따위는 생각하지도 않았습니다. 그저 내 영혼마저도 하루속히 썩어 사라질 날들만 기다리고 있었습니다.

　그런데 말입니다. 사람들은 참으로 이상했습니다. 썩어가는 나한테서 참 좋은 향기가 난다는 것입니다.

　"얘, 이 모과향 정말 좋다. 어디서 났니? 요즘 같은 겨울철엔 구하기도 힘들잖니. 난 이런 은은한 향기가 정말 좋아."

　참으로 뜻밖의 말이었습니다. 썩어가는 나한테서 좋은 향기가 난다니!

　나는 그때 문득 돌아가신 아버지의 말씀이 생각났습니다.

　"얘야, 실패를 너무 두려워하지 말아라. 실패에는 성공의 향기가 난단다."

　제가 쓴 동화 '실패에는 성공의 향기가 난다'입니다. 실패 속에 무엇이 들어 있을까 생각해보고 싶어서 이런 동화를 썼습니다. 저는 이 동화를 쓰면서 실패 속에 들어 있는 유일한 것은 성공이라고 생각했습니다. 모든 성공이 실패를 통해 이루어지기 때문입니다.

　사람들은 성공으로 가는 과정이 바로 실패인데도 그 과정을 도외시합니다. 그런 과정 없이 곧바로 성공으로 가길 원하지만 그런 성공은 존재하지 않습니다. 누구든 실패의 길을 통해서만 성공의 길로 들어섭니다.

저만 해도 신춘문예에 세 번 낙선되고 세 번 당선되었습니다. 그것도 두 번은 최종심에서 낙선되었지만 낙담하지 않았습니다. 낙선이 바로 당선의 과정이라고 생각하고 낙선될 때마다 당선될 때까지 작품을 투고한다고 생각했습니다. 더 이상 작품을 투고하지 않는 것이야말로 바로 낙선이며, 성공할 때까지 계속하지 않는 것이야말로 바로 실패라고 생각했습니다.

그 무렵 저는 대학을 휴학하고 경주 토함산 어느 초가 암자에서 혼자 라면을 끓여 먹으며 신춘문예 준비를 하고 있었습니다. 그때 희곡《고도를 기다리며》로 잘 알려진 프랑스 극작가 사뮈엘 베케트가 노벨문학상을 받았는데 그가 한 말 중에 이런 말이 있습니다.

"다시 도전하라. 또다시 실패해도 좋다. 이번엔 한결 성공에 가까워져 있을 테니까."

이 말은 바로 제게 해당되는 말이었습니다. 저는 아직 이 말을 잊지 않고 있습니다. 제게 실패가 있다면 성공할 때까지 도전하지 않았기 때문입니다.

일본 초등학교 교과서에 나오는, 10세기 헤이안시대의 서예가 오노도후 이야기도 결국 성공할 때까지 도전하는 정신이 중요하다는 이야기입니다.

오노도후는 아무리 열심히 노력해도 서예공부에 진전이 없었습니다. 아예 포기하고 고향으로 돌아가는 게 좋겠다 싶어 어느 비 오는 날 우산을 쓰고 스승님께 마지막 인사를 드리러 갔습니다. 그런데 스승의 집 앞에서 개구리 한 마리가 불어난 개울물에 떠내려가지 않으려고 버드나무 가지를 향해 계속 뛰어오르고 있었습니다. 그는 속으로 "너도 나처럼 불가능한 것에 힘을 쏟고 있구나" 하고 중얼거렸습니다. 그런데 쉬지 않고 계속 뛰어오르던 개구리가 버드나무 가지를 잡고 결국 나무 위로 올라가는 것이었습니다. 그것을 보고 그는 큰 깨달음을 얻게 되었습니다.

"저런 미물도 저렇게 죽을힘을 다해 나무에 기어오르는데, 내가 여기서 포기하다니 참 부끄럽구나!"

그는 그 길로 다시 서예공부를 시작해서 중국서체에서 벗어난 자기만의 서체를 완성하고 일본 3대 서예가 중 한 사람이 되었습니다.

저는 이 이야기를 떠올릴 때마다 '불가능이란 노력하지 않는 자의 변명이다'라는 말이 떠오릅니다. 오노도후에게 깨달음을 준 개구리처럼 실패를 거듭해도 포기하지 않는 정신적 태도가 중요합니다. 실패 역시 꿈에 속하기 때문입니다. 꿈이 있기 때문에 실패가 있는 것입니다. 내 꿈의 크기나 높이 때문에 현재 실패라는 옷을 입게 되는 것입니다.

세계적 베스트셀러 《시크릿》 등 수많은 자기계발서가 공통적으로 이야기하는 것은 결국 '성공한 모습을 상상하고 꿈을 꿔라. 실패할 것이라고 생각하지 말고 이미 이루어졌다고 생각하라'는 것입니다. 부정적 생각을 버리고 늘 긍정적으로 생각하면 꿈을 현실에서 이룰 수 있다는 것입니다.

물론 꿈 중에는 아무리 노력해도 안 되는 꿈도 있습니다. 서울 도심의 고층빌딩을 지키는 중년의 경비원이 건물주가 되는 꿈을 꾼다는 것은 허황된 꿈에 속합니다. 그러나 이런 허황된 꿈을 제외하고는 꿈이 있는 한 실패 역시 성공에 속합니다. 성공과 실패는 같은 크기입니다.

그러나 성실히 꿈을 꾼다 하더라도 모든 꿈을 다 완성할 수 없습니다. 완성을 향해 나아가는 노력의 과정만 있을 뿐입니다. 성공은 완성이 아니라 완성을 향해 나아가는 과정입니다. 꿈을 이룬 결과라기보다 그 꿈에 한발 더 다가가는 과정일 뿐입니다. 그런데도 내가 실패했다고 절망감에 빠진다면 수판을 툭 털고 다시 놓듯이 실패를 툭 털고 다시 시작하면 됩니다.

지금은 사용하는 사람이 거의 없지만 제가 초등학생 때만 해도 학교에서 수판을 배웠습니다. 수판 시간이 있는 날이면 가방 속에 수판을 넣고 다녔습니다. 수업시간에 선생님께서 "11 더하기 15, 17 더하기 14는?" 하고 말씀하시면 손가락으로 열심히 수판을 놓았습니다. 그리고 다음 계산으로 넘어갈 때는 이미 계산된 앞의 숫자를 지우라는 뜻으로 선생님께서는 꼭 "털고" 하고 말씀하시면서 다음 숫자를 불러주셨습니다. 이렇게 수판은 툭 한번 흔들어 털어버리면 다시 계산할 수 있습니다. 실패했다고 생각되는 것을 이렇게 수판 털듯이 툭 털어버리면 언제나 다시 시작할 수 있는 것입니다.

지금은 수판이 전자계산기로 바뀌었지만 마찬가지입니다. 전자계산기로 계산을 다시 시작할 때도 이미 계산된 숫자를 다 지우고 '0'에서 시작합니다. 계산기를 두드리다가 틀리면 처음부터 다시 하듯이 모든 것이 실패인 것처럼 보일 때도 다시 새롭게 시작하면 됩니다. 인간은 실패가 허락된 유일한 창조물입니다.

미국의 유력 일간지 〈시카고 트리뷴〉은 2010년 11월 25일자 사설에서 960번의 도전 끝에 운전면허증을 획득한 우리나라 차사순 할머니를 사진과 함께 기사화해 눈길을 끈 적이 있습니다. 차 할머니의 끝없는 도전 정신을 높이 평가한 '960번'이라는 제목의 사설은 이렇습니다.

"아이들에게 도전 정신을 가르치고 싶다면 차 할머니의 사진을 눈에 잘 띄는 곳에 붙여놓아라. 아이들이 누구인지 물어보면 960번의 실패 끝에 운전면허를 따낸 올해 69세 된 한국의 할머니라고 말하라."

정말 놀랍습니다. 차사순 할머니는 어떻게 960번이나 도전했을까요. 차 할머니는 실패의 선물인 도전 정신을 당신 스스로 즐겼기 때문입니다. 인생 전체를 바라보면 실패나 성공이나 인생의 어느 한 부분에 지나지 않습니다. 실패하든 성공하든 인생의 본질은 달라지지 않습니다. 차 할머니는 실패라는 인생의 어느 한 부분을 열심히 사랑하신 것입니다. 실패한 내 인생도 내가 사랑하지 않으면 아무도 사랑해주지 않습니다.

다른 사람이 아무리 나를 보고 실패했다고 해도 내가 실패라고 생각하지 않으면 실패가 아닙니다. 실패한 게 아니라 실행되지 않는 한 가지 방법을 발견했을 뿐입니다. 실패는 원래 존재하는 것이 아니고 내가 실패라고 생각하기 때문에 존재합니다. 그래도 실패가 존재한다고 생각하면 실패 속에 있는 성공의 향기부터 먼저 맡아보세요. 실패에는 늘 성공의 향기가 납니다.

시계는 살 수 있지만

시간은 살 수 없다

시계 만드는 기술이 뛰어난 한 젊은이가 있었습니다. 그는 시간이 정확하게 맞는 시계를 만들기 위해 늘 최선을 다했습니다.

"내가 시계를 잘못 만들어서 사람들이 약속시간을 어기게 되면 정말 큰일이야."

그는 늘 그런 생각을 하며 보이지 않는 부분까지 꼼꼼히 살피곤 했습니다.

세월이 흘렀습니다.

그는 결혼을 하고 예쁜 딸을 얻었습니다. 딸이 태어난 그날부터 온갖 기술과 정성을 다해 딸에게 줄 특별한 시계를 만들기 시작했습니다.

어느덧 딸은 어엿한 소녀로 자랐습니다.

어느 날 그는 그동안 몰래 만들어왔던 시계를 딸의 손목에 채워주었습니다.

"이 시계는 너만을 위해 만든 소중한 거란다. 잘 간직해야 한다."

그 시계는 다른 시계와 모양은 똑같았지만 초침, 분침, 시침이 각각 금과 은과 동으로 되어 있었습니다.

아버지가 준 시계를 환히 웃는 얼굴로 요모조모 살피던 딸이 말했습니다.

"아버지, 시침이 금, 분침이 은, 초침이 동이었더라면 더 좋을 뻔했어요. 시계를 볼 때 맨 먼저 보는 게 시침이잖아요."

그는 잠시 빙그레 웃기만 하다가 딸에게 말했습니다.

"그래, 다들 그렇게 생각하지. 그렇지만 초를 아끼지 않는 사람이 어떻게 분과 시를 아낄 수 있겠니. 시와 분은 초가 모여 만들어진다. 초를 허비하는 것은 곧 황금을 버리는 것과 같단다. 초침이 가는 길이 바로 황금의 길이야. 인생의 시간이 초침에 의해 흐른다는 것을 잊지 말거라."

"네."

딸은 아버지의 말씀에 고개를 숙이며 자신의 손목에 채워진 시계를 오랫동안 바라보았습니다.

1초가 모여 1분이 되고, 1분이 모여 한 시간이 됩니다. 불가에서는 '1초 전이 전생'이라고 합니다. 1초라는 시간이 현생을 이룰 만큼 1초가 인생에서 중요하다는 것입니다.

그렇지만 우리 대부분 1초를 소중하게 생각하지 않고 삽니다. 1초는 얼마든지 버려도 되는 것처럼 생각합니다. 시계공 아버지는 딸에게 시계의 중요성을 말하고 싶었던 게 아니라 1초라는 시간의 중요성을 말해주고 싶었던 것입니다.

제 책상 서랍 속에도 손목시계가 몇 개 있습니다. 기념품이나 선물로 받은 것도 있고 직접 산 것도 있습니다. 예전엔 시계 하나 지니기 어려웠는데 요즘은 사용하지도 않는 시계가 몇 개나 됩니다. 시계가 많다고 해서 시간이 많아지는 게 아닌데도 말입니다.

시계 속에 시간은 들어 있지 않습니다. 시계는 시간이 아닙니다.

시계는 시간의 흐름을 확인하고 인지할 수 있는 물건일 뿐 그 속에 제 인생의 시간은 없습니다. 저는 시간 안에 사는 존재이지 시계 안에 사는 존재가 아닙니다. 시간은 소멸돼가는 본성을 지녔지만 시계는 하나의 물체 그대로 존재합니다.

언젠가 순천에 있는 '정채봉문학관'에 가보았는데 그곳엔 동화작가 정채봉 씨가 늘 손목에 차고 다니던 시계가 그대로 진열돼 있었습니다. 정채봉의 인생의 시간은 사라졌으나 저와 함께 지하철 손잡이를 잡았을 때 보았던 시계는 그대로 존재해 있었습니다. '시계는 남아 있지만 시간은 사라지고, 시계는 살 수 있지만 시간은 살 수 없다'는 사실이 절감되었습니다. 인생의 시간은 서로 사고 팔 수 있는 게 아니고 시계처럼 물질로 존재하는 게 아닙니다. 흔히 '쇠털 같이 많은 날, 깨알 같이 많은 날'로 인생의 시간을 표현하지만 인생에 그런 날은 없습니다.

연말이 되어 한 해를 뒤돌아보면 보면 더욱 그렇습니다. 지나온 한 해의 시간이 도대체 어디로 갔는지 알 수 없습니다. 그래도 곰곰 찾아보면 그것은 열심히 살려고 노력한 결과 속에 있었습니다. 열심히 시를 썼으면 그 시 속에, 열심히 꽃을 키웠으면 그 꽃 속에, 열심히 사랑했으면 그 사랑 속에 제 한 해의 시간은 존재해 있었습니다. 시간은 시간으로 존재하지 않고 노력의 결실로 존재하는 것이었습니다.

부처님이 태어나신 네팔의 '룸비니'에 가보면 황량한 들판 한가운데에 철조망이 둘러쳐져 있습니다. 그 안에 아기부처님을 목욕시킨 연못과 보리수 한 그루가 있습니다. 인도 최초의 통일국가 마우리아 제국을 이룬 아소카왕이 룸비니를 순례한 것을 기념하기 위해 세운 높이 10미터가 넘는 돌기둥도 하나 서 있습니다.

아소카왕은 해외에 사절단을 보내 불교를 세계에 전파시킨 위대한 왕입니다. 인권을 존중하고 평화를 사랑한 그는 동물의 권리까지 보호하고자 했습니다. 그런데 그런 왕에게 왕족임을 빙자해 국법을 어기며 방탕한 생활을 일삼는 동생이 하나 있었습니다.

아소카왕은 어느 날 동생을 불러 명했습니다.

"네 죄가 너무 크다. 일주일 뒤에 사형을 시키겠다. 그러나 특별히 불쌍히 여겨 일주일 동안이라도 왕처럼 즐길 수 있도록 해주겠다."

동생은 가슴이 덜컥 내려앉았으나 이왕 죽을 바에야 왕처럼 실컷 즐기다가 죽자는 생각이 들었습니다. 그래서 마음대로 왕처럼 즐기면서 하루를 보냈습니다.

그런데 다음날 아침이 되자 험상궂게 생긴 장사 한 사람이 그를 찾아와 외쳤습니다.

"이제 죽을 날이 엿새 남았습니다!"

장사는 다음 날도 또 그다음 날도 찾아와 외쳤습니다.

"이제 죽을 날이 사흘 남았습니다!"

동생은 장사가 찾아와 매일 그렇게 소리치는 바람에 재미있게 즐기지도 못하고 그저 불안하기만 했습니다.

드디어 사형 집행 날이 되었습니다.

"그래, 그동안 잘 즐겼느냐?"

왕이 동생에게 물었습니다.

동생이 대답했습니다.

"저 장사가 눈을 부릅뜨고 시시각각 남은 시간을 말하는데 어떻게 즐길 수가 있겠습니까?"

그러자 왕이 말했습니다.

"보이지 않을 뿐이지 누구나 하루하루 죽을 날짜를 향해 가고 있다. 그러니 어찌 시간을 헛되이 낭비하겠느냐?"

이 말을 들은 동생은 크게 깨닫고 하루하루를 열심히 살기로 다짐했습니다.

저는 이 일화를 통해 하루하루 죽을 날짜를 향해 가고 있다는 사실을 깜빡 잊은 채 살고 있는 저 자신을 발견합니다. 언젠가는 죽음이 찾아온다는 사실을 잘 알고 있으면서도 나에게만은 살아갈 날이 한없이 많이 남아 있다고 믿고 있는 저 자신을 만납니다.

요즘 제 주변을 살펴보면 가족도 친구도 스승도 하나둘씩 끊임없이 세상을 떠납니다. 장례식장에 가서 그들의 죽음을 통해 나의 죽음을 생각하지만 그때뿐입니다. 인생의 시간이 한정돼 있는데도 나만은 영원히 살 것처럼 여깁니다. 아소카왕의 어리석은 동생과 조금도 다를 바가 없습니다.

그래서 요즘은 '어떻게 하면 남은 인생을 가치 있게 보낼 수 있을까' 하는 생각을 많이 합니다. 법정스님께서는 "자신에게 주어진 한정된 시간을 무가치한 일에 결코 낭비하지 말아야 한다"고 말씀하셨습니다. "한 인간으로서 가정적인 의무나 사회적인 역할을 할 만큼 했으면 이제는 자기 자신을 위해 남은 세월을 활용할 줄 알아야 한다"고도 강조하셨습니다. "누구나 자신에게 주어진 시간의 잔고를 생각할 수 있어야 한다. '깨알같이 많은 날' 어쩌고 하는 것은 시간에 대한 모독이고 망언이다. 자신에게 허락된 남은 시간을 의식한다면 순간순간을 아무렇게나 함부로 빠져나가게 할 수는 없을 것이다. 시시한 일이나 무가치한 일에 귀중한 생명의 순간을 흘려보낸다면 인생이 그만큼 소홀해지고 가벼워질 것이다"라고도 하셨습니다.

그동안 저는 가족을 위해 제 인생의 시간을 거의 다 보냈다고 해도 과언이 아닙니다. 제 가족은 제가 형성한 것이기 때문에 제가 책임을 져야 합니다. 사랑은 책임지는 것이기 때문에 열심히 일하고 돈을 벌어 사랑하는 가족이 인간다운 삶을 살 수 있도록 해야 합니다. 그런데 법정스님께서는 이제 그런 가정적인 책무에서 벗어나 남은 인생의 시간을 자신을 위해 쓸 수 있어야 한다고 하십니다. 가족을 위하는 일이 곧 저 자신을 위하는 일이지만, 이제 스님의 말씀대로 남은 인생의 시간을 저 자신을 위해 쓸 시점이 된 것 같습니다.

"시간은 세 가지의 걸음걸이를 가지고 있다. 주저하면서 다가오는 미래, 화살처럼 날아가는 현재, 그리고 멈춰 서서 영원히 움직이지 않는 과거가 그것이다."

독일의 시인 실러는 이렇게 말했지만 이제 제게 미래의 시간은 주저하면서 다가오지 않습니다. 현재처럼 화살같이 다가옵니다. 현재와 미래가 함께, 같은 걸음걸이로 다가옵니다.

저는 젊을 때는 시간이 많다 싶어 시간을 관리하는 데에 중점을 두었지만 지금은 시간의 절대적 가치를 높이는 데에 중점을 둡니다. 많은 선현들이 '시간을 낭비하지 말고 소중히 사용하라. 인생은 시간낭비에 의해 더욱 짧아진다'고 한 말씀에 더욱 마음의 귀를 기울입니다. 소멸되는 인생의 시간은 어떻게 사느냐에 따라 소멸되지 않고 영원히 존재합니다.

막걸리를 먹으면서

와인 향을 그리워하지 마라

가끔 외식을 하게 되면 어디 가서 무엇을 먹을까 이리저리 의논하다가 한 음식점 문을 열고 들어가게 됩니다. 그런데 식사를 하다가 그 음식점을 선택한 것을 후회하는 말을 하는 경우가 있습니다.

"에이, 이 집에 괜히 왔어. 차라리 그 집에 가서 스테이크를 먹을걸."

이럴 경우, 그날의 외식은 즐거운 외식이 되지 못합니다. 오늘 먹고 있는 음식보다 먹지 않고 있는 내일의 음식을 더 먹고 싶어 하기 때문에 지금 먹고 있는 음식이 그 맛과 가치를 잃게 됩니다. 모처럼 하는 외식의 즐거움도 자연히 희석됩니다.

누구와 어디에서 무엇을 먹든 현재 먹고 있는 음식이 중요합니다. 먹고 싶은 음식은 중요하지 않습니다. 현재 먹고 있는 음식을 맛있게 먹은 다음 기회에 먹으면 됩니다.

짜장면을 먹으면서 갈비찜을 먹고 싶어 하는 것은 짜장면에 대한 예의가 아닙니다. 막걸리를 들면서 와인 향을 그리워하는 것도 막걸리에 대한 큰 결례입니다. 막걸리는 막걸리대로의 고유한 맛이 있고, 와인은 와인대로의 특유한 향취가 있습니다. 막걸리는 우리 농경문화의 동양 정취가 스민 술이고, 와인은 서양문화의 생활 정서가 배인 술입니다. 재료가 다르고 숙성되는 제조 과정이 다르면 맛과 향이 다 달라집니다. 내가 무엇을 선호하고 선택하느냐 하는 문제만 주어질 뿐 고유성을 무시하고 둘을 비교할 수는 없습니다.

세계적 무용가이자 명상가인 홍신자 씨는 산문집 《무엇이든 할 수 있는 자유, 아무것도 하지 않을 자유》에서 "막걸리를 먹으면서 와인 향을 그리워하지 마라"고 말합니다. "지금 여기가 아닌 것에 마음 줄 필요가 없다"는 것입니다.

"논둑에서 막걸리를 먹는 흥취가 캐비어와 값비싼 와인의 향에 취하는 것보다 못할 리도 없을 뿐더러 그렇다고 더하지도 않다. 세상 모든 일들은 제각기 값진 구석이 있다. 막걸리를 먹으면서 와인의 향을 그리워하지 않는다면 그것이 주는 즐거움은 모두 같다."

오늘의 나를 형성한 것들을 소중하게 생각하지 않고 이미 포기해버린 어제의 것들을 그리워하던 제게 이 말은 큰 가르침을 주었습니다.

저는 아직 포기한 것들이 아쉽고 안타까울 때가 있습니다. 석사 과정을 마친 제게 시인 김남조 선생께서 "박사 과정을 꼭 마치도록 하라"고 간곡히 권고하시는 말씀을 들은 척 만 척한 것도, 제가 일하던 동아일보사에서 비용을 전액 지원하면서까지 운전면허를 딸 것을 권유했을 때 관심조차 가지지 않은 것도 그런 것들 중의 하나입니다.

포기해버린 지난 일들을 안타까워하면 현재 나를 이루고 있는 것들이 소중하게 여겨지지 않습니다. 오히려 포기한 것들에 대한 미련과 아쉬움만 더 커집니다. 그것은 오늘 막걸리를 들면서 어제와 내일의 와인 향을 그리워했기 때문입니다. 아니, 막걸리와 와인을 한데 섞어버림으로써 과거와 현재와 미래를 뒤섞어버렸기 때문입니다.

이것은 현재의 삶에 충실하지 않음으로써 현재의 나를 버리거나 사랑하지 않는 태도입니다. 현재 내가 먹고 있는 것이 소중하지 과거에 먹은 것이나 앞으로 먹고 싶은 것들이 중요한 게 아닙니다. 이미 포기한 것은 그림의 떡일 뿐입니다. 아무리 그 떡을 먹으려고 해도 먹을 수가 없습니다. 그림 속에 있는 떡보다 현재 내 손에 들고 있는 떡이 더 맛있습니다. 남의 떡이 큰 게 아니라 실은 내 떡이 더 큽니다. 홍신자 씨는 그 산문집에서 "포기한 것과 선택한 것과의 간극은 그리 크지 않다"면서 "잃은 것만큼 얻게 된다. 잃은 것이 클수록 대단한 것을 얻을 수 있다. 순서대로 중요한 것 한 가지만을 구하라. 그 밖의 것들은 포기하고 놓아버리면 된다"고 말하고 있습니다.

언젠가 연말 저녁에 두 시간 간격으로 어쩔 수 없이 약속을 두 번이나 하게 되었습니다. 동화작가 정채봉 씨를 만나 저녁을 먹는 둥 마는 둥하고 양해를 구한 후 급히 자리에서 일어났습니다. 그러자 나중에 정채봉 씨가 말했습니다.

"약속을 그렇게 잡지 마. 그렇게 되면 이쪽에도 저쪽에도 충실해질 수가 없어. 이쪽은 이쪽대로 저쪽은 저쪽대로 아쉬움이 남게 돼. 어느 한 쪽은 다음으로 미루거나 포기해야 하는 거야."

그 뒤로 그런 형태의 약속은 하지 않습니다. '두 마리 토끼를 동시에 잡을 수 없다, 지금 현재의 상황이 가장 중요하다' 는 사실을 늘 잊지 않습니다.

초청 강연을 가보면 강연을 들으러 온 사람이 몇 명 되지 않을 때가 있습니다. 한번은 어느 출판사에서 국어교사들을 대상으로 강연회를 개최했는데 마침 여름방학 때라 참석자가 일곱 명밖에 되지 않았습니다. 담당자가 제게 "미안하다"고 말했습니다. 저는 "미안해 할 필요가 없다. 지금 강연을 들으러 온 사람이 중요하지 오지 않은 사람이 중요한 게 아니다. 단 한 사람이라도 좋다"고 말했습니다.

단 한 사람이라도 지금 나와 만나고 있는 사람이 중요합니다. 과거에 만난 사람이나 앞으로 만날 사람보다 지금 만나고 있는 사람이 더 중요하다는 것은 오늘을 소중하게 생각하는 삶의 가장 바람직한 태도입니다.

오늘보다 과거나 미래를 그리워하게 되면 결국 오늘을 잃게 됩니다. 아무리 보잘것없고 작은 꽃에서 나는 향기라 할지라도 오늘의 꽃에서 나는 향기가 더 아름답습니다. 이미 시들어버린 장미나 백합의 향기를 지금 맡을 수는 없습니다. 지금 막 피어난 한 송이 수선화의 향기가 더 소중합니다. 수선화의 향기를 맡으면서 장미향을 그리워한다면 참으로 어리석습니다.

사랑도 마찬가지입니다. 한 사람을 사랑하면서 다른 사람의 사랑을 꿈꿀 수는 없습니다. 현재 사랑하는 사람이 때때로 부족해 보이더라도 그 부족함의 향기를 맡아야 합니다. 사랑은 한 사람에게 하나뿐입니다.

부모는 활이고

자식은 화살이다

아들이 군에서 제대하고 복학 준비를 할 때였습니다. 복학 신청을 하려면 무엇보다도 등록금을 내야 하는데 납부기간이 지나도록 아들은 등록금 낼 생각을 하지 않았습니다.

"왜 등록금 내야 한다는 말을 안 하니?"

내가 궁금해서 묻자 아들은 복학 신청을 했는데도 학교 인터넷 사이트에 등록금 고지 내용이 뜨지 않는다는 거였습니다.

저는 은근히 걱정이 되어 자세히 알아보라고 했습니다. 아들은 학교 회계 부서에 전화해보더니 등록금을 내지 않아도 복학이 된다고 염려하지 말라고 했습니다. 군에 입대하기 전에 이미 등록금을 내고 입대했기 때문에 그렇다는 거였습니다.

저는 그럴 리가 없다는 생각이 들었습니다. 아들이 입대 휴학을 하려고 하자 학교 측에서 그 학기 등록금을 미리 내야 한다고 해서 냈다가 되돌려받은 기억이 있기 때문이었습니다.

"그러면 집안 형편상 등록금 내기 힘들어 군에 먼저 가려는 학생은 어떡하느냐, 이건 재고해봐야 할 문제다."

저는 그때 학교 측이 일 처리를 잘못한다고 생각돼 항의 전화를 해서 돈을 되돌려받은 적이 있습니다. 학교 측에서는 복학할 때 등록금 인상분은 받지 않는다는 취지에서 그렇게 한 것이라고 해명하면서 반환해주었습니다. 그래도 혹시 내가 잘못 기억하는 게 아닐까 싶어 지난 통장을 찾아보자 분명 입금이 돼 있었습니다. 아들이 입대한 뒤 입금되었기 때문에 아들은 그런 사실을 미처 모르고 있었습니다.

"아니다. 돌려받은 게 분명하다. 등록금을 내야 한다."

말은 그렇게 했지만 한순간 제 마음이 흔들렸습니다. 학교에서 내라고 하지도 않는데 이대로 내지 말고 그냥 지나가버릴까 하는 생각이 들었습니다. 학교 담당자가 등록금을 받은 사실은 기록해놓고 반환한 사실은 누락시킨 게 분명했습니다. 이미 그렇게 전산 처리돼 있기 때문에 잘못이 드러날 까닭이 없었습니다. 안 내면 안 내는 대로 아무런 문제가 발생하지 않을 수 있었습니다. 설령 나중에 드러난다 해도 그때 내면 그뿐일 사항이었습니다. 말은 하지 않았지만 아들도 한순간 그렇다면 굳이 낼 필요가 없지 않느냐 하는 듯한 표정이었습니다.

그렇지만 이내 그런 생각을 지워버렸습니다. 아버지인 내가 부정한 모습을 보이면 아들이 앞으로 부정을 긍정하면서 살아갈 수 있겠다는 생각이 들었습니다. 그래서 아들한테 분명한 태도로 말했습니다.

"이건 담당자의 실수다. 남의 실수를 악이용해서는 안 된다. 무엇보다도 내 아들인 네가 복학해서 다시 공부하는데 아버지인 내가 그런 잘못을 저지를 수는 없다. 항상 올바른 태도를 지니고 사는 게 중요하다."

저는 아들에게 담당자를 찾아가 언제 얼마가 학교 측 명의로 제 통장에 입금되었다는 사실을 확인하게 하고 다시 등록금을 납부하도록 했습니다.

　지금도 그때 일만 생각하면 아찔합니다. 당연한 결정이지만 얼마나 잘한 일인지 참 다행이다 싶을 때가 있습니다. 만일 그런 사실을 숨긴 채 등록금을 내지 않고 복학하게 했다면 아들 앞에 두고두고 얼마나 부끄럽겠습니까. 그렇게 속여서 대학을 졸업하게 해서 아들이 사회에 나가 무엇을 해주기를 바랄 수 있겠습니까. 한때 그것은 일상의 사소한 일로 여겨졌지만 세월이 갈수록 인생의 중요한 일로 느껴집니다.

　부모는 활이고 자식은 화살이라고 했습니다. 화살이 과녁에 명중하기 위해서는 활의 정확도가 결정적 역할을 합니다. 안정된 자세에서 정확한 방향을 향해 화살을 힘껏 쏘았다 하더라도 그 순간 활이 흔들리면 화살이 제대로 날아갈 리 없습니다. 부모는 어떠한 상황에서도 흔들리지 않는 활이 되어야 합니다. 부모의 삶의 태도는 곧 자식의 삶의 태도를 결정짓습니다.

　저는 화살인 아들에게 아버지라는 활로서의 바른 자세를 보여준 게 얼마나 다행인지 모릅니다. 만약 제가 잘못 만들어진 활이라면 아들 또한 잘못 날아가는 화살이 될 게 뻔합니다. 이미 잘못 날아간 화살을 활은 더 이상 어떻게 할 수가 없습니다. 제가 부모로서의 활의 구실을 제대로 할 수 없었다면 화살로서의 아들도 어쩌면 바람직하지 않은 삶의 방향으로 날아가버렸을지도 모릅니다. 그래서 저는 요즘 아들 앞에 항상 떳떳하고 당당합니다. 아들 또한 자기 자신과 이 사회 앞에 늘 당당한 태도를 지니고 오늘을 살아가고 있을 것입니다.

언젠가 지나가는 말로 아들에게 "너라면 그런 상황에서 어떻게 했을 것이냐"고 물어보자 아들이 "당연히 등록금을 내야지요" 하고 말했습니다. 저는 그 말을 듣고 얼마나 기뻤는지 모릅니다.

화살이 멀리 날아가려면 활의 몸이 많이 휘어져야 합니다. 가장 멀리 날아간 화살은 등이 가장 많이 휜 활에 의해 날아간 화살입니다. 부모라는 활이 자식이라는 화살을 성공이라는 인생의 하늘 속으로 멀리 날려 보내려면 부모의 몸과 마음 또한 크게 휘어져야 합니다. 아무리 휘어지면서 힘이 들어도 그 고통을 견뎌내야 합니다.

실제로 늙은 부모의 육체는 등이 활처럼 굽어집니다. 그동안 화살인 자식을 위해 끊임없이 노동을 하며 활의 역할을 다해왔기 때문입니다. 부모가 자신을 위해 활처럼 깊게 휘어지는 삶을 살았다는 사실을 깨닫는 순간, 자식도 그만 자기 자식의 활이 되고 맙니다.

나는 이제 나무에 기댈 줄 알게 되었다
나무에 기대어 흐느껴 울 줄 알게 되었다
나무의 그림자 속으로 천천히 걸어들어가
나무의 그림자가 될 줄 알게 되었다
아버지가 왜 나무 그늘을 찾아
지게를 내려놓고 물끄러미

나를 쳐다보셨는지 알게 되었다

나는 이제 강물을 따라 흐를 줄도 알게 되었다

강물을 따라 흘러가다가

절벽을 휘감아돌 때가

가장 찬란하다는 것도 알게 되었다

해질 무렵

아버지가 왜 강가에 지게를 내려놓고

종아리를 씻고 돌아와

내 이름을 한번씩 불러보셨는지도 알게 되었다

　　이 시는 아버지의 아들이었던 제가 두 아들의 아버지가 된 뒤 쓴 '아버지의 나이'라는 제목의 시입니다. 저는 이 시를 쓰면서 비로소 제 아버지의 사랑을 이해하게 되었습니다.

신은 털을 짧게 깎인

양을 향해서는

바람을 보내지 않는다

'허르헉'은 몽골 전통음식 중 하나로 양고기 찜 요리입니다. 긴 원통형 양은솥에 소금과 양고기를 넣고 뜨겁게 달군 돌멩이를 한데 넣어 익혀 먹습니다. 어느 해 여름 몽골의 초원 강변에서 벗들과 허르헉을 먹게 되었는데, 그날 양을 잡는 장면을 처음부터 끝까지 지켜보게 되었습니다.

몽골의 젊은 청년에게 붙잡혀온 양은 아무 소리도 내지 않았습니다. 자기를 익힐 돌멩이들이 벌건 모닥불에 달구어지는 모습을 보면서도 그저 무심한 표정이었습니다. 몽골 청년이 재빠른 솜씨로 칼로 명치끝을 푹 찌른 후, 손을 집어넣어 숨통을 끊어버려도 한 순간 엷은 신음소리만 내다가 곧 숨을 거둘 뿐이었습니다.

순하게 죽어가던 양의 모습이 지금도 잊히지 않습니다. 인간을 위해 자기 전부를 아낌없이 던진 한 '순교자'의 모습이라고 할까요. 가죽이 벗겨진 채 벌건 속살을 그대로 드러낸 양의 모습이 떠오르면 가끔 '난 동물로 치면 뭘까. 무슨 동물로 사람의 먹이가 되어 죽어갈까' 하는 생각이 들기도 합니다.

'아마 난 소일 거야. 띠가 소띠니까.'

한때는 띠를 빙자해 소라고 생각한 적도 있습니다.

"호승이 니는 소띠인데다 아침 일찍 났기 때문에 아침 먹고 나서 하루 종일 일할 소 팔자다."

어머니가 가끔 그런 말씀을 하셔서 그런지 지금까지 저는 소처럼 열심히 일을 해야만 살 수 있었습니다.

그런데 세월이 지나고 나이가 들자 그건 사회생활을 하는 저의 외면적 모습이고, 저의 내면적 영혼의 모습은 소가 아니라 양이라는 생각이 들었습니다. 살아갈수록 저 자신이 너무나 연약한 존재라는 사실을 절감하기 때문입니다. 만일 제가 동물 중에서도 개나 늑대라면 인생이라는 포식자를 향해 거세게 짖으며 달려들었을 것입니다. 만일 양 중에서도 거대한 뿔이 달린 산양이라면 그 뿔로 인생을 향해 격렬한 싸움이라도 한바탕 벌였을 것입니다.

그러나 저는 그런 강한 존재가 아니었습니다. 그저 인간이 필요로 하는 털과 가죽과 우유와 고기를 제공하기 위해 거친 비바람에 몸과 마음을 맡기는 연약한 한 마리 양이었습니다. 저는 양이라고 생각되는 저 자신이 그리 싫지 않습니다. 처음엔 너무 연약하다 싶었지만 나중엔 은근히 좋아지기까지 했습니다. 그것은 어머니의 방에 늘 걸린, 한 손에 지팡이를 들고 또 한 손엔 길 잃은 어린 양 한 마리를 가슴에 품은 예수의 초상을 보고 자라온 데에 그 까닭이 있습니다.

무심히 보아오던 예전과 달리 요즘은 그 그림 속의 어린 양이 바로 저 자신이라는 생각이 듭니다. 예수 품에 안긴 어린 양이 마치 엄마 품에 안긴 것처럼 안온하고 포근해 보입니다. 길을 잃고 헤매던 불안과 공포는 다 사라지고 무척 평화로워 보입니다. 그렇지만 그 어린 양은 언제까지나 예수 품에 안겨 있을 수만은 없을 것입니다. 아무리 길 잃은 삶이 고통스러워도 예수 품을 떠나 스스로 무리 속에서 열심히 풀을 뜯는 삶을 살지 않으면 안 될 것입니다.

저 또한 그렇습니다. 부모 품을 떠나 인생이라는 추위에 몸을 떠는, 풀도 잘 자라지 않는 인생이라는 황막한 들판을 헤매며 스스로 풀을 뜯는 한 마리 어린 양입니다. 누군가가 제 털을 다 깎아버려 오돌오돌 추위에 떨며 먹을 풀을 찾아 헤매는 한 마리 어린 양의 모습. 그게 바로 오늘을 사는 저 자신의 모습입니다.

그러나 '사막의 성자'로 불리는 샤를르 드 푸코 신부의 책 《주님과 똑같이》에서 '하느님은 털을 짧게 깎인 양을 향해서는 바람을 보내지 않으신다'고 쓴 글을 읽고 제 마음이 편안해졌습니다. 예수의 품을 떠났다고 해서 떠난 게 아니었습니다. 저의 삶 전체가 온전히 예수의 품안에 있는 것이었습니다. 그동안 신과 인간의 관계에 대한 이해가 부족했기 때문에 제가 연약하고 고통스러웠던 것입니다.

'아, 그렇지, 하느님의 사랑은 이런 거야!'

저는 하느님의 사랑을 이해했다는 기쁨에 눈물이 핑 돌았습니다. 털을 짧게 깎인 양은 추위에 그대로 노출되는데, 그런 양을 위해 하느님은 바람조차 보내지 않는다는 것입니다.

이 얼마나 섬세한 배려이자 사랑입니까. 털을 깎인다는 것은 존재의 손상이자 마음의 상처입니다. 사랑의 결핍이자 생존의 위기입니다. 그것을 아시고 하느님이 더 이상 추위에 떨지 않도록 배려해주시니 이 얼마나 큰 기쁨입니까. 저는 이 말씀 한마디에 신의 사랑을 흠뻑 받은 느낌이었습니다.

인간은 태어나면서부터 종교적이다

저는 가톨릭 신앙을 지니고 있습니다. 누가 권하거나 대대로 가톨릭 집안이라서 그런 것은 아닙니다. '파리외방전교회' 소속 샤를르 달레 신부가 1874년에 쓴 《조선천주교회사》를 읽고 감동을 받아 저 스스로 지니게 된 신앙입니다. 제 삶의 중심 역할을 하는 종교가 있다면 바로 가톨릭입니다.

그렇다고 다른 종교를 받아들이지 않는 게 아닙니다. 기독교는 한 뿌리에서 파생된 것이므로 그렇다 하더라도 불교 또한 깊이 받아들이고 있습니다. 제 마음속에 어떤 불성이 소중하게 존재하고 있는지 늘 살펴보려고 노력합니다. 그래서 산사에 가 부처님을 뵙게 되면 마음의 고개를 숙이고 무릎을 꿇고 절을 올리며 의탁합니다.

그뿐만이 아닙니다. 장모님이 장독대 위에 올려놓은 정한수 한 그릇을 보고도 두 손 모아 고개 숙인 적도 있습니다. 길을 가다가 한 그루 나무를 보고도, 한 송이 꽃을 보고도, 밤하늘의 별을 바라보고도 신적 존재를 발견하고 의지할 때가 있습니다. 그럴 때마다 인간은 어떤 종교든 종교적 신앙을 지니지 않고 살기엔 너무나 연약한 존재라는 사실을 더욱 느끼게 됩니다.

어떤 때는 한 인간으로서 내가 너무 연약한 게 아닌가, 지나치게 의존적이고 의타적인 게 아닌가 하는 생각이 들 때가 있습니다. 그럴 때는 '인간은 태어나면서부터 종교적이다'라는 말이 자연스럽게 떠오릅니다. 이 말은 청년 시절에 성 어거스틴의 《참회록》을 읽다가 가슴속에 저절로 새겨진 말로 지금까지 잊어본 적이 없습니다. 이 말만큼 절대적 존재를 믿고 따르는 데에 바탕이 된 말은 없습니다. 제가 어떠한 본성을 지닌 존재인지 가장 밑바닥부터 이해해야 할 때마다 이 말은 큰 도움을 주었습니다. 신을 부정하고 싶어도 부정할 수 없는 근원적 해답이 바로 이 말에 있었습니다.

몇 해 전 페루의 고대도시 마추픽추를 찾아가보았을 때도 이 말을 생각했습니다. 해발 약 2400미터 높이의 산꼭대기에 있는 '공중도시' 마추픽추는 지금부터 약 500여 년 전까지만 해도 잉카인들이 계단식 밭을 일구며 살았던 곳입니다. 지금도 그 유적이 남아 있어 유네스코가 세계유산으로 지정했으며, 세계 7대 불가사의 중 하나입니다.

저는 마추픽추를 바라보는 순간, 고대의 어느 한 시공간 속으로 빨려 들어간 듯한 신비로움에 휩싸였습니다. 석벽들 사이사이에서 잉카인들이 달려나와 농사지은 감자를 건네며 제게 미소 짓는 것 같았습니다. 그래서 "편안하게 평지에서 살아도 될 텐데 왜 이렇게 높은 산정에다 도시를 이루고 사느냐"고 물어보고 싶다는 생각이 들었습니다.

약 1만여 명으로 추정되는 잉카인들이 왜 그토록 삶의 조건이 열악한 곳에서 농사를 지으며 살았는지 언뜻 이해하기 힘이 듭니다. 마추픽추로 가기 위해서는 쿠스코에서 한 시간 정도 기차를 타고 가는데, 차창 밖으로 보이는 풍경을 보면 다소 평지가 형성돼 있고 계곡에 물이 흘러 농사짓기에 그리 나쁜 조건은 아니었습니다. 그런데도 왜 그들은 굳이 그런 산꼭대기에다 삶의 터전을 마련한 것일까요. 잉카문명을 연구한 이들은 스페인군에게 쫓긴 잉카인들이 마지막으로 숨어든 곳이라는 등 여러 가설을 내세우고 있습니다.

저는 마추픽추 전체가 하나의 신전이 아니었을까, 삶의 터전으로서의 도시라기보다 그들이 섬기는 태양신을 위한 신전으로서의 도시가 아니었을까 하는 생각을 해보았습니다. 마추픽추에 실제로 태양을 붙들어두는 돌 막대 설치물이 있고, '태양의 신전'으로 일컬어지는 석축 구조물이 있어 그런 생각을 한 것은 아닙니다. 고대인이든 현대인이든 인간이라면 누구나 다 자기만의 '신전'이 삶의 절대적 요소라는 생각 때문입니다. 더욱이 고대 잉카인들에게 신전은 삶의 전부였을 것입니다. 그래서 태양과 보다 가까운 산정에 신전을 세우지 않았을까 하는 생각이 들었습니다. 그러니까 마추픽추는 인간을 위한 도시라기보다 신을 위한 도시라는 게 제 생각입니다.

저의 그러한 생각은 페루 남서부의 작은 사막도시 나스카 평원에 그려진 그림들을 보면서도 마찬가지였습니다. 그곳엔 삼각형이나 사다리꼴, 소용돌이 등의 여러 도형과 새, 원숭이, 거미, 고래, 물고기, 도마뱀, 나무 등 여러 동식물 그림이 그려져 있습니다. 거의 비가 오지 않는 기후인데다 흙과 바위에 석회 성분이 있어 지금까지 그 그림이 지워지지 않은 것이라고 하는데, 그림 하나하나마다 규모가 100미터에서 2~300미터 정도는 됩니다. 새 그림의 경우, 날개 하나가 300미터나 될 정도로 거대해서 경비행기를 타고 내려다보지 않으면 전체를 다 볼 수가 없습니다.

저도 경비행기를 타고 그 그림들을 내려다보았는데, 나스카인들이 무엇 때문에 그런 거대한 그림을 그렸을까 하는 점이 가장 궁금했습니다. 그곳엔 그림을 전체적으로 조망할 수 있는 높은 산도 없어 하늘을 날지 않고서는 그림 전체를 한눈에 다 파악할 수 없습니다. 그런데도 그런 규모의 그림을 그린 까닭은 무엇일까요.

여기에도 여러 가설이 있습니다. 농사달력이거나 농경수로다, 천체를 관측하기 위한 기준선과 별자리다, 귀환하는 외계인들을 위한 활주로다 하는 가설 등이 그것입니다. 그렇지만 저는 나스카인들이 섬긴 별의 신에게 자신들의 마음을 바치는 구체적 행위가 그런 그림으로 나타난 게 아닌가 하는 생각이 들었습니다.

고대인이든 현대인이든 인간은 태어나면서부터 종교적 존재입니다. 종교적 존재이기 때문에 인간입니다. 현대인들 중에는 흔히 "나는 종교가 없다"고 말하는 이들이 있는데, 이는 "태어날 때부터 나는 심장이 없다"고 하는 것과 같습니다.

고대인들은 현대인들처럼 "종교가 없다"는 말은 하지 않았을 것입니다. 그들은 자신들이 종교적 존재이며, 삶 전체가 그들이 섬기는 신의 영역 안에서 이루어지고 있다는 것을 확신했을 것입니다. 잉카인들은 스페인 군과 싸울 때 태양이 떠 있는 낮에만 싸우고 밤에는 싸우지 않았다고 하는데, 낮에 싸워야 그들이 섬기는 태양신이 도와준다고 믿었기 때문입니다. 이 얼마나 절대적 믿음입니까.

그런 의미에서 저는 고대인들의 인간적 종교성이 마추픽추라는 산 정도시나 나스카의 그림으로 나타난 것이라고 생각해봅니다.

인간은 신에 대해 자신을 나타내지 않고는 살 수 없는 존재입니다. 현대인이라고 해서 신에 대해 아무런 인간적 표현을 하지 않고 살아가는 것은 아닙니다. 미처 깨닫지 못하는 사이에 어떠한 형식으로든 하루하루 자기 나름대로 종교성을 표현하고 살아갑니다. 따라서 현대인에게도 신전 없는 삶은 있을 수 없습니다. 누구나 삶의 중심에 자기만의 신전이 존재해 있습니다. 저는 고대인이 아니므로 마추픽추와 같은 거대한 신전은 건설하지 않아도 될 것입니다. 제가 마음속에 꼭 지어야 할 신전은 '사랑의 신전'일 것입니다. 그것이 절대자가 기뻐하는 신전이 되기 위해서는 사랑을 실천하는 '실천의 신전'이 되어야 할 것입니다.

남을 용서하지 못하면

내가 죽는다

한국천주교 주교회의 주최로 열리는 사형제 폐지에 관한 세미나에 '이야기 손님'으로 초대를 받고, 저는 아직 사형 폐지에 대한 생각이 정리되지 않았다는 이유로 초대를 거절할 수밖에 없었습니다. 뜻하지 않게 가족을 잃은 이들의 고통을 이해하지 못하는 상태에서 사형 집행만은 피해야 한다고 주장할 만큼 아직 제 생각이 정리되지 않았기 때문입니다.

　한순간이라도 가족을 잃은 피해자의 입장이 돼 보면 저 또한 치솟는 분노를 잠재우기 어렵습니다. '실제 피해자가 아닌 나만 해도 이런데, 당사자들은 그 얼마나 분노에 치를 떨겠는가' 하는 생각을 하면 사형 폐지 주장을 거부하고 싶은 생각뿐입니다. 피해자들 중에 '내 가족을 죽였지만 그래도 용서하고 싶다' 라는 분도 있고, '죽어서 지옥에까지 따라가서라도 복수하겠다'는 분도 있지만, 저는 정작 어떤 태도를 지녀야 할지 알 수 없습니다. 다만 내가 만일 그들의 입장이라면 절대 용서하지 않을 것이라는 생각뿐입니다.

　'절대 용서하지 않겠다' 는 생각이 오늘의 제 삶을 지배합니다. 제 고통의 절반 이상은 남을 이해하지 못하고 용서하지 못하는 데서 비롯됩니다. '용서(容恕)'라는 한자의 뜻을 살펴보면, '용(容)'은 집(穴)과 골짜기(谷)처럼 깊게 거두고 받아들인다는 뜻이고, '서(恕)' 는 나와 같이(如) 마음(心)을 쓰라는 뜻입니다. 그러니까 결국 남을 자신처럼 대하고 받아들여주라는 뜻입니다.

　그러나 저는 남을 나 자신처럼, 남의 잘못을 나의 잘못처럼 받아들이지 못합니다. 용서하기 위해서는 나를 아프게 한 상대방을 먼저 이해해야 한다고 하고, 이는 고통스러운 기억을 사라지게 하기 위한 필요조건이라고 합니다만, 그런 상대방을 이해하기 어렵습니다. 상대방을 이해하면 할수록 용서가 더 쉬워진다고 하지만 이해하려고 하면 할수록 분노만 더 커집니다.

어떻게 하면 용서의 길에 이를 수 있을까요. 용서하지 못함에서 오는 고통의 무게를 좀 줄일 수 있을까요. 결국 용서에 이르지 못한다 하더라도 용서의 방법이라도 배워 좀 편안해질 수 있을까요. 저는 용서를 실천한 이들을 통해 용서를 배우려고 노력해왔습니다만 그 또한 어렵습니다. 그것은 성자적 삶의 태도를 지닌 사람들만 가능하지 저 같은 평범한 사람에겐 불가능한 일로만 여겨집니다.

청년 시절엔 용서라는 중심철학을 지닌 달라이 라마를 통해 용서의 방법을 배우려고 노력했습니다. 그는 1950년 중국에 강점된 티베트인들에게 "나를 고통스럽게 한 사람에게 미움이나 악감정을 키운다면 내 마음의 평화만 깨진다"고 가르쳤습니다. 그런데 그 가르침을 그때도 이해하기 어려웠지만 지금도 잘 이해하지 못합니다. 내 마음의 평화를 위해 나라를 빼앗아버린 이들을 미워하고 증오하면 안 되는 것일까요.

최근 티베트의 젊은 스님들이 독립을 외치며 연이어 분신할 때마다 달라이 라마는 분신하지 말라고만 하지, 그러한 방법으로라도 저항할 수밖에 없는 상황과 원인에 대해 분노하는 모습은 보여주지 않습니다. 제 좁은 소견이지만 그는 용서의 그릇에 분노의 불꽃을 다 녹여버린 듯합니다. 그래서 그의 용서의 방법에 대해 저처럼 평범한 사람은 어떻게 접근해야 할지 알 수가 없습니다. 달라이 라마의《용서》라는 책에 보면 이런 이야기가 나옵니다.

중국이 티베트를 침공하기 전부터 달라이 라마와 잘 알고 지낸 한 스님이 있었습니다. 중국이 티베트를 침공했을 때 달라이 라마는 피신하여 인도로 갔으나 그 스님은 피신하지 못하고 체포되어 감옥에 끌려가 18년 동안 온갖 고문을 당했습니다. 그 뒤 달라이 라마가 20년 만에 인도에서 그 스님을 다시 만나게 되었습니다. 그 스님은 18년 동안이나 감옥에 갇혀 있었음에도 불구하고 예전과 크게 달라진 모습이 아니었습니다. 달라이 라마는 그 스님에게 "18년간 모진 고문을 당하면서 두려웠던 적이 없었느냐"고 물었습니다. 그러자 그 스님은 "나 자신이 중국인들을 미워할까봐, 중국인들에 대한 자비심을 잃게 될까봐 그것이 가장 두려웠습니다. 하마터면 큰일 날 뻔했습니다"라고 대답했습니다.

저는 이 이야기를 읽으면서 '그럴 수가 있는가. 그 스님의 말씀을 믿을 수 없다'는 생각이 먼저 들었습니다. 그토록 무자비하게 나라를 빼앗기고 그것도 모자라 자신을 18년간이나 감옥에 가두고 고문한 그들을 미워할까봐 걱정했다니 도저히 이해하기 힘들었습니다. 만일 제가 그 스님이라면 달라이 라마를 만나자마자 그동안의 모든 분노와 미움의 감정을 다 쏟아놓았을 것입니다. 그러나 그 스님은 그렇지 않았습니다. 중국인들을 늘 용서하고 있었습니다. 어떻게 그럴 수 있을까요. 도대체 용서란 무엇일까요.

저는 용서가 무엇인지 모릅니다. 용서가 내 삶에 왜 필요한지도 모릅니다. 그래도 지금까지 '용서하지 못하더라도 용서하려고 노력은 해야 한다'고 막연히 생각하며 살아왔습니다. 그러다가 어느 날 '남을 용서하지 못하면 내가 죽는다'는 말 한마디를 만나 내 인생에 용서가 왜 필요한지 너무나 쉽고 단순하게 이해하게 되었습니다.

'아, 용서하지 못한다는 것은 결국 내가 죽는 길이구나! 용서한다는 것은 결국 내가 사는 길이구나! 그동안 나는 용서를 너무 어렵게만 생각하며 살아왔구나!'

용서는 용서해야 할 대상을 위한 것이 아니라 바로 나 자신을 위한 것이었습니다. 남을 위해 내가 참고 희생하는 것이 아니었습니다. 내가 용서하고 싶어서 용서하는 게 아니라, 내가 살기 위해 용서하는 것이었습니다. 저는 용서하지 못함으로써 내가 죽고 싶지는 않았습니다.

'남을 용서하지 못하면 내가 죽는다'는 이 말은 심리학자 딕 티비츠가 쓴《용서의 기술》의 원제《살아가기 위해 용서하라》를 달리 표현한 말입니다. 그는 10년 동안 다녔던 회사에서 해고당한 분노로 건강을 잃었다가 용서를 통해 회복한 경험을 바탕으로 그 책을 썼습니다.

그는 삶이 불공평하다는 걸 먼저 인정하라고 합니다. "당신도 나도 타인의 행동을 통제할 수 없다. 살면서 겪는 모든 불행을 예측하고 예방할 수 없다. 모든 상황에서 삶을 공정하게 만든다는 것은 불가능하다. 따라서 내 삶이 불행한 것은 그 누구의 탓이 아니다"라고 말합니다.

그러면서 용서는 어떻게 잊는가의 문제가 아니라, 어떻게 기억하느냐의 문제라고 말합니다. 용서를 잊기 위한 것이라고 생각하는 것은 잘못된 통념이라는 것입니다. 용서는 내게 상처 준 이에게 넘겨준 내 삶의 통제권에서 나를 해방시키며, 과거의 상황이 나의 현재를 지배하지 않도록 가르친다는 것입니다. 따라서 기억하지 않으려고 애써 노력한다는 것은 내게 상처 준 자에게 넘겨준 내 삶의 통제권 속에 스스로 갇혀 늘 지배당하는 결과를 가져온다는 것입니다. 용서는 결국 자기 삶과 행복을 자신이 책임지는 길인데, 기억하지 않고 늘 잊으려 함으로써 지배당해서는 안 된다는 것입니다.

그동안 저는 '용서할 수 없으면 잊기라도 하자' 고 늘 생각해왔습니다. 그러나 용서할 수 없기 때문에 잊을 수가 없었습니다. 그러나 이제는 잊으려고 노력할 게 아니라 오히려 기억함으로써 스스로 빼앗긴 내 삶의 통제권을 되찾아야 한다고 생각합니다.

사랑과 고통이 한 몸이듯이 사랑과 용서도 한 몸입니다. 용서가 없으면 사랑이 없습니다. 용서하지 못하니까 고통스러운 것입니다. 인간이 지닌 가장 큰 불행은 용서하지 못하는 것입니다. 남을 죽이려고 하면 내가 먼저 죽듯이 용서하지 못하면 내가 먼저 죽습니다. 내가 살기 위해서라도 용서는 필요합니다.

저는 용서하지 못해 고통스러울 때마다 '남을 용서하지 못하면 내가 죽는다'고 생각하면서 가끔 이 우화를 생각합니다.

두 친구가 사막을 여행하다가 서로 다투게 되었다. 한 친구가 화를 참지 못하고 다른 친구의 뺨을 때렸다. 뺨을 맞은 친구는 기분이 나빴지만 아무 말도 하지 않고 모래 위에 이렇게 적었다.

'오늘 나의 가장 친한 친구가 내 뺨을 때렸다.'

그들은 오아시스가 나올 때까지 오랫동안 말없이 걸었다. 마침내 오아시스에 도착한 그들은 목욕을 하기 위해 늪으로 갔다. 그런데 뺨을 맞았던 친구가 목욕하러 들어가다가 그만 늪에 빠지고 말았다. 그때 뺨을 때렸던 친구가 그를 구해주었다. 그는 늪에서 빠져나오자 이번에도 아무 말 없이 돌에다 이렇게 썼다.

'오늘 나의 가장 친한 친구가 나의 생명을 구해주었다.'

그를 때렸고 또한 그를 구해준 친구가 의아해서 물었다.

"내가 너를 때렸을 때는 모래에다 적었는데, 너를 구해준 후에는 왜 돌에다 적었지?"

그는 미소를 띠며 이렇게 대답했다.

"누군가가 내게 잘못했을 때는 그 사실을 모래에 적어야 해. 용서의 바람이 불어와 그것을 지워버릴 수 있도록. 그러나 누군가가 내

게 좋은 일을 했을 때는 그 사실을 돌에다 기록해야 해. 그래야 바람
이 불어와도 영원히 지워지지 않을 테니까."

자살의 유혹에 침을 뱉어라

한 당나귀가 가난한 농부를 주인으로 섬기며 열심히 농사일을 거들었다. 그러는 사이에 세월은 빨리 흘러 농부도 당나귀도 늙어 일을 하기 힘들게 되었다.

농부는 이제 농사를 그만 지어야겠다고 생각했다. 그러자 그동안 함께 농사를 지으며 살아온 늙은 당나귀가 걱정이었다. 내다 팔자니 쉽게 사갈 사람이 없을 것 같고, 그저 준다 해도 선뜻 받아갈 사람이 없을 것 같았다. 그렇다고 그냥 내쫓으면 이리저리 떠돌다가 굶어죽거나, 운이 좋아 새 주인을 만난다 해도 늙어서 일을 못한다고 구박이나 받을 게 뻔한 일이었다.

농부는 어떻게 해야 할지 알 수 없어 고민에 고민을 거듭하게 되었다. 그러다가 하루는 '농사도 짓지 못하는 늙고 병든 몸이 더 이상 살아서 뭐하겠느냐, 아예 당나귀를 매장하고 나도 죽는 게 낫다'는 생각이 들었다. 농부는 죽기로 결심하고 먼저 당나귀의 무덤을 팠다. 우물을 파듯 구덩이를 깊게 판 다음, 당나귀를 줄에 매달아 구덩이 아래로 조심스럽게 내려 보내고 울먹이면서 흙으로 구덩이를 메우기 시작했다.

구덩이 아래에 있던 당나귀는 갑자기 자신의 몸 위로 쏟아지는 흙더미를 받으며 생각했다.

'주인이 우물을 팠는데 물이 안 나오니까 다시 메우려고 흙을 퍼붓는 것이다. 나는 그 흙을 단단히 다지기 위해 구덩이 속으로 내려 보내진 것이다.'

당나귀는 그렇게 생각하고 열심히 구덩이 속으로 쏟아지는 흙을 발로 다지고 또 다졌다. 농부는 당나귀가 그런 생각을 하는 줄도 모르고 자꾸 울먹이며 구덩이에 흙을 퍼부었다.

다음날, 농부는 찬란한 아침햇살을 받으며 지상으로 올라와 이빨을 드러내고 크게 웃는 당나귀를 보고 깜짝 놀라지 않을 수 없었다. 흙더미에 파묻혀 죽은 줄 알았던 당나귀가 멀쩡하게 살아 있었던 것이다. 농부는 오랫동안 곰곰 생각해보았다. 아직 죽을 때가 아니라고, 열심히 살아가야 할 때라고, 당나귀가 내게 힘과 희망을 주었다고. 농부는 죽는 날까지 농사를 짓기로 결심하고 기쁜 마음으로 다시 밭에 나가 일하기 시작했다.

아일랜드 동화 한 편을 먼저 정리해보았습니다. 저는 이 동화를 읽고 어떠한 상황에서든 이 동화 속의 당나귀처럼 절망해서는 안 된다는 생각이 들었습니다. 만일 당나귀가 구덩이 속으로 쏟아지는 흙을 자신을 파묻기 위한 흙으로 생각했다면 지상으로 올라오지 못했을 것입니다. 비록 구덩이에 당나귀를 파묻으려고 퍼부은 흙이었지만 당나귀는 그 흙을 다르게 생각함으로써 스스로 구덩이 밖으로 나올 수 있었습니다. 절망과 죽음의 흙을 희망과 생명의 흙으로 바꾸어 생각함으로써 결국 새로운 삶을 살게 된 것입니다.

만일 당나귀가 그렇게 생각하지 않았다면 결과는 어떻게 되었을까요. 물론 당나귀도 죽었겠지만 농부도 죽고 말았을 것입니다. 그것도 자살을 통해서 말입니다.

　세계에서 자살률이 가장 높은 나라는 바로 우리나라입니다. 우리 사회는 이미 '자살사회'입니다. 어린 학생에서부터 연예인, 대학총장, 시장, 도지사, 대통령에 이르기까지 자살하는 사회입니다. 우리 사회에서 자살은 이미 치유하기 힘든 질병입니다. 사회적으로 이슈가 되는 부정적인 사건이 터졌다 하면 곧이어 관계자가 자살했다는 뉴스가 전해집니다. 사건 발생과 자살이 걸핏하면 하나의 연결고리를 이룹니다.

　이런 뉴스를 접할 때마다 가슴이 꽉 막힌 듯 먹먹해집니다. 남의 일 같지 않고 마치 '오늘도 내가 자살했구나' 하는 생각이 듭니다. 그것은 그들의 자살을 통해 내 생명의 무게나 가치조차 가볍고 무가치하게 여겨지기 때문입니다. 결코 그럴 리 없겠지만 어떤 고통스러운 상황에 처해지면 나도 그들처럼 자살해야 하나 하는 생각이 듭니다.

　특히 사회 지도층 인사들이 자신의 삶의 고통을 언론에 이야기할 때 심사숙고해야 합니다. "한때는 자살할 생각을 많이 했다. 독극물을 주사할까, 목을 맬까, 약을 먹을까, 구체적으로 계획한 적도 있었다"라고 할 때는 그 말을 듣는 일반 대중을 먼저 생각해야 합니다. 그것은 자신의 삶이 그만큼 고통스러웠다는 것을 강조하기 위한 것이겠지만 은연중 우리 사회 구석구석을 향해 "저런 사람도 자살하려고 했는데……" 하는 생각을 바이러스처럼 널리 퍼지게 만듭니다.

저는 몇 해 전 수능 1교시 언어영역 시험을 치르고 고사장을 빠져나와 아파트 옥상에서 투신자살한 남원의 한 여고생에 관한 보도를 지금도 잊을 수 없습니다. 수능시험을 좀 못 치렀다고 해서 그것이 목숨마저 버릴 만한 일이었을까요.

가족 중에 자살한 이가 있으면 그것은 남은 가족이 평생 안고 가야 할 고통의 짐입니다. 제가 아는 분 아버지가 자살한 가족은 명절날 형제끼리 만나도 서로 아버지 이야기는 꺼내지 않습니다. 영원히 아물지 않는, 끝끝내 가슴속에 날카로운 돌부리처럼 박혀 있는 그 고통의 상처를 아무도 건드리고 싶지 않은 것입니다. 만약 아버지의 죽음이 자연적인 것이었다면 그들은 항상 아버지와의 추억을 이야기했을 것이고, 시간이 갈수록 아버지와의 이별의 고통은 사랑과 그리움으로 승화되었을 것입니다.

신문보도에 의하면 한강에 투신하는 이가 이틀에 한 명꼴이고 하루 평균 43명이 자살한다고 합니다. 우리 사회가 아무리 '자살사회'라 할지라도 이대로 방관할 일은 아닙니다. 언젠가 한강에 투신했다가 구조대원의 도움으로 살아난 이가 자신의 자살 경험을 적은 노트를 한강대교 난간에 매달아놓은 적이 있습니다. '자살하려는 사람은 꼭 읽어주세요'라고 쓰인 그 노트엔 '차가운 물속에서 숨이 끊어질 때까지 받는 고통의 시간이 살아서 고통 받는 시간보다 수천 배 수만 배 더 길다'는 내용이 적혀 있었습니다.

사람은 희망을 잃을 때 자살한다고 합니다. 그러나 인간의 가장 큰 죄악은 바로 희망을 잃는 것입니다. 그런 의미에서 자살은 죄악입니다. 절망이라는 죄는 신이 용서하지 않는다고 합니다. 인생의 성공 중에서 자살에 성공한 것만큼 부끄러운 성공은 없습니다. 자살이야말로 인간으로서 가장 부끄러운 행위입니다. 자살 행위가 얼마나 부끄러운 것인가 하는 것은 자살기도가 미수에 그친 사람을 통해서 알 수 있습니다. 실제로 그들은 심한 자괴감에서 한동안 쉽게 벗어나기 어렵다고 합니다. 자살은 자신을 살인하는 행위이며, 자살 또한 살인에 속하기 때문입니다. 타인을 죽여야만이 살인이 아니라 자신을 죽여도 살인입니다. 자살은 자신에 대한 가장 가혹한 범죄행위이며, 자살자는 자기를 죽인 범죄자입니다.

　누구나 살아가면서 정말 죽고 싶을 정도로 어려움을 겪습니다. 어려움을 겪지 않고 인생을 마치는 이는 없습니다. 그런데 어려울 때마다 자살을 생각하고, 또 자살한다면 우리의 인생이 어떻게 되겠습니까. 오늘도 저는 지하철 사당역에서 한 할머니가 떡바구니를 앞에 놓고 수많은 인파가 오가는 데 앉아 꾸벅꾸벅 졸고 있는 모습을 봅니다. 이 얼마나 생존을 위해 몸부림치는 장엄한 광경입니까. 지하철을 오가며 하모니카를 불거나 육성으로 노래를 부르며 구걸하는 시각장애인들을 보십시오. 이 얼마나 숭고한 생존의 풍경입니까.

　자살할 이유보다 살아갈 이유가 더 많은 게 인생입니다. 죽기에 좋은 날이 있으면 살기에도 좋은 날이 있는 게 인생입니다. 아무리 자살하고 싶어도 살아갈 이유를 찾아야 합니다. 단 한 사람을 위해서라도 인생은 살아갈 가치가 있습니다. 법정스님께서 2003년 12월 길상사 정기법회에서 들려주신 말씀 중에 이런 이야기가 있습니다.

큰 수술을 여덟 번이나 받은 여인이 있었다. 자궁암을 비롯해 위암, 대장암 등 암이 전이될 때마다 위험한 큰 수술을 되풀이해서 받았지만 비교적 건강해 의사들조차 놀라워했다. 그것은 그녀에게 항상 누워서 지내는 정신지체 아들이 있기 때문이었다. 스무 살이 되어도 지능은 서너 살짜리밖에 안 돼 대소변까지 받아내야 하지만 그녀에겐 참으로 소중한 아들이었다. 그런 아들 때문에 남편과 이혼까지 하게 되었으나 그녀는 아들을 어떻게 키울 것인가 하는 데에만 온 정신을 쏟았다.

그녀가 밖에서 일을 하고 집으로 돌아오면, 하루 종일 혼자 누워 있던 아들은 이불 속에서 그녀를 보고 웃음을 가득 띠며 좋아 어쩔 줄 몰라 했다. 그녀는 그런 아들을 대할 때마다 하루의 피로도 잊고 어떻게 해서든지 이 아들을 위해 살아야 한다는 결심을 하곤 했다. 수술한 몸이 너무 아파 차라리 죽었으면 하고 자살도 몇 번 결심했으나 '이 아이를 혼자 남겨두고 죽을 수는 없다. 내가 살지 않으면 저 아이 혼자는 도저히 살아갈 수 없다'는 생각에 자신의 고통조차 생각할 여유가 없었다. 이것이 그녀가 여덟 번이나 암 수술을 받고도 살아 있는 까닭이었다. 정신지체 아들을 보살피는 어머니의 지극한 정성이 어머니 자신의 죽을 고비를 몇 번이나 무사히 넘기게 한 것이다.

이렇게 인생은 단 한 사람을 위해서도 살아갈 가치가 있습니다. 그것이 자식인 경우에는 그 가치를 더 말해 무엇 하겠습니까. 자살을 결심했을 때, 그 결심을 행동으로 옮기고 싶을 때 내가 사랑하는 가족, 나를 사랑하는 가족을 생각해야 합니다. 내가 사랑하지 않으면 안 되는 단 한 사람을 생각해야 합니다. 그것이 바로 살아가야 할 이유가 됩니다. 우리가 어떠한 불행 속에서도 살아가야 할 이유는 복잡하지 않습니다. 단순합니다. 내가 사랑해야 할 사람이 누구에게나 존재해 있습니다. 그런 사실을 외면하거나 도외시해서는 안 됩니다.

"내가 이룬 업적 가운데 가장 위대한 것은 살아 있다는 것이다."

영국의 천재 물리학자 스티븐 호킹은 그의 환갑 기념 심포지엄에서 어느 기자가 "당신이 이룬 업적 중에서 가장 큰 업적이 무엇이냐"고 묻자 그렇게 대답했습니다.

그는 온 몸의 근육이 서서히 마비되는 루게릭병으로 20세에 5년이라는 시한부 선고를 받았지만 70세가 된 지금까지 살아 있습니다. 움직일 수 있는 것이라고는 손가락 두 개와 얼굴 근육의 일부뿐인데다 폐렴으로 기관지 제거수술을 받아 목소리마저 잃어버린 그가 쓴 책《시간의 역사》는 40여 개 국어로 번역되어 천만 부 이상 팔렸습니다. 현대 우주물리학의 중심개념인 빅뱅이론이나 블랙홀 개념 등이 그로 인해 널리 알려졌습니다. 그렇지만 그는 자신이 이룬 물리학적 업적을 제쳐두고 루게릭병이라는 난치의 병고 속에서도 죽지 않고 살아 있다는 사실을 최고의 업적으로 치고 있습니다. 그것은 인간이 살아 존재한다는 사실이 우주보다 더 귀하고 신비롭다는 것을 의미합니다.

자살은 유행이 아닙니다. 재산과 명예를 지키는 일도 아닙니다. 자살은 자살일 뿐입니다. 자살하면 어려움에 처한 모든 문제가 다 해결될 것이라고 생각한다면 그것은 너무나 안이한 이기적 생각입니다. 죽어서 해결될 문제는 살아서도 해결됩니다. '자살하지 마라/ 다시 태어날 줄 아나'라고 최명란 시인이 노래했듯이 인간으로 다시 태어나기 어렵습니다.

유혹 없는 삶은 없습니다. 우리는 유혹의 강 한가운데에 배를 띄워놓고 사는 것과 같습니다. 예수가 악마의 유혹을 받았다는 사실은 인간이라면 누구나 유혹받을 수 있고, 그 유혹에 마음이 흔들릴 수 있다는 것을 의미합니다. 그렇지만 자살의 유혹만은 받아서도 안 되고 흔들려서도 안 됩니다. 그것은 삶을 완전히 파괴하는 유혹입니다. 저는 그런 유혹에 침을 뱉습니다. 만일 오늘 당신이 자살의 유혹에 빠진다면 자살의 유혹에 침을 뱉으십시오. 너무나 죄송스러운 가정이지만, 만일 법정스님이나 김수환 추기경께서 자살로 우리 곁을 떠나셨다면 이 시대를 사는 우리의 삶은 그 얼마나 고통스럽고 허망하겠습니까. 혹시 자살을 꿈꾸는 분이 있다면 제가 쓴 시 '별들은 울지 않는다'를 꼭 한번 읽어보시길 바랍니다.

자살하지 마라
별들은 울지 않는다
비록 지옥 말고는 아무데도
갈 데가 없다 할지라도
자살하지 마라
천사도 가끔 자살하는 이의 손을
놓쳐버릴 때가 있다
별들도 가끔 너를
바라보지 못할 때가 있다

무슨 일이 있어도

"괜찮아!" 하고 말하라

어떤 소녀가 집으로 돌아와 엄마한테 "큰일 났어. 반지를 잃어버렸어" 하며 슬퍼하자 낙천적인 엄마가 이렇게 말하며 분위기를 반전시켰다고 합니다.

"애야, 손가락은 그대로 있잖니."

언젠가 어느 책에서 읽은 이 이야기가 잊히지 않습니다. 아이는 엄마 말에 '맞아, 누가 내 손가락마저 가져가버렸으면 어떡할 뻔 했어' 하고 살짝 웃음 지었을지도 모릅니다. 처음엔 그 말이 재치 있는 농담 정도로 여겨졌지만 살아갈수록 제게 깊게 다가옵니다.

그래서 요즘 매사에 그런 생각을 합니다. 노모에게 드리려고 지갑 속에 따로 넣어둔 돈을 잃어버렸을 때 '그래도 지갑은 그대로 있으니까 괜찮아' 하고 생각합니다. 현금카드로 인출한 돈을 은행에 그대로 두고 나와 결국 그 돈을 잃어버렸을 때도 '그래도 카드는 가지고 나왔으니까 괜찮아' 하고 생각합니다.

아버지가 노인성에 의해 한쪽 눈을 완전히 실명했을 때도 '그래도 한쪽 눈이 남아 있으시니까 괜찮아. 양쪽 눈 다 실명하셨다면 어떡할 뻔했어!' 하고 생각합니다. 심지어 치과 수술을 받을 때도 '그래도 이가 남아 있으니까 괜찮아' 하고 생각합니다. 그러면서 '몸에 병 없기를 바라지 말라. 병고로써 양약을 삼아라' 고 하신 부처님의 말씀을 떠올리면 마음이 편안해집니다.

실은 청년 시절엔 그렇게 생각하며 살았습니다. 길가에 세워둔 자전거가 갑자기 쓰러지면 황급히 일으켜 세우지 않았습니다. 일단 땅바닥에 쓰러졌으니까 '더 이상 잘못될 일은 없다, 천천히 일으켜 세워도 된다'고 생각하고 천천히 일으켜 세웠습니다.

몇 십 년 전, 서울에 지진이 일어났을 때도 그랬습니다. 갑자기 벽에 걸린 액자가 흔들리고 책상 위에 놓인 물건이 바닥에 떨어져 식구들이 놀라 밖으로 뛰어나갔습니다. 사촌형은 샤워를 하다가 수건 한 장만 들고 벌거벗은 몸으로 뛰어나갔습니다. 그러나 저는 식구들 중에서 가장 늦게 천천히 밖으로 나갔습니다. 어차피 지진이 일어나서 위험한 사태가 일어난다면 '내 힘으론 어떻게 할 수 없는 일이 아닌가!' 하는 생각 때문이었습니다.

그런데 차차 나이가 들고 살기가 각박해지다 보니까 그런 마음이 어디론가 다 도망가버렸습니다. '괜찮다'보다는 '안 된다'라고 생각하며 산 날이 지금까지 더 많았습니다. 한번은 문단선배인 김형영 시인께서 가톨릭문인회 회장일 때 제게 기획간사를 시킨 일이 있었는데, 저는 간사 모임이나 성지순례 등의 행사에 일일이 나갈 수가 없었습니다. 그래서 한번은 김형영 회장한테 "못 나가서 죄송하다"고 하자 그가 말했습니다.

"당신이 내 성인 만들려고 그러는 거니까 괜찮아."

"아, 그래요? 정말요?"

제가 반문하자 그가 다시 말했습니다.

"당신 때문에 내가 성인되면 좋지 뭐."

저는 그 말이 퍽 신선하게 느껴졌습니다. 제가 힘들게 해도 인내심을 키워주는 일이니까 괜찮다는 것이었습니다. 문득 '성인이란 보통사람보다 3분쯤 더 견뎌낸 사람' 이라는 말이 떠올랐습니다.

저는 이제 원하지 않는 부당한 일이 일어났을 때 '왜 이런 일이 일어났느냐'고 따지지 않으려고 노력합니다. 그렇게 따져봐야 상황이 이전 상태로 되돌아가지 않습니다. 오히려 마음만 더 괴롭고 힘이 듭니다. 그래서 가능한 한 '그래도 괜찮아' 하고 있는 그대로 받아들이려고 노력합니다. '괜찮아' 라는 말을 버릇처럼 사용하면 모든 일이 더 순조로워지지 않을까 하는 생각이 듭니다.

곰곰 생각해보면, 무엇을 바라면 이루어지지 않고, 바라지 않으면 이루어지는 게 세상 이치로 여겨집니다. 이제 뭘 바라고 싶은 욕심이 생기더라도 그 욕심을 버리거나 억누르자고 저 자신에게 타이릅니다. 제 불행은 현재 제게 없는 것들을 바라보며 한숨을 내쉬는 데 있습니다. 지금 일어난, 바라지 않은 일들을 보고 왜 이런 일이 일어났느냐고 한탄해봐야 아무 소용이 없습니다.

이미 일어난 과거의 일을 가지고 현재에 고민함으로써 스스로 불행해지고 싶지 않습니다. 과거의 일은 과거의 일이고, 현재의 일은 현재의 일입니다. 과거에 일어난 작은 일을 현재에 너무 크게 여기고, 현재에 일어난 작은 일을 미래에 일어날 큰일로 여기는 어리석음에서 벗어나고 싶습니다. 그러기 위해서는 예기치 않은 무슨 일이 일어나더라도, 결코 원하지 않은 일이 현재에 일어나더라도 "응, 그래도 괜찮아!" 하고 말할 줄 알아야 하겠습니다.

길이 끝나는 곳에 길은 있다

한여름에 몽골의 헨티 지역을 찾아갔습니다. 헨티는 수도 울란바타르에서 동남쪽으로 300여 킬로미터 떨어져 있는 곳으로 자동차로 15시간은 족히 걸리는 곳입니다. 징키스칸의 고향인 그곳은 오논 강이 흐르고 있어 몽골에서 퍽 비옥한 곳입니다. 낡은 러시아제 지프차를 타고 징키스칸이 태어난 곳으로 알려진 '델리운 볼닥'을 향해 떠난 길은 아름다웠습니다.

몽골의 초원에는 우리나라와 같이 아스팔트로 잘 포장된 길은 없었습니다. 앞서 간 사람들이 남긴 흔적이 바로 길이었습니다. 아무런 이정표도 없이 앞서 달려간 자동차 바퀴자국을 따라가면 그것이 바로 초원의 길이 되었습니다. 그 길은 '희망이란 마치 땅위의 길과 같다. 지상에는 본래 길이 없었다. 그곳을 걸어가는 사람이 많아지면 곧 길이 된다'고 한 중국 작가 루쉰의 말이 깊게 이해되는 그런 길이었습니다.

푸른 초원 한가운데로 사행천처럼 구부러진 길은 끝없이 이어졌습니다. 산을 하나 넘으면 길은 다시 또 나타나 아름다웠습니다. 멀리 그 길을 가로지르는 낙타라도 몇 마리 보이면 저는 가슴이 먹먹해졌습니다.

그날 우리 일행은 길을 잃었습니다. 운전기사가 그만 길을 놓치고 만 것입니다. 몽골의 여름은 밤 10시가 지나야 해가 지는데 해가 질 때까지 길을 찾지 못하고 캄캄한 어둠속을 헤맸습니다. 우리나라라면 아무리 시골길이라 해도 가로등과 표시등에 의해 길을 찾을 수 있지만 그곳엔 불빛 한 점 찾아볼 수 없었습니다. 그야말로 암중모색이었습니다. 새벽 2시가 돼도 길을 찾지 못하고 이리저리 캄캄한 초원의 밤을 헤맸습니다. 이러다가 잠 한숨 못자고 꼬박 차에서 날 새기를 기다려야 할지도 모른다 싶어 저는 갈수록 피곤에 시달렸습니다. 더구나 언제 연료가 떨어져 차가 멈출지 모르는 상황인데도 운전사는 무엇이 그리 즐거운지 노래까지 불러가며 여유만만 했습니다.

그때 횃불을 들고 말을 탄 사람 몇 명이 우리 곁으로 다가와 소리쳤습니다. 그들은 그 근처에서 유목생활을 하는 이들로 우리가 필시 길을 잃었다고 생각하고 달려온 모양이었습니다. 별들만 찬란하게 빛나는 초원의 밤에 자동차 불빛 하나가 이리저리 헤매는 모습은 쉽게 드러날 수밖에 없었을 것입니다.

우리는 그들이 가르쳐준 방향으로 차를 몰아 결국 새벽 3시가 넘어서야 통나무로 만든 여행자 숙소를 찾게 되었습니다. 드디어 잘 곳을 찾았다는 안도감은 저를 마치 엄마 품을 찾은 어린아이처럼 만들었습니다.

그날 밤 저는 급히 끓인 라면을 먹고 고단한 몸을 초원의 바닥에 누이며 지금까지 제가 살아온 길을 생각했습니다. 제 인생에도 길을 잃어버릴 때가 있었습니다. 더 이상 찾을 수 없다고 단념해버린 길이 한둘이 아니었습니다.

제 인생의 길도 황야의 초원처럼 정작 길이 없으면서도 어디에서

든 길과 길로 이어져 있었습니다. 아무리 소로라 할지라도 시간이 좀 걸리고 찾기는 힘들어도 분명 다른 길로 연결되어 있었습니다. 그런데 저는 그걸 몰랐습니다. 길은 언제나 끝나는 곳에서 다시 시작되는데도 그걸 몰랐습니다. 길은 끝나는 곳에서 다시 저를 기다리고 있는데도 그 길을 찾을 수 있는 마음의 눈이 없었습니다.

지금 생각해보면 그건 제가 늘 쉽고 넓은 길만을 원했기 때문입니다. 제가 걸어가기 쉬웠던 길은 언제나 넓고 큰 길이었습니다. 그 길을 걷는 수많은 사람들 속에 섞여 함께 걸어가기만 하면 길을 잃을 염려가 없었습니다. 그러나 그런 길을 걸으면서도 저는 길을 잃었습니다. 처음엔 그 길이 활짝 열린 대로 같았지만 곧 좁아든 소로로 구불구불한 험로로 변했습니다. 도무지 어디로 가야 할지 알 수 없을 때가 많았습니다. 길을 잃고 헤매다가 그만 주저앉아버릴 때도 있었습니다. 하루하루 살아가는 매 순간순간이 바로 길을 찾는 일이라는 것을 몰랐습니다.

돌이켜보면 제 인생의 길이 원래 정해져 있는 게 아닌데도 걷기 편하고 아름다운 길로 미리 정해져 있는 것이라고 생각하고 그런 길만을 걸으려고 한 데에 문제가 있었습니다. 조금만 다른 길이 나타나도, 그 길을 걷기가 조금만 힘들어도 내가 걸어가야 할 길이 아니라고 생각한 데에 문제가 있었습니다. 아무리 어렵고 힘든 길이라도 다른 길과 연결돼 있다는 믿음을 지니고 참고 기다려야 함에도 불구하고 그런 인내가 부족했습니다.

길이 끝나는 곳에 길은 있습니다. 갈 데까지 가서 더 이상 갈 곳이 없다고 생각될 때 길은 새로운 길을 어머니처럼 가슴에 품고 있습니다. 지금 시작이라고 생각했던 것들이 바로 끝이 되고, 지금 끝이라고 생각했던 것들이 다시 시작이 됩니다. 길을 잃는다는 것은 곧 길을 찾게 된다는 것을 의미합니다. 이제 끝났다고 생각되는 순간에 다시 시작하는 첫걸음을 내디딜 수 있는 길이 놓여 있습니다.

그날 아침, 잠깐 눈을 붙이고 일어나 본 통나무집 숙소 주변은 온통 에델바이스 천지였습니다. 우리나라에서는 설악산에서조차 찾기 힘든, 거의 멸종 위기에 처한 에델바이스가 지천으로 깔려 아름다웠습니다. 저는 에델바이스가 피어난 들판과 자작나무가 빽빽한 초원의 숲길을 산책하며 제 인생의 길을 묵상했습니다. 아마 인간의 불빛조차 하나 없는 초원의 어둠속에서 길 찾기를 포기했더라면, 날이 밝으면 다시 떠나자고 자동차 시동을 끄고 새우잠이라도 청했더라면, 에델바이스가 무더기로 피어난 초원의 아름다움은 볼 수 없었을 것입니다. 밤을 헤매며 갔던 길을 몇 번이나 다시 되돌아 나오면서 그래도 포기하지 않고 길을 찾았기 때문에 눈부시게 밝아온 아침이 그토록 더 소중하고 아름다웠습니다. 저의 시 '봄길'을 읽으며 함께 인생의 길에 대해 묵상하는 시간을 갖고 싶습니다.

길이 끝나는 곳에서도
길이 있다

길이 끝나는 곳에서도

길이 되는 사람이 있다

스스로 봄길이 되어

끝없이 걸어가는 사람이 있다

강물은 흐르다가 멈추고

새들은 날아가 돌아오지 않고

하늘과 땅 사이의 모든 꽃잎은 흩어져도

보라

사랑이 끝난 곳에서도

사랑으로 남아 있는 사람이 있다

스스로 사랑이 되어

한없이 봄길을 걸어가는 사람이 있다

천국에 지금

자리가 하나 남아 있다고 하는데

그 자리를 당신의 자리로 하세요

친지의 장례식에 참석했을 때의 일입니다. 맑게 웃는 고인의 영정 앞에 절을 하고 유족들의 손을 잡자 유족들이 주르르 눈물을 흘렸습니다. 특히 고인의 따님이 너무 슬퍼 울어 마음속으로 "지금 아빠는 천국에 가 계실 거야" 하고 말했습니다. 화장장에서 고인의 유해가 한지에 곱게 싸여 어린 상주의 품에 안겼을 때도 마음속으로 그렇게 말했습니다. 그리고 그날 서울로 돌아오는 고속버스 안에서 내내 천국에 대하여 생각했습니다. "아빠는 천국에 가셨을 것"이라고 말했지만 내가 말한 천국은 어떠한 곳이며, 그 천국은 과연 존재하는가 하는 생각이 가시질 않았습니다. 그때 제가 중학생일 때 학교 예배시간에 교목님이 들려주신 천국 이야기가 불현듯 떠올랐습니다.

천국에 두 집단의 사람들이 살고 있었는데, 그들의 모습은 너무나 달랐습니다. 한쪽은 알맞게 살이 쪄 건강하고 평화롭게 살고 있었고, 다른 한쪽은 깡마른 채 끊임없이 배고픔의 고통에 시달리며 살고 있었습니다. 그래서 한쪽에는 식사가 제공되지 않는가 하고 살펴보니 그렇지는 않았습니다. 식사시간이 되자 양쪽 다 식탁에 진수성찬이 가득 차려져 있었습니다. 다만 식탁 위에 놓인 숟가락과 젓가락의 길이가 너무 길어 입에 음식을 떠 넣을 수 없었는데, 그런 조건도 양쪽 다 똑같았습니다.

그런데 한쪽은 다들 배불리 먹고, 다른 한쪽은 먹지 못해 여전히 배고픔에 시달리고 있었습니다. 그것은 밥 먹는 방법이 서로 달랐기 때문이었습니다. 한쪽은 숟가락으로 음식을 떠서 자기 입속으로 가져가는 게 아니라 다른 사람의 입속에 넣어주었습니다. 서로 마주서서 그런 방법으로 다들 음식을 맛있게 먹었습니다. 그러나 다른 한쪽은 오로지 자기 입속으로만 넣으려고 하다가 단 한 숟가락도 먹지 못했습니다.

교목님은 이 이야기 끝에 "사람은 서로 사랑으로 돕고 살아야 살 수 있다. 천국과 지옥이 따로 있는 게 아니고 서로 돕고 사랑하며 살면 천국이고, 돕지 않고 이기적으로 살면 그게 바로 지옥이다"라는 말씀을 덧붙으셨습니다. 사랑의 존재 여부에 따라 천국과 지옥으로 나누어진다는 것입니다. 그러니까 사랑이 바로 천국이라는 것입니다.

저는 교목님이 들려주신 이 이야기를 오랫동안 잊고 있었습니다. 천국을 죽음 이후에 갈 수 있는 어떤 특정한 공간 개념으로만 인식하고 있었습니다. 천국은 죽은 이들이 모여 사는 곳, 우리가 살고 있는 이런 지상이 아니라 천상, 그것도 절대자가 존재하는 우주의 한 공간 속에 있는 것이라고 막연히 생각하고 있었습니다.

영화로도 만들어진 《천국의 책방》이라는 일본소설이 있습니다. 이 소설 속에는 죽은 이들이 사는 천국이라는 특정 공간이 있습니다. 그 공간 속에는 책방도 있고, 술집도 있고, 각자 사는 집도 있습니다. 현재 우리가 살고 있는 현실 공간과 똑같은 공간입니다. 저는 《천국의 책방》을 책으로도 읽고 영화로도 보면서 천국의 시간과 공간이 따로 존재하는 게 아니라, 제가 몸과 마음의 닻을 내리고 사는 이 현실의 시간과 공간이 바로 천국이라는 생각이 들었습니다.

사람이 살아가면서 나이가 든다는 것은 천국에 대한 개념도 성숙해지는 것이라고 생각됩니다. 저는 이제 천국을 단순히 천상에 있는 어떤 으리으리한 외형적 공간 개념으로 생각하지 않습니다. 제가 현재 살고 있는 이곳이 바로 천국이며, 현재 지니고 있는 제 마음이 바로 천국이라는 사실을 깊이 인식합니다.

그런데 그런 인식을 하기엔 문제점이 하나 있습니다. 그것은 현재라는 천국에 살면서도 제가 끊임없이 굶주림에 허덕인다는 사실입니다. 그건 교목님이 들려주신 천국의 우화에서처럼 내 입에 넣을 수 없는 긴 숟가락을 내 입에만 넣으려고 하기 때문입니다. 그 숟가락은 다른 사람의 입에 밥을 넣어주기 위한 것인데도 늘 나부터 먼저 먹으려고 한다는 데에 문제가 있습니다.

그것은 제 사랑의 부재를 의미합니다. 결국 제게 천국이 존재하지 않는다는 것을 의미합니다. 그래서 저는 현재라는 천국에 살면서도 하루하루 지옥 한가운데에서 살고 있습니다. 물론 사랑을 거창한 그 무엇으로 생각하지는 않습니다. 밥을 떠서 먼저 다른 사람의 입에 넣어주는 것, 그게 바로 사랑이며, 그런 사랑이 있는 곳이 바로 천국이라는 사실을 잘 알고 있습니다. 그런데도 결코 내 입에 넣을 수 없는 그 긴 숟가락으로 언제나 내가 먼저 먹으려고 듭니다. 그러면 그럴수록 굶주림에 더 허덕이는데도 상대방에게 먼저 떠 먹여주지 못합니다. 그러니 제 삶의 하루하루가 그 얼마나 뼈아픈 지옥의 굶주림에 허덕이겠습니까.

천국을 맛보기 위해서는 네 가지 양념이 꼭 필요하다고 합니다. '단순함, 절제, 소박함, 작은 것에 만족함'이라는 양념이라고 합니다. 여기에서 천국을 맛본다는 것은, 천국은 이미 존재해 있는 게 아니라 스스로 만드는 것이라는 의미일 것입니다. 양념 또한 스스로 천국을 만들 수 있는 조건을 의미할 것입니다.

불행히도 저는 지금까지 천국을 맛보지 못했습니다. 지니고 있는 양념조차 하나 없습니다. 끝없는 욕망과 한없는 욕심에서 이탈하는 순간부터 천국에 대한 체험이 가능하다고 합니다만, 그런 체험도 하지 못했습니다. 매일 기쁜 마음으로 하루하루에 충실할 때 그날 저녁 무렵은 이미 천국의 한 순간이 된다고 합니다만, 아직 그런 순간을 맛보지 못했습니다. 있는 그대로 보낸 하루가 천국에서 보낸 하루와 같다고도 합니다만, 늘 욕심과 욕망 때문에 있는 그대로 하루를 보내지도 못했습니다. 그런데도 장례식장에서 고인의 자녀에게 아빠가 천국에 가 계실 것이라고 말했습니다. 저는 그 말이 자꾸 마음에 걸립니다.

천국에 가면 가장 행복했던 순간을 말해야 한다고 합니다. 이는 가장 행복했던 순간이 바로 천국이라는 말이라고 여겨집니다. 행복이 순간에 있다면 천국도 순간에 있을 것입니다. 어느 책에서 읽은 말인지 모릅니다만 '천국에 지금 자리가 하나 남아 있다고 하는데 그 자리를 당신의 자리로 하세요'라는 말이 생각납니다. 살아 있는 동안 그 자리를 탐내고 싶습니다. 그러나 아무래도 그 자리를 차지할 수 없을 것 같아 '달팽이에게'라는 시를 한번 써보았습니다.

혼자 가지 마세요
지금 천국에 마지막으로 남아 있는 자리 하나는
당신이 차지하시고
그 곁에 풀 한 포기 자랄 수 있는 자리 하나
마련해주세요
나도 데리고 가세요
내 비록 있는 그대로 하루를 보낸 적 없어
있는 그대로 보낸 하루가
천국에서 보낸 하루와 같은지 알 수 없으나
그저 당신 곁에서
묵묵히 듣고 있겠어요
천국에 가서 가장 행복했던 순간을 말해야 할 때
당신이 어느 순간을 말하는지
그저 가만히 듣고 있겠어요

사진 **황문성**

홍익대학교 미술대학원 미술교육과 수료. 주요 전시로 이안재 갤러리 초대전, 청담 세인 갤러리 초대전 등이 있다. 사진과 회화의 접목을 시도하며 수묵의 느낌을 사진으로 표현하는 작가이다.